Lale
Gül

IK
GA
LEVEN

2021 Prometheus Amsterdam

Eerste druk februari 2021
Negentiende druk oktober 2021

Overeenkomsten met bestaande personen of gebeurtenissen zijn geen toeval, behalve als het gedoe oplevert.

Omslagontwerp Jan van Zomeren
Foto omslag Annaleen Louwes
Zetwerk Elgraphic
www.uitgeverijprometheus.nl
ISBN 978 90 446 4687 0

'We zijn een schrijver rijker, dat lijdt geen twijfel.' P.F. Thomése

'Poëtisch, erotisch en messcherp geschreven.
Een overweldigend debuut.' Twan Huys

'Lale Gül is de nieuwkomer die we zeker niet mogen onderschatten.'
Herman Brusselmans

'Met haar boek geeft Lale Gül meisjes die er alleen voor staan eindelijk een stem.' Fidan Ekiz

'Lale Gül is *the real thing*. Ik hoop dat ze blijft schrijven, fictie en/of non-fictie.' Bas Heijne

'Gül verpakt in deze daverende dijenkletser van een schelmenroman een uiterst genuanceerde inkijk in de realiteit van de gesloten wereld der Nederturken. Een indrukwekkend debuut en een absolute leestip!' Zihni Özdil

'Tenenkrommend slecht geschreven.' Abdelkader Benali

'Daar zat ze, deze onverschrokken jonge vrouw, bij ons aan tafel bij *Op1*. En ik dacht: deze heldin verdient meer dan beleden lippendiensten, ze heeft recht op onvoorwaardelijke steun van iedereen die staat voor vrijheid.' Jort Kelder

'Lale Gül heeft iets losgemaakt met haar boek.' Yesim Candan

'Met haar scherpte en humor rekent Lale af met alle moeders en mannetjes die haar vrijheid in de weg stonden. Ze geeft een stem en betekenis aan wat "vrijvechten" betekent in het Nederland van nu.'
Klaas Dijkhoff

'Echt een schitterend boek, ook nog eens met onwijs veel talent geschreven.' Dilan Yeşilgöz

'*Ik ga leven* is als een dagboek dat vanaf de eerste pagina explodeert om een jong leven in één rollende bal van vuur, rook en drukgolven te bevrijden van de religieuze lockdown waar het twee decennia onder gebukt ging.' Bart Nijman (GeenStijl)

Voor m'n inmiddels overleden Oma en Defne

‘Hoe dan? Is de mens een miskleun van God? Of God een vergissing van de mens?’

– Friedrich Nietzsche

‘Ik wil gelezen worden.’

– Multatuli

‘Wat maakt gy van onze dochters, o zeden! Gy dwingt ze tot liegen en huichelen. Ze mogen niet weten wat zij weten, niet voelen wat ze voelen, niet begeren wat zy begeren, niet wezen wat ze zyn.’

– Multatuli

‘Dat doet geen meisje. Dat zegt geen meisje. Dat vraagt geen meisje. Zo spreekt geen meisje...’

– Multatuli

‘Ziedaar schering en inslag van de opvoeding. En als dan zo’n arm ingebakerd kind gelooft, berust, gehoorzaamt... als ze, heel onderworpen, haar lieven bloeityd heeft doorgebracht met snoeien en knotten, met smoren en verkrachten van lust, geest en gemoed... als ze behoor-lijk verdraaid, verkreukt, verknoeid, heel braaf is gebleven – dat noemen de zeden braaf! – dan heeft ze kans dat deze of gene lummel haar ’t loon komt aanbieden voor zoveel braafheid, door ’n aanstelling tot opzichtster over z’n linnenkast, tot uitsluitend-brevetmachine om zyn eerwaard geslacht aan den gang te houden. ’t Is wel de moeite waard!’

– Multatuli

‘De roeping van de mens is mens te zijn.’

– Multatuli

1

Was ik maar met de stroom meegegaan, dan was me dit niet overkomen, dan was ik niet verworden tot een verschoppeling. Met de kennis van overmorgen zal ik vandaag een onbezonnen beslissing nemen. Er zijn veel dingen in het leven die hartstikke leuk klinken als je ze verzint, maar doorgaans geldt dat je ze maar beter niet kunt uitvoeren. Hetzelfde geldt voor het publiceren van dit schrijfsel. Ik geef u daarom het volgende cruijffiaanse advies mee: verzwijg alles waar u later spijt van zult krijgen.

Ik neem u mee in mijn relaas. Laten we hopen dat ik hiermee een steen in de vijver gooi.

Het is tien over elf 's avonds, ik priem mijn sleutel in het sleutelgat van Oma's voordeur en draai hem om. De vertrouwde, weeë geur die ik altijd waarneem als ik haar domein binnentreed komt op me af, maar ik heb het idee dat ik het na enkele seconden niet meer ruik, althans: dat het me niet langer tergt, dus dat scheelt. Dat is meestal zo met viezige lucht. Op het moment dat je vanuit een neutrale geuromgeving ergens belandt met een onprettige lucht – wc's op middelbare scholen of zelfs op menige hogeschool, de kleedkamer van Fitness4Me Ladies Only in Bos en Lommer, de kamer van Freek als hij sigaretten of wiet gerookt heeft, het huis van mijn verwekkers als Moeder heeft gefrituurd (we hebben geen afzuigkap in die antieke kippenkrotten in Amsterdam-West) of als het bebloede schaap is afgeleverd voor het Offerfeest, waarna het minstens drie dagen naar vers schapenbloed ruikt, of Oma's huis dus – word je overvallen door de muur van stank maar na een tijdje acclimatiseer je – veel zaken in het leven wennen.

Zodra ik m'n kamer in slenter, jas ik de gordijnen gejaagd opzij en zet ik uit gewoonte het raam wagenwijd open. Laatst heb ik overal in huis geurstokjes gepositioneerd om de onbeminnelijke aroma's van Oma enigszins te maskeren, maar die zorgen eerder voor een melange van wrange geuren mét die van groene appel en Zwitsal, dan dat ze daadwerkelijk het ongewenste elimineren. Me dunkt dat dat niet werkt, aangezien de bron en de belichaming van het bedompte blijft bestaan: Oma. En u weet wat ze zeggen over problemen: die moet men bij de bron aanpakken.

Halil, m'n broertje van achttien, voelt doorgaans de behoefte hetzelfde grijsgedraaide bezwaar te maken als hij hier is: 'Wat een lúcht man, jézus, doe een keer de ramen open!' Inmiddels negeer ik het. Wat is immers een zinnig weerwoord? Hij weet dat het komt doordat Oma ziek of zwak in bed ligt te stinken met al haar overgewicht, dat met de dag meer uit de hand lijkt te lopen, en de overdadig veel lagen kleergoed, ook als de mussen van het dak vallen. Haar lijf lijkt overgenomen door de vetkwabben, alsof ze er zelf ook in verzinkt, vooral als ze aanstalten maakt om op te staan. Ze heeft last van erosie bij haar knieën (iets met haar kniebanden of zo, Vader kon het me niet echt uitleggen, zijn Nederlands is nogal gebrekkig en hij is degene die zich onderhoudt met haar arts, dus ik ken de details verder ook niet). Verder heeft ze ook verkalking, astma, diabetes, parkinson en God weet wat meer. Bijgevolg is ze niet meer in staat zich veel of vaak te verroeren. De arts zei dat een operatie aan de benen pas mogelijk is als ze minimaal 30 kilo weet kwijt te raken, anders brengt de ingreep te veel risico's met zich mee. Dat gaat 'm helaas niet worden. Al jaren horen we van witte jasjes dat ze nodig haar vetvoorraden moet zien te verliezen, het gebeurt niet. Oma heeft nogal schijt aan haar gezondheid. Als het aan haar lag, ging ze in een vloek en een zucht dood. 'Dan ben ik verlost,' zegt ze.

Ze is al lang cynisch en zwartgallig, het enige waar ze nog enigszins monter van wordt zijn de suikerrijke consumpties die ze gulzig verorbert, vandaar dat ik haar niet wil beroven van dat laatste beetje genot, die verdomde gevulde koekjes, appeltaart, frisdrank, roomijs en chips, en die voor haar blijf inslaan als ze erom vraagt. Ze is ongeletterd en kan haar tijd niet verdrijven met dingen die andere, geletterde oma's doen: lezen, het nieuws volgen, überhaupt iets van programma's en documentaires begrijpen, of sudokuen. Verder spreekt ze Turks op boerenniveau, ze is geen dag naar school geweest en beschikt daardoor over een uiterst pover vocabulaire en een nogal nauwe horizon, zodat ze de moderne Turkse tv ook niet echt kan volgen. Haar algemene kennis is zo miserabel dat ze denkt dat er maar drie landen op de wereld zijn: Amerika, Turkije en Nederland. Amerika, omdat zo veel mensen het zo vaak hadden gehad over dat verderfelijke oord, de geografische belichaming van het kwaad. De moderne wereld was zo nieuw voor haar dat veel dingen geen naam hadden en ze moest wijzen om naar ze te kunnen verwijzen, dus u begrijpt dat ik over veel zaken nooit met haar kan praten, hoogstens over koetjes en kalfjes. Ze had daarom in mijn afwezigheid vaak last van onrustig makende rust, oftewel verveling.

Met mijn verwekkers is het trouwens niet héél anders, die waren eveneens analfabeet toen ze naar Nederland kwamen op hun 25ste (ongeveer dan, hun precieze geboortedata zijn onbekend, niet geregistreerd). Hoewel dát probleem voor een deel is verholpen destijds, zijn er genoeg andere terreinen waar ze nog altijd een extensieve inhaalslag in het verschiet hebben, zoals zal blijken uit mijn verslag. Ze kennen misschien wat meer landen in de wereld en kunnen wel de actualiteiten op de voet volgen, maar aangezien hun nieuwsvoorziening en het wereldbeeld dat zij tot zich nemen van de Turkse schotel komen en eerst op maat gesneden worden voor het reactionaire, collectivistische en ultrareligieuze publiek en er allerhande onzinnige geruchtmakend-melodramatische sauzen overheen gespoten worden om het af te toppen, kunnen we beter spreken van totaal feitenvrije, met oorverdovende kitsch en belangen opgeklopte propaganda pur sang. Die media hadden als doel hun boodschap zeer opzichtig eenzijdig te verspreiden. Niet alleen met betrekking tot binnenlandse aangelegenheden, ook het buitenlandse nieuws werd niet ontzien. Zo werd ik recent een aantal keer geheel onvrijwillig blootgesteld aan hun omroep en hoorde ik dat Rutte had gezegd dat de Turken op moesten pleuren uit Nederland en dat Wilders had toegezegd het land weer moslimvrij te maken. Nou moet ik de makers nageven dat ze er in dit geval niet héél erg naast zaten, gezien de leus 'Nederland weer van de Nederlanders' – wat dat ook mag betekenen – en de woorden 'pleur op' van de premier jegens agitatorische biculturele jongeren, maar goed, iets authentieker citeren en vertalen maakte in dit geval een aanzienlijk verschil voor het effect bij de ontvangers, vermoed ik zo. Ze hadden er bombastische geluidseffecten bij gemonteerd en beelden van een furieuze, bulderende Geert, zoals we die kennen in zijn natuurlijke habitat, en herhaalden alles oneindig, net Tel Sell, als waren hun kijkers troglodieten.

Een volgende keer had ik van ze vernomen dat Nederland een speciaal beleid voert om Turkse pleegkinderen bij homoseksuele voogden onder te brengen om moslims te jennen. De biologische verwekkers van ene Yunus uit Den Haag deden hun verhaal voor de gulzige verslaggevers. 'We hebben aangegeven dat dat in strijd is met ons geloof, maar onze blieven werden weggewuifd. Dat doen ze moedwillig, omdat we moslims zijn!' Een andere keer begreep ik dat een Kamerlid van de SP een openlijke PKKadept is, maar daar niet om verguisd wordt. Mevrouw Karabulut werd juist geprezen en gesteund in haar Turkijehaat door die onzindelijk racistische Nederlanders, die erop uit waren te verdelen en te heersen, om ook van Turkije straks een brandhaard en satellietstaat te maken, dat is immers waar die perverse *witmangen* en gedrochtelijke schoothonden van Amerika en Israël bekend om staan. Dat narratief werd om de zoveel tijd bevestigd door Kuzu, een Nederlandse politicus van Turkse oorsprong, die nu en dan op de Turkse tv zat te verkondigen dat Nederland door en door racistisch, nee wat zeg ik, fascistoïde was, niet alleen de burgers maar ook de rechters, agenten en eigenlijk alle instituties. Er werd zelfs tegen de Grondwet in gehandeld als het ging om moslims of mensen met een andere huidskleur. Hij deed ook elke keer aan namedropping van de andere Turkse politici in Nederland die tegen hem of zijn ideeën gekant waren, zodat die een hoop kopzorgen erbij kregen na de uitzending en konden fluiten naar hun vakantie in Turkije.

De laatste tijd ging het herhaaldelijk over de bekering, of 'wederkering' zoals moslims het noemen – want eenieder wordt geboren als moslim, wij geloven dat de verwekkers hen laten afdwalen –, van Joram van Klaveren tot ons geloof. Het kon niet op met ons nieuwe klavertjevier, de tweede PVV'er die een metamorfose meemaakte; van notoire, ongewassen, wanstaltige racist en repugnante islamofoob naar devote moslim. Ooit generaal in de frontlinie van de antimoslimbruinhemden in de Lage Landen die de boel bruiner bakten dan een LPF of een Baudet, doch nu een held die met open armen door toegenegen zelootgenoten werd onthaald, hun grondslagenstelsel bevestigend. De moslimgemeenschap had weer eens een vette vis gevangen die ze onophoudelijk uit het raam zou hangen, een nieuwe mascotte, een paradepaardje. Religie is net ondernemen, je wilt grote namen aan je kluisteren; net zoals dat bekende artiesten hun jetsers schudden en over de grond krioelen voor een frisdrankmerk, hadden wij onze slet die we zouden prostitueren aan ons patriarchaat, onze *helper-whitey*.

Er zijn vast kwalitatief hoogwaardigere nieuwszenders te vinden op de Turkse tv, ik heb geen idee; mijn verwekkers hadden altijd dit zwakzinnigenprogramma aan, dus had ik het idee dat er niks anders was dan zeer eenzijdige en onomwonden gekleurd nieuws vanuit een beperkte invalshoek, een ongebreidelde buikloop voor schepsels die de grijze massa onder hun schedeldak verwaarloosden. Zo had ik ook een interview gezien waarbij Ali met de pet uit de straten van Anatolië gevraagd werd naar zijn mening over het voorval waarbij de redactie van *Charlie Hebdo* naar de appelmoes werd gebombardeerd; de teneur was dat het uiteraard geen deugdelijke zaak was, ze vermeldden dat ze terreur verafschuwden, maar die gasten, die stel ongemanierde humorbedrijvers en zogenoemde voorvechters van het zogenaamde vrije woord, er wel een beetje om hadden gevraagd. Dat ze er niet wakker van lagen. 'Iedereen met hersens kan bedenken dat als je een heilig persoon van zo veel mensen op de wereld bespot, je geweld over je afroept, dus ik snap niet waarom iedereen ervan opkijkt,' vertelde een meneer. Het gezonde boerenverstand is vrijwel altijd een diskwalificatie van kennis en specialisme. Maar misschien had hij ook wel gelijk. Bij het kiezen van je vijanden kun je de echt gevaarlijke types beter links laten liggen.

Je kunt na elke aanslag in naam van ons geloof de klok erop gelijkzetten dat mijn gemeenschap daad en motief zal ontkoppelen en daarna verontwaardiging zal uiten over de verontwaardiging; een blijk van morele superioriteit die zichzelf uitlokt, iedere keer als zij geuit wordt door moreel inferieure mensen.

Ik ben benieuwd wat het zal voortbrengen als we een enquête zouden houden onder Turken, en dan vooral de diaspora hier, over onze stellingname omtrent cartoonisten van het kaliber

Hebdo. Gelukkig is vrijheid van meningsuiting iets anders dan het recht op een podium.

De grap waar we niet om kunnen lachen, zal ons pijnlijk blootgeven. Weinig zaken snijden dieper dan de ernst van een goede grap. Ik minacht ze met grote innigheid, die mensen die zich ontslaan van de morele plicht om alles met macht te krenken en met enige regelmaat te provoceren. En de mensen die daarbij ook nog eens het gore lef hebben de anderen die die plicht wel volbrengen te minachten, zijn de belichaming van het kwaad. Ik denk dat sommige uitingen geen mening zijn, maar een reële en ernstige bedreiging van de vrijheid van meningsuiting.

Het leveren van kritiek is een kwestie van beschaving, en niet het opeisen van fatsoen. Fatsoen is voor kannibalen die satire bedrijvende mensen opeten met tafelmanieren. Een ware vriend voelt de ernst van je grappen volledig aan, zonder dat dit hem belet te lachen.

Het is curieus hoe de media mensen bespelen zonder te liegen. Zo las men gisteren in de lokale media 'Wilders veroordeeld voor minder-minder-uitspraak' en in de Turkse: 'Geen straf voor Wilders, ondanks genocidetaal'. De laatste keer dat mijn oren onvrijwillig werden gepenetreerd door de klanken die deze omroep genereerde, was er een interview gaande met Turken uit Duitsland, Frankrijk en Nederland die geprefereerd hadden hun zorgingrepen in Turkije te laten geschieden in plaats van in de oorden waar ze woonden. Ze waren overtuigd van een meer lofwaardige zorg aldaar en kwamen met allerhande anekdotes van familie en vrienden die in Nederland hoorden dat er niets aan het lijf haperde, dat de pijn en de daarmee gepaarde verzuchtingen stressgerelateerd waren, en er vervolgens in het herkomstland achter kwamen dat ze een woekerend carcinoomuitwas huisvestten en reeds veel tijd kwijtgespeeld hadden. Dat was ook het geval bij tante Kadriye, die momenteel in een ernstig stadium zit van eierstokkanker. Ook zij werd verlicht in het vaderland, toen het al te laat was, en was hier geregeld van het kastje naar de muur en uiteindelijk naar het gaatje van de deur gewezen met waardeloze diagnoses. Later zouden we erachter komen dat ook Oma niet alleen erosie had in haar knieën, maar ook een uitgezaaid abces, wat wederom laattijdig ontdekt zou worden, maar laten we niet op de zaken vooruitlopen.

De andere geïnterviewden met een plopkap onder de neus meldden dat ze het prettiger vonden in eigen land onder het mes te liggen, omdat ze verontrust waren over het als kool groeiende racisme, de haat en xenofobie in Nederland, sentimenten die wellicht ook in de borstkassen van hun artsen hun beloop hadden gehad. Een kleinburgerlijk geklede mevrouw verwoordde het als volgt: 'De PVV kent een groot aantal stemmers, de kans bestaat dat de arts van mij of mijn kinderen ook een van hen is. Die kan ik niet blind vertrouwen, en vertrouwen is belangrijk.' Vertrouwen was inderdaad belangrijk wilde je bruggen bouwen, maar wat ik zag was dat de reeds bestaande wankele bruggen afgebroken werden. De loopgraven werden dieper, de vijanden zouden elkaar straks niet meer in de ogen kunnen kijken, laat staan spreken. Begrip voor je vijanden vraagt alleen maar wat extra zelfkennis.

Vanmiddag kreeg ik van diezelfde zender mee dat er een groep rigide gelovigen in Amerika de straat op was gegaan om te protesteren tegen abortus. Ze wilden zelfs de doodstraf laten voltrekken op de moordenaars van ongeboren baby's. Ik bedacht dat ik ook voorstander ben van de doodstraf, maar dan alleen voor degenen die het kind in zichzelf hebben gedood door dermate afgedreven van elke onbevangenheid te zijn.

Oma heeft vrijstelling van huishoudelijke taken. Ik draag daar zorg voor, al moet ik opmerken dat Moeder meer doet dan ik de laatste tijd, gezien ik nauwelijks meer thuis ben sinds ik twee bijbanen, een studie en een tamelijk langeafstands- en heimelijke relatie moet onderhouden.

De potjes medicijnen die Oma dagelijks inneemt, ruik je uit haar poriën. Dat ze ook nimmer zelf een ingeving heeft om de balkondeur of een raam open te zetten, helpt niet mee, vooral als ik een lange dag van huis ben. Ik heb Oma meerdere keren verzocht, verordend, gesmeekt zelfs dat ze het zaakje moet laten luchten als ik afwezig ben. Ze vertikt het. Het kan haar allemaal aan haar anus oxideren. Ze is dan ook een beschadigd hoopje ellende dat aan alle kanten versnipperd is door haar verleden, al tientallen jaren levensmoe en droefgeestig, en in het kielzog daarvan niet meer in staat normaal te functioneren, dus ik kan het haar niet aanrekenen. Oma heeft veel misère doorstaan, dat ze nog niet in de mallemolen zit is een godsmirakel, de goden hadden het immers dik laten afweten tijdens haar levenswandel. Een uiterst armoedige jeugd als wees met een kwijnend zieke, afhankelijke vader, uithuwelijking op haar twaalfde aan haar neef, meervoudige verkrachting en mishandeling binnen het huwelijk, onvergelijkelijk huiselijk geweld, het moederschap op haar dertiende, een partner die al z'n kapitaal aan gokken verkwistte en zich ontpopte als brute, onberekenbare schurk die regelmatig last had van een kwade dronk en die meerdere van hun kinderen heeft vermoord of ernstig mishandeld (onder wie Vader) en oom Bahattin voor de rest van zijn leven gehandicapt heeft gemaakt door de zware en talrijke afranselingen, zich vervolgens scheidde van Oma, eenmaal in Nederland aanbeland, en onderwijl is gehuwd met een veertig jaar jongere dame uit een of ander godverlaten Turks dorp, die hij door zijn Nederlandse paspoort – en dus geld – heeft kunnen verlokken om zijn levensgezel te worden. Inmiddels heeft hij ook vijf kinderen met haar, van wie eentje sinds een paar dagen existeert, naar verluidt. Opa is ouder dan zeventig, maar zijn reproductieve systeem doet het kennelijk nog eminent.

Ik heb Opa nooit gezien. Hij woont eveneens in Amsterdam, dus misschien heb ik hem onbewust gezien. Alleen Vader heeft af en toe contact met z'n vader, de rest van ons kent hem louter van de bloedstollende verhalen. Oma heeft het van tijd tot tijd nog over Ayse en Atikè, haar twee dochters die als baby werden gekeeld door haar man. Ze krijsten te veel, daar werd hij lijp van als-ie in een agressieve bui was door het verbeuren van zijn dobbelgeld. Toen Oma daar vertoornd om werd en met haar onontgonnen gore lef het in haar harses haalde om hem te doemen en te vervloeken terwijl ze uitviel, kreeg ze de pan met kokende melk van het fornuis over haar benen. En dit is slechts één van de legio anekdotes, maar ik volsta hiermee, de rest zal ik u uit genegenheid besparen. We moeten het een beetje gezellig houden.

Oma was in haar jeugdige jaren esthetisch voornaam, ze had veel minnaars, of in haar context: veel mannen die naar haar hand dongen, maar het maakte niet uit, haar vader had bij haar geboorte reeds toegezegd dat ze ging huwen met haar neef. Dat noemden ze in die contreien een wiegeneed. De verwekkers bepaalden dan dat twee baby's – meestal familie, dat was vertrouwd – zouden trouwen als ze daar rijp voor waren. Fysiek dan. Ja, Oma had lang genoeg in de kreupelstraat gewoond, en wie een varken is moet in het schot. De lange weg had een moede vrouw gemaakt. En consequente apathie is radicaler dan zelfmoord. Door ons het vermogen tot onverschilligheid te geven, heeft het leven ons zijn genade geschonken. Ze hield gepaste afstand van elk sluimerend vonkje enthousiasme. Onverschilligheid is zelfbescherming ten koste van de ander.

Het ongelukkigste van dit alles is dat ze incontinent is: ze kan nog wel naar de wc om te bouten, maar urineren doet ze in haar luier. En dat ruik je. Overal. De hele dag. Het huis wemelt van de dompige geur, vooral in de zomer is dat niet te harden. De houten, gedateerde woningen van zowel mijn verwekkers als van Oma zijn erg klein, je leeft op elkaars lip en kunt je kont niet keren, wat het er niet gerieflijker op maakt om met Oma een huishouden te delen, maar al die nadelen vallen in het niet bij het ene voordeel dat ik wél bij Oma heb: zij is onbedaarlijk aardig voor mij. Ze is mijn maatje voor het leven.

De huizen tellen twee slaapkamers, alles kraakt en piept en de muren zijn erg gehorig, je kunt net zo goed met de deur open schijten, dat idee. Het zijn woningen van 48 vierkante meter en ontzettend betaalbaar, daarom wonen we er. We dokken slechts 450 euro, dat is tegenwoordig een habbekrats voor een kot in Amsterdam. Mijn studiegenoten schuiven 700 voor hun studio, in hun uppie. Die gunstige prijs is niet omdat de woningcorporatie ons extra lief vindt en filantropisch ingesteld is, maar omdat we er al meer dan twintig jaar wonen. Zouden we weggaan, dan wordt de huur voor de volgende inwoners beduidend hoger en vragen de huizenmelkers je ongegeneerd 750 euro voor een archaïsche schoenendoos in een achterstandswijk. Of krachtwijk. Of prachtwijk. Of vogelaarswijk, ook goed. En dat is nog als het sociale huur is. Over de vrije sector zal ik maar niet beginnen.

Onze wijk, de Kolenkitbuurt, had indertijd de krant gehaald; we kregen de edele onderscheiding officieel de slechtste buurt van Nederland te zijn, wat inhield dat de economische afhankelijkheid notabel was, net als de taalachterstand, jeugdcriminaliteit, het vandalisme en de overwegend rampzalige schoolprestaties. Op de foto bij het artikel was Oma te zien, die toen nog buiten kon lopen. De hele buurt had het erover dat Oma in de (gratis bezorgde lokale) krant stond, de inhoud werd volkomen genegeerd; de meesten konden die waarschijnlijk niet lezen of begrijpen. Of het boeide ze niet. Of allebei.

2

Het meest snode dat je Moeder kunt toebrengen is het schenden van de ongeschreven wetten van de Code der Turkse Conservatieven, waar zij een poortwachter van is. Oma breekt alle conventies, ik heb er ook een handje van, dat knettert af en toe een beetje, maar dat vormt ook een onnavolgbaar hechte band tussen Oma en mij; zij neemt het altijd voor me op in ruzies, haalt de druk van de ketel voor zover het kan. Op het moment dat de verwekkers mij weer de koorts op het lijf jagen, sluiten we de rangen. Hetzelfde doe ik voor haar. Oma vloekt of roept de dood aan, ook waar anderen bij zijn, dat is een ontstellende zonde in ons geloof. Je moet je leed dragen met 'waardigheid' en 'geduld en beheersing' en zo, want dat is 'edelmoedig', zegt Moeder. Je kruis dragen dus, maar dan zonder kruis. Je mag de dood niet aanroepen, Allah bepaalt wanneer je tijd gekomen is. Het leed is onderdeel van je beproeving en van Gods plan. Inmiddels weet ik dat de beste plannen zich kenmerken door hun principiële onuitvoerbaarheid.

'Hij wil zien of je het aankan zonder steen en been te klagen en te kreunen en zonder je rotsvaste geloof in Hem te verspelen.' Als kind had ik al moeite met het bevatten van dit concept. Moeder zei indertijd als mijn vragen te lastig werden dat ik het niet doorgronden kon vanwege mijn luttele leeftijd, maar dat is met de jaren niet verbeterd, integendeel. Ooit trachtte ze het uit te leggen met een analogie: 'Op school krijg je toetsen terwijl de docenten alle antwoorden kunnen verklappen, maar dat verdommen ze, hoe moeilijk je het ook hebt, omdat ze willen toezien of je het eigenmachtig kan. Zo is dit leven een proef van Allah, terwijl Hij surveilleert.'

Een proef was het zeker, in de zin van experiment misschien. Zelfs als kind had ik al door dat dit voorbeeld best veel haken en ogen telde, maar ik voelde aan m'n water dat ik er gewoon content mee moest zijn. Dat gevoel heb ik nog altijd.

Oma heeft een hartgrondige weerzin tegen al het godzalige, al durft ze dat niet expliciet te zeggen. Moeder moet haar geregeld erop attenderen dat het gebedstijd is, dat is wel vijfmaal per dag, dus verdomd lastig om er frequent onderuit te komen. Oma doet ook niet mee aan de ramadan. Nu ze zo ziek is heeft ze een geldig excuus, maar ook daarvoor ontwaarde ik dat ze onderduims schranste en slurpte. Om deze illegaliteit vooral in de occulte krochten van ons zelotenhuishouden te houden, kreeg ik als kind geld geschonken; ze hoefde haar AOW sowieso aan vrijwel niets te besteden, Moeder zorgde toen ook al voor haar eten en kleding (Moeder is goed in het kleermaken) dus kon het makkelijk fungeren als smeergeld.

Als Oma zich ondubbelzinnig beklaagt over haar fysieke kommer en haar existentie an sich, wat in onze contreien geldt als doleantie jegens de Schepper, zegt Moeder verbeten dat Oma smeekbedes moet verrichten of gememoriseerde Koranhoofdstukken moet reciteren, dat dat wel zal helpen. Oma wordt dan knorrig en houdt zich stil, maar ondertussen borrelt ze als een vulkaan die op uitbarsten staat. Ik zie aan alles dat ze een kurk in haar reet heeft die de aanstormende diarree moeizaam tegenhoudt. Onderhuids broeit er iets, ik neem stuiptrekkingen waar. Het ventiel knapte laatst: 'Nee, dat is gelul,' zei ze prikkelbaar, toen Moeder opwierp dat ze moest bidden. De despoot des huizes bad hardop dat God haar lasterlijke woorden, die ingefluisterd werden door Beëlzebub, moest pardonneren, en vermaande de zondaar. Oma moest uitkijken en snel haar opstandige hart vullen met godsvrucht, ze zou nog rekenschap moeten afleggen in het hiernamaals voor de toorn die ze over zich afroept. En dat was al gevaarlijk dichtbij voor haar gezien haar situatie, dus ze was allerminst bedachtzaam bezig. Naarmate je ouder wordt verliest het tijdelijke immers steeds meer van zijn oorspronkelijke, theoretische karakter.

Terwijl ik mijn tas afdoe en mijn sleutels op m'n bureau pleur, spot ik Oma in de woonkamer. Het gloeit, de thermometer geeft 27 graden aan. Ze heeft een lange jurk aan met een bloemetjesmotief, zoals altijd, met daaroverheen een gebreid vest. Uiteraard heeft ze haar witte hoofddoekje op. Ik kan me niet voor de geest halen wanneer ik haar voor het laatst zonder heb gezien, het lijkt vastgegroeid. Dat is een gewoonte bij bejaarden, dat ze dat nooit eens afdoen, uitgezonderd van de douche, ondanks het feit dat het toch echt niet gedragen hoeft te worden thuis, zo is mij dat geleerd op de Koranschool toen ik er nog elk weekend bijgeschoold werd als kind en tiener.

Veel zaken in de praktijk zijn meer cultuurgebonden dan zoals het in de Heilige Schrift gegraveerd staat; de doctrine die me is onderwezen past merkwaardig genoeg niet bij de levenswandel van de moslims die me omringen, iets wat ik lastig kon omvatten in mijn tienerjaren. Nu weet ik dat hypocrisie en discrepantie gewoon een onontbeerlijk onderdeel zijn van het pieuze leven. Ik geloof dat er veel meer moslims zijn dan mensen die oprecht in Allah geloven. Veel meer. Een vrome heiden is minder onwaarschijnlijk dan een vrome moslim.

Bijvoorbeeld: een transactie waar rente in voorkomt is een onvergeeflijke zonde, maar velen nemen toch een hypotheek of een lening, inclusief familieleden, die mij intussen wel vermanen over het schenden van onschendbare voorschriften. M'n verwekkers zullen het ook nooit billijken dat ik met een bekeerde moslim thuiskom. Wie met pek omgaat wordt ermee besmet, is het argument. Aan een balk die uit het bos gehaald wordt, moet immers veel gehakt worden voor hij in het huis past. Ook zaken als overdadig luxueuze pronk-poch-en-praal-bruiloften hebben geen plaats in de zuivere leer; die pleit voor simplisme in het aardse bestaan en verbiedt extravagante uitgaven aan wereldse zaken. Ook is het gebed vijfmaal per dag héél erg verplicht, maar veel mensen, en vooral mannen, komen die eis niet na.

Nu is natuurlijk nog maar de vraag wat dé godsleer is, die kent een oneindigheid aan lezingen, laat ik mezelf en u daar niet mee vermoeien, maar ik bedoel in dezen míjn leer, ónze leer, zoals ik die heb geleerd op de Koranschool van de stichting Milli Görüş, alwaar ik van mijn zesde tot mijn zeventiende op heb gezeten onder dwang van de potentaat Karbonkel, die ik ook wel Moeder noem; de belichaming van het kwaad, de tiran van dit nest, een virus waartegen geen kruid gewassen is, een vrouw die tot haar kruin is gevuld met haat en wrok jegens mij, de aanstichter van alle molest en de oorzaak van mijn tragedie. Eigenlijk zou iedereens naam een afgeleide moeten zijn van zijn daden.

Men koketteert en wedijvert bovendien als het gaat om luxe, geld of een hoge levenskwaliteit, zaken die in de leer gehekeld of enorm gemarginaliseerd worden. Ze pakken groots uit voor vieringen, de vrouwen zijn verslaafd aan dramaseries over verboden liefdes op de Turkse en Arabische schotels (die het kopen van de Turken en vertalen), jongeren lopen rond in de meest onbetaalbare merkkleding, ook als hun verwekkers beschikken over een onbetekenend salaris en in een sloppenwijk wonen. De enige keer dat ik in de P.C. Hooftstraat liep spotte ik mijn halve buurt daar, terwijl naar mijn weten zij en hun huishoudens een stuk maand overhouden aan het einde van hun geld. Op uitbetalingsdata maak ik geregeld mee dat collega's met hun vakkenvullersloon van de grootgrutterketen waar we in dienst zijn à la minute een Canada Goose-jas, een Louis Vuitton-tas, een Gucci-riem, een Parajumpers-jas, Isabel Marant-, Balenciaga- of Alexander McQueen-schoenen bestelden zodra het geld gestort was, terwijl ze daarna geen euro hadden om een broodje mee te kopen in de pauzes. De jeugd luistert naar drillrap van kleurgenoten als de onvolprezen Boef en Lijpe, die een agressief, promiscue, crimineel en nihilistisch bestaan prediken. Dat wordt bij het rappen samengebracht met speerpunten uit de geloofsleer, dat is al helemaal een giftige melange die mijn bevattingsvermogen te boven gaat, aangezien de leer überhaupt muziek verbiedt. Net zoals dat regen en wind los van elkaar prima te harden zijn maar strontvervelend als ze samenkomen, zijn mensen die de leer combineren met het bewierooken van straatcultuur en criminaliteit en daarmee een soort gangsterislam aanhangen, ook echt de allerergsten. Ook gaan velen systematisch naar de zonnebank, omdat het *not done* is in onze sociale strata bleek te zijn, dat zou esthetisch ondermaats zijn; een lichtgetinte huid geldt als het summum van voornaamheid. Zelfs meiden met hoofddoeken, die nauwelijks huid blootgeven, althans niet in het openbare leven, zijn niet weg te slaan onder de bekoorlijkheid verstrekkende gloeilampen. De paar keer dat ik me in de Bijenkorf bevond, viel me de hoeveelheid zandkleurigen en het aantal hoofddoeken gelijk op. Dat ons geloof, waar de meesten van hen de mond van vol hebben, niet verenigbaar is met zo'n profane, materiële en oppervlakkige hiphopcultuur, lijken ze op de een of andere manier niet in te zien. Het zijn net katholieken die gereformeerde speerpunten prediken.

Halil kreeg ook onderricht op de Koranschool. Die kwam thuis met verhalen over docenten die je lijfelijke sancties gaven als je je huiswerk had verzuimd of de te memoriseren teksten niet vlot kon opdreunen. M'n verwekkers vonden dat fysiek geweld onontbeerlijk was in een achtbare opvoeding, die prezen dat alleen maar. 'Anders leer je nooit wat discipline is. De mens is niet op z'n best als hij vrij is, vrijheid maakt laks, Adams zoon – de mens in zelotenjargon – heeft richtlijnen en sturing nodig, discipline en angst zijn nodig als beschavingsoffensief. Wie angst ervaart, sterkt zich voor de strijd. Wie het niet ervaart, verslapt. Waar de heren wijzen moeten de gekken prijzen, neem maar geen notie van de zever van westerlingen die speelruimte, autonomie en vrijpostigheid onvoorwaardelijk omarmen. Ongebreidelde ongedwongenheid bedreigt het geluk van de mens en daarmee de vrede en harmonie in een maatschappij en in het gezin. Angst is de moeder van de moraal, men moet omstaan leren,' vond Karbonkel de Kakkerlak. Een grote lantaarn, een klein licht. Ik kan veel zeggen over Moeder, maar kan haar niet verwijten dat ze zich laat ketenen door enig cognitief vermogen. Of een gebrek aan visie. Ze hangt aan elkaar van visie, alleen zijn haar ideeën altijd robuust en van lage komaf. Het was altijd buitengewoon potsierlijk als ze haar wijsheid over van alles in de rondte strooit, in een huid van zekerheden en vaststaande feiten. Immers: hoe dikker de wilg, hoe holler.

Ik had zelf gelukkig geen tuchtigingen van dit kaliber gehad, dat deed zich louter bij de jongensgroepen voor. Defne, mijn zusje van acht, wordt momenteel ook levensbeschouwelijk gecultiveerd op de Koranschool waar ik indertijd zat. Ze komt wel eens met anekdotes uit de les waarbij ik me afvraag of het ooit nog goed komt met de reeds ontketende intellectuele mutilatie die ronduit desastreus is. En die bij haar omvangrijker en minder overzichtelijk is, aangezien haar reguliere basisschool ook religieus geoormerkt is, in tegenstelling tot die van mij toen, maar dan denk ik aan mezelf en houd ik hoop.

De Koranschool is een instantie die er puur op ingericht is om waarheidsvinding te frustreren, zonder aandacht voor de wetenschap en de rede. Ik vond het er vreselijk, wilde er nooit heen en smeekte Moeder of ik thuis kon blijven, maar zat daar elke keer weer met te veel meisjes in een te kleine ruimte op de grond, met een gammel tafeltje met daarop onze korans, om vervolgens met onze strakgespannen hoofddoekjes heilige teksten in ons hoofd te stampen. Maar als het mij als uiterst simpele ziel is gelukt me te ontketenen van het euvel van de doctrine, ondanks het feit dat alle instrumenten voor scepticisme en een open vizier me bij voorbaat waren onteigend, moet het haar ook lukken, denk ik. Hoop ik. Maar ik weet ook dat elk levenspad zich ontvouwt aan de hand van een samenloop van omstandigheden en duizend-en-een variabelen en dat er veel meer mensen zijn die zich er niet van losmaken dan wel, ik kende namelijk geen lotgenoten, dus ik weet in dezen niet of mijn hoop redelijk of misplaatst is. Hoop is meestal uitbesteding van de eigen verantwoordelijkheid. Nietzsche zei dat geen enkele overwinnaar gelooft in het toeval, dus ik deed dat ook niet. Men dient zich er immers in te bekwamen de juiste zaken en verantwoordelijkheden uit te besteden aan het lot. De toekomst is ons tot niets verplicht. Ik occupeerde me derhalve veelal met het pogen om het tij te keren, alhoewel ik me niet kon onttrekken aan de impressie dat ik met het gummetje achter op mijn potlood vergeefs zat te ploeteren op letters van een permanent marker. Maar ik acht de mens voor het grootste deel systeembeheerder van een oneindig netwerk aan zelf te creeren mogelijkheden, in plaats van speelbal van de substantiële bepaaldheid van het lot, ongeacht de situatie.

Onlangs was ik samen met Defne boodschappen doen voor Oma, toen ze twee zoenende heren gewaarwerd. 'Ieuwl!' kraamde ze uit. 'Echt vies!' Het stel verkeerde vermoedelijk in de veronderstelling dat het mijn kroost was, gezien het gapende gat in het leeftijdsverschil tussen ons, waardoor ik een gevoel van schaamte voelde ontspruiten. Ik verfoeide haar opmerking en liet haar haar excuses aanbieden, wat ze keurig deed, en maakte haar vertrouwd met de overtuiging dat je als zinnig burger niet de draak mag steken over de genegenheid die mensen voor elkaar voelen en de uitingen daarvan, ondanks hun geslacht. Het werd haar spoedig vergeven, het was immers een koter en was duidelijk schaamtevol. Schaamte is een teken van genegenheid. We schamen ons slechts voor hen die ons dierbaar zijn. Schaamte voor eigen domheid gecombineerd met haar erkenning is ware wijsheid.

Kinderen komen overal mee weg, gelijk een krankzinnige, daar was ik als iemand die moest doorgaan voor volgroeide af en toe jaloers op. Naïviteit is immers een luxe die niet iedereen zich kan permitteren. Troost is altijd het voorrecht van de zwakken.

Defne was een snelle leerling, ze onderkende haar vergissing en toonde berouw. Kinderen zijn dan ook een hol vat; je kunt erin uploaden wat je wilt. Een intolerant mens begint immers nooit als dusdanig. We zijn er als mensheid gewoon dol op om onze pijlen te richten op hen die het minst op ons lijken of die we niet of nauwelijks begrijpen. Beschaving is wat die neiging moet beteugelen. Beschaving is je beter gedragen dan je bent.

Soms kwam ze na een weekend indoctrinatie met blaadjes thuis waarin merken stonden van Israëlische ondernemingen die ze moest boycotten. Nestlé, Coca-Cola, Danone, Evian, Colgate en Maggi bijvoorbeeld. En een lijst met verboden producten uit de Albert Heijn, zoals dadels en vijgen. Ook kwam ze laatst met een blaadje met Franse merken, nadat Erdoğan had opgeroepen tot een boycot vanwege Macrons vermeende islamofobie, na zijn reactie op de aanslag op Samuel Paty.

Bijwijlen stelde ze vragen die ik liever uit de weg ging, zoals waarom christenen en joden moslims haten, waarom moslims in Irak gebombardeerd waren door christenen, waarom Bosnische moslims verraden waren in Srebrenica, waarom moslims in concentratiekampen zaten in China, waarom de wereld het toestond dat het land van de Palestijnen ingepikt was en waarom er onlangs wel tienduizend mensen samenschoolden op de Dam om te protesteren tegen politiegeweld tegen mensen van kleur, maar dat er geen hond zich verroerde en geen haan ernaar kraaide om te protesteren voor de Oeigoeren of de oorlog in Jemen. Waarom het in sommige landen wettelijk is vastgesteld dat je niet de Holocaust mag ontkennen, maar de Bosnische genocide ontkennen mag gewoon. Dat zou zijn omdat on- en andersgelovigen een wrok koesteren jegens ons en dat God ons daarover verwittigd had.

Ik verloochende haar gevolgtrekkingen en zei dat het allemaal ingewikkelder lag, dat de realiteit vaak onnauwkeurig was. Ik was niet van zins om haar te vertellen dat ze deze zaken links moest laten liggen en dat ze dat vervolgens aan onze verwekkers ging vertellen, want klikken kon ze als geen ander, dat had de ervaring geleerd. Ze bewaart desondanks wel een geheim van me waar zo'n beetje mijn hele levensloop van afhangt: ze heeft een foto op mijn mobiel gespot waarop je mij ziet zoenen met Freek, mijn geliefde. Ik heb haar op het hart gedrukt dat als ze mij wil blijven zien in haar leven, dat ze dit geheim maar beter mee haar graf in kan nemen. Het is een foltering om een kind te belasten met geheimen, zij zijn nou eenmaal ongekunsteld en nietsvermoedend, die hebben het hart op de tong, dus ik verlangde iets wat tegen haar inborst is, maar het was niet anders, dan beteugelde ze haar neigingen maar. Om het kind zelfstandig te maken hoeven we het slechts zijn onschuld af te pakken.

Defne was gedoemd om snel op te groeien. Niet alleen vanwege het houden van de geheimen van haar zus, die anders voorgoed verstoten werd uit de familie of anderszins gewroken voor zulke onverschoonbare zondes, maar alleen al dat ze een hoofddoek en een lang gewaad droeg naar school en gescheiden gymles kreeg, en daarmee haar lichaam seksualiseerde op achtjarige leeftijd, en dat ze zich moeide met netelige geopolitieke kwesties, gaf aan dat ze geen kind mocht zijn zoals andere kinderen, *c'est ça*.

Zowel zij als ik mag bovendien vooralsnog in onze handjes

wrijven; zij gaat naar een weekendschool, net als ik voordien, terwijl je onderwijs ook hebt in de vorm van internaten alwaar je ook doordeweeks naartoe gaat en 's nachts resideert. Daar heb je, gelijk kinderkloosters, roosters voor je dagbesteding om geen minuut onbenut te laten en dermate onderricht te krijgen over de theorema's dat je een *hafiz* wordt: iemand die de Koran van kaft tot kaft uit het hoofd kent. In het Arabisch. Er zitten kinderen van zes of zeven jaar tussen, de meesten zijn iets minder jong. Je ontaardt daarna tot leermeester met de bevoegdheid om te onderwijzen aan de nieuwe lichting in gelijkslachtige internaten; zo gaan de wielen van de islamitische bus – met gescheiden ruimtes voor man en vrouw – rond en rond. Een leugen ontleent immers status aan het aantal verkondigers dat hij weet te ronselen. In dat licht bezien valt zo'n weekendschool dus nog hartstikke mee. Moeder, mijns inziens de duvel zelve, wilde haar kinderen op een zodanig internaat huisvesten, onverstoord en gestaag in dienst van de Schepper, maar Vader zette er, hoewel weifelend, toch een voet voor. Kinderen mochten ook wel hun kindertijd beleven, vond hij. En zo'n internaat was best duur. Nu Moeder ziet wat er van Halil en mij geworden is na elf jaar op de weekendschool, veel te vrijdenkende en niet zulke compromisloze godheidvereerders als zijzelf, zit ze steeds vaker hardop te peinzen over een mogelijke transfer naar een internaat voor Defne; ijzer moet men immers smeden als het heet is. Ze wilde geen derde offer brengen aan het altaar van de Verlichting en het veelkoppige monster genaamd individualisme.

Defnes juf had laatst na de aardbeving in Turkije afgekondigd dat natuurrampen een sanctie van Allah zijn voor de mensheid, omdat die, geheel genomen, volharden in het zondigen, ondanks de Boodschap. Elke keer als Defne mij op een zonde betrapt, zoals het epileren van mijn wenkbrauwen (op die vrouwen rust de vloek van Allah), het dragen van make-up en te korte of te strakke kleding, het verzuimen om te bidden, foto's op mijn mobiel die bewijzen dat ik halfnaakt en zonder hoofddoek op het strand lag, het in verweer gaan tegen mijn verwekkers of het bellen met mijn buitenechtelijke levensgezel, zegt ze dat ik medeverantwoordelijk ben voor het ellendige lot dat mensen aan de andere kant van de wereld toekomt die kampen met droogtes, aardbevingen en vulkaanuitbarstingen. Op de een of andere manier heeft de Lieve-Heer er een handje van, ook in de heilige verhalen, niet de sancties te laten voltrekken op de delinquenten alleen, maar vooral op wildvreemden. Het schuldoffer in zijn weerzinwekkendste, meest barbaarse vorm, het offer van de onschuldige voor de zonden van de schuldigen, wat een huiveringwekkend heidendom! Aldus Nietzsche. Het individu is non-existent bij de Heer. In sommige opzichten een memorabele boodschap. Milieuverdelgende handelingen waar slechts sommige mensen gewetenswroeging bij ervaren, belasten ook het collectief. Hetzelfde met onverstandige mensen tijdens een pandemie. God verandert kennelijk niet in zijn manier van vermanen, dus zo ondoorgrondelijk zijn Zijn wegen niet; er valt een patroon in te herkennen. Maar de mens leert niet, beseft niet dat wat niet goed is voor de korf, niet goed is voor de bijen. En domheid heeft helaas altijd het voordeel van het aantal. Ik behoorde volgens Defne tot de reddeloze dwazen. Het geloof in collectieve schuld berooft een mens van meer dan alleen de mogelijkheid te geloven in individuele onschuld. Waarom worden er altijd enkelingen gedupeerd bij het nastreven van collectieve doelen?

Met grote regelmaat voelde het alsof ík de moeder van Defne was. Ze zag het levenslicht toen ik in de brugklas zat, ik had haar met de dag zien ontluiken. De jaren zijn voorbijgesneld, ik weet nog goed dat ze in een Maxi-Cosi thuiskwam als een overrompelde wurm. Ik zong haar slaapliedjes in de wieg en ik waakte over haar als Moeder was vertrokken naar de moskee om aldaar cursussen bij te wonen, wat ze met grote regelmaat en hartstochtelijk deed, zelfs als ik moest leren voor proefwerken of tentamens vond ze dat haar eigen opleiding crucialer was.

Ik voedde haar en speelde met haar, ík prakte haar bananen elke avond, wist haar te bedaren als ze weende en te helpen helen als ze ziek was. Nu bekommerde ik me meer om haar dan om wie dan ook, ik wilde haar behoeden en bewapenen voor alles wat komen ging en me integraal over haar ontfermen. Zij mocht niet hetzelfde ondergaan als ik, zij mocht zich nooit eenzaam, gekneveld, minderwaardig, onzeker, onveilig of onbegrepen voelen. Ik zou altijd paraat zijn, ík zou degene zijn die zij nodig heeft als kind en tiener; een compagnon, een kameraad, een wegwijzer, een luisterend oor, iemand die er voor mij nooit was toen ik het nodig had. Zij zou niet eenzaam en in een geestelijke dwaaltuin aan overpeinzingen verzonken napluizen hoe ze haar emoties en verlangens tegemoet moest treden, waar ze niet met haar verwekkers over kon praten. Ze zou van haar hart geen moordkuil maken. Met ál haar vragen, kwesties, hinderpalen en broosheden zou ik haar onvoorwaardelijk bijstaan, al was het dat ze op veertienjarige leeftijd zwanger zou zijn van een junkie nadat ze gedrogeerd was in een steegje of verliefd op hem was – ik weet niet wat erger is –, maar het zou me niet uitmaken, ik was er voor haar met mijn vleugels, ik zou haar de juiste instrumenten aanreiken, haar bijsturen en moed inspreken als ze het niet meer wist, maar in geen geval zou ik dreigen met verstoting of een sociale boycot vanwege 'gezichtsverlies', 'teloorgegane eer' of 'geen zelfrespect'.

In ons areaal gold dat wie plast tegen de kerk gevaarlijk te werk gaat, maar niet bij mij; er zou geen *black box* bestaan met snaren die men niet moest aanroeren, met mij kon ze van gedachten wisselen over haar sores, ze zou niet gevangenzitten in wat ze voelt en wat ze moet. Als ik een oudere broer of zus als ik had toen ik opgroeide, zou het me veel angst, benauwenis en teleurstelling, kortom, leed bespaard hebben.

Defne zou nooit sigaretten en aanstekers onder haar hoofddoek hoeven verstoppen, ze zou niet onderweg naar school haar hoofddoek afdoen om die naar huis weer op te doen, ze zou niet 's nachts van het balkon (op de begane grond) naar buiten hoeven springen om uit te gaan of met een knul af te spreken, om daarna, als ze betrapt werd, klappen en slagen te tarten en te trotseren. Ze zou niet lijden onder tergende schuldgevoelens als ze had gekust met haar verkering, omdat ze vreesde dat ze nu een afgelikte boterham was, misschien ook in zijn ogen zelfs, en dat haar uitgelekte foto's wellicht in een 'bezemgroep' of '*expose*-groep' geschoffeerd zouden worden. Zij zou geenszins door dezelfde drek als ik gaan, dat stond ik niet toe, ik nam haar lot in eigen handen. Voor zover ik kon, want ik kon haar nu niet van haar wetenschapbestrijdende extatische basisschool en Koranschool af tiefen, ze was immers niet uit mijn kut gerold, en dus had men ooit bepaald dat ik dan geen zeggenschap had en dat de kut die baart, de kut die waakt is. En ik was de kut die mitst en maart. En voor nu was ik de kut die hierover bedaart.

Nietzsche zei het al: de zekerste manier om een jongeling te bederven, is hem ertoe brengen gelijkgezinden hoger te achten dan andersdenkenden. Een overtuiging voedt zich immers het liefst met eenzijdigheid. Deze kennisgeving was behoorlijk hoopslopend, wetende met wat voor intellectuele kaalslag ik oog in oog stond, maar ik zou doen wat ik kon.

Verder zou ik haar bijbrengen dat het niet manhaftig was om te pesten, om baldadig, cynisch en uitlokkend te zijn, zaken waar je aanzien mee verwierf in de Marokkaanse hiphopcultuur op 'zwarte' scholen. Dat dat niet van bravoure maar van dieptriestheid getuigde. Ik zou haar vertellen dat ze niet kansarm was, dat ze het niet moest toelaten dat iemand haar dat in de schoenen schuift. Als ze bijlessen of begeleiding nodig zou hebben, of een adequate studeerruimte, zou ik haar daarin voorzien. Als ze boeken wilde hebben, zou ik haar daarmee uitrusten, en als ze die niet wilde hebben, zou ik ze toch aanreiken in plaats van afpakken, zoals Moeder bij mij deed, omdat ik anders het memoriseren van de Koran naliet, het enige boek dat werd gelezen bij ons thuis. Waar geen aardappelen gepoot worden, zullen er immers ook geen groeien. Ik zou haar leren dat dit een land is waar alle wegen wagenwijd openstaan, dat het een kwestie van toewijding is om succes te behalen, dat ze geen slachtoffer is, dat het hier een meritocratie is, in tegenstelling tot Turkije en vele andere oorden. Weliswaar zou ze straks met een klein intellectueel deficit de pluriforme samenleving instormen als jongvolwassene vanwege eerdergenoemde factoren die ik niet kon verhelpen, maar ze zou alsnog een kleinere achterstand hebben dan ik destijds. Geen ziel die mij bijles of huiswerkbegeleiding kon geven, die konden we niet betalen, noch had ik geletterde ouders of een geschoolde volwassene om me heen. Ik had geen eigen kamer, geen eigen bed, geen eigen bureau en geen studeerruimte. In een later stadium ging ik zelf naar de bieb om enig leesvoer te verschaffen, dat vervolgens met grote regelmaat van me afgepakt werd, omdat de Koranschoolverplichtingen voorrang hadden. Ik had om de dag te maken met mensen over de vloer. Ik kon geen Nederlandse tv kijken. Ik werd niet blootgesteld aan verfijnde taal of intrigerende en uitdagende gesprekken opdat ik me later kon handhaven in een ontwikkeld gezelschap. Moeder stuurde me dagelijks naar de supermarkt met een euro; toen was een heel casino witbrood 50 cent en een bakje smeerkaas ook, dat was nagenoeg iedere dag m'n ontbijt en lunch. We aten geen noten, vis, veel van de fruitsoorten of de wat duurdere groenten als asperges en paprika's. We deden niet aan sportabonnementen of uitjes, we gingen niet naar de kapper. Als ik een schoolreisje had op de lagere school moest ik een week lang m'n ouders hardop horen verzuchten dat de ouderbijdrage zoveel was, of ik wel echt mee wilde, of ik dat zeker wist, of ik me niet beter ziek kon melden. Ja, ik had een noemenswaardige achterstand opgelopen, mijn ontwikkeling was niet optimaal, vooral de weekenden waarin ik overgeleverd was aan de illegale indoctrinatietantes waren tergend, maar ik had ingehaald en verholpen wat ik kon. Immers: bespottelijk is degene die in een land als dit zijn falen toeschreef aan wat kleine tegenslagen en deze opdient als onrecht dat hem is aangedaan door anderen of het lot. Ik zou haar verder zeggen dat ze geheid, net als ieder ander, uitsluiting zal ervaren. Misschien wel om haar etniciteit of religie, of anders om haar gewicht of geslacht of haar voorkomen, weet ik veel, alles kon, de mens is immers wreed en onbevattelijk, maar dat dat iedereen overal overkwam en onder de streep reuze mee zou vallen en dat je niet snel een andere woonplaats wenst op de wereld (klimatologische keerzijdes daargelaten).

3

Gelukkig is Oma onlangs gekapt met frituren en nuttigt ze gewoon het maaltje dat Moeder haar toebedeelt, want ik was de gelukkige die de vetspetters na mijn colleges van de vloer moest boenen. Als ik het een keer naliet, kreeg ik te maken met de chronisch nijdige en emotioneel opvliegerige Karbonkel, die ik ook wel Droogstoppel noem, die kwam natrekken in hoeverre ik aan mijn plicht als mantelverzorgster voldeed; alles moest op ieder moment maagdelijk schoon zijn. Turkse huismoeders zijn immers geobsedeerd; ze boenen alsof je in staat moet zijn om van de vloer te kunnen eten, in de vrees dat er iemand onaangekondigd langskomt. Ik heb met grote regelmaat gegromd en gekibbeld over die excessieve smetvrees, maar heb me uiteindelijk – zoals met meer aangelegenheden waar we, op z'n zachtst gezegd, onenigheid over hebben – neergelegd bij haar regime: een smetteloos huis. Elke dag stofzuigen, afstoffen, vogelpoep van het balkon peuteren (een helse klus, Oma's balkon functioneert om de een of andere onverklaarbare reden als duivencloset van Amsterdam), de afwas geen minuut laten staan (en bij het afwassen niet het water laten stromen, maar een sopje maken, anders kost het te veel), de natte was terstond ophangen aan de waslijnen op het balkon en de kleren direct opruimen en strijken zodra ze droog zijn, de tegels van de sanitaire ruimtes met bleekwater schrobben en het beddengoed om de dag verwisselen. Moeder springt uit haar vel en trekt dat vervolgens over mijn oren als ze ziet dat ik m'n bed een keer niet heb opgemaakt, m'n vuile sokken nog niet in de wasmand heb geloosd, de was aan de waslijnen op het balkon niet als de bliksem naar binnen heb gehaald toen het begon te regenen, de driekwart volle prullenbak nog steeds niet heb verruild, een haartje heb laten liggen in de doucheput of het eten van het laatst genuttigde maal niet oorbaar heb weggeborgen in de koelkast, maar op het fornuis heb gelaten.

Als het op reinheid aankomt, zowel in substantiële als spirituele zin, is Droogstoppel haast neurotisch te noemen. 'Wat als er onverwachts iemand voor de deur staat!? Wat zal die wel niet van ons denken? Ga jij dit later ook in je eigen huis doen als je getrouwd bent? Je man scheidt direct van je!' zei ze, toen ik vroeg waarom ze hier zo krampachtig over deed. Haar gelaat sprong in een een en al ernstige plooi, alsof dat echt een ontiegelijk solide en houtsnijdend argument was. Moeder lijkt te leven voor anderen, sterker nog, dat ís gewoon zo, iets wat ik met veel vergeefse moeite en ongerief heb proberen te veranderen. Het is nooit gelukt haar te genezen. Collectivum is haar tweede naam: ze denkt bij alle verrichtingen aan wat anderen erover zullen denken, of nog erger: zeggen. Anderen, dat zijn lui van hetzelfde kaliber die waanzinnig onnozele ongeschreven regels hanteren over fatsoen en deugdelijkheid. Dat zij dat verkiest is één ding, maar ze verwacht van mij dat ik die geesteshouding ook internaliseer, terwijl ik weiger mee te gaan in die notie. Maar mijn wil maakt weinig uit, ze dringt het gewoon op.

Moeder wist voor alle spullen een perfecte plaats: alles had een kast, een plank, een la, een vaas, een standplaats, alleen mij kon ze niet situeren, wist ze geen raad mee. Ik wilde alles zijn behalve wat zij van me verlangde. Burger, kind van God, dienstmaagd, deugdelijk en conformistisch lid van het gemeenschapswezen, kuise echtgenote van een Koranvaste wederhelft. Ik kreeg vlekken in m'n nek bij de gedachte.

Vorige zomer stond ik versteld van haar antwoord op mijn vraag, vlak voordat we op 'vakantie' (lees: marteling) gingen naar Turkije. Moeder was weer als een bezetene het huis smetvrij aan het maken alsof haar leven ervan afhing en eiste mijn bijstand hierin, maar ik had er schoon genoeg van en eiste verantwoording.

'Wat als we doodgaan onderweg of op vakantie? Wat zullen de mensen dan zeggen over mij als ze zien dat het huis vuil is? Dat ik een vuile sloeber ben, dat laat ik niet over me zeggen,' was haar verklaring.

Op dat moment wist ik dat ze gek was. Al onze conflicten met Moeder geschieden hierom; zij hangt haar mantel graag naar de wind en ik ben voor haar de luis in de pels, want alleen mezelf en niemand anders zie ik als de maat der dingen. Ja oké, soms gaat het ook over dat ik niet voldoe aan de geloofsvoorschriften, maar ook dat is weer vervlochten met de angst voor het morele vonnis van de Ander, de gemeenschapsgenoot, van wie de mening kennelijk maatgevend is. De angst om gestigmatiseerd en sociaal geschorst te worden, en dat gebeurt bij mensen met een dochter als ik, iemand met een onomwonden rafelrand en niet zo'n dochter volgens het boekje zoals bij overige ouders, is voor haar een existentiële angst waar ik met mijn Hollandse klompen overheen stamp. En daar wringt de Turkse schoen.

4

Ik ben woonachtig bij Oma vanwege het gebrek aan woonruimte in mijn ouderlijk thuis. Zij hebben met het gezin dezelfde woning als Oma in haar uppie, vandaar mijn verhuizing, die ik allerminst betreur. Integendeel.

Er was voor mij geen plek meer: in de ene slaapkamer verblijven de verwekkers, in de andere Halil en Defne. Voorheen sliep ik met Halil in een kamer, Defne pitte in de kamer van de verwekkers, maar ze werd te oud om daar langer te verblijven en nam mijn bed in. Althans, zo brachten mijn verwekkers dat, zonder toelichting waarvoor ze precies te oud werd, maar ik had ze al door; met een kind van acht lijkt het me lastig om de geslachtsdaad te verrichten, en dat is in hun geval even geil als het woord geslachtsdaad, vermoed ik.

Halil en Defne delen nu een stapelbed. Dat leidt ertoe dat hij thuis niet kan studeren of op z'n gemak kan zijn. Defne brengt vriendinnen thuis, kijkt tekenfilms op haar bed en bestaat op de manier waarop een achtjarige bestaat. Halil is derhalve vrijwel nooit meer thuis, maar goed, hij heeft nog altijd de vrijheid op zichzelf te gaan wonen als hij het te beklemmend vindt, een mogelijkheid die niet mijn deel mocht zijn, dus medelijden had ik niet. Dat deed hij vooralsnog niet; we zouden over een jaar toch wel verhuizen naar een grotere woning vanwege de sloop van onze flat die eraan kwam, dan zou hij z'n eigen kamer hebben. Daarnaast had hij geen zin in een studieschuld, zijn universiteit was dichtbij, hij hoefde geen huishoudelijke taken te verrichten en hij had toch wel alle manoeuvreervrijheid die hij wenste, want Halil had een snikkel. Een vrouw, dus ook ik, mag niet op zichzelf wonen voor haar huwelijk, dan zou ze verleid worden grote zondes te begaan en hadden de ouders geen toezicht op haar. Bij een snikkel maakte het op de een of andere manier niet veel uit.

Als je zo dichtbevolkt woont, komen de muren op je af en wil je niet thuiskomen, daar weet ik alles van. Maar als u dacht dat het niet erger kon, hebt u het mis; onze Marokkaanse buren leven met zes kinderen in een even klein huis. In een van de twee slaapkamers hebben ze twee stapelbedden en de twee kleinste kinderen slapen op de bank, die ze omtoveren tot een bed als Allah Zijn deken over de hemels spreidt. Dat is overigens geen uitzondering, de meeste gezinnen van Noord-Afrikaanse variëteit in onze wijk hebben minimaal vier kinderen en wonen op dezelfde manier. De Turken hebben meestal twee of drie kinderen, maar die hebben het desalniettemin ook krap, aangezien de Marokkaanse manier van wonen niet als referentiekader dient. Alles is natuurlijk relatief, maar dat zij kiezen voor gezinsomvangen uit de tafel van zes en ademruimte genoeg vinden om te leven, wil niet zeggen dat wij minder recht van klagen hebben.

Wegens de krapte zijn de meeste kinderen en jongeren geneigd om veel, talrijk en langdurig op straat te hangen, anders kibbelen ze met de divisie thuis, ledigheid is immers des duivels oorkussen, of ondervinden ze hinder van de ouders die ongevraagd je kamer binnenstormen (kloppen doen we niet aan bij ons, aan privacy evenmin) en vervolgens jou voor klaagmuur aanzien en beginnen te raaskallen over alles waar ze hun ei of zaad over kwijt moeten, meestal familiaire aangelegenheden, financieel noodweer of huwelijks gesodemieter, en anders over eventuele rommel in je kamer. Ze komen je vragen om de post voor ze te vertalen en allerlei formulieren in te vullen en worden ook nog boos en verwijtend als je dat niet kunt, zelfs al ben je nog kind. Ze eisen dat je naar de moskee gaat op vrijdag, vragen waarom je niet bidt, vragen wat je kijkt op je telefoon, vragen waarom je lacht als je op je beeldscherm kijkt, vragen met wie je belt en waarom dat klinkt als de stem van iemand van het andere geslacht of ze produceren gewoon heel veel geluid terwijl ze videobellen met familieleden, zowel uit het buiten- als binnenland, terwijl jij je moet concentreren op je huiswerk of gewoon niet blootgesteld wilt worden aan dat oeverloze gezwatel. Het ergste van alles is als er mensen onthaald worden en de visite zo lang blijft zetelen dat je je afvraagt of ze van plan zijn te blijven tukken. En dat gebeurt nogal frequent; op elk moment van de week kunnen ze ongegeneerd komen aankloppen en blijven tot je ze afwimpelt door opzichtig te gapen. Men zegt dat bezoek en vis drie dagen fris blijven, daar hadden ze bij de Turken nog geen notie van genomen. Of ze namen die drie dagen letterlijk.

Het is begrijpelijk dat men elkaar regelmatig opzoekt, de vrouwen werken niet en vervelen zich, dan zoek je lotgenoten op in het mutsenparadijs, maar ze komen ook wel eens met de hele klerezooi, inclusief vent en de kleintjes. Gewoon omdat het kan, omdat ze geen betere invulling van hun tijd hebben, naarstig zoeken naar een dagbesteding en levensmissie, zich niet zonder gezelschap kunnen vermaken en ze de familiebanden warm willen houden. In onze kringen worden een gebrek aan de behoefte om anderen frequent op te zoeken, eenzelvigheid en introversie gezien als zelfgenoegzaamheid en als teken van een koud en latent frigide karakter. Gastvrijheid is zowaar de essentie van het bestaan voor ons. Of nou ja, voor hen.

Ikzelf vind eenzaamheid een zwaar veronachtzaamd genoegen. Ik kan überhaupt slecht omgaan met de details des levens en vlucht zoveel mogelijk om mijn eigen ruimte op te zoeken, mij een afvallige makend en geregeld het doelwit van smaadwoorden, niet het minst van Moeder. Ik voel me nooit deelnemer, hooguit toeschouwer of iemand die een tijdelijke rol inneemt. Ik mis een sociaal gen, ik bekijk de wereld fundamenteel anders en vind mensen lastig, ik haal geen vreugde of voldoening uit het triviale, onafzienbare gewauwel met stuk voor stuk fervente dertien-in-een-dozijn familieleden die zich in discussies – wat de affaire ook behelst, meestal roddels, iets over eten en drinken, vrouw-van-zijn, huwelijkse geschillen die geslecht moeten worden (het huwelijk is in sommige gevallen immers niets anders dan een penitentiaire microkosmos waarin cipier en gedetineerde doorlopend van rol ruilen) en andere neuzelonderwerpen als het een mutsengezelschap was, of de becommentariëring van het nieuws uit Turkije als er ook snikkels in het gezelschap betrokken waren – vooral wentelen in het eigen gelijk, nergens kaas van hebben gegeten wegens de zeer gebrekkige intellectuele en culturele bagage, kortom beschaving, een nauwelijks ontwikkeld kritisch vermogen bezitten en niet in staat zijn een andere mening dan de hunne überhaupt aan te horen en zo wel, hun stem verheffen of verontwaardigd gaan lopen doen, want je moest in onze contreien altijd aan één trouw trekken, conformeren, anders was je van de wederpartij en daarom een vijand. Iedereen die liep op niet begane paden begaf zich op glad ijs en moest je bij voorbaat wantrouwen, terwijl ik juist vind dat het vermogen tot aanpassing een gevaarlijke deugd is. Ik heb wel wat beters te doen dan mijn tijd te verdoen met deze geborneerde rasintellectuelen die vooral hardnekkig lichtgeraakt zijn. Het tegendeel is trouwens ook waar: bij ons moslims zullen ze je reet nog afvegen als je de juiste dingen zegt, vooral als blanke.

De ander in mijn circuit was altijd zó anders dat ik me geregeld afvroeg of ik niet een ondoorgrondelijk raadsel voor hen ben.

Sinds ik bij Oma woon en ik in ieder geval mijn eigen kamer en voordeur heb en niet meer geconfronteerd hoef te worden met om de haverklap mensen over de vloer, ben ik ontketend. Niet helemaal hoor, mijn intrekken bij Oma ontsloeg me volgens Moeder nog altijd niet van de verantwoordelijkheid urenlang te zitten met de bezoekers die bij hen thuis langskwamen. Ook hier bij Oma klopten ze wel eens aan, maar ik bof dat Oma, net zo'n kluizenaar als ik, niet van visite houdt en dat ook opzichtig en onbehouwen meldt, waarna het schaamrood bezit neemt van Moeders kaken, die zich verantwoordelijk houdt voor de gedragingen van haar schoonmoeder en dochter, aangezien we allen een verlengstuk van elkaar zijn en samen een entiteit vormen die de sociale omgangsnormen in acht moeten nemen om ons imago en eer hoog te houden, en daarom ook Oma, na vertrek van de visite, niet gespaard bleef van de schofferingen van Moeder, die altijd als door een wesp gestoken hardnekkig bevlogen wilde zijn over alles waar wij ons niet aan hielden. Maar goed, al met al is Oma's woning mijn van ideologische kortzichtigheid gevrijwaarde kaveltje waar ik mijn hut het liefst heb staan. Het is de enige verzachtende omstandigheid, samen met Oma, waardoor ik het leven met mijn verwekkers nog uithoud.

Halil zou aanvankelijk bij Oma intrekken, aangezien Moeder liever toezicht over mijn leven had dan over dat van haar snikkelbezittende kroost, die toch wel alles mag en de hele dag buiten is. Bovendien wilde ze als hofmaarschalk uiteraard de bediening van de visite kunnen uitbesteden aan de dochter des huizes en dus lijfeigene. Maar ik wist mijn verwekkers enkele jaren terug te overtuigen met het doorslaggevende argument dat Halil slechte cijfers zou halen als hij geen surveillance meer had, mij van het eeuwige kamenierschap reddend. Hij was toen zestien, ik achttien, en had bijkomstig een periode waarin zijn cijfers kelderden vanwege de ontwikkeling van een gameverslaving en een manco aan discipline voor studiebedrijvigheid. Ik wist onze voogden angst in te boezemen door de meest funeste scenario's te profeteren, zoals dat hij zou zakken van het vwo naar het vmbo als het zo doorging, aangezien de havo ook net zoveel discipline eiste als het vwo, en dat hij uiteindelijk het verkeerde pad op zou gaan, omdat er op die scholen de lijpste junkies ronddrentelden die messen droegen. Hij zou eindigen als vuilnisman of drugsdealer, want wie met honden omgaat, krijgt vlooien. Men begint bij het kleine en bij het grote houdt men op. Dat was trouwens niet eens gelogen, over die scholen.

De vreesaanjaging mijnerzijds was geslaagd; ik was degene die bij Oma mocht wonen. Als ze die keutel terug konden trekken, deden ze dat liever gisteren dan vandaag. Ze hebben in de vergane jaren al enkele keren geopperd dat het tijd wordt dat Halil bij Oma gaat wonen, maar daar komt niets van in. Ik waak over mijn territorium en dat kleine stukje vrijheid dat ik heb verworven met man en macht. Niemand zal mij verbannen, dat had ik opvliegend verkondigd, net als zoveel in mijn communicatie met de verwekkers. In onze cultuur moet je immers spreken met lichaamstaal, niet louter met woorden, dat is nooit overtuigend genoeg, daarom moest ik wel bijtend reageren – en daar vooral vurig bij kijken – op dit om de zoveel tijd terugkerende dictaat. Ik heb Oma aan mijn zijde, voor haar is het van groot belang dat juist ík bij haar woon, mijn gezelschap alleen al betekent een hoop voor haar reeds geringe levenslust. Ze heeft niets aan Halil, die toch alleen thuis is als de kalveren op het ijs dansen met sintjuttemis. Of het Offerfeest. Alhoewel kalveren dan allesbehalve dansen.

Gegeven deze situatie hebben de verwekkers minder zicht op in welke hoedanigheid ik de deur uit ga, hoe ik me kleed en of ik me opmaak, en met wie ik zit te bellen in de avonden. Nou moet ik zeggen dat ik vooralsnog talloze beperkingen opgelegd krijg en nog een lange, onaangeroerde weg te gaan heb naar de vrijheid waar ik naar smacht, maar het is in ieder geval veel gemoedelijker dan thuis in het directe zicht van de verwekkers wonen, of beter gezegd: van mijn tirannieke moeder, dat door en door giftige takkewijf, die ongekend zure zeverzak. Vader werkt toch wel tot in de kleine uren, daar heb ik overdag weinig last van. Ik ken hem niet anders: al mijn godganse leven is hij op z'n werk en algeheel afwezig in de opvoeding.

Afijn, alleen al deze zaken zijn voor mij een noemenswaardig privilege, voorheen had ik daar vaker gesodemieter over. Nu ga ik doorgaans geruisloos de deur uit, anders horen ze de voordeur van Oma sluiten, we wonen namelijk lijnrecht tegenover elkaar in dezelfde flat, en holt Moeder naar haar voordeur om mijn outfit langs de islamitische meetlat en vervolgens mij het vuur na aan de schenen te leggen over wat eraan schort. Als ik terugkeer naar huis doe ik hetzelfde: de trap op, mijn hakken dempend, de deur ontgrendelen, mijn sleutelbos dempend, en dan rennen naar m'n kamer om me te ontdoen van m'n opschik en de te zinnenprikkelende kleding (althans: volgens God) voordat Karbonkel of Vader me betrapt. Zij hebben ook de sleutel van Oma's woning en komen regelmatig een bezoekje brengen. Dit gaat al jaren zo, met af en toe een arrestatie op heterdaad en de gevolgen van dien, maar de laatste tijd krijg ik steeds meer maling aan deze poppenkast. Dan maar ruzie. Dan maar weer morele chantage en de bedreiging om me uit te huwelijken. Dan maar weer een klap van de altijd snel chagrijnig gestemde Karbonkel, die mij het liefst in mijn sop gaarkookt en die ik het liefst uit een helikopter in de Sinaïwoestijn deponeer. Dan maar weer die belligerente bloedhond die me onbesuisd zal uitschelden, bespugen en knijpen, waar ik groengele ovaalvormige lijfelijke markeringen aan overhoud waar Freek wrevelig over zou doen als hij me naakt ziet en Oma witheet van zou worden, de slagen van de zweep kennende, al had ik het nooit zo zout als zij gegeten. Ik ving wel weer

Karbonkels woede op. Boosheid omdat ik niet wilde deugen, luisteren, gehoorzamen. Vroeger zou ik daarna huilen in bed, wachtend op troost en ondertussen niet eten en niet m'n kamer uit om extra aandacht te trekken en te laten zien dat ik echt verdrietig was, waarna die langverwachte troost vaak niet zou komen, omdat ik het niet verdiende. Nu gebeurt dat niet meer. Ik ben m'n eigen troost. Het draaiboek in zulke situaties staat vast, maar ik ben nu fucking twintig. Ooit moet ze toch het krijt ruimen?

's Winters heb ik een lange jas aan, waardoor mijn outfit bemanteld wordt, maar nu het zomer is, etaleer ik mijn zondige en bandeloze uitdossingen. Van Moeder moet ik een jurk aan, minimaal tot over de knieën en wijd genoeg om alle ronde vormen te verdoezelen. Ik mag geen korte mouwen of anderszins iets van huid laten zien, laat staan ontblote benen zoals normale meiden doen in de zomer. Ik mag geen jeans aan, alleen pantalons en dat alleen onder de zojuist beschreven soepjurk. Daarom draag ik maar vaak maxi-jurken, dat was het meest voornaam in de keuzemogelijkheden.

Ik mag geen pluk haar uit mijn hoofddoek laten hangen of mijn doek van achteren fixen in een tulbandvorm, waardoor mijn hals vrijkomt. Voorheen, toen ik veertien was, vond Moeder ook dat blote voeten onwettig waren. Dat had ze met de lokale zedenprediker in de moskee beraadslaagd, een bekwaam doch verderfelijk redenaar – aan haar ontleent ze meestal haar gezag en geldigheid over mij, dat was zeg maar de cateraar en waterdrager van het molest waar ik dagelijks mee te kampen had, virus en bacterie hebben nou eenmaal een vreedzame co-existentie – dus ging ze ook zeiken over mijn teenslippers, maar ik werd gesteund door familieleden en buren die ik had geëngageerd omtrent deze affaire. Die vonden dat Moeder het te bont maakte, iedereen droeg immers tegenwoordig sandalen. 'Wat kan het mij schelen wat men doet? Ze hebben allemaal geen godsvrees meer, dit zijn de regels van de leer, niet van mij persoonlijk!' zei Moeder dan geërgerd tegen tante, haar op haar drogredenering wijzend. 'Ze is jong, je beknelt haar te veel, pas daarmee op, dat werkt averechts,' was de profetische waarschuwing. 'Ik volg gewoon de regels,' antwoordde Moeder, niet onterecht. 'En zij moet dat ook doen, anders krijgt ze spijt. God gaat mij op de dag des oordeels vragen hoe het komt dat ik mijn dochter niet naar behoren heb opgevoed, hoe ik haar heb toegestaan de duivel achterna te trekken voor mijn ogen, wat zal dan mijn weerklank zijn? De imam meent dat wij verwekkers verantwoordelijk zijn voor de daden van ons kroost, daar gaan wij rekenschap voor afleggen.' Onze God had kennelijk een 100 procenterfbelasting op zonde. Niet van ouder naar kind, maar omgekeerd. Maar het kind ging er zelf vooralsnog ook aan in de hel, dus je was hoe dan ook verliezer, terwijl God z'n staatskas spekt. Behalve als we allemaal deugen.

Het is voor devote mensen, ook als ze helemaal niet zondigen, op de een of andere manier nooit voldoende om overtuigd te raken van hun zondevrije, vrome staat. Ze móeten zichzelf ervan overtuigen dat ze een zondaar zijn, omdat ze die deugden niet bij een ander kunnen provoceren of deze niet kunnen genezen van de invloed van de duvel. Want als ondeugd verwerpelijk is, is deugd dan nog wel een verdienste?

Hoe kon ik Moeder duidelijk maken dat wat imam Wawelaar zegt als iemand met een evidente levensbeschouwelijke vooringenomenheid niet per se de waarheid is en hem geen legitieme autoriteit maakt? Hoe kon ik haar het verschil uitleggen tussen feiten en morele oordelen? Hoe kon ik haar duidelijk maken dat verwerpelijk gedrag dat zich beroept op zijn rechten verwerpelijk gedrag blijft?

Onze-Lieve-Heer had aan alles gedacht om het vrije individu vooral niet vrij en vooral geen individu te maken, ook nu weer bleek ik vast aan de eeuwige navelstreng. U kunt veel zeggen over de leer, maar geen gebrek aan systematische doordachtheid verwijten, want het ideaal gaat altijd voor het individuele recht. Waar ik vroeger alles wat de verwekkers en de zedenpredikers verkondigden voor waarheid aanzag en onmiddellijk ter harte nam, bemerkte ik dat dat met de dag minder vanzelfsprekend werd naarmate ik opgroeide. Volwassenen wisten niets beter, ze speelden nog altijd vader en moedertje, ook als ze zelf kinderen hadden. Iedereen deed maar wat. En dat besef was soms beangstigend, maar niet meer in de mens geloven was op de een of andere manier ook een droevige bevrijding. 'Kom op, Fatma, je zevert te veel, het zijn maar blote voeten,' vond Vader. Ik vraag me op dat soort momenten af hoe zeloten nou bepalen wat wel overtrokken is en wat niet en hoe die redenering zich voltrekt in hun hoofd. Als je dan toch de wetten in dit geval links laat liggen, doe het dan ook bij andere zaken, denk ik dan. De werkelijkheid blijkt nooit bereid zich te voegen naar de sluitende theorie. Menselijk gedrag is zo ingewikkeld en willekeurig, ik zal het nooit begrijpen, vrees ik. Zoals priester Antoine Bodar zo mooi zei: 'Er is de leer en het leven, en daar bestaat spanning tussen.' Misschien wel de belangrijkste constante factor in de geschiedenis is de mens met zijn tegenstrijdige karaktereigenschappen en onvoorspelbare gedrag.

5

In de bajes hebben ze meer leefruimte dan bij ons thuis. Als er visite kwam, kon je geen dwarsfluit meer spelen, dan moest je in de lengte staan. Als scholier kreeg ik een hoofd als een boei aan het begin van het schooljaar, als de mentor aankondigde bij elke leerling thuis te willen komen om kennis te maken met de verwekkers, alsof dat niet op school kon. Ik weet niet of dat beleid op elke school gangbaar is, vermoedelijk was het omdat onze school een 'zwarte' school was, die uitsluitend een allochtone (of biculturele, ook goed) populatie had. Laat u niet misleiden door het woord zwart, er waren nauwelijks 'zwarte' mensen. Het peloton bestond, gebaseerd op mijn observering, maar daardoor niet minder betrouwbaar, uit grofweg 70 procent Marokkanen en 30 procent Turken (of 'Turkse Nederlanders', whatever), met hier en daar Surinamers en een paar halve, verdunde Germaanse Nederlanders en welgeteld twee hele. De docenten poogden en beproefden van alles om de voogden te betrekken in het scholingsproces; die konden nogal onverschillig zijn of verschenen niet op het toneel op de ouderavonden, met name de oudere generatie, die gebrekkig tot geen Nederlands sprak. Daarom was op een gegeven moment besloten, net in het jaar dat ik daar op school kwam, dat een huisbezoek een goed idee was om dit probleem te verhelpen. Maar goed, de docenten wilden stiekem ook gewoon neuzen in ons huiselijk leven, dat weet ik zeker. Even kijken hoe het huis van de exotische moslims eruitziet. Hoe het ingericht is, of het er allemaal heel anders aan toegaat, of de moeder ook thuis een hoofddoekje opheeft, of de vader de moeder af en toe een mep geeft, of de vader meerdere vrouwen bezit, of er explosieven en bomgordels aanwezig zijn voor de heilige jihad, dat soort dingen. Er was echter niet zo gek veel te bezichtigen, misschien hooguit een dood schaap in de douche als ze toevallig op het Offerfeest langskwamen, maar dat was dan ook het meest avontuurlijke.

Tot mijn verbazing was elke docent (zowel die van mij als die van Halil) geïmponeerd door onze tapijten. Ik had nooit geweten dat handgemaakte tapijten zo bijzonder waren, tot ik waarnam hoe meneer Albers (en de rest van de docenten die jaar na jaar volgden) daarvan glunderde. Moeder had in haar jeugd veel geweven en het zooitje naar Nederland vervoerd nadat ze trouwde. 'Wat een sublieme kunstwerken! Ik heb zelf ook een Perzisch tapijt thuis, maar deze kleurencombinatie en deze decoraties zijn toch echt enig! En zo uniek! Weer heel anders dan die ik ken,' zei hij vol vervoering. Ik vertaalde het: 'Hij vindt je tapijten leuk, ma,' waarna Moeder onbedaarlijk trots was. 'Zeg maar tegen hem dat ik er nog een paar in de kelder heb, hij mag er eentje uitzoeken als hij ze zo mooi vindt!'

Typisch Moeder, zij was immer genereus. Als men haar kleding prees, schoot ze achter haar naaimachine om ook iets voor hen te maken, als men zei dat haar eten lekker was, bracht ze de volgende dag een pan eten bij diegene langs, als we zaten te barbecueën in de tuin van Oom, bracht ze een schotel vlees bij de Nederlandse buren langs (waar zij heel erg van opkeken), omdat die het vlees ook hadden geroken, en het een grote zonde is als je niet van je eten deelt. Dus als iemand haar tapijten prees, moest ze er natuurlijk eentje prijsgeven. Ze was allerminst hebzuchtig, altruistisch zelfs, en verkeerde in de overtuiging dat je met een gulle hand in het gevlij komt bij de Heer, dat had ze van haar eigen moeder, die was net zo. Opa klaagde wel eens dat zijn vrouw nog net niet hun keukengerei en bestek uitdeelde in hun dorp in Turkije. Alhoewel het in hun geval begrijpelijk was, ze waren immers het vermogendst; hun zes kinderen waren allemaal naar Nederland geëmigreerd en succesvolle aannemers geworden (op Moeder na, zij had een kut). En zo vroom als Oma was, wilde ze haar welvaart gaarne delen, want als de ene hand de andere wast, worden ze beide schoon. Het was gewoon te veel geld voor hun sobere levensstijl, waarschijnlijk wisten ze niet eens wat ze er anders mee moesten. Maar altruïsme is eigenlijk gewoon het egoïsme van het collectief. Laat u zich daarom niet vergissen. Goedheid die om bewondering vraagt verloochent zichzelf.

Enfin, omdat ik het gênant vond om een fucking tapijt te geven aan een docent, en ik op die leeftijd gewoon normaal wilde zijn als alle anderen, vertaalde ik haar aanbod als volgt: 'Mijn moeder zegt dat de koffie al klaarstaat.' Met de kennis van nu had ik dat tapijt geschonken, maar als puber had ik een buitengewone drang om vooral niet anders of raar te zijn, wat dat ook mocht zijn, een aandoening waar meer tieners aan lijden. Straks zou die mafklapper nog in de klas vertellen dat hij bij mij een tapijt had gescoord en zou de klas misschien gaan gniffelen, dat kon ik niet hebben. Ik wilde normaal zijn, en normaliter gaf je je docent geen tapijt bij een mentorgesprek.

Ik vond het allerminst bezwaarlijk dat de docenten gezellig langs wilden komen, ware het niet dat ik het uiterst gênant vond. Vooral toen de docent binnenkwam nadat hij of zij op vriendelijke commando van Moeder de schoenen uitdeed en ervan opkeek hoe klein ons huis wel niet was voor een gezin. Ze lieten het dan ook allemaal stuk voor stuk nooit na om dat op te merken. 'Zo hé, is deze woning niet veel te klein voor jullie?' Ja goh, knap opgepikt hoor, mevrouw Kusters, als u het niet zei zouden wij er echt nóóit bij stilstaan dat het misschien wel écht te klein is. Daarom zei ik doorgaans: 'Ja, maar gelukkig gaan wij binnenkort daarom ook verhuizen.' Liegen in dit soort situaties vond ik geoorloofd, dat begreep Allah vast wel. Gelukkig speelden mijn verwekkers het spelletje mee. Of nou ja, Moeder verstond (en verstaat) toch geen woord en Vader hield zich stil.

De docenten konden de uitgebreid gedekte tafel van Moeder en het enthousiaste onthaal, ook wel aangeduid als gastvrijheid, daar staan wij buitenlanders bekend om, erg waarderen. Het gebrekkige Nederlands leidde af en toe tot moeizame communicatie, maar we kwamen er wel uit met z'n allen, want ik was de tolk. Dat ging op de basisschool wel anders, zowel Halil als ik zweette als een otter tijdens het zo snel mogelijk vertalen van de docent bij rapportgesprekken. Ons Turks was niet of nauwelijks ontwikkeld, ik wist niet hoe ik woorden als wereldoriëntatie, kunstzinnige oriëntatie, sociale vaardigheden of woordenschat zei. En al zou ik de vertaling wel kennen, zou het de verwekkers toch niets zeggen, zij spraken geen ABT. Dezelfde problematiek trad op als we brieven van de Belastingdienst of de gemeente moesten vertalen. Ik wist niet eens wat een kwijtschelding of een belastingvrije voet in het Nederlands was. Ik wist wel dat Vader zich beklaagde over dat de Belastingdienst hem de voet dwars zette en dat hij straks een ridder te voet zou zijn.

Halil had het een stuk zwaarder tijdens het tolken; zijn rapporten waren inhoudelijk beroerder als het aankwam op taalvaardigheid. Ik had zelf excellente resultaten door het consumeren van significant meer boeken. Ik haalde met gemak een vwo-advies, Halil kreeg een vmbo-t-advies, ondanks zijn vwo-score op de Cito, omdat de meester vond dat zelfs de havo te hoog gegrepen was. Halil was niet verbaal begaafd, kwam zuchtend en puffend uit zijn woorden en kon nog geen volzin Nederlands schrijven met de juiste interpunctie. Desalniettemin had hij wel die vwo weten te scoren, waar niemand iets van begreep. M'n verwekkers waren inmiddels bekend met de scores die je kon behalen bij de Cito en wat dat dan zo ongeveer betekende voor je toekomstperspectief door hun ervaring met mij, waarbij ze van de ouders van de andere leerlingen hadden vernomen dat ik écht een uitzonderlijk hoge score had behaald en dat ze daarom écht trots moesten zijn (ik had de hoogste score die mijn basisschool ooit had gehad, maar dat was vooral uitzonderlijk omdat de rest het heel slecht deed).

In het geval van Halil hadden onze verwekkers zich er allang bij neergelegd dat hij naar het vmbo zou gaan en uiteindelijk zou eindigen als bouwvakker of iets in die contreien, hij was immers niet zo van het lezen. 'Niet iedereen is goed in leren, sommigen kunnen goed met hun handen werken, net als mijn broers, zo is Halil gewoon, dat is de aard van het beestje,' zei Moeder na de oudergesprekken, waarbij er elke keer gewaarschuwd werd dat zijn taalachterstand aanzienlijk was en verholpen moest worden door meer te lezen en Nederlandse tv te kijken. Moeder vond dat onzin, dat was niet te verhelpen, dat moest je niet forceren maar accepteren, mensen waren nou eenmaal anders en iedereen had andere talenten. Ik, ook de tolk bij de gesprekken van Halil, vertaalde dat maar niet bij de meester en zei dat ze er alles aan ging doen om tekortkomingen bij te schaven. Ik hoopte dat Moeder ongelijk zou krijgen. Fysieke arbeid is immers voor hen die voor denken te lui zijn.

Toen Moeder hoorde dat ik een hoge score had, begon ze zich allereerst zorgen te maken over het boze oog. Het idee van een boos oog vindt zijn oorsprong in de geloofsleer en houdt in dat als je succes hebt behaald je als de dood moet zijn voor afgunstige mensen en hun sinistere blikken; dat zou de verdiensten vernietigen. En dit is alom toepasbaar. Als je knap bent en hierom geprezen wordt zonder dat iemand *mashallah* ('moge God u beschermen') zegt, kan het schone verleppen. Moslims kunnen zich daarom erg opwinden als je ze als medemoslim looft en daarbij verzuimt dat sleutelwoord uit te spreken; dan zou je in de luwte erop uit zijn om hun zegening te verdelgen. Als vrouwen net bevallen zijn en thuis bezoekers onthalen en de baby tijdens die periode of een onbepaalde periode hierna ziek wordt, verklaren ze dat door te zeggen dat het komt door een boos oog van een van de gasten. Als je haaruitval krijgt, is dat omdat iemand afgunstig naar je haren heeft gekeken. Als een recept op de klippen loopt, is dat omdat iemand in je omgeving het jou niet gunde. Als je auto het niet meer doet, is het omdat iemand jaloers was op je auto, et cetera. Zo zijn alle tegenvallers in het leven terug te voeren tot een misgunnende mol in je omgeving en is het enige wapen dat je hebt de Koran en de speciale inspanning die je moet leveren om alle verdiensten en zegeningen zoveel mogelijk privé te houden, weg van de boze ogen. Wat hierbij onmisbaar is, is de alomtegenwoordige *nazar boncuk*, een hanger met een blauwe, ronde tegel eraan en in het midden een stip, die een oog moet voorstellen. Trek het maar eens na in Turkije, je ziet het overal; de winkels, gemeentehuizen, ziekenhuizen, bakkers, banken, woningen, auto's en vliegvelden. Bij de Marokkanen hebben ze een hand als symbool. Op de Koranschool leerde ik dat deze vervloekte heidense amuletten ten strengste verboden zijn, het zou afgoderij zijn en een latere innovatie, wat zoveel betekent als dat het niet voorkwam in het leven van de Profeet (vrede zij met hem) en niet in de scriptuur te vinden is. Die symboliek is daarom iets cultureels, men gelooft echter dat het van de religie is. Het concept van het boze oog, buiten die amuletten om, is wel degelijk van de leer, maar je kunt je er in feite alleen voor behoeden door de Koran te reciteren, werd me onderwezen.

Het boze oog is de reden dat godzalige moslims geen foto's van zichzelf, hun kroost of van hun eten op sociale media plaatsen. De lokale imam Wawelaar debiteerde dat er iemand was die zijn eten op Instagram zette en daarna een acute hartaanval kreeg. 'Dat is omdat er mensen naar zijn gerecht hebben gekeken met een afgunstige blik, zonder Allah daarvoor te prijzen. Dit kan jullie ook overkomen!'

Maar wat als ik tijdens het kijken van zijn preek hem een boos oog gaf door hem iets te misgunnen? Kon ik hem dan ook een hartaanval bezorgen?

6

Halil haalde een vwo-score door net voor de eindtoets spartaans te oefenen op de computer van de bieb, wij hadden er namelijk geen, nadat hij zich onverhoeds realiseerde dat zijn score nog eens behoorlijk uit zou kunnen maken voor zijn loopbaan en dus leven. Op het Hervormd Lyceum West kwam hij echter in een havo-kansklas, zijn meester hield voet bij stuk over het reeds gegeven vmbo-t-advies. Hij kon al snel doorstromen naar de havo en een jaar later naar het vwo. Inmiddels haalt hij negens en tienen op de Universiteit Leiden en wenst hij cum laude te slagen om als advocaat op de Zuidas te werken. Laatst vroeg Oma wat hij later wilde worden, maar ze wist niet wat een advocaat was, en na de uiteenzetting kon ze er nog steeds geen baklava van maken.

Toen Halil zijn vwo-diploma in ontvangst nam, heeft hij een middelvinger opgestoken voor meester Mischa (de leerkracht die hij had in groep 8 en die verder niet aanwezig was) en zijn frustratie geuit over de inspanning die het hem had gekost om op het vwo te komen, terwijl hij het al van meet af aan verdiend had, maar die 'racistische' kutmeester 'het hem niet gunde'. Ik zou niet durven zeggen dat het een kwestie van benijden was, immers had Yassine, een klasgenoot van Halil destijds met wie hij ook na de basisschool bevriend gebleven was, wél een vwo-advies gekregen van dezelfde onderwijzer wegens zijn verbale begaafdheid, extraversie, grote vocabulaire, assertiviteit en participatie, terwijl hij een havoscore had. Die zit nu overigens op het ROC. Het lijkt me in dit geval daarom geen gevalletje 'allochtoon werd gediscrimineerd', maar een gevalletje 'veel leerkrachten belonen extraversie meer dan introversie en denken te weten hoe zij intelligentie kunnen detecteren'. Dat heb je vast ook met ondergeadviseerde witte Nederlanders. Denk ik. Hoewel men zegt dat stille waters diepe gronden hebben, worden de mensen die kunnen praten als Brugman helaas meer geapprecieerd.

Het was ongemakkelijk voor me als de docent van het mentorbezoek naar de wc ging; we hadden er een gieter naast de pot staan om onze billen mee te wassen, dat moet voor het bidden, anders is het gebed niet geldig. Misschien wisten ze wel waarom die er stond of hadden ze het niet eens opgemerkt, geen idee, maar het was niet normaal, dus in mijn ervaring enorm gênant. Nu zou het me aan m'n reet roesten, van docenten op zo'n school mag je toch wel verwachten dat ze iets van algemene kennis hebben van de gewoonten van de subculturen waar ze dagelijks mee te maken hebben? U weet wat ze zeggen over integratie: die komt van twee kanten.

Eveneens vond ik het buitengewoon ongelegen komen als de gebedsoproep (de *ezan*) ineens luid door het gesprek met de docent jengelde. We hadden een digitale klok uit Mekka thuis die vijfmaal per dag lawaaierig afging. Docenten schrokken daarvan, die associeerden 'Allahoe akbar', de eerste twee woorden van de annonce, vermoedelijk met iets anders dan het gebed. Moeder greep dan, of het gesprek met de docent nou al uitgezongen was of niet, direct haar gebedskleedje om zich af te zonderen in een andere kamer en de benodigde bewegingen te verrichten: staan, buigen, staan, buigen, met het voorhoofd op de grond, zitten en opnieuw. Het was maar dat de docent er was, anders zou ze niet snel voor een ander in een andere kamer gaan bidden. Ze deed het althans nooit voor mij. Vroeger als ik een tekenfilm of een programma keek, moest de tv gelijk uit als Moeder ging bidden. Dat was fucking irritant. Ze moest richting Mekka bidden en dat was dus richting onze tv, maar dan mag de tv niet aanstaan, want dan was het afgoderij volgens imam Wawelaar, dus moest die uit.

Doorgaans maakten docenten ook een opmerking over de anderstalige tv die ononderbroken aanstond. 'Kijkt u ook wel eens Nederlandse tv? Dat is érg goed om de taalachterstand te verhelpen.' Vader loog dat we dat deden, terwijl dat nóóit gebeurde. Zelfs al wilden Halil en ik in de avond een programma kijken, de verwekkers bezaten de afstandsbediening toch wel ononderbroken en hadden verder geen boodschap aan ons verzoek. Op de basisschool was dat niet anders. Velen in onze omgeving hadden niet eens Nederlandse zenders thuis, dat kostte indertijd geld en er was geen behoefte aan. Bovendien had je na een bepaald uur naakte vrouwen die je aanspoorden om ze te bellen. Vader wilde op een gegeven moment ook zijn abonnement voor de tv opzeggen, hij had van anderen vernomen dat hij dan geld kon besparen, maar Halil en ik smeekten hem om dat niet te doen, omdat we Nederlandse tekenfilms toffer vonden dan de Turkse, en wisten daarmee vat op hem te krijgen. Hij had het toch maar gehouden, schoorvoetend weliswaar. Op een zeker moment begonnen m'n broertje en ik steeds meer Nederlands te praten, Turks praatten we alleen nog tegen de verwekkers en familieleden die geen andere taal verstonden. Het afwisselen van de twee talen vergde weliswaar oefening, maar was tegelijk een zegen, we waren immers een cultuur rijker door een taal rijker te zijn en konden binnen een fractie van een seconde switchen naar een andere sociale realiteit. Via taal krijg je toegang tot de geesteswereld van een volk, het zegt veel over hoe mensen in elkaar zitten, hoe ze zich uitdrukken in verscheidene situaties, hoe humor en ideeën gevormd worden. Woorden sturen het denken. Wie denkt dat taal louter een middel voor informatieoverdracht is, verkeert in grote onwetendheid. Met talen en vertalen kun je de grenzen en de uithoeken van je denken opzoeken, dat had ik al snel door. Daarbij is taal ook een bedrieglijk hulpmiddel voor het onmogelijke: elkaar begrijpen.

Moeder was er niet van gediend, maar Vader moedigde het aan. Hij aspireerde mee te doen, maar dat liep spaak: hij kon geen correcte volzinnen maken. Moeder weigerde om Nederlands te praten, dat vond ze lastig, vermoeiend en onnodig, ze wilde toch wel in de nabije toekomst naar Turkije remigreren. Al mijn hele leven hoor ik van de chronisch weemoedig ingestelde Moeder dat we toch wel weer ooit 'teruggaan', dat we maar geen wortel moeten schieten, maar ze wist nooit wanneer dan precies en hoe. Mentaal had ze haar land nooit verlaten, alleen fysiek. Bovendien was ze van mening dat Nederlands op school hoort en Turks in huis; we waren immers Turken en moesten niet onze moedertaal veronachtzamen. Toch kon ze er geen stokje voor steken en was het uiteindelijk trekken aan een dood paard. Ze gooide de hoofddoek in de ring omtrent deze zaak, zoals ik later letterlijk zou doen, maar laten we niet op de zaken vooruitlopen.

Eenmaal op de middelbare school keek ik programma's van de publieke omroep op mijn telefoon, alhoewel dat pas kon toen ik een iPhone had in de derde klas, tegelijk mijn eerste mobiel. Docenten bevalen aan dat we talkshows moesten kijken en kranten moesten lezen, dat dat belangrijk was voor onze algemene ontwikkeling en het zou helpen bij het verkrijgen van een groter vocabulaire. Kranten had ik niet, Vader vond dat geldverspilling, het nieuws was immers ook gratis op de tv, maar ik kon wel de NPO-app installeren en shows terugkijken die niet achter een betaalmuur zaten. Zo kwam ik voor het eerst in aanraking met de Nederlandse opiniewereld.

7

Ik ben afgepeigerd, weg te blazen. Tweemaal twee uur reizen in een dag, de tijd die ik kwijt ben tussen Bos en Lommer en Loosduinen jakkert me af. Net als ik op bed neerplof spreekt Oma me toe: 'Je moeder heeft gebeld, je bent weer te laat thuis, ik zou maar terugbellen.'

Het is buitengewoon klote om niet het weekend bij Freek te kunnen toeven en steeds in de avond terug naar Amsterdam te moeten, omdat ik nergens mag blijven tukken. Dat hij naar mij toe komt, is al helemaal geen optie. Als ik door een bekende in Amsterdam word gespot met een jongen die ook nog eens zonneklaar niet op mij lijkt en verdacht veel op een Germaan, wordt de oorlog ontketend en riskeer ik een excommunicatie. Of nog erger: uithuwelijking of een enkele reis naar Turkije. Daar heb ik veel anekdotes over gehoord van anderen en daar had ik voorbeelden van gezien in m'n omgeving, waar ik later op terugkom. Dat wil ik niet, dus blijft het voorlopig heimelijk afspreken buiten Amsterdam. Ik heb geen andere keus: het is dit of het hazenpad verkiezen.

Elk dagdeel dat ik niet op de universiteit zat, werkte ik in de Albert Heijn of bij Oresti's, een 'Grieks' restaurant waarvan de eigenaren Turken zijn, zoals elk Grieks en Italiaans restaurant in de Randstad. In de weekenden was ik bij Freek of aan het werk, dat wisselde. Ik wilde mijn collegegeld, boeken en andere kosten betalen, maar ook kunnen sparen zodat ik mijn verwekkers kon helpen met de verhuizing die in het verschiet lag en die Vader niet kon bekostigen met zijn baan als postbode en treinschoonmaker, aangezien we alle meubilair wilden vernieuwen. Móesten vernieuwen, want het viel uit elkaar. Vader dacht dat ik enorme geldreserves had, aangezien ik al drie jaar elke keer dat ik met Freek had afgesproken jokte dat ik werkte. Hij had te kennen gegeven dat ik hem wat moest voorschieten als het zover was, dan zou hij me achter de veren zitten. Die reserves waren non-existent, dus ik zou tegen de lamp lopen, en trachtte daarom nu een inhaalslag te maken om toch nog wat op te kunnen sparen.

Moeder is huisvrouw, de schoorsteen moet roken van Vader alleen. Werken heeft ze nooit gedaan, hoewel Vader haar heeft aangemoedigd de taal te leren en een aanstelling te aspireren. Dat is bijzonder, veelal verbieden mannen van Vaders generatie hun vrouw om te werken, dat gebeurt immers in een omgeving met andere mannen en dat is niet kies. Bovendien zijn ze ervan overtuigd dat een vrouw thuis vrouwendingen hoort te doen. Maar Vader is daar nieuwerwets in. Of hij vond geld in dit geval belangrijker, dat kan ook. Geregeld moeten principes het afleggen tegen geld, de god die veel mensen heimelijk aanbidden, misschien zelfs zonder het aan zichzelf toe te geven. Geld, geweld en gunst breken recht, zegel en kunst. Keuzes worden bijna nooit gemaakt op principiële gronden, meestal zijn ze pragmatisch gemotiveerd en spelen emoties en geld de hoofdrollen.

Ondanks Vaders aansporingen prefereerde Moeder de traditionele rollen in stand te houden; zij meende dat een vrouw zich moest bezighouden met het opvoeden van de kinderen, koken, schoonmaken, baksels maken, kleermaken en de familiebanden warm houden. Als vrouwen ook zouden werken, zou de balans in een gezin zoekraken. Dat had ze in de moskee geleerd. Vader heeft daarna de vlag gestreken. Nu ze uit de kleine kinderen is en wij onze eigen levens leiden, heeft Moeder meer vrije tijd dan ooit. Turken zouden in de volksmond zeggen dat ze een groenteboer is die uit verveling z'n ballen weegt. Ze is daarom onlangs begonnen aan een nieuwe cursus van Milli Görüş in de plaatselijke moskee. Aldaar leert ze Arabisch lezen en moet ze bedreven raken met allerlei Koranteksten die ze als ontknoping van haver tot gort zal kennen. Dat vond zij een zinvollere invulling van haar tijd dan zaken als wereldse kennis of werken. Zoals het de luiaard verdomd goed uitkomt dat men hem nutteloos vindt, zo kwam het Moeder uit dat de leer het haar verbood te werken. Niet dat ik daarmee wil zeggen dat ze lui is, maar wel gemakzuchtig. Dat is wat anders.

Omdat Vader ongeschoold werk deed en de enige kostwinner was, hadden we het economisch altijd krap, terwijl we zagen dat buren en familieleden die niet werkten of zwartwerkten naast hun uitkering, het net zo goed als wij of zelfs beter hadden. Moeder had van buurvrouwen begrepen dat hun kinderen gratis internet, gratis kleedgeld en zelfs een laptop kregen van de overheid. Hun oudere kinderen kregen studiefinanciering die ze niet hoefden terug te betalen als ze hun diploma haalden, vanwege het lage inkomen van de vader. Ze kregen ook huurtoeslag en zorgtoeslag. Sommigen waren op papier gescheiden, zodat de vrouw extra geld kon vangen vanwege haar alleenstaande moederschap of zoiets. Zo konden ze al hun vaste lasten betalen en op vakantie gaan met het geld van het zwarte werk en zelfs vastgoed kopen in Turkije. Moeder zei geregeld tegen Vader dat het in dit land eigenlijk gekkigheid is om als laaggeschoolde nog te werken, gezien het nauwelijks loonde. Maar omdat de lokale imam had gezegd dat dat onder bedrog van de overheid valt als je in staat bent om wit te werken en dat een grote zonde is, zag Vader ervan af.

Ik heb nimmer kunnen snappen dat deze vrouw mij gebaard heeft. Als ik niet qua uiterlijk precies op Vader leek zou ik het donkerbruin vermoeden hebben dat ik ben verwisseld in het ziekenhuis met een ander kind in de couveuse. Een allochtoon kind dat niet te onderscheiden was van mij en van wie de artsen de naam maar lastig vonden, niet konden onthouden en van wie de naam toevallig verdomd veel weg had van die van mij, Bouschra of zo (mijn naam is Büsra, overigens, aangenaam), en daarom de naamkaartjes per abuis verruild hadden. Ik weet niet eens of dat met naamkaartjes gaat, ik lul maar wat, dus hang je er niet aan op. De enige optie die nog openstaat, is dat Vader me verwekt heeft bij een andere vrouw en dat ik vlak na m'n terwereldbrenging Moeder als moeder aangesmeerd heb gekregen, maar dat lijkt me sterk en men moet niet snel in de complottenboom klimmen.

Als de stapels boeken, collegeblokken en losse papieren op mijn bureau in mijn blikveld geraken en ik me m'n deadlines van morgen herinner, heb ik voor de zoveelste keer het idee dat het leven me te veel wordt. Ik stort me op bed en sluit m'n kijkers. Ik zal straks drie koppen koffie in de tint van gesmolten rubber tanken om mijn academische taken te volbrengen.

Vanochtend bevond ik me in de trein met een groep dames op leeftijd die onderweg waren naar een museum, daar hadden ze enorm naar uitgekeken. Ze vonden het lastig om digitaal hun aanmelding te doen, kennelijk een vereiste, en hoopten dat ze niet straks aan de deur geweerd zouden worden. Het was hoogst aandoenlijk. De dames hadden zelfs make-up en nagellak op, hun haren geverfd en in model gezet. Net als Freeks oma overigens. Die zaten vol levenslust, dat was fascinerend, dat was ik niet gewoon. Dat soort dingen deden ouderen in mijn omgeving niet, die konden niet eens lezen, laat staan interesse tonen in kunst. Zelfs de minder bejaarden die ik ken, zoals de verwekkers, praatten alleen over Allah, de dood of het hiernamaals, en dan met name de hel. Die hadden niet zoveel met dit aardse bestaan en zijn tentoonstellingen of andere kunstzinnige uitingen. Of wereldse wetenschappen. Moeder bidt zelfs in de nachten door met haar gebedskralen in allerlei kleuren. Die kralenketting die zij gebruikt als attribuut is dezelfde als de katholieke variant.

Het heeft me vaak begeesterd dat zaken van onze leer ook voorkwamen in het vroegere christendom, ik had voorheen een ander beeld daarvan, dat niet verder ging dan een kerstdiner en de Bijbelverhalen die ik elke maandagochtend bijwoonde op mijn middelbare school. Er waren immers geen voorschriften die eruit gedistilleerd werden die alle aspecten van je leven behelsden. En soms ontwrichtten. Ik las op Wikipedia dat de christenen vroeger ook een boerka hebben gekend, de huik. Ik kon nauwelijks geloven dat Nederlandse vrouwen ooit zo rondgelopen hebben, maar het gaf me wel hoop: blijkbaar kunnen zaken drastisch veranderen binnen een door en door pieuze maatschappij als je het gemiddelde onderwijsniveau opkrikt (en nog een paar andere variabelen als hervorming, democratisering en secularisering zouden ook geen overbodige luxe zijn). Het kon verkeren. Maar het was een gemiste trein in het geval van mijn familie.

Afgelopen week was ik weer eens vroeg uit de veren en zat ik in een treincoupé die volledig onbezet was, op een tamelijk bejaarde meneer na die merkwaardig genoeg ervoor opteerde om pal tegenover me te zetelen, in plaats van op een van alle andere lege stoelen die op een veilige afstand van mij verwijderd waren. In treinen heb je ongeschreven sociale wetten: je gaat niet in de buurt bij iemand zitten als er elders plek is, en al helemaal niet zo dichtbij.

Hij vroeg met theatrale articulatie hoe ik heette en vervolgens of ik wel eens nare commentaren krijg over m'n hoofddoek, wijzend naar zijn hoofd, alsof ik zwak van geest ben. Nadat ik bevestigend antwoordde, werd me op het hart gedrukt dat ik me er niets van aan moest trekken en dat zijn moeder en oma ook hoofddoeken droegen en dat dat ooit gangbaar was. Ik vond deze ongevraagde mededeling ergens vertederend, maar ik wist niet zo goed wat ik ermee moest. Zag ik eruit als iemand die geholpen moet worden door willekeurige voorbijgangers die mij even komen vertellen dat ik echt wel goed genoeg ben en geen onterende opmerkingen verdien? Zag ik eruit als een zojuist aanbelande, ontheemde vluchteling uit Afghanistan of zo die hij Nederland en de Nederlanders even komt uitleggen? Ik was hier godverdomme geboren. Wat verwachtte hij eigenlijk van me, dat ik hem moest bedanken? Hij dacht toch niet dat ik me ook maar enig moment minderwaardig zou voelen naar aanleiding van het commentaar van eencelligen die geen betere invulling van hun leven hadden dan het beschimpen van iemands culturele klederdracht? Ik hield niet van de slachtofferrol waar ik zojuist in geplaatst werd. Ik was iemand die goed was en zich nog beter voordeed. Ik was niet goed in kwetsbaar zijn. Deze meneer was aan het foute adres.

Ik was inderdaad wel eens uitgescholden, laatst op het strand in Scheveningen nog. 'Het is hier godverdomme geen Saudi-Arabië, doe die doek toch af!' hoorde ik een halfnaakte en duidelijk ongezond gebronsde meneer op hoge poten en in opperste staat van paraatheid tegen me roepen. Het kwam uit z'n tenen, dat zag ik aan zijn priemende helderblauwe ogen, doordrongen van hartgrondige agitatie. Ik wist niet zo goed wat ik moest zeggen. Het liefst zei ik: 'Ja, ik wil hem ook afdoen, ik heb het godverdomme ook tyfusbenauwd en het liefst zat ik hier ook in mijn bikini en met mijn jetsers volop in de zon, maar ik kán hem niet afdoen, balzak.' Toch zweeg ik, ik wilde geen knuppels in het halalhoenderhok gooien. Op het strand kwam het vaker voor dat ik scheldpartijen kreeg over m'n doek als ik geen man bij me had, op de een of andere manier is het volk in en rond Zandvoort en Scheveningen niet gediend van oriëntaalse kledij, maar dit viel in het niet in vergelijking met wat me in de buurt van Freek wel eens overkwam: spuug, blikken naar mijn hoofd vanaf het balkon gepaard met een portie Haagse scheldwoorden en zelfs uitnodigingen voor fysieke confrontaties als ik met Freek liep (godzijdank nooit als ik alleen was, dat was hun eer net te na, vermoed ik), dus ik was echt wel wat gewend, daar hoefde de meneer in de trein zich niet dik om te maken.

In mijn ooghoek zie ik de talloze potjes voedingssupplementen staan die ik alweer een paar dagen ben vergeten in te nemen. Onlangs kreeg ik structureel last van kwaaltjes; ik was chronisch vermoeid, zwaarmoedig, prikkelbaar en had almaar trillende handen. Er waren momenten, waaronder vandaag, dat ik voor me uit keek en onverhoeds in huilen uitbarstte. Ik vroeg me af of ik gelukkig was. Ik wist het niet. De dagen en weken vlogen aan me voorbij door het hollen van de universiteit naar m'n werk en andersom, en af en toe letterlijk hollen naar de trein om Freek op te zoeken, die met recht steeds meer klaagde over hoe weinig we elkaar zagen. Voor m'n gevoel bevond ik me buiten de tijd, ik was slechts vinkjes aan het zetten achter m'n verantwoordelijkheden. Ik werkte zonder aandrift, werd een automaat van de plicht, dwaalde als blindeman door de realiteit. Ik had een verdord bestaan, zonder levenssappen. Toen ik googelde naar 'waarom ben ik zo moe?' was de weerklank dat het kon komen door vitaminetekorten. Dus ik naar de Etos en alles nemen waarop stond: 'goed voor de weerstand', 'voor stressvolle situaties' of 'voor de instandhouding van een normaal energieniveau'. Ik ben nog immer loom en licht ontvlambaar, maar die pillen beloven dan ook geen andere omstandigheden, sociaal-economische vooruitgang, vrijheid, onafhankelijkheid of een ander gezin.

In de Albert Heijn sta ik voor dag en dauw op de broodafdeling, van 7.00 tot 12.00 uur, dus sta ik om 6.00 uur op. Daarna woon ik colleges bij op de universiteit over de vaderlandse letterkunde. Als ik geen college heb, dat zijn vaak twee doordeweekse dagen, werk ik in het restaurant, zonder dat m'n verwekkers daar kennis van hebben. Ze zouden immers nooit toestaan dat ik alcohol serveer of überhaupt serveerster ben, dat past een moslima niet, die bescheiden moet zijn en op de achtergrond moet blijven, niet de aandacht moet opzoeken door bij gemengde of mannelijke gezelschappen aan tafel te serveren in een strak pakje. Die zouden je bekijken en dan gaat de kilometerstand van je zondes als vrouw door het dak, tezamen met de afkalving van de eer van je familie.

Het was niet volslagen onwaar, de horeca is voor mensen van lichtgetinte variëteit vaak dé plek om te scharrelen en te jagen, aangezien ze niet doen aan uitgaan of tinderen, zoals *tatta's** doen. Of nou ja, ik moet het goed zeggen: de meiden doen er niet aan, althans niet openlijk, dat mogen ze niet, de jongens natuurlijk wel. Als die een meisje wilden scoren van de eigen etniciteit was de horeca zowaar de enige optie, op virtuele ontmoetingen op Instagram na. En als ze zin hadden in een Germaans mokkel, gingen ze swipen.

Hoe dat flirten in restaurants in z'n werk gaat is nogal geestig. De heren zitten met een groep te vreten of te lurken aan een shisha terwijl ze de omgeving exploreren en de tafels stuk voor stuk afgaan of het vlees dat er zit wat voor ze is. Als het algehele aanbod teleurstellend is, hoppen ze naar een andere geliefde eetgelegenheid en doen ze hetzelfde, tot het raak is. Als de belangstelling wederzijds is, kijkt de juffrouw voortdurend naar de heer en lacht veelbetekenend, groen licht gevend. Vervolgens moet de snuiter de ballen hebben om een knipoog te geven en te

* Witte/autochtone Nederlanders.

wenken richting de wc's. Het vrouwtje volgt, en als het hooi het paard volgt, dan wil het gegeten zijn.

Er worden nummers uitgewisseld in de hoop ooit lichaamssappen uit te wisselen. Soms ziet de knaap een griet die hij wel appetijtelijk vindt, maar kijkt zij niet terug of is bezig met haar eigen gezelschap, waardoor hij genoodzaakt is andere ideeën en gerei in te zetten, wil hij haar ooit weer zien of aftasten of de genegenheid wederzijds is. Hij hoopt dat ze op een zeker moment naar de wc gaat, opdat hij kan toeslaan, maar geschiedt dat niet, dan heb je één laatste noodmiddel: op Facebook zijn er groepen speciaal voor dit soort gevallen, waarin je anoniem kunt plaatsen dat je die dag op dat uur in dat restaurant zat en aan tafel x het meisje met de lange haren en het groene truitje bemint. Alleen heren kunnen dergelijke verzoeken plaatsen, als je dat als deerntje doet ben je immers 'dorstig', een slet, een sloerie, een lellebel en een afgelikte boterham, predicaten waar je in deze contreien al snel voor in aanmerking komt. Je bent 'wanhopig voor *dick*' of spoort niet, want een meid met een grammetje zelfrespect zou nooit achter een jongen aan gaan, en al helemaal niet in zo'n openbare groep op het wereldwijde web. Van dat soort groepen zijn de meeste lieden uit de zandkleurige scene lid, dus de kans is behoorlijk aanwezig dat die juffrouw het ziet of via een kennis meegedeeld krijgt. Je kunt ook stiekem een foto maken en die in de groep plaatsen. Die relaties verlopen nogal moeizaam, aangezien beiden gelovige verwekkers bezitten en wij niet met een vriendje of vriendinnetje thuis mogen komen voor het huwelijk.

Met goed weer gaan ze flikflooien in delen van parken waar niemand komt; het Amsterdamse Bos is groot genoeg, maar ook Spaarnwoude is geliefd. Of in de auto, als die voorhanden is. In de winter zijn ze genoodzaakt tot het boeken van een hotel. Omdat bij ons de mannen alles betalen voor de vrouw, ook onder de jongeren, anders ben je je snikkel niet waard, kan zo'n relatie gepeperd uitpakken. Zo klaagt mijn chronisch botergeile neef

Mustafa geregeld over de hotel- en restaurantkosten die hij wekelijks een paar keer voor z'n kiezen geworpen krijgt. De hotels van de randsteden zijn blij met de moslims.

Hoe het vrijen eraan toegaat spant de kroon in de race voor absurditeit. Vaginale seks is uitgesloten, het meisje wil haar maagdelijkheid behouden tot ze een ring om heeft; ze zijn dus genoodzaakt tot andere vormen van liefde bedrijven. Dat wordt dan niet als seks gezien, want ze is nog maagd, dus niets aan de hand. Als het dan wel een keer fout gaat en de boel uitglijdt omdat de teerbeminde juffrouw zich onbedachtzaam en na kortzichtig beraad overgeeft aan het moment, de rem vrijgeeft en de jager toeslaat, volgen er desastreuze naweeën. Hemeltergende, bijtende, vretende spijt. Een periode van berouw, wroeging en zelfverwijt, als het niet zelfkastijding is. De last van zo'n kolossale zonde is ongehoord en kan leiden tot depressie of onbestemd gedrag. Er is angst: wat als hij het bekendmaakt? In het ergste geval is dat op het wereldwijde web en aan de familieleden van het mokkel, in het lichtste geval aan zijn vrienden, die het rondbazuinen bij andere jongens en die weer bij andere jongens, en daarna hopelijk vergeten.

Als het gezin lucht krijgt van deze schandvlek is dat een keerpunt in hun leven; hun dochter is niets meer waard, geen enkele rechtschapen man zal dit bevuilde wangedrocht als echtgenote voor het leven en als moeder voor zijn nazaten willen, hun goede naam als gezin is daarmee definitief reddeloos verloren. Elke keer dat de vader of broer onder de mensen zal komen zullen deze wijzen, mompelen, roddelen, met de nek en een scheve bek kijken, want moet je hem nou zien, de minkukel, slappe vaatdoek, natte tosti, een wervelkolom van gemalen poppenstront, kon z'n dochter niet opvoeden, beschutten, bewaken en behoeden van het slechte en nou was ze een snode hoer. Roddelzucht is de immorele wraak van de gefrustreerde en machteloze moraal.

Ik begreep van Moeder dat er moeders zijn die verlamd zijn geraakt of een hartaanval hebben gehad nadat hun dochter is *geëxposed* met pikante foto's. Wij moslims benaderen alles holistisch: het individu bestaat niet, je bent een verlengstuk, dus je leven als familielid van het meisje zal ook nooit meer hetzelfde zijn, over het leven van het meisje nog maar te zwijgen.

De onuitstaanbare angst van het meisje na zo'n scandaleuze daad komt daarom vooral voort uit de onzekerheid voor de ontwikkeling van de relatie en het risico dat het flopt en ze niet met elkaar trouwen. Welke man zal haar immers nog willen in die besmeurde en uitgewoonde staat? Onze mannen kiezen en waarderen hun vrouwen zoals hun auto's: een nulkilometerstand is veel eerbaarder. Dat zei een neef laatst: 'Zowel een vrouw als een auto rijd je' was de verlichtende verklaring.

Als de relatie niet sneuvelt en het stel het kan maken tot een huwelijk, heb je niet veel meer te vrezen, behalve misschien dat Allah je zonde niet vergeeft, maar daar kun je over negotiëren en daar kun je aan werken tot aan je graf. Veel erger is wanneer de wegen scheiden en je enerzijds een ventje hebt rondlopen dat een geheim van jou draagt dat jouw leven en het leven van je dierbaren voorgoed kan verdelgen door dit aan de grote klok, of in ons geval de minaret, te hangen, waarna de arme meid en haar gezin gelasterd en geboycot worden, al helemaal als er beeldmateriaal in de rondte fladdert, en anderzijds zit je met een 'geopende kut' die je niet meer kunt verkopen als nieuw, hooguit als zo goed als nieuw, maar daar is geen interesse voor, hooguit van een man die gescheiden is, kinderen heeft of niet beter kan krijgen door zijn inferieure looks. En daar zijn de meeste moslima's weer niet in geïnteresseerd, en hun verwekkers, van wie de mening belangrijker is dan die van hun dochter, al helemaal niet.

Er rest dan nog maar één uitweg: een maagdenvliesoperatie. Dit werkt echter alleen als de jongen die je geneukt had geen bewijsmateriaal van de daad heeft en zo wel, dit niet openbaart, dus er moet een gunfactor zijn, anders sta je toch wel bekend als *kech** van de buurt. Je schuift een paar mille et voilà: je hebt een ongerepte poes die zal bloeden als een rund op de huwelijksnacht. Want bloeden moet en zal die, anders ben je vooralsnog verdacht en word je gewantrouwd. Als je pech ondervindt met het bloeden en het zaakje uitblijft, brengt je man je in het ergste geval terug naar je verwekkers met de bon. Maar het kan ook zijn dat hij het door de vingers ziet, aangezien het prijskaartje van een scheiding en een nieuw huwelijk ook voor hem niet gunstig is. De verhouding zal echter met een dergelijk wantrouwen wel gelijk wan en onplezierig aanvangen, dus om dat risico preventief uit de weg te gaan, moeten de dames er zorg voor dragen dat het geschiedt. Dat kan op allerlei manieren, dat moet u even googelen als u daar zin in heeft. De meest voorkomende methode is iets met nepbloed in een zakje. De details moet ik u schuldig blijven, ik heb het nog niet hoeven doen.

Afijn, bij ons moslims heerst er godbetert een maagdelijkheidscultus. Voor de vrouwen dan, want wederom worden beide geslachten niet met hetzelfde sop overgoten. De mannen denken daarom in termen van 'vrouwen om lol mee te hebben' en 'vrouwen om mee te trouwen', oftewel het zogenoemde '*wifey material*'. Tot de tijd aanbreekt dat ze huisvaders worden, mogen ze rondproeven, meestal bij de vrije monoculturele Nederlandse meisjes, maar lieden van de eigen soort mogen er ook wezen. Deze dames, die ze naar eigen zeggen 'gebruiken en weggooien', zien ze als sletten. De vrouw die daadwerkelijk met de heer in de echt verbonden wordt moet ongerept zijn, een ruwe diamant, anders is ze inferieur en promiscue.

God maakt geen onderscheid tussen de geslachten bij het toekennen van zo veel gewicht aan de eis van maagdelijkheid, maar in de praktijk breekt de pleuris niet uit als de familie erachter komt dat een vent uit de familie niet maagd meer is, sterker: ze

* Hoer.

moedigen het zelfs heimelijk aan om hun kwakje af en toe kwijt te raken of staan het oogluikend toe. 'Een jongen moet experimenteren, dat is normaal, maar bij een meisje is haar eer belangrijker dan haar leven,' zei een tante laatst, toen ik haar vroeg waarom ze Mustafa wel vrijlaat om met meisjes te chillen en Sema niet met jongens. Voogden zijn doorgaans weinig geïnteresseerd in wat hun zoon met zijn snikkel uitvreet, aangezien ze er geenszins onder gaan lijden of diep door de knieën moeten gaan door oordelen van de gemeenschap of om hun fout recht te zetten. Sterker, als je mooie meiden neukte stond je hoger in de publieke pikorde, terwijl de piklozen daar überhaupt geen deel van uit konden maken. Moeder vindt het ook niet erg dat Halil een vriendin heeft, maar als ze het van mij wist, werd ik tot appelmoes gemept, verstoten, op straat gezet, naar Turkije gestuurd en God weet wat meer. En als je ze wees op hun hypocrisie was er altijd wel een moreel excuus voorhanden om ze te ontslaan van de plicht te handelen volgens hun eigen morele eisen.

Ik bevond me daarom op de schopstoel, met name omdat het vriendje van mij een blanke kaffer is. Een vrouw mag immers alleen contact hebben met een man als haar familie hem kent en hun relatie heeft goedgekeurd, waarna al snel een verloving en een bruiloft volgen. De goedkeuring van de verwekkers gebeurt op basis van hun eigen voorkeuren. Sommige zaken zijn in steen gebeiteld, daar valt sowieso niet aan te tornen: de afkomst moet Turks zijn, hij moet (soennitisch) moslim zijn en ook daarbinnen van de eigen stroming (Milli Görüş). Hij moet een familie hebben die achter hem staat en zijn partnerkeuze onderschrijft, anders betekent het wederom dat je niet deugt, een rechtschapen persoon kent de waarde van zijn verwekkers en is onvoorwaardelijk eerbiedig jegens hen. Een rebels (bij ons geldt kritisch ook als rebels) en non-conformistisch karakter wordt in onze kringen immers als de belichaming van het kwaad geacht. Daarnaast moet hij beschikken over een gedegen baan en een huis.

Als kind werd ik door Moeder doorgaans erop geattendeerd om niet te fietsen, ik zou mijn maagdenvlies splijten als ik te hard zou gaan en ik te veel stuiterde op zo'n hard zadel. Na veel bakkeleien met Vader heeft ze toch een oog toegeknepen, hij vond dat overtrokken, eenieders dochter fietste. Vrouwen uit de buurt verlosten Moeder ook van haar zorgen, die vertelden dat dat niet zo makkelijk ging.

Toen ze doorkreeg dat ik al menstrueerde, drukte ze me op het hart nóóit tampons te gebruiken, ook niet als ik iets nodig had op school en iemand me die aanbood. Normaliter werd je gewaarschuwd voor drugs, ik werd gewaarschuwd voor tampons, want die zouden ook al mijn maagdelijkheid ontnemen. Dat werd in tegenstelling tot het verhaal met het zadel wel geconfirmeerd door de vrouwen uit de buurt.

Moeder kwam er pas op mijn dertiende achter dat ik menstrueerde, ik had het de twee jaren ervoor verdoken. Ik wist dat als ik dit zou openbaren, ik verplicht zou worden om buiten en op school permanent een hoofddoek om te doen, in plaats van alleen naar de Koranschool. Volgens de leer moet een vrouw zich immers bedekken vanaf de menstruatie, dat is het beginpunt voor de verantwoordelijkheid van de zondes en vanaf dan telt alles net zo hard mee als voor een vrouw van elke andere leeftijd, terwijl de jaren ervoor je kwijtgescholden worden. Bij de heren is dat vanaf de eerste zaadlozing. Maar goed, die hoeven geen speciale kleding of hoofddoek.

Ik wilde nog geen doek, dat was lelijk en niet praktisch als het stervensheet was. Ze zouden me op school raar vinden, alhoewel er ook andere leerlingen waren met een doek, bij mij paste het gewoon niet. Dan zou ik nooit meer shirts kunnen dragen en zou het irritant zijn met gymmen. Maar het was vooral lelijk, dat was de voornaamste reden.

Door het aanschouwen van mijn eerste bebloede slipje bonkte m'n hart in m'n keel uit blinde paniek, mijn zondes telden nu immers mee. Ik mocht niet meer eten en drinken in de ramadan, niet meer stiekem snoepjes met varkensgelatine eten, niet meer zwemmen (gemengd met mannen). Ik moest vijfmaal bidden, niet meer bevriend zijn met jongens en mijn vormen en haren bedekken. Maar ook in dat bidden had ik nog totaal geen zin, ik had geen behoefte aan spirituele genoegdoening, dat zag ik alleen maar als inefficiëntie en tijdverspilling, dus besloot ik het zaakje te verzwijgen.

Ik stopte een kilo wc-papier in mijn ondergoed en liep waggelend naar de drogist om verband te halen en het te verstoppen alsof mijn leven ervan afhing. Moeder neusde geregeld tussen m'n spullen, dus ik wist niet zo gauw een geschikt plekje. Het moest ergens zijn waar Moeder niet zou kijken, maar zo'n plek bestond niet in huis. Na lang mijmeren wist ik het; ik dacht ineens aan het kluisje dat een vriendin had gekocht bij de Intertoys. Het was weliswaar speelgoed, maar het was alsnog een kluis, mét een slot. Wat wel echt fucking debiel was, was dat alle kluizen in de winkel hetzelfde slot en dezelfde sleutel hadden, dus als Moeder of een ander eveneens zo'n kluis aanschafte, kon diegene de mijne ook ontgrendelen. Dat was ook zo bij de sloten van de dagboeken die ze verkochten. De idioten.

Afijn, Moeder zou vast geen kluis aanschaffen. (Overigens: toen ik doorhad dat elk dagboek hetzelfde slot had heb ik het dagboek van een vriendin gelezen, maar er stond niets bijzonders in, alleen een rancuneus en ongebreideld relaas over de ruzies die ze had met haar verwekkers. Maar dat is au fond niet anders in dit boek.) Moeder vroeg waarom ik mijn spaargeld had aangewend voor een kluis, ik zei maar dat ik er geld in wilde bewaren. Alsof ik dat had. Het geld voor de kluis en het verband was reeds een rib uit m'n lijf, ik had het zaakje betaald met het geld dat ik had van het Suikerfeest, de enige dag van het jaar waarop ik geld kreeg als ik de handen kuste van familieleden. De rest van het jaar deden we niet aan zakgeld.

Na de grootse investering in de kluis had ik een tijdje geen geld meer om chocomelk te kopen van de automaat in de bieb of een croissant van de Albert Heijn. Ik had er wel eens aan gedacht om te stelen in de supermarkt, maar weerde die Marokkaanse bevlieging snel af, dat was m'n eer te na.

Op een zeker moment twijfelde ik om over te stappen op tampons, die leken me veel praktischer, maar Moeders waarschuwingen galmden door mijn hoofd. Ik zocht op ggd.nl naar het antwoord op de vraag of een maagdenvlies daadwerkelijk kon scheuren door een tampon. Dat kon niet, maar de opening kon wel groter worden en het randje kon opgerekt worden. Ik sloeg achterover van de schrik. Moeder had kennelijk gelijk, dus ik hield het bij verband.

Op een dag was ik er echter gloeiend bij, want zoals Turken zo mooi zeggen brandt de kaars van een leugenaar tot zonsopgang. Ze had het vermoedelijk al in de smiezen, ik was inmiddels dertien en mijn generatiegenoten hadden reeds hun maandbloeding. Ze begon zich zorgen te maken, straks was ik onvruchtbaar of had ik een aandoening. Ze wilde ermee naar de huisarts, maar ik maakte haar wijs dat het echt wel normaal was en er genoeg andere meiden op school waren die in hetzelfde schuitje zaten. Ik wist dat de dag dat ik het zou vertellen nabij was, aangezien ik niet kon liegen tot het Israël-Palestinaconflict was opgelost. De inzet van een leugenaar is altijd om niet betrapt te worden, maar op het moment dat dit onmogelijk wordt, kun je maar beter stoppen met liegen. Maar de gedachte van het moeten dragen van een hoofddoek weerhield me telkens, alhoewel ik onderwijl steeds vaker last had van mijn geweten, mijn doordeweekse biechtvader; als ik gehoofddoekte meiden zag was het een klap in m'n gezicht en werd ik herinnerd aan mijn zondige, hypocriete toestand, maar dan bedacht ik snel dat er ook andere ongesluierde moslima's bestonden, dus ik was niet de enige zondaar, ik was niet alleen. Maar ik was ook slim genoeg om te beseffen dat dit geen excuus was en ieder z'n eigen graf had, zoals mij dag in dag uit werd verteld in de moskee, dus dat ongemak was blijvend. Ik hinkte op twee benen daarover. Ik leerde dat je zou branden in de hel voor elk haartje dat je niet bedekte voor vreemde mannen. Ik bad daarom elke dag voor het slapen om vergeving, verschoning en begrip: ik was er nog niet klaar voor, het maakte me onzeker en het stond me niet goed. Dat begreep God toch wel? Of was dat geen excuus? Ik wist het niet, het piekeren vermoeide me. Ik wilde geen populariteit verliezen in de klas en vreesde een stagnering van de aandacht door mijn onooglijkheid, onder andere door Harun, de knapste jongen van de klas, die af en toe een praatje met me maakte, waarbij ik zo rood werd als een biet, m'n organen hun rust verloren en ik plots leed aan een spraakgebrek.

Bovendien mocht je bij het gymmen geen naalden op je hoofd dragen. Ik wist van de andere bedekte meiden dat dat buitengewoon vervelend was, de boel schoof bij elke beweging, vooral als je veel en lang haar had, terwijl ik zo van voetballen hield. De gesluierde dames renden daarom nooit en deden nooit echt mee met de oefeningen. De gymdocent dacht dat het uit luiheid en gebrek aan motivatie kwam. Toen ik eenmaal een hoofddoek om had, werd ik ook 'lui'.

Goed, op een zomerdag in mijn dertiende levensjaar ontwaarde Moeder een bebloed onderbroekje in m'n kamer wegens mijn eenmalige nalatigheid. Ze ging ervan uit dat het de eerste keer was, ik liet het zo.

De dag erna zag ik bij het thuiskomen dat er een rode doek op mijn bed lag. 'Het wordt tijd dat je je aan de regels gaat houden, je leeftijdgenoten dragen allang een hoofddoek, al sinds de basisschool of de brugklas, Ilay is jonger dan jij en draagt hem al, jij zit al in de tweede klas. Je weet dat het moet, dat heb jij ook in de moskee geleerd. Wees blij, Allah zal enorm trots op je zijn! Denk aan de zegeningen die je zal ontvangen. Ga maar morgen met een hoofddoek naar school, ik heb er vandaag eentje voor je gekocht in je lievelingskleur,' zei ze, alsof ze een broodje halal ham bestelde, en ging toen ongehinderd verder met koken, niet ontvankelijk voor beklag over hoe ingrijpend dit voor me was, wat toch zou worden weggezet als aanstellerij. Van iemand die zich aanstelt kun je ook zeggen dat hij gevoelig is, maar een hork houdt het toch wel gewoon op aanstellerij.

Na uren voor de spiegel met naalden in de weer en met YouTube-filmpjes aan waarin werd gedemonstreerd hoe je het zaakje stijlvol in model kon brengen – dat leek veel makkelijker dan het was, zoals in elk instructiefilmpje – haalde ik de volgende ochtend diep adem en ging naar school. In de metro verwachtte ik dat iedereen naar me zou staren, maar niemand was kennelijk onder de indruk.

'Wat zonde, Büsra! Zonde van je mooie haren!' aldus bijna elke docent. 'O, ander koppie heb je gekregen,' zei meneer Krosse. 'Ik herkende je even niet,' was er ook zo eentje. 'Hoezo dit ineens?' had meneer Demaret gevraagd. 'Gewoon, wilde ik,' zei ik. Ze lieten me kutter voelen dan ik me reeds voelde met hun norse of jammerlijke blikken. Ik glimlachte het van me af, om later in de wc te wenen als ik mezelf in de spiegel zag.

Vanaf het moment dat Moeder erachter kwam was de kluis overbodig geworden, maar ik moest m'n maandelijkse utiliteiten nog steeds goed verstoppen. Als de paarse verpakking zichtbaar was in m'n kamer, bijvoorbeeld omdat ik die even op mijn bureau had gelegd nadat ik 'm had aangeschaft, werd Moeder laaiend. Ik zou geen schaamte kennen en zulk intiem gerief in het rond laten slingeren, wat als Vader of Halil het zag? Ik mocht ook nimmer aan Vader vragen of hij bij het boodschappen doen maandverband of scheermesjes voor me kon halen, dat zou getuigen van een grenzeloze onbeschaamdheid. Ik had meermaals in m'n leven het gevoel gehad dat het een schande was om überhaupt vrouw te zijn, terwijl het bij jongens aangemoedigd werd om je masculiniteit te botvieren. Als kleuter zag ik al hoe familieleden grappend Halil instigeerden om zijn besneden jongeheer te etaleren zodat ze konden beoordelen of hij al groot genoeg was om hem een echte vent te noemen. Waar hij zich eerst nog schaamde voor verzoeken van dat genre, kwam er een punt dat hij zijn broek omlaag deed om met uitgelaten trots zijn derde been uit te stallen, soms ook zonder dat dat verzoek er kwam, waarna ooms en tantes met theatrale verbazing duidelijk maakten dat ze weggevoerd waren van ontzag en ovationeel applaudisseerden. Hij was een echte kerel, hij had stalen ballen en een ijzeren pik, hij zou de vrouwen binnenkort verslinden. En ik dan? dacht ik. Wat ga ik later kunnen? Alleen verslonden worden?

Ik besloot uit te testen wat ze zouden zeggen als ik hetzelfde deed. Ik was klein, geen idee hoe oud precies, maar klein genoeg om niet te begrijpen waarom ik niet mijn edele delen moest exposeren.

Moeder jaste snel mijn rok omlaag en Vader gaf me een klap, zoals hij vaker zou doen in de rest van mijn leven; altijd met de vlakke hand. De gasten waren onthutst over mijn scandaleuze ongemanierdheid. Ik voelde me een misdadiger, Moeder was zojuist door de grond gezakt uit grievende schaamte, aangezien zij aangerekend werd voor mijn ondermaatse opvoeding en welvoeglijkheid. Dit zou een scherp in mijn geheugen gebeiteld dieptepunt worden.

Ik had de hele dag zitten huilen. Ik begreep m'n zonde niet en bad dat Allah de billijkheid in het oog hield. Moeder meende dat het kwam doordat ik naar *Shin Chan* had gekeken, een tekenfilm waarin een jongen af en toe zijn broek omlaag deed om zijn blotebillendans te doen. 'Zelfs die verdomde tekenfilms van de ongelovigen sporen aan tot lichtzinnigheid!' Ze verbood het me na die dag, daar baalde ik enorm van. Het was mijn favoriete serie. En *Shin Chan* was helemaal niet de oorzaak.

Datzelfde gevoel had ik bij het besnijdenisfeestje van Halil. Hij kreeg die dag een kaftan aan met de kleuren goud, blauw en wit en een gouden staf in zijn hand, zoals die van Sinterklaas. We gingen met de hele familie naar een fotostudio, waarbij hij manhaftig moest poseren met zijn besnijdeniskledij. Die foto's hangen nog steeds in onze woonkamer en in die van onze grootouders in Turkije, naast de besnijdenisfoto's van hun andere kleinkinderen.

Daarna reden we naar een klein zaaltje waar zijn circumcisie met alle familieleden gevierd werd. Halil kreeg geld en goudstukken cadeau, iedereen wilde met hem op de foto. Hij mocht plaatsnemen op het podium, waarop een grote gouden stoel stond met allemaal decoraties eromheen, als ware hij een keizer. Iedereen kwam hem persoonlijk complimenteren en vermelden dat hij vanaf dat moment een échte vent was. Moeder was onbedaarlijk trots, ze moest ervan huilen. Ze noemde Halil steevast 'mijn leeuw' of 'mijn ram'. Nu doet ze dat nog altijd. Mij noemde ze me altijd bij m'n naam. Of gewoon 'mijn dochter'. Achteraf gezien ben ik blij dat ik niet voor leeuw werd aangezien. Dat zijn akelige fatsoensrakkers die nog liever moorden dan vreemdgaan.

Er werd uitbundig gelachen, gedanst en gegeten die dag. Ik wilde stiekem ook een feestje en aandacht. En complimenten over dat ik een échte vrouw was geworden. Desnoods bij m'n menstruatie.

Ook in de jaren na onze kindertijd bemerkte ik opmerkingen van dit kaliber aan Halils adres, zelfs als hij met familie in Turkije belde was de standaardvraag hoe het ging met de mooie meiden, of hij er nou drie of dertig heeft, of hij wel kon kiezen straks. Ze gaven hem tips over wat onontbeerlijk was in een vrouw; als ze brede heupen had kon ze gezonde tijgers baren, als ze grote tetten had kon ze voldoende melk produceren straks, als ze wat vlees aan het bot had, zou ze hem beter behagen tussen de lakens.

8

De verwekkers hadden gelijk, het past een moslima niet om te werken in een restaurant. Toch kon ik het niet laten, het loont goed en het was een keer wat anders dan de AH, waar ik al sinds m'n vijftiende ploeterde. Na zes jaar vakkenvullen, kassa draaien en brood snijden wilde ik een andere omgeving peilen. In verboden vaarwater weliswaar, maar de breeveertien op gaan en de kat in het donker knijpen was me niet vreemd. Aan de rand van het ravijn bloeien immers de mooiste bloemen, dat is zo'n beetje m'n levensmotto. Op de lange termijn is het doorlopend vermijden van risico's zeer gevaarlijk. Het heeft een lang en dodelijk saai bestaan als gevolg.

Tijdens m'n dienst draag ik geen hoofddoek; de werkgever heeft dat liever niet en ik ook niet, dus mij hoor je niet klagen. Dat weten m'n verwekkers uiteraard ook niet. Ik moet daarom op mijn hoede zijn om geen bekenden tegen te komen. Dat is tot nu toe nooit gebeurd, ik wist bij het solliciteren dat waarschijnlijk niemand in m'n milieu er zou komen vreten. Het ligt vrij afgelegen, er komen vooral toeristen en het is er nogal prijzig, dus niet bepaald aantrekkelijk voor het lichtgetinte publiek. Bovendien wordt er geen waterpijp gerookt, in tegenstelling tot in alle andere Midden-Oosterse restaurants in Amsterdam, dus lichtgetinten zouden hier nooit komen, shisha is zeg maar hun ding. Een dag niet gepaft was een dag niet geleefd.

M'n verwekkers hebben er geen moeite mee dat ik bij de Albert Heijn werk, dat is 'normaal werk voor een vrouw', zolang het maar niet in de avond is en zolang ik maar geen alcohol navul of verkoop aan de kassa. Moeder had van imam Wawelaar begrepen dat de drager, koper, verkoper en schenker van alcohol vervloekt is volgens een overlevering van de Profeet (vrede zij met hem), dus ze eiste dat ik voortaan alleen nog op de broodafdeling stond. Ik moet ook voor het donker m'n diensten afronden, dan kon ik zelf naar huis, anders kwam Vader of Halil me ophalen. Tenminste, dat was tot vorige maand het geval, maar na veel redetwisten heb ik geëist dat ik het niet langer trek dat ik word opgehaald op mijn twintigste. Het is niet omdat ze het onveilig voor mij vinden, zoals ze beweren om mij goedschiks te overtuigen voor ze overgaan op kwaadschiks, maar omdat ze me niet vertrouwen. Dan weten ze zeker dat ik gewerkt moet hebben, in plaats van dat ik 's avonds ergens anders heb zitten lanterfanten. Sinds ik met veel slag en stoot heb afgedwongen dat ik zelf thuiskom, ben ik begonnen met werken in het restaurant. Ik kan het er niet heel laat maken, iets na tienen moet ik toch echt thuis zijn, de verwekkers weten dat de AH om tien uur de poorten sluit.

Moeder sprak haar verbazing uit over mijn beklag tijdens onze twist over het hele ophalen-van-werk-gebeuren. Dat het vroeger ondenkbaar en bespottelijk zou zijn dat een meisje überhaupt ging werken; die moesten huishoudelijke taken leren en zich voorbereiden op het gezinsleven. Ook was volgens haar de klederdracht volkomen tegendraads tegenwoordig: de hoofddoek werd gedragen met jeans, getailleerde jurken of andere moderne kleding, zelfs met sieraden, muiltjes en make-up, waar het vroeger lange en vormloze gewaden waren. Ze meende dat er in korte tijd veel is verruild in de Turkse cultuur en betreurde dat. 'We raken de banden met ons geloof kwijt en verwesteren zoetjesaan,' meldde ze verontrust. Moeder voelde een sterk onbehagen: de geloofsleer was ongetwijfeld superieur, het Westen verloederd en zedeloos, en nou gingen wij in rap tempo in hun voetsporen treden. De integratie, nee, wat zeg ik, assimilatie was té geslaagd, te vergaand, het conservatisme verloor in hoog tempo terrein, de progressieve modernistische idealen die de westerlingen voorstaan namen een grote vlucht.

Terwijl ik het idee heb dat ze voorgoed vastzit in de Middeleeuwen en met een bord voor de kop loopt, meent zij dat we helemaal van het padje af zijn, totaal losgezongen, richting (post)modernisme (de sluipmoordenaar van de religie, mens en maatschappij, volgens Karbonkel) en decadentie, omdat vrouwen economisch onafhankelijk worden, het huis uit kunnen wanneer ze willen en niet meer in een aardappelzak lopen. Want dit waren de essentiële zaken; als je de vrouw losrukt van haar primaire taak als huismoeder en van haar een man maakt, zou het niet lang meer duren voordat we als moslims als een sneeuwbal van een helling af zouden glijden en uiteindelijk onze principes in zouden leveren. Een cultuur sterft immers als er geen mensen meer zijn die haar willen dragen, delen, onderhouden en zelfs opleggen. Ach, de dove zei dat vroeger de hanen nog kraaiden en nu alleen nog maar gaapten. Zij hadden als opgroeiende vrouwen zo weinig keus, dat de hoeveelheid keuzes die wij hadden als nieuwe lichting al een ongekend voorrecht was, terwijl ik mezelf vergeleek met de Nederlandse norm en steeds tegen een muur van opgedrongen beperkingen stuitte, de een nog beklemmender dan de andere.

Ik word rijkelijk voorzien van fooi door de toeristen, die nagenoeg alle klanten uitmaken in het restaurant. Mijn collega's, die toevallig allemaal heren zijn op één na, maar die dame heeft morbide obesitas, beweerden dat dat was omdat ik een (welgevallige) vrouw ben, want zelf kregen ze beduidend minder en dat was niet zelden verworden tot een heikel discussiepunt. Het kwam erop neer dat ze klaagden over seksisme. Meestal zijn vrouwen daarbij de benadeelde groep, maar niet in dit geval, blijkbaar.

De baas heeft daarom recentelijk besloten, na zo veel klachten van het personeel, dat alle fooi voortaan in een pot gaat en aan het eind van de maand eerlijk verdeeld wordt onder alle werknemers. Nou, eerlijk is anders. Het was weliswaar gelijker, maar niet eerlijker; iedereen weet dat ik verreweg het meest krijg en eenieder krijgt in het leven wat zijn of haar kennis en kunde hem of haar levert. Maar ik zwichtte uiteindelijk hulpeloos voor de gelijkheidstirannie.

Wat ik maar moeilijk te verdragen vond was de hoeveelheid eten die we aan het eind van de dag afdankten. Als er een viering was geweest, gooiden we na afloop kilo's vlees en vis weg, veel nog ongerept, uit de pan de container in. Ik vroeg of ik het mee kon nemen, m'n gezin en buren zouden dat immers met grote dankbaarheid aannemen. Dat mocht absoluut niet. Dat hadden 'de vluchtelingen', zoals mijn baas zijn Jemenitische onderdanen noemde, een groot deel van mijn collega's overigens, ook al zo vaak gevraagd.

Ik begreep het niet, maar die discussie had ik ook al bij de AH gevoerd. 'Als ik jou het brood meegeef, kom jij morgen geen brood meer kopen, en dat geldt voor iedereen,' zei Peter, mijn filiaalmanager.

Het deed fysiek pijn aan de ogen om elke dag te moeten zien hoeveel eten er gedumpt werd; in mijn opvoeding lag eten weggooien zeer gevoelig, dat was een soort heiligschennis. Als Moeder zag dat de melk over datum was, gebruikte ze hem voor het maken van deeg. Als ze zag dat het brood niet meer goed was, droogde ze het en maakte ze er paneermeel van voor de gehaktballen. Als het schimmel had, spaarde ze het op en gaf het aan de duiven en eenden. Dat werd overigens niet gewaardeerd door de gemeente, die overal posters had opgehangen met de tekst dat brood op straat rattenvraat geeft, maar onze buurt had daar schijt aan. Weggooien was geen optie, dat was *haram*, vandaar dat het in onze wijk wemelt van de knaagdieren. Moeder kon laaiend worden als ze zag dat iemand van ons brood had weggegooid. Imam Wawelaar had gezegd dat Allah je dan zal straffen met armoe, want wie het kleine niet eert, was het grote niet weerd. Maar de AH werd op de een of andere manier niet gestraft door Allah.

Gemeenschapsgenoten, sommigen onder u zullen boos worden om wat straks komen gaat, maar weet dat ik hier slechts mijn bestaan beschrijf en de paradoxen waar u aanstoot aan neemt zich vooral bevinden in uw eigen hoofd. En sommigen die plat op de buik gaan voor de primitiefste aller gevoelens, agressie, verontwaardigdheid, zullen mij willen wreken. Want met uitzondering van de wijze zal iemand je het niet snel vergeven dat je ze ontnuchtert. Die zullen mij straks hekelen, maar haat en liefde staan dicht bij elkaar. En voor beide geldt dat je het alleen opbrengt voor hetgeen je hoogschat of als gelijke ziet, omdat het een uitdrukking is voor het gebrek aan minachting en onverschilligheid. Wij haten wat wij vrezen en wij vrezen wat wij sterker, groter of beter achten. Dus wilt u mij bewijzen mij gering te schatten, haal dan uw schouders op, anders heeft u zich verraden. Ik weet dat dit moeilijk voor jullie is, maar de goedheid van een daad wordt mede bepaald door de moeite die ervoor is gedaan. En die is bij jullie groot.

En voor degenen die het vooral met me eens zijn, daar heb ik eigenlijk niets aan te vertellen. Wie je bent wordt bepaald door je omstandigheden. Die zijn nu niet goed, en alle idealen die voortkomen uit zwakte zijn beangstigend, kennen geen genade, zijn de relativering verloren. Actie laat zich moeilijk rijmen met nuance. Eerst zijn er de omstandigheden, alvorens we helden worden, of schurken. De mens is immers net aarde, hij verhardt als je erop stampt. Maar dat mijn gelijk relatief is wil niet zeggen dat het niet bestaat. Sterker nog: het zou niet relatief kunnen zijn als het niet bestond.

Als ik erin slaag vijanden te maken, getuigt dat van talent, immers zijn enkel schapen alleen maar geliefd. En talent is slechts het vermogen iets beter te kunnen dan de meesten, dus in mijn geval is dat weigeren te zwijgen. Originaliteit is soms niets anders dan een frisse variant op onze gekoesterde eenzijdigheid.

Maar ook de juiste meningen hebben er recht op bestreden te worden. Ik ben immers niet iemand die zegt een kritisch tegengeluid te brengen en dan onverdraagzaam reageert op het kritische tegengeluid daarop. Je moet tegenspraak niet tolereren, maar koesteren en duiden. En iedereen moet op zijn hoede zijn voor ideologische zelfgenoegzaamheid. Onze perceptie aangaande de mate van subjectiviteit in een proces van waarheidsvinding is logischerwijs per definitie sterk variabel. Maar als je kritiek gaat leveren, doe het wel met charme alsjeblieft, want kritiek is bij ondeskundig gebruik hemeltergend, net als het luisteren naar goede raad die men zelf allang heeft overwogen en verworpen. En wees niet zo halsstarrig, want dat ben je als je standvastig bent over onbeduidende zaken. En wanneer mijn oprechtheid jullie echt te machtig wordt, kunnen jullie het nog altijd afdoen als ijdelheid.

9

Gisteren had ik een merkwaardig gesprek met Defne. Ze kwam pronken met de snoepjes die ze had weten te scoren op een verjaardagsfeest van een klasgenootje. Het waren er wel tien. Daar was ze in principe tevreden mee, maar ze kon het niet laten om haar teleurstelling uit te spreken over een voorval dat zich had voltrokken: nadat de piñata was vernaggeld, had ze het vierdubbele aantal snoepjes gekoloniseerd tussen de bende kinderen. Ze had een snuggere strategie uitgedacht: van tevoren een zakje bemachtigen en uiteindelijk, nadat het snoep op de grond lag, snel te handelen. De tragere en afgeleide kinderen hadden echter niet eens één snoepje kunnen krijgen. De moeder van de jarige kwam bijgevolg naar Defne en nam ongevraagd het leeuwendeel van haar buit mee om het te schenken aan de kinderen die niets of minder hadden, waardoor uiteindelijk iedereen evenveel had. Dat vond Defne buitengewoon vervelend, de anderen hadden simpelweg niet genoeg hun best gedaan om voorbereidingen te treffen en een strategie te verzinnen in een situatie waarvan ze van tevoren konden weten dat de concurrentie groot zou zijn. Bovendien had het überhaupt geen zin om je in te spannen, aangezien aan het eind toch wel iedereen ongeveer dezelfde hoeveelheid kreeg door de herverdeling van de moeder.

'Ze zaten niet op te letten en waren met andere dingen bezig toen ik een plan verzon. Anderen waren gewoon sloom, dan moesten ze maar wat harder werken met hun luie reet.'

Ik kan zien dat Defne later een brute kapitalist wordt. De schoonheid daarvan is dat het eerlijk is over de lelijkheid van de mens. Moeder, die dit verhaal ook meekreeg, leerde Defne dat aalmoezen schenken aan minderbedeelden niet verarmt. En die veel begeert veel ontbeert. En dat armen makkelijker in de hemel komen. En dat geluk de kunst is een boeket te maken met de bloemen waar je bij kunt. En dat soberheid het basisingrediënt is voor genot. En dat hebzucht uit een bodemloze bron komt. En dat geld vooral leidt tot complexiteit, en complexiteit het niveau van eenvoud niet kan benaderen. En dat bedrijvigheid de afwezigheid van voldoening is.

10

Het studeerwerk had zich week na week opgestapeld. Van het thuisfront en van vrienden, voor zover ik die nog had, vernam ik veroordeling over dat ik te afwezig was. Ik had naast mijn studie en werk een romantische verhouding die gepaard ging met een hoop stress en angst om betrapt te worden, een klein lek doet een schip immers zinken, en moest de ideale dochter, kleindochter, vriendin en zus uithangen. Vriendschappen die ik nog enigszins had verdampten op den duur. Ik was chronisch moe van het hooghouden van alle ballen, maar veruit de grootste oorzaak van m'n somberheid was de agitatie als gevolg van de vele oorlogen die ik thuis voerde. Over te laat thuiskomen, niet aanwezig zijn als er familie op visite kwam, werken in de avond (de nacht was volgens hen voor dronkaards en criminelen) en te veel buiten zijn. Maar haar voornaamste grief luidde m'n te sexy kleding, die ik weliswaar stiekem droeg, maar het ontging haar natuurlijk niet, aangezien ze de inhoud van Oma's wasmand en mijn kast om de zoveel tijd toetste. Ze eiste dan rekenschap over waarom ik zo veel strakke jurken herbergde als ik ze niet aandeed en waarom ze dan in de wasmand lagen. En m'n cosmetica natuurlijk, dat bleef ook een heikel punt. En dat ik nooit mijn telefoon opnam als ze mij videobelde om mijn locatie te checken en acte de présence te krijgen, dat ik nooit mijn locatie verstuurde op WhatsApp, dat ik foto's als profielfoto gebruikte op WhatsApp, Instagram of Facebook (ik mocht geen foto's op het internet plaatsen, dat was haram voor een vrouw volgens de voorschriften).

Ik was oververhit door m'n gejaagde leven en de ruzies thuis, ik stond op knappen. Ik wist het niet meer, maar m'n bezwaren werden verstomd.

Ik verrijs met de hoogste moeite uit mijn bed, waar ik inmiddels een kwartier op lig. Ik verlos me van m'n hoofddoek. Zoals altijd heb ik een royaal aantal gemiste oproepen van de verwekkers, de hete adem van Moeder voel ik in m'n nek. Ik zie een paar appjes op m'n scherm binnenkomen. Ze willen weten waar ik ben en wat ik in godsnaam buiten te zoeken heb als het allang donker is. In de winter is het nog erger, dan bellen ze ook als het donker wordt, dus om vijf uur. Mijn geduld wordt op de proef gesteld, ik tolereer de eisen die me opgelegd worden steeds slechter. Droogstoppel had me verleden week nadrukkelijk gezegd, of eigenlijk bevolen en bedreigd, zoals het haar betaamt, dat gezien ik niet meer opgehaald wil worden, ik tegen mijn werkgever moest zeggen dat ik niet langer beschikbaar ben in de avonden. Ik had maar geknikt, ik had geen zin in een vermoeiende woordenstrijd, maar nu zijn dus wel de rapen gaar, want de klok geeft 23.30 uur aan.

Als ik zeg dat ik net van mijn werk kom en een beetje moest overwerken door omstandigheden, een excuus dat ik de vorige keer dat ik te laat was ook al had gebruikt, zal ze dat niet nog een keer pikken.

Drie weken geleden kwam ik wederom rond elf uur thuis van een hele dag weg zijn en had Vader bij de AH nagevraagd of ik er was. Ik werkte opzettelijk in een filiaal dat ver van onze woning lag, op de Elandsgracht, maar het weerhield ze er kennelijk niet van om me te komen inspecteren. Toen ik die dag thuiskwam uit Den Haag gaf Vader me een klap en schreeuwde dat ik geen zelfrespect had en een vuile leugenaar was. Ook werd ik gebrandmerkt tot slet vanwege mijn kleding, pumps en make-up, omdat ik niet de gelegenheid had gehad die snel om te wisselen in m'n kamer, zoals gewoonlijk. Met andere vrouwhumiliërende krachttermen, waar met name Moeder zich met grote regelmaat van bediende, werd ik links en rechts om de oren geslagen. De haattante des huizes had er een handje van door merg en been te gaan als ze boos is.

'Wie weet wat je de hele dag hebt zitten uitvreten, ik geloof geen woord meer van jou als je zegt dat je werkt of op school zit, misschien studeer je niet eens, weten wij veel. Het is niet dat we op oudergesprek kunnen, zoals op je vorige scholen, en de boel kunnen bevragen. En kijk nou hoe laat je thuiskomt, en met wat voor kleding, niet te geloven. Schaam je diep, ik zie al je vormen, heb jij dat zo geleerd op de Koranschool waar je jaren naartoe bent gegaan? Je negeert opzettelijk onze berichten en telefoontjes, je gaat mij niet wijsmaken dat je een hele dag niet hebt gekeken op je telefoon. Weet je wel hoeveel meiden als jij, die ook zo koppig en ongehoorzaam waren, verkracht zijn, waardoor hun hele leven voorbij is en niemand meer met ze wil trouwen? Wil jij ook zo eindigen door je hemeltergende hardleersheid?'

In Karbonkels jargon is 'verkracht worden' en 'de fout ingaan' dat je als moslima de bocht uit vliegt door verleid te worden toe te geven aan *zina*: buitenechtelijk seksueel contact. Ze noemt dat 'verkracht worden' omdat ze er heilig in gelooft dat elk rechtschapen meisje dat aan dat soort 'vieze' en illegale lusten toegeeft, gemanipuleerd en omgepraat is door een of andere hoerenzoon die erop uit is haar te gebruiken en vervolgens 'weg te gooien', wat erop neerkomt dat hij niet met haar zal trouwen. Het krankzinnige is dat ze zich niet zorgen maakt om de psychologische last van een mogelijke échte verkrachting, maar meer om de afgenomen ongereptheid, waardoor mijn Koranvaste prins, de enige optie als huwelijkspartner die uiteraard een maagd eist, mij niet meer zou willen, omdat ik dan 'bevlekt' ben. Bovendien ben je bij ons als vrouw nooit helemaal onschuldig in een verkrachting; als je in je eentje als lokdoos 's nachts op straat liep, al helemaal als je ouders je daar tig keer voor hebben willen behoeden en jij ongehoorzaam en dwars bent geweest, had je er deels om gevraagd. Je verdient de sociale straf en de verwijten die je ten deel vallen. Bij ons moslims geldt sowieso bij meer zaken het credo dat als twee kijven, er twee schuld hebben. Als je beledigende cartoons maakt bijvoorbeeld, heb je er ook om gevraagd. *It takes two to tango*. En nee, dat is een ideologie en komt niet door de achterstelling bij het verdelen van de stageplaatsen.

Vader was ditmaal ook furieus. Waar hij normaliter degene was die Moeder bedaarde en de angel uit de ruzie haalde, was hij nu eveneens zijn vertrouwen verloren na het doorprikken van mijn AH-luchtballon, waar mijn collega's ook nog de behoefte voelden om niet alleen te melden dat ik er die dag niet was, maar al de hele week niet had gewerkt.

'Vanaf nu wil ik elke week je studierooster en werkrooster zien, als je met vriendinnen af wil spreken, doe je dat maar hier thuis of laat je via FaceTime zien met welke vriendin je bent en waar, alleen overdag! Bovendien ben je elke avond voor het donker thuis, geen discussie meer mogelijk. We zijn dit spuugzat. Je bedriegt ons, wij zijn jouw ouders, wij zijn verantwoordelijk voor jou en hebben de plicht je te beschermen.'

Ik zei met de bezieling die een nobele zaak betaamt en onafgebroken biggelende tranen dat dat nooit ging gebeuren, dat ik nog liever sterf dan zoveel van mijn bewegingsvrijheid in te leveren. Dat ik het niet pik dat de dranghekken nóg dichterbij komen, pal voor mijn neus. Dat ik godverdomme al twintig jaar oud ben en zelf wel bepaal wat ik doe en wanneer ik thuiskom, en dat ik heb gelogen omdat zij mij geen andere keus toekenden. Dat leugens afgedwongen worden door de waarheid.

Karbonkel, die zich wel vaker leek te laven aan de goede gaven van de woede, werd fysiek. Ze trok me aan m'n hoofddoek en sloeg me, waarna ik Defne hoorde gillen en huilen. Ik verloste me, rende naar Oma's huis, naar m'n kamer en deed m'n deur op slot, die Karbonkel in het verleden met een theelepel probeerde te openen bij ruzies.

'Ben je al veilig thuis aangekomen, lieverd? Heb je zin om morgen te gaan picknicken in het Zuiderpark? Het wordt heerlijk weer!' las ik in het binnenkomende bericht van Freek op m'n mobiel.

Nu, drie weken na deze casus, sta ik oog in oog met hetzelfde ongerief. Oma meldt dat ze onstuimig zijn en op me wachten, ze hadden haar zojuist gebeld, dat ik maar beter kon gaan. Oma had zoals altijd gezegd dat ze me met rust moesten laten, dat ze me niet het leven zuur moesten maken, maar dat advies zou toch wel ver van ze vandaan geworpen worden.

Ik hoop dat Defne al slaapt. Het is deprimerend dat ze telkens zo'n ellendige sfeer moet meemaken. Door mij. Dat is ingrijpend. Als ik aan Defne dacht, voelde ik me wreed. Hoe vaak had ze zich niet in haar kamer opgesloten en gehuild als de verwekkers en ik elkaar tormenteerden? Haar dagboek was me onlangs onder ogen gekomen, waarin ik in schreeuwerige koeienletters las dat ze het haat als we ruziemaken. Ze had er een tekening bij gemaakt waarin ze ons had afgebeeld zoals de toestand zich voordeed in de werkelijkheid: drie mensen die tegen elkaar blaffen en zij die haar gehoor blokkeerde.

Ik zag Defne nauwelijks meer door mijn roerige leven, had nooit meer tijd voor haar, waar ik vroeger nog uitjes met haar ondernam of haar op z'n minst meenam naar de bieb, wat niemand anders deed hier in huis. Ik vroeg Moeder laatst waarom ze niet in hemelsnaam de tijd nam om een paar boeken voor dat kind te halen, waarna ze kwam met een redenering van Jan Kalebas en daarmee al mijn puf wist af te troeven: 'Een kind voed je vooral op met karakter, kennis krijgt ze al genoeg op school. Jij hebt altijd gelezen en leest nog altijd, moet je kijken wat er van jou geworden is, je leeft langs je gezin en gemeenschap heen, net een Hollander.'

Ik hoop ook dat Halil thuis is, zodat hij het enigszins voor me op kan nemen en Moeder kan temmen, dat doet hij wel eens voor me, en naar hem wordt er altijd geluisterd, hij heeft immers een snikkel, dus wordt zijn kritiek niet bij voorbaat gedevalueerd. Helaas is hij in de avonden vrijwel altijd buiten, hangen met vrienden, dus die hoop kon ik beter ontkoesteren. Sowieso had Halil al meerdere malen aangegeven dat ik maar niet moest varen op zijn bijstand, hij was niet van zins om tegen de verwekkers in te gaan. Hij drukte me op het hart dat het beter is om me te schikken naar hun regels, dat zou mij ook kommer en treurnis besparen. 'Werk gewoon alleen in de middag,' zei hij laatst laconiek. 'En als je wilt afspreken met vriendinnen, gewoon in de middag doen en reageren als ze je bellen of een foto sturen, dat is toch niet moeilijk, waarom moet je ze altijd uit hun slof laten schieten?'

Halil weet niet dat ik een relatie heb, dus in het weekend gaat hij ervan uit dat ik werk of met vriendinnen aan het chillen of studeren ben. Ik mag natuurlijk geen relatie van hem, dan verklikt hij me meteen en keert hij zich ook tegen me; hij wil immers niet dat zijn zus een zelfrespect ontberende kech is. Ik was een aantal keer de discussie met hem aangegaan, maar die was niet te winnen op argumenten.

'Jíj mag wel in de avond en zelfs in de nacht overal naartoe, op vakantie met je vrienden zonder toezicht en werken of chillen tot middernacht. Jij mag naar het strand in de kleding die je wenst. Jij wordt nooit gebeld en niemand vraagt jou je locatie te sturen, je plaats en vriendengroep te bewijzen middels een videochat en je hoeft ook nooit je roosters te laten zien. Jij krijgt geen gezeik over foto's die je deelt op internet. Jij komt vaak zelfs in de nachten niet thuis en dan is er niets aan de hand. Je mag ook uitgaan. Als kers op de taart heb jij een relatie waarvan zij op de hoogte zijn en die ze totaal niet bezwaarlijk vinden, zolang je haar maar niet mee naar huis neemt voor het huwelijk. Waarom gun je mij niet dezelfde rechten?'

'Ik zeg nergens dat ik het jou niet gun, Büsra, je snapt het niet. Je gaat onze ouders niet veranderen, ik ook niet! Zij zijn een gegeven en hun religieuze of culturele gedachtegoed ook. Je mag tegenstribbelen en zeiken wat je wilt, je zorgt alleen maar voor frictie en negativiteit in huis, waar je vervolgens ook nog zelf onder lijdt. Het is gemoedelijker en fijner als je je gewoon neerlegt bij de feiten, wat de regels zijn en dat onze cultuur gewoon zo is. Jij bent nou eenmaal een meisje en ik een jongen, sorry, kan ik ook niets aan doen, hè.'

Halil vond mij een onruststoker, omdat ik de stilte van andere vrouwen in dezelfde situatie niet wilde erven. Altijd als ik hoopte dat Halil mij sterkte in mijn strijd stelde hij me diep teleur. Hij zag mij liever conformeren dan rebelleren en liet me verder barsten. Met onwillige honden is het slecht hazen vangen. Met zulke vrienden heb je geen vijanden nodig. Ik had een meer verlichte houding verwacht van iemand die academisch geschoold is, maar Halil was geen paard waar ik op kon wedden. Misschien had hij wel gelijk. Misschien kon ik me maar beter richten op mijn toestand. En mijn relatie met Freek moest ik dan maar staken, want dit zou toch niet werken zo. Het was een premature verhouding die meer weg had van een basisschoolverkering.

'Geloof jij in God?' had ik Halil laatst gevraagd. Hij keek me verbaasd aan. 'Zeg nou gewoon,' zei ik.

'Nou ja, als er wel iets is na de dood, ben ik beter af met geloof in God. En zo niet, maakt het weinig uit,' zei hij.

Dit was het domste antwoord dat ik ooit had gehoord. Alsof

God Zijn onnozele, slinks gokkende stervelingen met een dergelijke redenering een warm hart toedraagt. Mijn broer was zo ontiegelijk dom. Ik had niets aan hem.

Ik besloot niet naar ze toe te gaan. Ik schoot m'n pyjama aan en lag in bed met het licht uit en een bonkend hart. Als ze Oma's huis straks zouden binnenstormen om me te halen, zou ik slapen of doen alsof ik sliep. Zo had ik de oorlog weer een tijdje uitgesteld.

11

Drie jaar met mij was knap volgehouden van Freek. Ik gun hem een vriendin met wie hij kan slapen, kan uitgaan, op vakantie mee kan en in de avond op de bank mee kan hangen of naar de bioscoop kan gaan, zonder te stressen over op tijd vertrekken rond de namiddag. Met mij is het meer een WhatsApp-relatie. Ik had geprobeerd stiekem met hem op vakantie te gaan, maar natuurlijk mocht ik nergens heen zonder toezicht, niet in het buitenland noch in het thuisland, zelfs al zei ik dat ik met een vriendin ga.

'De enige keer dat jij zonder je familie op vakantie gaat, is met je man. Knoop dat goed in je oren,' zei Droogstoppel. Ik had niet anders verwacht. Op de middelbare school was het hetzelfde verhaal, daarom had ik alle schoolreisjes gemist, in tegenstelling tot Halil, die ook deze dans ontsprong vanwege zijn snikkel.

Elk reisje was me ontgaan, behalve dat naar Rome in de zesde klas, dat was verplicht, want mijn coördinator pikte het niet langer dat ik me steevast bij het buitenlandreisje ziek meldde. Dat was wel heel toevallig, vond ze. Nadat ze mij vroeg of mijn ouders me dit niet toestonden en ik bevestigde, vertelde ze Vader dat het dit keer wel écht moest, aangezien er toetsen en opdrachten aan verbonden waren, dan zou ik daar automatisch een één voor krijgen. Karbonkel moest nog wel twee weken wikken, wegen en beraadslagen met imam Wawelaar. Schoorvoetend hadden ze uiteindelijk ingestemd, nadat ze mij nog tweehonderd maal gewaarschuwd (lees: gedreigd) hadden niet in de avond naar buiten te gaan of uit mijn kamer te gaan, de deur op slot te doen, ook overdag, en niet met de jongens om te gaan. En altijd bij de vrouwelijke docenten blijven. Als de docenten alcohol dronken moest ik uit de buurt blijven. Het ergst vond Karbonkel dat de meisjes op reis gingen met 'volwassen mannen', dat zou absoluut verboden zijn volgens ons geloof, daar had de imam nadrukkelijk voor gewaarschuwd. 'Dat is toch krankzinnig, op die leeftijd meisjes en jongens samen op reis?! Samen in een hotel, met kamers naast elkaar? *Astagfirullah**, echt weer typisch iets voor de ongelovigen.'

Mijn gezicht moet meteen in een enthousiaste plooi geschoten zijn, ik kon de nacht ervoor niet slapen. Ik keek reikhalzend uit naar de ochtend, alsof ik die naar me toe trok. M'n klasgenoten dachten elk jaar dat ik zelf niet wilde en dat ik ze telkens belazerde door me ziek te melden, omdat ik niet wilde betalen voor de reisjes, maar het lag niet aan mij. Ze maakten me uit voor 'naaier', 'flesser', '*partypooper*' en 'droogkloot', maar ik schaamde me om de waarheid te onthullen, dan zou ik bekendstaan als een onderdrukt en zielig meisje met zulke bekrompen ouders. Het zou niet cool zijn. En ik zou daarmee afwijken van de anderen, zij waren immers merendeels ook moslim, maar die mochten wel op reis of in de avonden werken. Als ik dat als verweer gebruikte bij de verwekkers, kreeg ik: 'Maar dat zijn niet onze kinderen, wij hebben niets te maken met hen. Als zij de banden met het geloof compleet kwijt zijn geraakt en zondige dwalenden zonder eer zijn, wil dat niet zeggen dat wij dat ook moeten zijn. Als een ander van de brug springt, spring jij toch ook niet?'

* Dit zeg je als je iets knots vindt, letterlijk: moge Allah ons vergeven.

Ik wilde niet de enige zijn met idiote verwekkers, ik wilde geen medelijden. Dat haatte ik. Ook toen. In de klas was ik stoer en mondig en ik wilde dat imago handhaven, dus verzweeg ik dat ik had gehuild en dagenlang ruzie had gemaakt om op reis te kunnen, elk jaar weer.

Als ze bezig waren met de voorbereiding, zoals de plekken die we zouden bezoeken en wat iedereen meenam, zat ik er maar stilletjes bij, wetende dat ik het toch niet zou meemaken. 'Neem jij de bluetoothspeaker voor de muziek mee, Büsra?' vroegen ze bij de voorbereidingen naar Parijs. Als ik ja zou antwoorden, zouden ze bedrogen uitkomen. 'Nee, die is stuk,' zei ik dan maar. 'Oké, dan neem jij de snacks en de Red Bulls mee.'

De reis naar Rome was weergaloos, praten en lachen voerden de boventoon, ik had ongetwijfeld de beste tijd uit mijn leven. Tot op heden is dat mijn enige vakantie geweest (aangezien mijn zomers in Turkije in het dorp van mijn verwekkers niet bepaald voor vakantie kunnen doorgaan, meer als tortuur, maar daar kom ik later op) en de enige vijf dagen waarin ik volledige vrijheid had.

Opvallend was dat de docenten zich werkelijk nergens mee bemoeiden tijdens ons tripje. Ik had verwacht dat ze autoritairder zouden zijn, strenge regels zouden hebben en niet-aflatend toezicht op ons zouden houden, maar de enige momenten dat we ze zagen waren de gezamenlijke eetmomenten en tijdens het bezoeken van de standaard toeristische gebouwen, waar je overigens niet verplicht naartoe hoefde. Zo hadden wij het uitje naar het Colosseum overgeslagen, omdat we wisten dat de rij daar uitzichtloos was en wij alternatieve plannen hadden beraamd, zoals bungeejumpen en op een speedboot varen.

Meneer Radstake, de aardrijkskundeleraar, normaliter zo elitair en deftig als een Gooier en altijd strak in pak, zo iemand van wie je je niet kunt voorstellen dat die ook poept, maakte ineens grappen als: 'Mevrouw van der Horst heeft leren pijpen.' Wij keken verward en stomverbaasd naar onze coördinator.

'Ooooo, wat zegt u nou?!' vroeg Derya, waarna meneer Radstake naar de pijpen van mevrouw van der Horst wees en zei: 'Kijk maar, leren broekspijpen.'

'Lekker, pik!' schreeuwde Devrim, die een paar stoelen verderop in het vliegtuig zat, met een duim in de lucht. We gingen ook ineens tutoyeren en de docenten bij de voornaam noemen, dat waren kennelijk de ongeschreven regels van tripjes. Meneer Stokebroek werd Erik, meneer Radstake Joop, meneer Prenen Ramses en mevrouw Van der Horst Marjan. Na de reis moesten we dat terugdraaien. Dat was jammer, ik vond het ontbinden van de hiërarchie wel aangenaam.

De docenten hadden de organisatie van de Romereis dat jaar volledig aan ons leerlingen overgelaten, nadat wij hadden geklaagd dat de prijs waar zij mee kwamen veel te hoog was. 'Dat kan echt véél goedkoper!' hadden we geroepen naar de coördinator, toen zij 580 euro per persoon verzocht. Ze had uiteindelijk de discussie opgegeven: 'Nou, jongens, als jullie het niet eens zijn met de prijs, laat ik de organisatie volledig aan jullie over, dat bespaart mij ook een hoop tijd en het is uiteraard júllie reis.'

Dat had ze achteraf beter niet kunnen doen. We hadden het goedkoopste hotel van het gebied geboekt, we vonden dat het totaal geen luxe (lees: fatsoen) behoefde, omdat we toch niet zouden slapen. Iedereen moest de kosten van de reis zelf betalen, dus het was wel begrijpelijk dat we niet zomaar veel geld konden ophoesten. Uiteindelijk wisten we de lasten te reduceren tot 390 euro door te zoeken naar de beste (lees: goedkoopste van het goedkoopste) deal mogelijk. We vlogen met EasyJet, daar ging het al mis: Kaoutars koffer was zoek, wat de pret voor haar enorm had gedrukt. Ze belde dagelijks naar de klantenservice, maar die gaven het cruisecontrolantwoord dat ze nog niet wisten waar de koffer was en dat ze er werk van gingen maken. Omdat ze zonder spullen kwam te staan kreeg ze van de docenten 100 euro om wat kleding te kopen voor de aankomende vijf dagen, maar er ontstond nogal wat onenigheid over het bedrag, dat Kaoutar als modebewust meisje ondermaats vond om outfits mee te kopen. Zij was iemand die op de hoogte was van wanneer de Zara een nieuwe collectie binnenkreeg en was nogal ijdel. Ze was tevens een influencer op Instagram en verheugde zich al maanden op het maken van de mooiste foto's voor haar feed. Meneer Stokebroek vond dat ze niet het recht had op meer kledinggeld, omdat je prima basics kon kopen voor dit bedrag, maar goed, meneer Stokebroek was zo iemand die zijn kleren kocht bij de Lidl en was daarom niet de aangewezen persoon om zich te buigen over de problematiek waar Kaoutar voor stond.

Eenmaal aangekomen in de hel op aarde zou het je veel getuigen kosten om het oord een hotel te noemen. Het stonk, maakte een morsige indruk, er was van alles kapot en de insecten hadden er vrij spel. Akram, ons orakel, had het al voorspeld. 'Wedden dat het niet is zoals op de foto's?' had hij nog gezegd in de klas. De foto's op de website waren niet misleidend te noemen, maar ronduit frauduleus. Het gebouw was nog net geen ruïne, het kon bijna het Colosseum vervangen. Alles was smal, kraakte en piepte, je wist niet of je nou per ongeluk in het Anne Frank Huis terecht was gekomen of in een hotel. Het behang stamde nog uit de tijd van Mussolini en de telefoons waren net schoenendozen, met zo'n draaiding waar je de nummers op moest draaien.

De docenten hadden direct een ander hotel voor zichzelf geregeld en lieten ons achter in de beerput. Wie mee wilde mocht mee, tegen extra betaling.

'Ah joh, wij zijn strijders, laat ze maar, wij overleven het wel,' zei Youssef.

'Ey, Joop, Erik, Ramses, Marjan, ik dacht dat we vrienden waren!' zei Devrim tegen de docenten die vertrokken.

‘Nou, sorry, jongens, wij gaan er toch echt vandoor,’ zei Marjan, nee schuddend.

‘Nee, nee, nee, ’t is al goed hoor, ga maar, laat ons maar hier creperen, ga en kijk niet om!’ zei Mo. En toen ze weg waren: ‘Vuile klerelijers, die gaan zo in een jacuzzi zitten en nemen nog een massage daarna, terwijl wij hier nog net niet op elkaars schoot zitten. Als ik buig om wat op te rapen sta ik met m’n reet tegen iemands snikkel aan.’

‘Is het jullie ook opgevallen dat de linkerbal van Ramses groter is?’ zei Devrim. Ramses was onze economiedocent.

‘Gast,’ zei Mo.

‘Tering, ouwe,’ zei Youssef.

‘*Tfoe**, waarom let je daarop?’ vroeg Kaoutar.

‘Zeg, Dev, zullen we je alleen laten met Hasan vannacht?’ zei Derya.

‘Luister, ik heb het nu een aantal keer gezien, kijk maar goed de volgende keer, zijn linkerbal puilt gewoon uit zijn broek, echt waar,’ zei Dev.

Door hem ging ik er de eerstvolgende keer naar kijken en hij had inderdaad gelijk.

Op de eerste nacht hadden we tot de ochtend met de meiden gechild in de hotelkamer van de jongens, iets waar Moeder een acute verlamming van zou ondergaan als ze een glazen bol had. Hun kamer was beduidend rommeliger dan de onze. En zoals ik daar probeerde niet te struikelen, zo tracht ik momenteel ook niet te struikelen op het levenspad van een verstandige jonge vrouw.

We hadden muziek op, Italiaanse snacks voorhanden en Dalal had Bacardi, raki en Red Bull met ijsblokjes geregeld. Wat alcohol betreft was ik nog maagd, dus ik wist niet wat ik kon verwachten, maar uiteindelijk was het niets denderends. Het smaakte

* Berbers voor ‘dat is vies’.

naar benzine (vraag me niet hoe ik de smaak van benzine ken) en je keel stond lichtelijk in de fik als je te snel achter elkaar dronk. Toen de drank op was riep Devrim Mohammed op om water in wijn te veranderen. 'Ey, Mo, de Gall & Gall is nog steeds benieuwd hoe die profeet van jullie dat deed!' gierde hij.

'Dat was Jezus, niet Mohammed,' zei ik.

'Jezus is toch ook bij jullie een erkende profeet? Nou dan!'

'Hoe hebben jullie al die drank op gekregen? Jezus, er was echt veel,' merkte ik op.

'Alles door Akram, die is erfelijk belast, zijn vader is ook van het vloeibare voedsel,' merkte Dev genadeloos op. Akrams vader was een alcoholist. Gelukkig was Akram ladderzat en kwamen de grievende grapjes niet binnen.

Het leeuwendeel van de groep werd dronken, dat mondde uit in de meest onbetaalbare, dolkomische conversaties, waar ik en de andere brave moslims als nuchtere personen genadeloos bewerkte video's en hilarische memes van hadden gemaakt, hen onsterfelijk populair makend. Met de video's zorgde ik ervoor dat ze straks als nuchtere personen niet overvallen zouden worden door diepe wanhoop, als alleen de ander zich de leuke momenten nog herinnert, helder, levendig en met groot plezier.

Voor de rest van het schooljaar gingen die rond in de klas, elke docent kreeg ze te zien en ze stonden zelfs in ons afscheidsboek bij de diploma-uitreiking. Alleen die van de snikkels natuurlijk, de mokkels wilden dat ik het bewijsmateriaal van hun eenmalige extase zo snel mogelijk vernietigde, voordat de roddels rondgingen en zij 'schande kierden* en klappen kregen van hun broer'.

Derya had die nacht gezoend met Quincy. Ze waren al zot op elkaar, dat had iedereen door, maar het kwam niet tot een uitgesproken verhouding. Dat was zeer begrijpelijk, toen Derya op het

* Kregen.

kerstgala (waar ik natuurlijk niet naartoe mocht, Halil wel) met hem gedanst had gingen de roddels de volgende dag als een lopend vuurtje. '*Oh my god*, had je gezien hoe Derya losging met die neger? Dat kan echt niet, als Hakan dat hoort, is ze dóód!'

Derya's broertje Hakan zat op onze school, maar was vorig jaar afgestudeerd. Hij had echter nog genoeg handlangers, waardoor hij de spraakmakende nieuwtjes over zijn zus snel vernemen kon. Derya was Turks en Quincy Surinaams, een combinatie die nog fataler was dan welke andere moeizame multi-etnische combinatie dan ook, want Quincy was zwart en Turken zagen hun nationaliteit en in het verlengde daarvan hun ras als heilig. Op de een of andere manier werden meiden die iets met 'negers' of '*azzi's*'* of '*zenciler*'† aangingen vrijwel direct bestempeld als straathoer en in elkaar gemept door familieleden, omdat ze dan uit zouden zijn op een grote snikkel. Ik weet niet waar dat idee precies vandaan kwam, het impliceerde dat jongens met meer melanine geen andere kwaliteiten konden hebben waar je op kon vallen, maar het was een hardnekkige overtuiging in onze gemeenschap, dus je zou het jezelf wel héél moeilijk maken als je met deze wetenschap als moslima een zwarte vriend zou nemen.

Uiteindelijk heeft een loslippige uit de klas het toch zitten verklikken dat ze gezoend hadden in Rome, waarna Derya was geslagen door haar broer. Ze had er geen gebroken ledematen aan overgehouden, hij had het ditmaal gehouden bij een paar belerende klappen, maar die blauwe ogen en gebroken botten zouden wel volgen als ze zich niet snel 'ging gedragen'. Ze kwam een week niet naar school door de reuring thuis en toen ze wel weer verscheen wilde ze het er niet meer over hebben en keek ze Quincy niet eens meer aan. Onlangs zag ik op Instagram dat

* Zwarte mensen in het Berbers.

† Zwarte mensen in het Turks.

Derya verloofd is met een jongen van de eigen etnische signatuur. Ze zagen er verliefd en gelukkig uit. Quincy is volgens Facebook gestrand bij Charlotte Leeflang. Ook zij straalden voorspoed uit.

Op de tweede nacht hebben we de straten van Rome verkend, terwijl we een bluetoothspeaker bij ons hadden die ons voorzag van luide hiphopmuziek.

'M'n poten doen zeer, ik wil naar m'n bed!' klaagde Quincy, toen we om 3.15 uur nog steeds niet ons hotel gevonden hadden.

'Het is niet de jungle van Suriname, pik, we vinden het wel, zeikwijf,' zei Youssef.

'Ey, Quins, niet zo lui hè, ik weet dat je soort er bekend om staat, maar doe een beetje je best,' zei Devrim.

'Weet je waar zijn soort nog meer bekend om staat?' zei ik.

'Godverdomme, Büs, ik wíst dat je dat ging zeggen, vuile, vuile teef, wil je wel hè, zo'n triomfantelijke zwarte snikkel incasseren,' zei Devrim. Gelach.

'Ik zei toch dat we zouden verdwalen als we het aan Dev overlaten,' zei Akram.

'Godverdomme, ga je weer, Piet?' Dev gaf Akram de naam Piet, verwijzend naar Piet Paulusma, omdat hij geneigd was niet-aflatend voorspellingen te doen en altijd stellig beweerde dat hij dingen aan zag komen, het was zowaar een aandoening. Geregeld zei hij: 'Wedden dat [vul hier gevolg in] gebeurt als we [vul hier oorzaak in] doen?' waarna de anderen zijn vermeende helderziendheid verzuchtten.

'Ey, Dev, het is wellicht niet de jungle van Suriname, maar het is ook niet de Zuiderkruisstraat, ik ben het inmiddels ook beu, weet je zeker dat we goed lopen?' vroeg ik.

'Jij bent wel bekend met zuiderkruisen hè, Büs.'

Ik zuchtte. Ook de anderen hadden geen puf meer om te lachen.

'Ey, geef me voer, ik val bijna om,' zei Mo, die het voorkomen had van iemand wiens dieet uit louter frikandellen bestaat en een zwart gat als maag bezat.

'Zuig m'n pik, vuile vetzak, je hebt al alles opgevreten wat we hadden,' zei Dev.

Ikram gooide een zak met minipizza's uit de supermarkt naar Mo.

'Die ben ik zat, ik wil wat anders,' zei Mo.

'Ja echt, die pizza's hangen mij ook de keel uit,' verzuchtte ik.

'Er hangt wel vaker wat in jouw keel, Büs, nou niet doen alsof je dat niet lekker vindt,' zei Dev.

Op dag drie gingen we naar het strand, maar dat was eerder ellendig dan ontspannend. Terwijl de jongens en de meiden zonder hoofddoek genoten van de hoge temperaturen door te zwemmen of te zonnebaden, zocht ik met de gesluierde dames steeds de schaduw op. We hadden het gevoel dat we uiteen vloeiden van de hitte. We keken toe hoe de vrije meiden in bikini zaten te genieten van het helderblauwe water en hoe mooi bruin ze werden en muteerden in olijfkleurige godinnen, terwijl wij het zweet voelden druipen van onze onderrug naar onze aars door de lange mouwen en lange jeans gekleefd aan onze lichamen. Sila droeg weliswaar geen hoofddoek, maar die childe ook met ons in de schaduw. Ze had een gevoelige huid en werd pijnlijk rood van de zon in plaats van bruin. Ze was al verbrand door de straaltjes die ze had opgevangen van de dagen hiervoor en dat deed in haar geval alleen maar zeer. Als ze sarcastische opmerkingen maakte konden we haar daarom gewoon een klap geven op zo'n plek, die dan gloeide van de pijn als gevolg van de brandwonden. 'Auw! *Red lives matter*!' schreeuwde onze vuurtoren.

We hadden zo'n wapperding gekocht van een of andere buitenlander met een gammel karretje die ons zag creperen van de hitte en naar ons toe kwam om zijn inferieure rommel aan te smeren. 10 euro durfde hij aanvankelijk te vragen per wapperding, maar ik ging nog liever dood van de hitte dan 10 euro te geven aan zo'n prul dat je voor nog geen euro in een warenhuis koopt. En dat maakte ik die kerel duidelijk. 'I'm not crazy, I won't pay that much, I give you 3 euros for each, which is still too much, but that's what I'm offering you,' zei ik.

Hij deed alsof dat onmogelijk was en alsof hij weer wegging, maar ik wist dat dat gespeeld was.

'Koop het gewoon, wat boeit het, we gaan dood van de hitte, gekke chick!' zei Hasan naast me, de enige jongen die ook niet zwom en altijd met ons meiden rondhing. Hij was al sinds de brugklas de entertainer van ons vriendengroepje en dat was voor de jongens van de rest van onze school niet zelden meer dan genoeg reden om hem belachelijk te maken en te vernederen; hij gedroeg zich immers als een wijf. Dat Hasan homo was, kon je al van mijlenver zien, en dat maakte hem het leven op het HLW zuur. Ik was er vaak getuige van dat hij voor 'kanker*zemmel*'* werd uitgemaakt door lieden die van anderen hadden begrepen dat Hasan een *top*† of *ibne*‡ of zemmel was.

Hasan was een schat, het deed me elke keer verdriet om hem zo belaagd te zien worden. Op een dag had een bende besloten het voortaan niet meer te houden bij schelden. Toen Hasan van de trap naar beneden liep, kreeg hij een duw in zijn rug, waarna hij op de grond flikkerde.

'Hah, *sken*§ die zemmel, haha, z'n kontje doet nog pijn van gisteravond.'

'Tfoe, nu moet ik m'n hand wassen!'

Ik voelde een onstuimige woede opkomen, ik wilde ze op de grond smijten, onvrijwillige euthanasie opdringen en met een

* Flikker in het Berbers.
† Flikker in het Turks.
‡ Flikker in het Turks.
§ Kijk.

hark hun oogballen eruit vissen, maar na deze barbaarse bevlieging mijnerzijds wuifde ik die wensen weg en zei: 'Lazer op, schurken!' Waarna zij gierend verdwenen.

Het zou misschien helpen als hij een minder opzichtige homo was, een alfahomo, een soort Gordon, maar Hasan was helaas een typische handtasjeshomo, een Turkse Fred van Leer. Voordat ik bevriend met hem raakte had ik er nooit aan getwijfeld dat homoseksualiteit een ziekte of in ieder geval een keuze was en dat het gelul was dat je er niets aan kon doen. Zo had ik het immers geleerd op de Koranschool, dat je ervan kon genezen. En zelfs al kon je dat niet, dan was het je beproeving en moest je vooralsnog je gevoelens ontveinzen en smoren, met genoeg wilskracht en godsvrucht kon je daarin slagen. Nu weet ik wel zeker dat homoseksualiteit geen keuze is, aangezien er anders geen heterovrouwen zouden bestaan.

In moslimlanden plegen veel homo's zelfmoord. Dat is begrijpelijk, God is genadeloos omtrent dit onderwerp, net als de natuur overigens, die het toestaat dat twee tokkies met schulden zich wel kunnen voortplanten, maar homo's niet. Of is de natuur gelijk aan God? De natuur is angstaanjagend, vooral de menselijke. Dus als dat God was, moet ik bekennen dat ik zeker godvrezend ben. Maar de geschiedenis leert dat naarmate de mens zich verder losmaakt van de natuur, des te minder hij die te vrezen heeft.

Het oordeel dat God velt over homoseksualiteit was de eerste kras, nee deuk, in mijn rotsvaste overtuiging van de Absolute Waarheid.

12

Op de derde nacht van de reis had Ikram last van haar hele lijf, blijkbaar door bedwantsen, en zat ze van top tot teen onder de heftig jeukende bultjes. Er was kennelijk een allergische reactie ontstaan en ze kon nauwelijks meer bewegen zonder pijn en een heleboel crème. 'Omdat we zo teringgierig waren, hebben we nu een hotel met bedwantsen, een wc die niet doorspoelt op de kamer van de boys, geen airco en een douche zonder warm water in de kamer van de chicks!' had ze geschreeuwd naar de anderen.

'Mo kwam met het voorstel dit hok te boeken,' zei Derya verwijtend.

'Mo is de kwaaie pier!' zei Devrim, terwijl hij Mo's hoofd in een greep nam.

'Nou nou, Mo heeft wellicht zijn voorkeur als eerste uitgesproken, hij heeft het ons niet door de keel geschoven,' zei ik.

'Daar weet jij natuurlijk alles van, Büs, hoe het is om dingen door je keel geschoven te krijgen, viespeukie,' zei Dev.

'Jullie moer, we hebben allemaal de keuze bevestigd, stelletje teringlijers, belaag me niet met alle zonden van Israël,' vond Mo.

'Ik zeg het niet graag, maar ik had het gezegd,' zei Akram.

'Houd je bek jij, Piet, jij komt alleen met je profetieën pronken als het een keer uitkomt, zelfs een stilstaande klok wijst tweemaal daags de juiste tijd aan, achteraf kijk je de koe in z'n kont,' zei Dev.

'Nóóit meer, wat een hel hier, het personeel spreekt geen Engels en ze kijken je niet eens aan als je ze aanspreekt, blaffen je van zich af,' vulde Youssef aan, die de volgende dag ineens ook last had van jeuk. En aambeien, maar dat had niets met het hotel te maken. '*Drerries**, het allerergste is nog het voer. De cruesli smaakt naar Whiskas en verder zijn er ook geen opties, behalve zacht beschuit en smakeloze kaas die proeft naar schoenzolen,' klaagde Devrim.

'Smáákt naar, niet proeft,' zei ik.

'Büs, *fuck off*.' Ik stond bekend als degene die almaar iedereen taalkundig corrigeerde om ze te fucken, ook in ons groepsgesprek op WhatsApp, waar de d/t-fouten je om de oren vlogen. Meestal negeerden ze mijn correcties. Dat geldt nu, drie jaar later, nog steeds. Maar nu doe ik het wel als studente Nederlands en dus met meer gezag.

De buurt van ons 'hotel' wemelde van de vluchtelingen en bedelaars. Nietzsche had gelijk over bedelaars, men kon ze maar beter afschaffen; men ergert zich hun iets te geven en men ergert zich hun niets te geven. Als ik niet beter wist, zou ik denken dat ik niet in Rome was, maar Marokko. Niet dat ik ooit in Marokko geweest was, maar van de vele verhalen van vrienden had ik een solide beeld van het oord. Zelfs in Turkije had ik ze niet in deze aantallen gezien, terwijl Italië een Europees land is en er daarom welvarender uit hoort te zien, volgens mijn verwachtingen.

We hadden kennelijk ons hotel geboekt in een of ander getto. De dames werden voortdurend lastiggevallen door de mannen in de vorm van gesis, gefluit en gezwam in een taal die we niet ver-

* Jongens in het Berbers.

stonden, maar het vergde niet de grootst mogelijke moeite om te bedenken wat ze gezegd zouden kunnen hebben. De docenten waarschuwden voor zakkenrollers en oplichters. Toch was het raak: een vrouw met een peuter viel ogenschijnlijk flauw op straat, waarna wij naar haar toe snelden, tezamen met een paar voorbijgangers. Toen ze weer bij zinnen kwam vijf minuten later, uitvoerig bedankte voor de hulp en opvallend snel vertrok, misten sommigen van ons geld en een enkeling een telefoon.

De hoeveelheid nonnen in het straatbeeld viel me op. Die liepen er net als mijn familieleden bij. In het Vaticaan werden enkele dames en heren van de klas gewaarschuwd voor hun te schaarse kleding. Als de heren niet hun shirt weer aandeden en de dames niet hun rokken verlengden, zouden we eruit gezet worden. Het was net een shariastaat.

Verder hadden we onafgebroken straatverkopers aan onze broek hangen om ons 'merkkleding' aan te smeren. 'Louis Vuitton, *real*, *wallah*[*],' werd er beweerd. Ze zagen aan de hoofddoeken dat we een islamitisch gezelschap waren, dus zetten ze hun marketing voort in het Arabisch terwijl de Turken geen Arabisch verstaan en de Marokkanen überhaupt geen tweede taal kennen, op een paar Berberse straatwoorden na.

'Ey, Sadaf, wat zeggen ze nou?' zei Devrim.

'Ik ben Afghaans, jij achterlijke gladiool, wij spreken geen Arabisch.'

'Ja, weet ik veel.'

'Allemaal gammela gammela,' zei Quincy.

'Ja precies, één pot nat,' zei Devrim.

Dev was half Nederlands en half Koerdisch, bovendien een uitgesproken en fanatiek voorvechter van een soevereine Koerdische staat en onverholen PKK-sympathisant, waardoor in de ver-

* Ik zweer bij Allah.

gane jaren verhitte discussies in de klas tussen hem en de Turken ons niet vreemd waren gebleven. Ze bogen zich gepassioneerd over de vraag of het verzetsstrijders of terroristen waren, zal ik maar zeggen. Daarom zei Sadaf: 'Hé Devrim, waar kwam jij eigenlijk vandaan en welke taal spreken ze daar? O ja, vergeten, dat land dat niet op de wereldkaart staat.'

'Ooooo, gedist! Die deed pijn!' stookten de sensatiezuchtige lieden.

'Dat was een goede comeback, dat moet ik je nageven, dat stemt mij nederig,' zei Devrim sportief. Toen hij opmerkte dat de Turken die grap wel héél leuk vonden, meldde hij: 'Wat niet is kan nog komen, pik, wacht maar,' waarna Derya zei: 'Wat niet is, kan nog uitblijven,' waarna ik tegen Devrim zei: 'Je doet alsof je morgen het leger van Koerdistan ingaat. Je komt nog net niet met klompen en tulpen naar school, man, je bent zo Nederlands als deltawerken en veengrond.' Gelach. Devrim was zo Nederlands als treinvertragingen, dat wist iedereen, dus zijn Koerdisch nationalisme was niet geloofwaardig. Hij had een Amsterdams accent, dat hij van zijn moeder uit de Jordaan had geërfd, en luisterde onafgebroken naar vaderlandse cafémuziek, ook tijdens ons verblijf in het hotel. Kamergenoten raakten dat beu en zorgden ervoor dat hij geen verbinding meer kon maken met de bluetoothspeakers. 'Broer, fuck off met je Hollandse muziek de hele dag, *wesh*[*], denk je dat je zit in een kroeg *wela?*[†]' zei Youssef dan, toen we 's nachts met z'n allen in de kamer van de jongens zaten, nog net niet ín elkaar. 'Hazes is gewoon een held, zijn muziek moet je vóelen, het moet al je vezels penetreren,' zei Devrim, waarna Ayoub zei: 'Ey, *wollah teh*[‡], zet die muziek af of ik ga jou penetreren, ezebi.'

Ineens schrok ik van een hard geluid vlak naast m'n harses.

* Berbers voorvoegsel dat ik niet kan vertalen.

† Berbers achtervoegsel dat ik niet kan vertalen.

‡ Ik zweer bij Allah met nadruk.

Het was de telefoon van de hotelkamer. 'Shit, ze gaan weer klagen, ik zei toch doe zachter!' zei Aimane.

'Ga niet stressen man, chill 'm,' zei Devrim en hij nam de telefoon op. 'Yes? Aah, ok. Yes, we are sorry. Ok. Ok. Yes, we will lower the volume. Good night. Sexy lady,' zei hij en hing op. We lachten.

'Hoe weet je eigenlijk of ze lekker is? Heb je d'r gezien of zo?' vroeg Youssef.

'Weet ik niet, gewoon dollen toch,' zei Dev.

'Straks is het zo'n papzak van 120 kilo en een kort pittig kapsel en komt ze je halen,' zei Quincy.

'Ja, daar val jij toch op, Quins, veel vlees.' Gelach.

'Nooooh, niet zo veel vlees, ben je gek, je denkt ik ben slager, alles met mate.'

'Jaja, als ze komt zou je haar gewoon doen hoor, je staat al een tijdje droog, Quins.'

'Noh, ik kan veel handelen, jeweetzelf, maar niet eentje die zo rond is dat ze de straat afrolt als ze valt, daar gaat mijn *tollie* van schrikken.'

'Geloof me nou maar, pik, als je wil kan je 'm overal in stoppen, behalve in een vent misschien, maar als je in de gevangenis zit, doe je zelfs dat.'

'Haaaallooo, wij zitten hier ook nog, ik word een beetje misselijk van jullie tollie-geleuter,' zei ik, wijzend op de meisjes.

'Ey, Büsra, hou toch je bek, wat ga je nu heilig spelen, jij bent net een vrachtwagenchauffeur als je je muil opentrekt waar de meisjes niet bij zijn, je hebt twee gezichten, vuile gluiperd, het is net een draaiend toneel met jou, je trekt je habijt aan bij het ene couplet en trekt een driedelige anaalkit en dildo tevoorschijn bij het andere,' zei Devrim. Gelach.

'Ik doe niet aan anaal,' zei ik. Harder gelach.

'O, dus het andere wel?' wilde Emre weten.

'Jongen, hou nou je bek, je snapt toch dat het *jokes* zijn, ezebi,' zei Mo, die het af en toe voor me opnam.

‘Meisjes horen niet zulke jokes te maken, broer, doe normaal,’ zei Emre.

Een aantal dames en een paar van de jongens knikten instemmend.

‘Eigenlijk niet, maar je weet toch, Büs is een geval apart,’ vond Akram.

‘Jou kennende heb je allang alle negers van het land geneukt, gepijpt en geconsumeerd, viespeuk,’ zei Devrim.

‘Helemaal niet! Ik val op blond,’ zei ik. De meesten moesten lachen. Nawal, Kübra, Mahsume, Hind en Kaoutar keken me afkeurend aan. Ze vonden het niet kunnen dat ik zulke gore grapjes maakte als dame, maar dat waren dan ook héél brave mosli-ma's. Als je gewoon bad, bad je al gek genoeg.

Emre vond mijn gedrag niet kunnen, dat had hij al vaker kenbaar gemaakt. ‘Ey, gedraag je man, Büsra, kom op, ook al zijn het grapjes, heb een beetje zelfrespect, je weet toch, welke Turkse meid praat er zoals jij?’ zei hij met een ernstige blik. ‘Kijk, ik wil me niet bemoeien, ik ben niet je broer of je man of zo, maar je haalt jezelf echt omlaag met dit gedrag.’

Alsof hij het recht had om zich te mengen met mijn levenswandel als hij wél m'n familie was. Tussen Emre en mij had het nooit echt geboterd. Het was zo'n typische humorloze huichelaar die vond dat dit soort grapjes alleen voor en door mannen waren en lulde ten aanzien van meisjes ineens over vage zaken als ‘zelfrespect’. Hij was een aardige jongen en hij bedoelde het vast goed, hij was ook maar een slachtoffer van zijn opvoeding, maar goed, dat was geen excuus om hypocriet te zijn en te denken dat je mij kon berispen. Ik kon zelden lachen of überhaupt vriendschappelijk contact leggen met Turkse jongens, ook op m'n werk, die waren meestal van dit kaliber of dachten meteen dat je aan het flirten was als je een amicaal praatje maakte. Op de een of andere manier waren de Marokkaanse jongens gezelliger en stonden ze meer open voor alledaags contact. Laatst hoorde ik mijn nicht dit aankaarten, dat was revolutionair, dus ik werd erdoor overdonderd. Ik maakte zelden mee dat iemand de vuile was buiten hing in onze contreien. 'Als ik de kinderen naar school breng kan ik onbekommerd de vaders van de Nederlandse kinderen groeten en een alledaags praatje maken, maar nooit bij Turkse vaders, dat is gelijk raar, er is een ongeschreven regel dat je als man en vrouw niet met elkaar praat, echt ongemakkelijk eigenlijk, waarom kunnen we nooit als moslims onderling een alledaags praatje maken? Gelijk denken onze mensen door,' beklaagde ze zich terecht.

'Je moest de muziek toch zachter zetten, pik, dat zei dat wijf net,' zei ik tegen Youssef.

'Nee man, wat zachter, ze mogen aan m'n pik zuigen, het is bij de konijnen af, ze mogen blij zijn dat we nog betalen voor deze stinkende varkensstal waar we geen eens warm water uit de douche hebben of een airco, terwijl het tyfusheet is,' zei Dev.

'We kunnen niet eens onze stront wegspoelen, we moeten steeds flessen water gebruiken om het weg te krijgen, straks moeten we nog een beerwagen bellen,' zei Mo.

'Ja echt hè, we hebben vanochtend gewoon een koude douche genomen, het is maar dat het zomer is, anders waren we allemaal ziek geworden,' zei Dalal.

'En ik zit nog steeds onder de bultjes door die kankerbedwantsen!' zei Ikram.

'Ey, gooi eens voer!' zei Mohammed vanaf zijn stapelbed tegen Devrim, die het dichtst bij de tafel met de snacks lag. 'Ik heb de hele kankerdag nog niks gegeten.'

'Ja man, die pizza's op het terras aten zichzelf op, of niet?' zei Kübra.

'O dat, ja oké, dat dan alleen, maar ik heb meer voedsel nodig, ik ben een sterke jongen, je weet toch.'

'Hier, papzak, niet alles opvreten, laat ook voor mij over, als we hier straks vastzitten onder het puin als deze ruïne instort kun jij teren op je alternatieven, wij niet,' zei Devrim bij het gooien van de broodjes, chips en wafels.

'Wanneer heb jij gezien dat Mo eten overlaat? Hij eet *phel*[*] stofzuiger,' zei Hasan.

'Jongens, jongens, zonder mijn en dijn zou de wereld een hemel zijn,' zei Mo met een mond vol.

'Ey, Mo, als je het allemaal opeet, ik zweer ik kom je ballen[†] in je slaap met mijn kolossale snikkel, die in mijn geval nog wél heel is, omdat mijn verwekkers me niet als baby onder het schavot deden zoals bij jullie mohammedaantjes,' zei Devrim.

'Ja, heel en vooral ook heel vies, met het vuil dat zich opspaart in je vieze voorhuidje, bovendien kunnen wij het langer uithouden als het moet, waar jij na drie keer kreunen gedaan bent,' zei Emre. Zo te horen was Emre geen maagd meer en stak dat niet onder stoelen of banken. Als ik hetzelfde deed, zou hij me voor kech uitmaken.

'Zo hé, Emre, hoe komt het dat jij dat weet als iemand die zojuist de mond vol had over zelfrespect en niet grappen over seks?' vroeg ik.

Quincy moest lachen. 'Wow, dacht je echt dat hij het alleen versleten had met plassen? Emre schuift hem overal in, als het maar ademt, breek me de bek niet open,' zei Quins.

'Broer, dat is normaal, wij zijn mannen, zo zijn wij, wij zijn vieze dieren, maar als vrouw hoor je niet zo te zijn, je weet toch, zo geef je jezelf en familie schande.'

Het zou me verbazen als ik Emre ooit zou kunnen betrappen op consequentie of zuivere argumenten. Het lastige van de waarden en normen van moslimjongens is vaak dat ze onmogelijk zijn te vangen in een coherent corpus van wetten en regels. Maar praten over normen en waarden ondermijnen deze als het niet sa-

* Als een.
† Neuken.

mengaat met corresponderend gedrag. Het gemak waarmee sommige mensen hun hypocriete fatsoen tentoonspreiden heeft ontegenzeggelijk iets van een vileine provocatie.

'Dat van hygiëne zonder voorhuid slaat nergens op, dat kun je zelf doen, daarvoor hoef je dingen niet weg te snijden, als je je tenen eraf knipt heb je inderdaad ook geen last meer van zwemmerseczeem,' zei ik, de discussie hervattend.

'Dan alsnog, je kan het veel langer uithouden,' was de respons.

'Lul nou niet zo, wil je soms een wedstrijdje doen? Kom, we gaan straks naar de Italiaanse dames van plezier en dan gaan we eens kijken wie het langer uithoudt, blaaskaak,' zei Dev.

'Ey, tfoe, nu je dit zegt moet ik ineens denken aan die kankerharige reet van jou, nu is mijn eetlust weg, man. Met dat beeld in m'n hoofd ga ik geen harde plasser krijgen, bij welke dame dan ook,' antwoordde Mo. Gelach.

'Ja lekker, lik m'n Koerdische konthaar, een echte vent heeft haar,' zei Devrim.

'Gadverdamme, waar gaat dit over?!' zei Kaoutar.

'Heb jij konthaar?' vroeg ik aan Devrim.

'Nogal wiedes, elke man heeft konthaar, Büs, doe maar niet alsof je dat niet weet, viespeuk,' zei Dev.

'Elke man?! Denk je dat iedereen een bonobo is gelijk jullie volk? Alleen Turken hebben konthaar!' zei Mo.

'Echt hè, ik heb geen konthaar, hoor,' zei Youssef.

'Ik ook niet,' aldus alle Marokkaanse jongens tegelijk, terwijl de Turkse heren verdacht zwegen.

'Ik ben een Koerd, geen Turk,' zei Devrim. 'Je pa komt uit Turkije, dus je bent een kanker-Turk, of je wil of niet, en je harige bil bewijst het, daaraan kun je zien dat iemand Turk is, dat is jullie handelsmerk,' zei Mo.

'Misschien verklaart dit waarom volgens de statistieken de pedo's van Nederland een speciale voorkeur hebben voor Marokkaanse jongetjes en niet voor Turkse. Kennelijk willen pedo's ook geen behaarde billen palen. Ik vroeg me al af waar het aan zou liggen, dat was een vraagstuk waarover ik me de laatste tijd gebogen heb,' zei ik.

'Jij buigt je graag over en voor dingen hè, Büs, viespeukie,' zei Devrim. Gelach.

'Ja, dat is een zaak waar ik op zat de laatste tijd,' zei ik met opzet. De verwachte weerklank kwam: 'Ja, jij zit graag op dingen,' zei Devrim terwijl hij in lachen uitbarstte. Niemand begreep echt waarom Devrim steeds zulke grappen over me maakte, aangezien ik een keurige gehoofddoekte meid was en nooit met een jongen was betrapt bij het klaverjassen. Bovendien had ik niet in de klas verteld dat ik aan het daten was of een relatie had, dus die dachten dat Devrim die grappen zomaar maakte, gewoon om te fucken, zonder basis in de realiteit. Dat had ik ze wijsgemaakt. Dat slikten ze als zoete koek, want Devrim riep wel vaker dingen zonder gehinderd te worden door enige feitenkennis. De werkelijkheid was echter niet dat Dev een blaaskaak was; hij had me een paar maanden hiervoor op heterdaad betrapt, toen ik op station Den Haag Centraal met Freek aan het kussen was. Kennelijk bezocht Dev die dag zijn zus die in Den Haag woonde. Hij had een foto van me genomen tijdens het zoenen en appte die mij toen ik in de trein zat, met het bericht 'Lekker pik!' en heel veel digitale duimen. 'Doe je goed!' zei hij daarna nog, terwijl ik nog in een staat van shock naar mijn telefoonscherm keek.

'Ik dacht van meet af aan al dat jij niet zo heilig was als dat je eruitzag hoor, met je gore grapjes altijd, ik had je allang door pik,' las ik op mijn scherm, gevolgd door talrijke emoji's. Ik had het getroffen die dag. Het was een pak van mijn hart dat het Devrim was die me zag, want een andere jongen van mijn school of klas zou het gelijk aan iedereen doorvertellen, waardoor de hele school het zou weten, inclusief Halil, die twee klassen lager dan ik zat. Devrim was aardig, vrijdenkend en niet misgunnend. Ik had hem toen direct gebeld, gesmeekt om de foto te verwijderen en dit aan niemand te vertellen, terwijl mijn handen trilden bij het vasthouden van m'n mobiel. Hij wilde dat wel doen. Ik wist dat ik hem kon vertrouwen. 'Rustig maar, Büs, haal adem, pik!' Ondanks het pak van mijn hart had ik de hele dag nog stress, omdat ik niet kon vermijden te denken: wat als het niet Devrim was die mij fotografeerde? Wat als hij het wel had willen doorsturen? Ik moest nóg meer op mijn hoede zijn, ik moest er niet van uitgaan dat Den Haag geheel en al veilig was. Sinds dit voorval ging Devrim ervan uit dat ik een allrounder was, een *moetjoe*, zoals ze dat in onze contreien noemen, iemand die uit angst voor haar omgeving buiten de stad met Jan en alleman flikflooit. Ik had dat beeld nooit rechtgezet door te vertellen dat het mijn vaste vriend was, dat was zijn zaak niet.

'Tfoe man, stel je voor je trouwt met een Turkse vent, je verheugt je als chick op de huwelijksnacht en wanneer hij dan zo op bed ligt en z'n boxer uitdoet, kijk je zo en zie je opeens van die kankerharige billen, en je denkt ben ik nou met een geit getrouwd of met een Turk? Haha!' Mo ging weer stuk om zijn eigen grap, zoals altijd. Een paar anderen gniffelden mee.

'*Ewaja**, bilhaar kun je nog weghalen, maar karakter kun je niet krijgen, een gemis waar veel Marokkanen mee moeten kampen voor de rest van hun leven,' zei Emre, die zich altijd geroepen voelde om de Turkse eer hoog te houden.

'Ooooooo,' klonk er in de kamer.

'Wij hebben misschien konthaar, maar we zijn tenminste niet zo'n kutvolk, jullie verkopen nog je moeder voor een beetje drugsgeld en *nakken*† alles wat los en vast zit, kom niet praten. Waar de Turken nog harde werkers zijn, zijn jullie zo lustig als een vogeltje dat koe heet. Maar goed, in zulk water vangt men zulke vissen, aal is geen paling,' zei Devrim, die zich ineens schaar-

* Ach ja.
† Stelen.

de bij de Turken. Het was recent bekend geworden dat de mocromaffia een onthoofd hoofd van ene Nabil voor de deur van een Amsterdamse lounge in de buurt van onze school had gezet als wraak op de vijandige clan.

'Ooooooo,' klonk er opnieuw.

'Wat zit jij nou te lachen?' vroeg Mo aan Quincy. 'Wij hebben tenminste iets van een eigen cultuur, religie en folklore, zelfs dát hebben jullie negers niet. Niet eens een eigen taal. Niet eens een eigen achternaam! Jullie zijn nog steeds bezit van de tatta's, jullie dragen hun namen, aanbidden hún goden en spreken hun talen! Welke neger heet er nou Quincy de Vries?!'

'Ooooooo,' klonk er weer.

'*True*,' zei Quins, om na drie seconden te zeggen: 'maar ik kan het land van mijn voorverwekkers tenminste wel aanwijzen in de atlas,' doelend op Devrim.

'Ooooo! Die was vies!' schreeuwde iedereen.

'Krijg toch allemaal de kolere, val voor mijn part allemaal dood!' zong Devrim met volle borst mee met Ciske de Rat, die net op het juiste moment zijn intrede deed vanuit de speaker. *'Heb geen zin om braaf te leren, ik eindig toch wel in de goot!'*

'Godverdomme, komt-ie weer met z'n depressieve kutmuziek,' zei Mo. Youssef drukte zijn kussen op z'n hoofd, Aimane gooide zijn Adidas-slipper naar Devrims hoofd, die hij behendig wist te ontwijken.

'Ey, Dev, zing even de sterren van de hemel voor ons, beroof ons niet van deze geneugte,' zei ik, waarna ik een bananenschil op m'n hoofd geworpen kreeg.

'Zet wat normaals op, hond!'

De muziek veranderde naar Franse rap.

'En bovendien,' ging Quins verder, 'zijn mijn voorverwekkers weliswaar als slaaf hierheen gehaald, die van jullie hebben zelf gekozen hun land te verlaten om hier smerig kutwerk te doen. Ik weet niet wat erger is, tot slaaf gemaakt worden of jezelf laten knechten in de wetenschap dat je het gat opvult tussen legale slavernij die afgeschaft was en robots die er nog niet waren.'

'Ooooooo,' zei iedereen.

'Oké, klaar, we zijn kapot hard gedist,' zei Youssef.

'Nee, ik niet, in mijn land brak de oorlog uit, anders zouden mijn ouders nooit hun land verlaten, wij hadden in Afghanistan veel juwelierswinkels,' zei Sadaf.

'Ja, maar dat is omdat jouw volk dermate niet lekker in de kokosnoot is dat ze elkaar de hersens inslaan voor de meest achterlijke dingen, omdat de een net wat anders bidt dan de ander, dus ik zou maar niet al te stoer doen, schat,' zei Devrim.

'Hou je smoel, jouw natie is geografisch niet eens detecteerbaar,' zei Sadaf.

'Jahaaaa, kom een keer met wat anders, klerelijers. Bovendien ben ik half Nederlands en daar hebben jullie vuile wangedrochten niets over te zeggen natuurlijk, want dan kots je op de hand die je voedt. In jullie eigen land zouden jullie nu de klok rond geitenkeutels lopen scheppen in de zandbak en rectaal uitgewoond worden door een of andere boer met twee voortanden en zwarte teennagels en als een broedkip zitten baren en koeien melken in dat uitzichtloze inteeltdorp van jullie om elke dag op het nippertje te overleven. Het enige hoogtepunt in je leven zou zijn dat je koe een kalfje baart, zodat je aan het eind van het jaar een paar tientjes kan verdienen met de verkoop ervan, en daar zou je Allah op je blote knieën voor bedanken.'

'Hoezo rectaal?' zei ik.

'Omdat je kut totaal uitgelubberd en *finito* zou zijn na zo veel bevallingen en je vent wat strakkers nodig heeft,' zei Dev.

'Iets waar jij ook last van gaat krijgen als je zo veel snikkels blijft incasseren, Büs.'

'Aha,' zei ik. Ik zag Emre z'n hoofd in zijn hand leggen en nee schudden.

'Jullie ouders hebben niet eens een echte geboorteakte. Daarom is elke allochtoon op Nieuwjaar jarig, omdat ze bij het verzinnen van een neppe geboortedatum hun eigen hersencapaciteit om een andere datum te onthouden niet vertrouwen, waardoor ze allemaal voor dezelfde dag hebben gekozen,' zei Dev, die ons debat, dat het ethische daglicht niet verdragen kon, onomstotelijk had gewonnen. Dev was direct, op het lompe af. Hij zei wat in hem opkwam, zonder vermomming, geen massage, zonder zorgvuldig beraad, totaal onbesuisd, en was de eerste met het spuien van zijn mening over van alles, blèrde altijd door de klas heen en verzuimde nooit zijn commentaar te geven, dus ik had niet anders verwacht. Het was een ordinaire schavuit, die Dev, en toch hield ik ergens van z'n eerlijkheid. Hij had zijn mond in gal en alsem gedoopt, waardoor hij in debatten korte metten maakte met de ander, nooit zich afvragend wat de gladheid van het terrein was waar hij zich op begaf, ik was heel jaloers op zijn geoliede onverbiddelijkheid en de mitrailleursnelheid waarmee hij spreken kon. Roekeloosheid was behalve het gevaarlijkste ook het kostbaarste bezit van de jeugd.

Mijn verwekkers waren inderdaad ook beiden op Nieuwjaar jarig. Niet dat we het ooit vierden. Ik wist niet eens hoe oud ze inmiddels waren. Wij vierden überhaupt niets thuis, omdat successen die je behaalde als je taak werden gezien en daarom geen speciale prestaties waren. Toen de examenuitslagen bekend waren en ik gebeld werd door de coördinator met het nieuws dat ik geslaagd was en ik dit aan m'n vader meedeelde, vroeg hij door wie. Dus ik vertaalde het naar het Turks. 'Aah, oké,' zei hij en hij ging verder met tv-kijken. Toen ik thuiskwam nadat ik mijn vwo-diploma ontvangen had, kleedde ik me om en ging naar mijn werk. Toen de buurvrouw aan Vader vroeg waarom we niet vierden dat ik geslaagd was, dat ik dat echt wel verdiend had, zei Vader: 'Natuurlijk moeten ze,' verwijzend naar zijn kinderen, 'slagen, het zou wat zijn als ze niet slaagden! Ze wonen goed, eten goed, staan volledig onbekommerd in het leven, ze hebben geen gokverslaafde alcoholist als vader die ze in elkaar mept en geen nalatige moeder gehad zoals ik vroeger, ze hebben dag in dag uit onderwijs genoten vanaf hun vierde, tuurlijk moet je dan een diploma halen! Wat valt daaraan te vieren? Dat is toch het minste wat je kunt doen? Wat moesten ze anders? Op straat hangen? Je hebt het pas echt gemaakt in het leven als je ná zo'n diploma centjes gaat verdienen en voor je papa een mooi huis koopt!'

Mijn verwekkers waren niet zo van het trots zijn op jezelf of op een ander. Als de buurvrouw een stuk taart bracht omdat haar dochter haar rijbewijs had gehaald, vroeg Vader zich na het nuttigen van de taart af wat daar in godsnaam aan te vieren viel. Hetzelfde met huwelijksjubilea, jaarwisselingen, verjaardagen, geboortes, babyshowers, diploma-uitreikingen en alle andere vieringen van de onnozelheid. 'Toen het konijn zijn snikkel tegen de berg schuurde, verkondigde hij dat hij de berg had geneukt,' zei Vader, een Turks gezegde bezigend, wat erop neerkomt dat je een verdienste groter maakt dan het is.

Toen Halil was geslaagd voor het vwo, was het restaurant waar hij werkte afgehuurd. Het gezin van een meisje dat geslaagd was voor het vmbo-t gaf een groot feest en Halil bediende ze. Een van de gasten van het feestje, de vader van het geslaagde meisje, vroeg hem hoe oud hij was en waar hij zich zoal mee bezighield. Toen Halil antwoordde, vroeg de man verbaasd of hij dan ook geslaagd was. Dat was zo, maar hij ging het niet vieren. 'Een gekke wereld is het, hè, mijn jongen, moet je ons nou zien feesten omdat mijn dochter eindelijk een diploma heeft, met vertraging ook nog, en moet je jou nou zien, prachtig diploma, en je bent gewoon aan het werk, je doet alsof het niets speciaals is. Ik was precies als jij toen ik jong was. Ik heb ook altijd snoeihard gewerkt en vond niets het vieren waard, het kon altijd beter. Ik zie mezelf terug in jouw nuchtere en relativerende houding. Daar kom je ver mee in het leven, veel verder dan wanneer je in de watten gelegd wordt, zoals met mijn kinderen het geval is, die het arbeidsethos van een neger hebben. Hou je taai, kerel!'

'Van alle allochtonen in Nederland hebben wij Turken toch wel de meest verfijnde cultuur,' zei Emre.

'Maak nou van de bok geen tuinman. Zowel jullie als de Marokkanen zijn zandnegers. Jullie hebben achterlijke collectivistische culturen en schieten jullie dochters neer op straat als ze een vriendje hebben. In jullie landen zitten die garnalenbreinen nog altijd tot in den treuren te bakkeleien over zaken zoals of je wel of geen tanden mag poetsen als je vast in de ramadan en zijn ze nog altijd vergeefs bezig met het stichten van een democratie, aldaar een tamelijk onontgonnen begrip. Toen Noord-Europa jullie als skillloos volk reeds in vrachtladingen onthaald had in de paternalistische roes van de naoorlogse, getraumatiseerde, antipatriottistische Germaanse zelfoverschattingssentimenten, vroegen ze zich decennia later af wat ze eigenlijk aan hun fiets hadden hangen. Ze hadden toen nog uit bravoure het idee dat hoe secundair een cultuur ook is en hoezeer de mensen ook aan lagerwal geraakt waren, dat het wel allemaal maakbaar is, ze sublimeerden het zaakje oneindig, want schuldgevoel doet de waarheid nog geweld aan. Dat is het residu van het christendom; hoe zieliger, hoe heiliger. Er zijn te veel mensen die men een dienst bewijst wanneer men ze een aanleiding geeft om hun medelijden te tonen, en dit hebben de Sylvana Simonsen van dit land goed door. Ze hebben de kansloze migranten vervolgens over zich uitgestort in de vitale randsteden en daar de boel laten overwoekeren, nadat de deugelite bleef volhouden dat er geen vuiltje aan de lucht was. Diezelfde deugmensen zitten nu de allochtonen allerlei problemen en smoezen in de schoenen te schuiven, racisme dit en uitsluiting dat, hou toch op, die zien dingen die er niet zijn, ze zijn religieuzer dan ze denken met dat schromelijke overdrijven. Elke scheet die je laat die zou kunnen rieken naar kritiek op de meer gepigmenteerde medemens wordt weggezet als rancune. Misschien dat Turken in sommige gevallen het voordeel van de twijfel krijgen vanwege de relatief lagere criminaliteit en een respectabel arbeidsethos in tegenstelling tot de oblomovistische overigen die niet weten van kikken noch mikken, ze zijn wellicht uit iets beter cultureel hout gesneden en geen lapzwansen, maar het zaakje is nog steeds verre van gevorderd en is niet zelden publiekelijk ontaard in een vijfde colonne, dus dat hoeven we niet op het schild te hijsen. Men zegt dat het Trojaanse paard in Turkije staat, nou, het staat nu midden in Europa en is gegroeid, heeft nu de omvang van een miljoenendiaspora. De sympathieksten en gelijk het hoogst haalbare onder de Turken zijn degenen die passanten zijn met een eigen agenda, de geldwolven, de gezellige rakidrinkers, de mensen die geloven zonder god en die verder niets verraderlijks aan de dag leggen, maar hoeveel Turken ken je die nou echt uitgesproken loyaal aan dit land zijn, die meer begaan zijn met Nederlandse problematiek dan de Turkse? Die zijn in de minderheid, en die wetenschap met het bijbehorend toekomstvooruitzicht grijpt menig patriottistische tatta bij de keel. Het zijn strikt economische *agents* die leven in een parallelle realiteit. Turken zijn in het verleden machtig geweest, ze stonden op de valreep aan de poorten van Wenen, maar dat is vergane glorie uit reeds lang vervlogen tijden. Als je de tv bij jullie aandoet zie je imams hun kont tegen de krib gooien tegenover andere zielenhoeders en zo kabbelen jullie eeuwig voort, zonder toe te geven dat je het moet toestaan dat je jezelf laat bekritiseren en het volk juist niet dociel moet houden, terwijl wij hier naar de maan vliegen en zelfsturende auto's maken. De islam is de laatste collectivistische ideologie die nog zwaar zit te spartelen tegen de stroom der moderniteit. Als je als gelijke gezien wil worden qua beschaving, moet eerst de enorme gapende kloof geslecht worden. Kom nou gauw, jullie stevenen momenteel af op de afgrond, daar hoef ik geen tekeningetje bij te maken. Turken zeggen heel mooi: een pols die je niet kunt buigen moet je kussen, en zo is het. Die paar verdiensten die jullie hebben, die jullie iets minder ver maakt van beschaving dan de omringende landen, zijn verdiensten van Atatürk, die op zijn beurt zijn ideeën had overgenomen van het Westen, dus een gevalletje met de pik van een ander de huwelijksnacht in, een gevalletje varen op de golven die je niet zelf hebt aangewakkerd, maar goed, het werkte, daar gaat het om. Aan de andere kant kunnen niet allen paus van Rome zijn. Als excellentie de norm wordt, wordt bewondering onzin. En dat de tatta's alleen maar succesvol en welvarend zijn omdat ze in het verleden met een zilveren hengel hebben gevist, is kolder, zoveel heeft dat echt niet uitgemaakt.'

'Nou ja, wat is loyaliteit? Waar ligt de loyaliteit van de katholieken, bij het Vaticaan of de nationale staat? En die van de joden, bij Israël of Nederland? En wat te zeggen over de Nederlanders die investeren en vastgoed kopen in Spanje en Portugal, zoals de Turken in Turkije, waarom bevraagt niemand hún loyaliteit?' vroeg Aimane.

'De kans dat Turken zich loyaal voelen aan Nederland is kleiner dan de anus van een muis. En dat is niet gek, want waar de Gouden Eeuw van de Nederlanders nog best wel lang geleden is en de trots op de geschiedenis hier inmiddels is kapotgenuanceerd, was het Ottomaanse Rijk nog niet zo lang geleden en blijven Turken dat nationalisme cultiveren. Veel Turken hebben familieleden die betrokken waren bij het leger, bij revoluties, bij de Jonge Turken. Natuurlijk voelen die geen enthousiasme voor de Nederlandse vlag. Dat wordt hier niet aangemoedigd, integendeel. Wie wil er nou trots zijn op Nederland? Dat willen ze zelf niet eens. Alleen al daarom is het duidelijk dat Friezen geen Nederlanders zijn. Amerika doet het anders,' vond Omar.

'Je moet mensen die minder succesvol, getalenteerd of geslaagd zijn nooit minachten, ook niet hele volkeren, iedereen heeft recht op respect,' vond Aimane, het mededogen van de minachting over zich uitroepend.

Dat kwam: 'Weet je, begrijp me niet verkeerd, ik bedoel alleen maar te zeggen dat sommige mensen meer peper in hun reet moeten douwen. De conflictsteen is ook de steen waar men z'n filosofie mee aanscherpt. We zien allemaal dat de democratie van de Turken momenteel net zo is vastgelopen als de moffentanks in de Russische sneeuw. 't Is gewoon zo, sorry, pikkies, echte kompanen die het goede met een ander voorhebben verkondigen de waarheid, hoe pijnlijk ook, want met het apologetische is nooit iemand verder gekomen, een eerlijk oordeel is even genadeloos als onmisbaar, alleen onbeschofte mensen spreken de waarheid,' zei Dev. Over het algemeen geldt dat als mensen, en dan met name mensen als Devrim, de behoefte voelen om te zeggen dat je wat hij gaat zeggen niet persoonlijk op moet vatten, dan weet je dat hij er met gestrekt been in zal gaan.

'Maar datzelfde verhaal geldt ook voor Koerden, die jij een warm hart toedraagt. Zij zijn net zulke harde zandhappers, hun beschaving is eveneens een aanfluiting,' zei ik.

'Wij Marokkanen komen er ooit ook wel, *inshallah*, we moeten gewoon die vieze, vuile corrupte koning van ons wegjagen,' zei Kaoutar.

'Ja, morgen als Kaatje verjaart,' zei Devrim.

'Hallo, geef antwoord op m'n vraag,' drong ik aan.

'Nee, dat weet ik, ik geef ook eerlijk toe dat Turken veel geavanceerder en georganiseerder zijn dan de Koerden, die vooral nog tribaal en ongeletterd zijn helaas, dus ik ben me ervan bewust dat een eigen, goed functionerende staat in deze fase bijna onmogelijk is, we moeten nog vele harde noten kraken, maar goed, je mag nobele idealen koesteren. Bovendien houd ik me er niet zo heel veel mee bezig, joh, ze mogen allemaal de tyfus krijgen daaro, ik woon toch in Nederland. Als ik zit te ranten over Koerdistan is dat meer een frivole uiting, geen diepe wens langs de weg van zinvolle calculatie.' Tot zover Devrims loyaliteit aan Koerdistan.

'Weinig werkt zo verhelderend als een goede generalisatie van dit kaliber. Het was diezelfde islam die in het verleden prachtige beschavingen wist voort te brengen en wetenschap liet floreren terwijl ze in Europa nog landbouw uit moesten vinden en in Syrië al steden en staten hadden, dus het ligt niet aan de islam. In de Middeleeuwen waren het de moslims die met open vizier de Griekse filosofie tegemoetgingen, het waren hún vertalingen van de oude Grieken met rijke commentaren die Europa binnenkwamen en grond boden aan de Verlichting aldaar. Dat de moslims nu verkeren in mentaal isolement en emotionele rancune ligt dus niet besloten in de islam, want dat is de stabiele factor,' zei Aimane.

'Ah joh, het water loopt in deze wereld altijd naar de zee, zelfs al zou er een nieuwe macht komen in Noord-Afrika of het Midden-Oosten, zou die toch wel geknecht, belet of neergeslagen worden met directe en indirecte spelletjes, met ellebogenwerk wordt er toch wel voor gezorgd dat het veld nooit geruimd wordt. Zo werkt het nou eenmaal, de wereld is doorspekt van het cronyisme, de grote bazen zullen nooit concurrentie toestaan, dat snappen jullie niet,' zei Mo.

'Kom op, dat slaat als een tang op een varken, da's een complottheorie. Een bewering die zo rekbaar is als de schaamlippen van Büsra. Jullie zijn in diepere ontkenning dan Holleeder, met die aanname kun je elke discussie over beschavingskwaliteitsverschillen kaltstellen, de illuminatie bestaat niet,' zei Dev.

'Weet je wat het is, het Westen is welvarend, omdat ze alles in Afrika leeggeplunderd hebben destijds, die moeten nog bijkomen van het inhumane kolonialisme, dus je kunt ze niet verwijten dat ze geen inhaalslag hebben gemaakt,' zei Youssef.

'Ja, ga je dit nu echt beweren?' vroeg Devrim, die ineens rechtovereind ging zitten.

'*Just spitting the facts*,' zei Emre.

'Luister, pikkies, dat Afrika leeg is geplunderd is de grootst mogelijke kolder, er bevinden zich daar nog steeds miljarden en miljarden aan grondstoffen, dat ten eerste. De crux van de zaak is niet dat die grondstoffen er niet meer zijn, de crux is dat Afrikaanse landen geen Verlichting hebben meegemaakt. Dat maakt dat het geld dat verdiend wordt met die grondstoffen niet op dezelfde manier als hier geabsorbeerd wordt door een gezonde staat die daarmee investeringen in het land doet voor de algehele kwaliteit van leven. Die hele dynamiek is afwezig, je hebt een heel hoge concentratie van welvaart binnen heel kleine kringen, want verspreiding van welvaart kun je alleen realiseren met verlichte politiek. Afrika is niet arm aan waardevolle grondstoffen, ze zijn fucking rijk, maar wel arm aan filosofie en dat drukt zich uit in politieke disfunctionaliteit. Het is toch echt de ideologie die een corrumperend en stagnerend effect heeft op het redeneervermogen van populaties en hun wil om ideologische problematiek te transcenderen middels de rede. Je hebt daar warlords en monarchieën die complete controle verwerven over alle olievoorraden en mijnen. Zo systematisch en hardnekkig was die imperialistische exploitatie niet en de hoeveelheid die ze uiteindelijk pompten in Europa was gering. Al die grondstoffen zijn er nog. Er zijn enkele voorbeelden waarbij je kunt zeggen dat er langetermijnschade is berokkend, zoals het kappen van de bossen in Marokko door de Spanjaarden, die daarna nooit meer zijn hersteld, zeker, maar vergis je niet: Algerije heeft nog steeds fucking veel gas en olie, Libië heeft nog steeds de grootste olievoorraad, Nigeria eveneens. Dit soort beweringen zijn niet op feiten gebaseerd, het is een vals stereotiep beeld van imperialisme. De meeste problematiek is terug te dringen tot de hoedanigheid waarin Afrikanen zich organiseren, waardoor de leefbaarheid nooit verhoogd wordt. Maar niemand die dat durft te roepen, dat het politieke systeem drastisch anders moet, dat er geïnvesteerd moet worden in onderwijs, nee, wijzen naar Europa en naar het koloniale verleden is natuurlijk lekker makkelijk, terwijl elke snotaap die het een beetje onderzoekt er al snel achter komt dat de wereldmarkt gewoon reageert op wat er mogelijk is. Zolang de mogelijkheid er is, gaan landen natuurlijk kijken of ze daar een slaatje uit kunnen slaan in hun eigen belang, tuurlijk. Als er staal te halen valt zullen Duitsers staal halen. Waarom heeft Afrika nog geen elektrische auto? Er zijn niet genoeg hoogopgeleide nerds, want er is geen goed onderwijssysteem, want de staten zijn überhaupt niet democratisch. De kapitalistische vrije markt geeft ruimte aan de slimste mensen, waardoor er vanzelf mooie producten ontwikkeld worden. Maar in Afrika heeft men geen rechten, alles wat je ten deel valt daar moet je blij mee zijn, je kunt bij niemand verhaal halen. Dan moet je niet zeggen dat Apple alles wegneemt, ze stelen het niet, ze kopen het gewoon. De wereld interacteert met Afrika als een hoer die geen prijs heeft, het vraagt erom kapotgeneukt te worden. Uiteindelijk wordt elk land genaaid door een ander land, de overheid moet haar hoeren beschermen en voor een eerlijke prijs aanbieden. De wereld is één grote orgie, het is aan de mensen om kritisch te kijken naar hun bordelen. De tragedie van de mensheid is net die van een baby geboren uit verkrachting. Onbaatzuchtige mensen wordt onrecht aangedaan als ze niet worden misbruikt.'

'Heb je ooit gehoord van de *resource curse*?' vroeg Mo. Devrim zei van niet. 'Dat is een theorie binnen de politicologie die stelt dat er een correlatie is tussen de mate van ontwikkeling en de mate van aanwezigheid van grondstoffen in een gebied. Wat blijkt nou: hoe meer grondstoffen een land heeft, hoe slechter het is ontwikkeld op politiek-filosofisch, staatkundig, onderwijs- en innovatieniveau. Landen als Japan en Singapore hebben geen olie, geen gas, geen edelmetalen, geen mineralen en zijn veel rijker dan landen die dat wel hebben. Dat komt omdat er een bepaalde dynamiek ontstaat in landen rijk aan grondstoffen: autoritaire en militaristische regimes zijn constant bezig om controle over die stoffen te houden, wat we bijvoorbeeld heel duidelijk zien in Algerije, Marokko en Saudi-Arabië. De koning van Marokko verdient geld met fosfaathandel en toerisme, Algerije is niets anders dan een stelletje generaals die Russische oorlogsspeeltjes kopen met het geld dat ze verdienen met de olie, meer valt er niet te zeggen over dat land.'

'Luister, mensen, Israël houdt Saudi-Arabië, waar Devrims kop eraf gaat als andersdenkende, in leven. Toen Saudi-Arabië in Turkije een man in stukken liet snijden, zei Netanyahu helemaal niets. Zij houden eveneens dictaturen in Egypte en Jordanië in stand, dus deze discussie van jullie is niet diep genoeg, Israël steunt alle regimes waar jouw kop eraf gaat omdat het stabiele buren zijn. In Israël kan een moslim niet met een jood of katholiek huwen, mag niet van het rabbinaat, maar zou Erdoğan dat morgen invoeren, dan zou heel de Nederlandse opiniewereld bloed huilen. Hele samenlevingen in het Midden-Oosten hebben geen stemrecht, intellectuelen worden onthoofd terwijl de Amerikaanse president en de Israëlische leider die corrupte bestuurders pijpen en steunen. Dan moeten ze niet lopen eisen dat ze zich eens moeten gaan beschaven zoals de blanken. Wie machiavellistische politiek bedrijft moet niet de filosofische moraalridder uithangen, je moet kiezen. Een ware machiavellist heeft ook niet de behoefte eerlijkheid voor te wenden die er niet is. Bovendien is Europa de laatste in de rij die mag klagen of ons vragen om betrokkenheid bij zijn problemen, immers, het leed in de rest van de wereld is vele malen erger, dus we hebben het recht voorbij te gaan aan de misstanden hier, dan maar niet loyaal,' zei Omar.

Later volgden andere ultradiepe filosofische gesprekken. 'Elke relatie komt in een sleur, élke, al neuk je Doutzen Kroes,' zei Dev.

'True, al heb ik wel mijn twijfels of een sleur mogelijk is bij Kim K,' zei Quincy.

'Pik, er komt áltijd een moment dat de koek op is. Dat de prik uit de cola is en dat de knipoog verdwenen is. Dat de rek eruit is. Altijd. En dat is gewoon kut.'

'Waarom zijn jullie mannen zulke klootzakken?' vroeg Ikram.

'Nee, het is gewoon zo, we kunnen wel tegen jullie liegen en zeggen dat we monogaam willen blijven, maar weet dat het een leugen is. Bij élke man!' zei Dev.

'Niet iedereen is een bloedhond als jij, hè,' zei Dalal.

'Geloof me nou maar, pik, jullie weten niets, jullie hebben geen snikkel, dus jullie verkeren in het idee dat er mannen zijn die eeuwig trouw willen blijven.'

'Zijn die er niet dan?' vroeg ik.

'Jawel, maar dat doen ze omdat het moet, niet omdat ze het zelf het liefst zo willen, dat bedoelt hij te zeggen,' zei Mo.

'De waarheid is hard. Als je een boek uit hebt, wil je toch liever een ander boek lezen in plaats van hetzelfde herlezen?' zei Dev.

'Jezus, die is wel diep, man,' zei Dalal, haar ogen rollend.

'Aldus onze huisfilosoof,' zei Quincy.

Ondertussen hoorden we de gebedsoproep uit Aimanes telefoon komen. 'Allemachtig, ik schrok me het leplazarus door dat kattengejank, ik dacht even dat de taliban binnen waren gevallen,' zei Dev, om vervolgens de klanken van de ezan honend met een hoge stem na te bootsen.

'Ey, vriend, niet doen, wollah, niet spotten, is niet grappig,' zei Youssef met een ernstig gezicht en een verdrukte glimlach.

'Ja, wollah, houd op, kan echt niet dit,' zeiden de meiden afkeurend, terwijl Nawal met de hand voor de mond haar lachen niet kon bedwingen.

'Gottegot, het lijkt wel Staphorst, zelfs die moeten het tegenwoordig van jullie afkijken,' zei Dev, zich bij de wil van de meerderheid neerleggend. Aimane zette zijn gebedsoproep uit en vertrok met zijn kleedje naar het schoonmaakhok om te bidden.

'Nou, Dev, je weet het allemaal zo goed, ik zou zeggen breng het in de praktijk, dat over geen monogamie en zo, anders ben je een gevalletje heet in de mond en koud in de kont,' zei Youssef.

Devrim zweeg verstandig, er waren meiden bij die vriendinnen waren van zijn vriendin. Om vervolgens te zeggen: 'Ik was dus laatst aan het werk, komt er ineens zo'n loempia naar me toe en hij vraagt om een snikkel. Ik denk: ben ik nou gek aan het worden, dus ik vraag of hij het wil herhalen, zegt-ie godverdomme weer dat-ie een snikkel wil!' Iedereen lachte en werd een en al oor. Devrim werkte achter de kassa in een tankstation. 'Dus ik dacht: die hondenvreter wil me gewoon ballen of zo, wat ook begrijpelijk is, aangezien ik kankerlekker ben, maar dan wijst hij opeens naar een reep Snickers. Hij houdt het vervolgens omhoog en zegt "snikkel". Ik kon niet meer!'

Iedereen lag in een deuk. Omdat het zo smoorheet was en ons hotel geen airco had, wapperden we onze armen lam met de wapperdingen van de straatverkoper.

De volgende ochtend zouden we naar de Sint-Pietersbasiliek gaan, de docenten stonden reeds beneden te wachten, maar de jongens leken in een winterslaap. Ik ging hun kamer in, waarna ik al snel tegen een muur van de meest abominabele geuren stootte, afkomstig uit plekken van het lichaam waar het zonlicht niet kwam. 'Sta nou op, stelletje varkens! We gaan niet eeuwig op jullie wachten!' schreeuwde ik, terwijl ik met mijn hoofddoek m'n neus bedekte, een vergeefse poging om te voorkomen dat de afgrijselijke stank mijn neus nog langer zou perforeren.

'Ey, Büs, heb je nou een riem van Hermès? Stoer hoor,' zei Ayoub gapend. Ik had die ochtend de riem van Ikram geleend omdat ik er zelf geen had.

'Nee man, ik doe niet aan merkkleding, dit is van Iek.'

'Büsra heeft een riem van herpes,' zei Devrim, nog met zijn ogen dicht, die ook met een kater de lolbroek aanhad.

Ik zuchtte hardop. Ik begon hun dekens en kussens af te pakken, zodat ze zich zouden verroeren.

‘Ik... zeg maar tegen Erik dat we er... zo aankomen... Ik ga douch... Onder de... Zo hé, ik kom niet uit m’n woorden... ik zoek langer naar m’n woorden dan Holloway naar d’r kind.’

Ik had geen idee waar Dev het over had, maar dat hadden we wel vaker als groep.

‘Jullie vuile klerelijers, ik heb jullie horen roddelen over ons gisteren, ik zat met een glas aan de muur alles af te luisteren. Hoe bedoel je Büsra wordt over vijf jaar escort?’ vroeg ik aan Dev.

‘Wie luistert aan de wand, verneemt zijn eigen schand, sorry pik, we gingen iedereens carrièretechnische toekomst voorspellen, en jou was unaniem dat beroep toebedeeld. Maar dat is geen blamage, ik zou het zelf ook worden als ik een kut had.’

Net op dat moment kwam Aimane de kamer binnen. Het viel me nu pas op dat zijn bed onbewoond en opgemaakt was. Hij had een gebedskleedje in z’n hand, hij was dus wezen bidden. Hij was de enige die al aangekleed, fris en fruitig was, hij had immers niet gedronken. ‘Waar kom jij vandaan?’ vroeg ik.

‘Ik heb gebeden in een schoonmaakhok.’

13

Vanochtend heeft Freek in mijn bijzijn de post van zijn vader geopend. We zagen dat de Stichting Vrienden van de PVV hem bedankte voor zijn donatie. We wisten dat Koos PVV stemde, maar dat hij doneerde was ook nieuws voor Freek. 'Hij doet maar, joh, kan mij niets meer schelen, ik heb het opgegeven met die man hierover te praten. Hij kan niet verder kijken dan al die andere eencelligen. Moslims zijn voor hen simpelweg een vleesgeworden Gargamel die het gore lef had om met een vangnet het onschuldige smurfendorpje binnen te stormen, grote octopussen die met zuignappen belegde tentakels over je heen krioelen. Fortuyn was de enige weldenkende politicus in dit land, die man had écht visie. Hij zei dat je de boel moest accepteren, respecteren en integreren en nieuwkomers als je gelijke moest zien, maar wel de grenzen sluiten voor nieuwe lichtingen.'

'Ah joh, de PVV heeft alleen maar standpunten die ze nooit kunnen waarmaken volgens de grenzen van de democratische rechtsstaat, dus ik maak me nergens druk om. Bovendien zullen ze nooit de enige zijn die besturen. De Nederlandse politiek is gebaseerd op wederzijdse ideologische verdunning,' vertelde ik.

'Toch maakt het uit, want als ik elke keer dat jij de deur uit gaat jou ga uitschelden en zeg dat ik je ooit ga vermoorden, terwijl ik nog geen wapen bij me heb, dan vind jij dat ook niet leuk. En dat is wat die idioten doen, ze hebben geen zin in constructieve oplossingen, ze komen niet verder dan in een hoek staan morren en verzuchten. Hadden we ze maar nooit binnengelaten, is hun mantra. Een gebed zonder end, een trein zonder laatste wagon, een zwartepietendiscussie, dat is de tragiek ervan. En daar doneert mijn ouweheer aan. Wat een kneus is het ook soms, hè? Maar goed, moet-ie zelf weten, zijn poen.'

Koos was de eerste PVV'er die ik van dichtbij had leren kennen. Ik verkeerde voorheen in de veronderstelling dat dat segment van de samenleving het schuim der natie was en bestond uit de meest afgrijselijke racisten. Verzuurde, onbezonnen heethoofden die een zondebok vonden in de lichtgetinte medemens en alle problemen op hen afschoven. Tot ik Koos leerde kennen.

De eerste keer dat hij mij in zijn huis zag met zijn zoon, was hij nogal beduusd. Hij zag me in de woonkamer, ik had geen hoofddoek om, maar het was te zien dat ik geen Germaanse afkomst had, wat hij overigens niet problematisch vond, hooguit merkwaardig. We maakten kennis, al snel viel me op dat hij een zwaar Haags accent had, dus ik moest af en toe vragen of hij zijn zin wilde herhalen. Hij kwam over als een goedgemutste en vooral grappige man. Hij was groot en gezet, maar wel dik op een mooie manier, niet vies dik. Het stond hem goed, heel viriel, ik wist nu waar Freek zijn mooie bouw van had. Al snel had ik door dat je in het Haags de laatste lettergreep van sommige woorden anders uitsprak, vroeger werd bijvoorbeeld vroegah, boter werd botah, duinen werden duinih. De ij-klank spraken ze uit als 'eh', dus eikel werd ehkel, en wijk werd wehk. Ook de r was bijzonder, vijverberg werd vehverberreg. Soms spraken ze woorden uit zonder dat ik er een regelmatige uitspraakregel aan kon verbinden, zoals 'ahrdag' en 'buâhvrâh'. Maar buiten deze nogal kleine afwijkingen had ik het idee dat ze een heel eigen taal hadden. Zo noemden ze eten bikkeh, blahwe smurraf of wout sloeg op de politie. Als je uitgenast was, was je bijdehand. Broodjûh è mè ù was een broodje met ei en ui. Broodjûh schaamlip was een broodje met rosbief. Als je ging drinken, ging je kantelen, en als je koffie dronk, dronk je een bakkie pleur. Daarnaast hadden ze hun eigen spreuken. 'Hacht voar wenig maar nooit sjagereinig' was zo'n uitspraak, of: 'ut záh mén un baut hacheluh'. Als iets te makkelijk was, zeiden ze niet dat een kind de was kon doen, maar dat je kon 'kakkuh zondah dâhwe'.

Bij de eerste ontmoeting vroeg Koos de standaardvragen die men vraagt aan een nieuwe potentiële schoondochter, hoelang we elkaar al kennen en waar we elkaar ontmoet hebben en zo. Hij vond het opvallend dat ik uit Amsterdam kwam, de 'Neusuhstad'. Hij leek oprecht geïnteresseerd en vertelde dat hij blij voor ons was. Tot ik vertrok. Onze verhouding kwam al meteen op gespannen voet te staan: ik deed namelijk weer mijn hoofddoek om en ging hem gedag zeggen, maar hij was ineens verstard bij het zien van mijn verschijning. Hij kon geen woord uitbrengen en keek naar Freek. Om me uit de netelige situatie te redden, ging ik er maar gewoon vandoor. Later kreeg ik meegedeeld dat Koos er op zijn zachtst gezegd totaal niet van gediend was dat ik een hoofddoek droeg. Hij wilde me niet meer in zijn huis zien. Ik begreep het niet, voordat ik m'n hoofddoek op deed was er niets aan de hand en nou ineens was de pleuris uitgebroken. Om een fucking doek die ik om mijn haar wikkel. Maar kon ik hem dat wel kwalijk nemen? Men vindt doorgaans het vreemde waar ze aan gewend zijn normaler dan het gewone dat ze niet kennen.

'Maar laat hem maar raaskallen, joh, helemaal niks van aantrekken, doe ik ook niet, je komt echt wel in huis, wat denkt hij nou, dit is ook mijn huis, anders krijgt hij met mij te maken, hij gaat echt niks kunnen doen,' zei Freek nog met zijn Haagse accent aan de telefoon, wel aanzienlijk lichter dan dat van Koos. Koos was geen uitzondering in zijn afkeer tegen de hoofddoek in de woonplaats van Freek. In Loosduinen had xenofobie lang gegist. Als ik er alleen al op straat liep, werd ik nors aangekeken. Ik kreeg er wel eens water over me heen vanaf een balkon of een bierblikje naar m'n hoofd. Hij zat gelukkig niet vol en godzijdank kreeg ik geen zwaardere voorwerpen toegeworpen, want dan was ik 'deaud'. Soms mompelde er iemand dingen als 'geteisem, bah'. Af en toe schreeuwde iemand naar me dat ik terug moest naar m'n eigen kankahland. Ik moest inderdaad bekennen dat het voor mijn gevoel ook geen opportune emigratiebestemming was, maar daarom wilde ik juist niet 'terug'. In Den Haag kon je de gepacificeerde stammenstrijd vinden bij de diplomaten, en de werkelijke in de straten.

Freek kon er enorm om flippen als ik hem vertelde wat me was overkomen onderweg, hij wilde me voortaan komen ophalen van het station, maar ik wilde hem die moeite besparen en loog dat het niet meer gebeurde. Als we hand in hand liepen, vingen we nog meer scheve blikken op. Hij werd waarschijnlijk gezien als volksverrader of volksverdunner, of iemand die meewerkte aan de islamisering, geen idee. Dit was niet alleen in zijn wijk het geval, maar overal waar we kwamen. Iedereen keek naar ons. Altijd. Overal. We waren een wandelend circus, maar niet geheel onbegrijpelijk, aangezien we een mooi span voor een bokkenwagen waren. In het centrum van Den Haag, waar het zaakje een kleurenwaaier was, was het nog erger. Ik werd uitgemaakt voor '*kehba*'* of 'kankerkech' door voorbijrijdende scooters, bontjassen, Gucci-petten en witte sokken met badslippers. Als we in de tram zaten, keken Noord-Afrikaans uitziende mannen en vrouwen mij boos aan. Soms kwam er een meneer om me aan te spreken in het Berbers of Arabisch, maar ik maakte hem duidelijk dat ik Turkse ben en dat ik er geen ruk van verstond, waar ze stuk

* Hoer in het Berbers.

voor stuk van opkeken. Ik werd wel vaker aangezien voor Marokkaanse, ook op mijn werk. De lichtgetinte scootergangsters zagen me waarschijnlijk ook voor volksgenoot aan, en anders wel voor geloofsgenoot, dat was immers erg duidelijk. Van mijn eigen etnische groepering had ik merkwaardig genoeg nog geen last gehad.

Ik kon wel omgaan met die brandende blikken, mij irriteerde het niet meer na een tijdje, maar Freek vond het vervelend, steeds meer. Hij kon er furieus om worden, vooral om de overduidelijk zure en provocerende staarders. Hij had een bloedhekel aan eencellige racisten, verklaarde hij. Ik meldde dat ik als buitenstaander ook zou kijken naar zo'n stel, waarbij de een een blonde getatoeëerde hunk is en de ander het symbool van de islam om haar hoofd gewikkeld heeft. We konden het toch negeren? Hij dacht daar anders over.

De tweede keer bij Freek thuis zag Koos mij weer in de woonkamer, zonder hoofddoek, en kwam hij bij me zitten. 'Zeg, Busje, vertel eens, niesje, waarom zou je in godsnaam dat klereding dragen!? Je bent een hartstikke mooie dame!' Zo begon ons eerste echte gesprek. Ik legde Koos uit dat hij er geen aanstoot aan hoefde te nemen, dat ik echt geen rechtzinnige gelovige was, dat ik vrijdenkend was, dat ik het droeg omdat het in mijn cultuur gebruikelijk was, maar dat ik hem ook gemakkelijk af deed, bijvoorbeeld ook naast hem, terwijl dat eigenlijk niet mocht, dat ik me niet zo aan de regels houd, dat hij zich nergens zorgen over hoefde te maken, dat ik geen kwaad in de zin had. Het voelde alsof ik mezelf moest bewijzen, maar ik wist niet hoe. Hoe kon ik, zonder hem te verwarren, uitleggen dat ik een hoofddoek droeg, maar hem niet wilde dragen? Dat ik islamitisch was, maar het niet eens was met de meeste islamitische zaken? Dat ik m'n ouders haatte, maar ook niet wegging? Dat ik dit alles stiekem deed, terwijl ik wist dat ik ooit een keus zou moeten maken tussen vluchten of conformeren? Dat ik in een oorlog verwikkeld was, waarvan ik het einde steeds maar uitstelde, omdat ik ook niet wist wat de beste keuze was? Dat ik op zich wel kon vluchten en de oorlog kon winnen, maar dat ik Oma en Defne zou missen, omdat ik ze dan niet meer zou kunnen zien?

Naarmate de tijd verstreek kreeg Koos steeds meer begrip voor mijn situatie, al was hij nog wel lang sceptisch, en had hij na die dag niets meer gezegd over mijn kleding. We konden het steeds beter met elkaar vinden. Op een dag vroeg ik hem of hij buitenlanders haatte, aangezien hij op de PVV stemde.

'Nee, natuurlijk haat ik niet alle buitenlanders, ga nou gauw, daar staat de PVV helemaal niet voor, dat is het beeld dat de media schetst, lieve schat! De PVV is een nuchtere partij die problemen wil oplossen als er problemen zijn, zo simpel is het. Wij hebben hier de Schilderswijk, nou, dat is in korte tijd zo achteruitgegaan daar, de problemen woekeren voort en tuimelen over elkaar heen, je wilt er nog niet dood gevonden worden. Wilders is gewoon geen wegkijker zoals al die anderen, daarom steun ik hem. Als je je netjes gedraagt en aan onze cultuur aanpast, ben je wat mij betreft meer dan welkom. Jij ook! Je bent een buitengewoon aardige en pientere meid, dus mensen als jij zijn niet het probleem, sterker nog: die voegen wat toe!'

Zijn betoog leek verdacht veel op dat van mijn verwekkers aangaande Turkije. Zo had je steeds meer Turken die klaagden over de hoeveelheid Syriërs die zich massaal in de metropolen hadden gevestigd na de oorlog in eigen land. Ook mijn familieleden vonden het niet kunnen dat Istanbul meer Arabieren kende dan Turken. M'n neef Mert had Turkije recent bezocht en kwam ons vertellen dat hij onthutst was toen hij zag hoeveel Arabieren hij daar trof. Ze waren overal, het leek alsof hij niet meer in Turkije was. Het was onder Turken meer regel dan uitzondering dat je je xenofobisch uitsprak over de buitenlanders; Turkije had geen economische draagkracht om miljoenen Arabieren te voeden, was de teneur. Bovendien vonden ze dat ze cultureel en demografisch ondermijnd werden. Syriërs kregen veel kinderen, lulden in de eigen taal, namen hele wijken over en verarabiseerden die vervolgens in hoog tempo met Arabische winkelnamen. De Turkse regering had daarom op een gegeven moment de Arabische taal op ruiten en reclameborden per wet verboden. Bovendien steeg de criminaliteit en de daders bleken steeds vaker Arabieren, waarna het volk elke keer weer nationaal zat te schuimbekken als er wéér een Turkse vrouw was verkracht of aangerand door een vluchteling. Zowel linkse als rechtse Turken waren het hierover eens: de problematische Syriërs moesten weg, ze waren met te veel en ze waren te ontregelend.

Koos zei dat dat precies was wat de PVV in Nederland ook vond, het zou gaan om het niet langer wegkijken voor de problemen en bezwaren die veroorzaakt werden door ongebreidelde en ontwrichtende immigratie van laagopgeleide mensen. Alleen al de etnische samenstelling van gevangenissen sprak boekdelen.

PVV'ers en Turken hadden meer gemeen dan ze lief was.

Driemaal in drie jaar had Freek gevochten met wildvreemden wegens lasterlijke uitingen jegens ons samenzijn. Alle drie waren blank, omdat die hun haat directer durfden te etaleren en de licht gepigmenteerden alleen spuugden of riepen vanaf een scooter of uit een auto en daarna weer gas konden geven. Driemaal waren het mannen die in ons gezicht ons beledigden of uitscholden. Nee, tweemaal. Die derde keek ons ononderbroken aan met een geniepige grijns en zei toen: 'Hah!' en spuugde provocerend op de grond, verder niets, maar dat was voor Freek reden genoeg om de confrontatie aan te gaan. Er zouden meer aanvaringen volgen als ik hem niet meermaals vastgreep en meesleurde. Normaliter was het een zachtaardige jongen, maar als je op zijn staart stond, werd hij een ander mens, zelfs ik kende hem niet terug, dan werd hij blind van woede. Flegma was niet zijn voornaamste eigenschap. Bij een van de vechtpartijen had hij een heftige stoot geïncasseerd, volop in z'n gezicht, waarna hij nog weken pijn had en medicijnen in moest nemen om de ene helft van zijn gezicht weer normaal te kunnen bewegen, maar de schade aan de andere kant was groter en ronduit desastreus, die had er paarse ogen voor teruggekregen, wellicht zelfs gebroken tanden en kaken. Bij de andere twee vechtpartijen had Freek geen noemenswaardige schade opgelopen, hij deed immers aan boksen. Sinds deze primitieve voorvallen was ik huiveriger op straat, ik wilde niet meer in het openbaar handen vasthouden, knuffelen of zoenen. Straks zou het een keer uit de hand lopen en was ik medeverantwoordelijk. Hij snapte die redenatie niet, wat had ik ermee te maken? 'Nou, dat ik me niet heb aangepast aan een situatie waarvan ik wist dat het zo zou uitpakken, immers, men moet zichzelf veranderen op het moment dat je de gegeven toestand niet kunt veranderen.' Dat vond hij een idiote argumentatie. Hij snapte de wereld kennelijk nog niet.

De meest recente aanvaring was drie weken geleden, toen we weer eens in zijn woonwijk liepen naar zijn huis. 'Vuile volksverraaier' mompelde een vent die langsliep, toen hij ons hand in hand zag.

'Ja hoor, daar hebben we weer zo'n eencellige, straks heb ik nog een kwartet.'

'Heb je 't tegen mij soms?' vroeg de man.

'Tegen jou ja, er zijn hier weinig anderen te zien die erom vragen zo genoemd te worden, of niet soms?' Freek vatte de man ineens bij z'n kraag, ook ik schrok daarvan.

'Ik heb geen zin in de politie en zo, laat gewoon, alsjeblieft, laten we gewoon doorlopen!' smeekte ik. Ik had het hier eerder met hem over gehad en hem zover gekregen mij te beloven dat hij zich voortaan in zou houden, ook voor zijn eigen bestwil. Hij wist dat ik dit haatte en dat mijn hele week hierna verpest zou zijn als hij ging vechten, dus koos hij er verstandig voor zich te beheersen en snel door te lopen, terwijl de man ons nog nariep. 'Kamelenneuker!' Ik trok Freek snel mee.

Toen Koos en Bianca, Freeks moeder, van onze akkefietjes hoorden, werden ze er ook onstuimig van. Koos was teleurgesteld dat Freek niet om zijn hulp had gevraagd, hij zou ze wel een lesje leren. Ik wist zeker dat hij normaliter de kant van de 'kankahpipo's' zou kiezen, maar nu hij mij al jaren kende, was hij op andere ideeën gekomen. Hij zag die hoofddoek als niets meer dan wat het was, een doek, en kon verder dan dat kijken, naar mijn persoon. Wij waren de gesluierde moslima en de PVV'er uit Loosduinen, en toch hoorden we bij elkaar, we waren familie, we aten en lachten al jaren samen, we deelden lief en leed. Toch maakte hij Tessa, zijn dochter, wel geregeld duidelijk dat ze het niet in haar hoofd moest halen ooit met een moslim aan te komen, de mannen waren anders dan de vrouwen, laatstgenoemden waren leuk, maar ze moest zich geen illusies maken, die zou het huis niet in komen.

14

Altijd als ik te lang aanhield met lachen om Koos z'n grapjes bij het kijken van een programma en daardoor knorde, ging hij mijn geknor overdreven nabootsen, waardoor ik nog harder moest lachen en dus harder knorren. Dat waren de mooiste momenten. Als we uitgelachen waren, keek Freek mij met een glimlach van oor tot oor aan en gaf me dan een knuffel. 'Ik hou van jou, hè, Büsra,' zei hij dan, glunderend en voldaan. 'Soms vraag ik me echt af waar ik je aan verdiend heb,' zei hij ook wel eens. Als ik hem vroeg wat hij wilde voor zijn verjaardag, zei hij elk jaar: 'Meer van jouw aanwezigheid. Ik zou niets liever willen, namelijk.' Ik gaf hem mijn stevigste knuffels, en zoals altijd als ik hem een knuffel of een zoen gaf, voelde of zag ik zijn geslachtsdeel groeien en staalhard worden. Zelfs als ik nog maar net voor zijn deur stond en hem zoende. Het eerste wat hij deed was grijpen naar m'n heupen en billen, terwijl hij me innig kuste, en dat kon hij als geen ander – al had ik geen vergelijkingsmateriaal, dat wist ik zeker. De chemische samenstelling van m'n lichaam muteerde zodoende. 'Rustig aan, man, ik ben er net,' zei ik dan om hem te bedaren, terwijl ik hem van me af duwde en naar de woonkamer liep om Koos, Tessa of Bianca te groeten, waarna hij me vastgreep en terugtrok. 'Nee, eerst moet je mij helpen, dat geklets met hen komt later wel, dit is een noodgeval, ik heb je veel te lang moeten missen.'

Ook vandaag ging het zoals het al drie jaar elke keer weer gaat; zodra de voordeur openging knuffelde hij me, trok hij me z'n kamer in, die was direct naast de voordeur, gooide me op z'n bed en draaide de deur behendig op slot. Als een soort Sinterklaas nam hij me daarna op schoot en vroeg hij hoe de reis was gegaan, hoe m'n dag was, hoe het met me ging, of ik nog wat stouts had gedaan en hoe erg ik hem had gemist. Terwijl ik antwoord gaf, was hij uitgebreid aan het voelen en strelen. Ik had meestal zachte, fijne stofjes aan, omdat ik wist dat hij dat lekkerder vond. Ik had zelden een spijkerbroek aan. Meestal een strakke rok en een panty met een net zo strak topje dat m'n enorme borsten blootgaf zonder ze bloot te geven. Hij maakte m'n bh los en nam m'n zachte borsten en harde tepels in zijn handen en begon erin te knijpen, soms zacht, soms hard, waardoor ik af en toe 'au' moest zeggen terwijl ik aan het woord was. Als hij m'n tepels draaide deed het pijn, maar ze werden er wel hard van op de een of andere manier. Elke centimeter van mijn lijf werd aangeroerd, elk zenuwuiteinde in m'n erogene zones werd geactiveerd door zijn sensuele aanrakingen, hardhandige aanrakingen en kusjes. Vaak wilde hij daarna dat ik me boog over zijn benen terwijl hij aan de rand van het bed zat. Hij trok mijn rok (ik droeg meestal van die pencil-skirts) over mijn billen omhoog en deed mijn panty omlaag om mijn gladgelaserde, zachte benen te voelen. Met z'n vingers ging hij dan, m'n string aan de kant schuivend, zonder hem naar beneden te trekken, in mijn inmiddels natte en donkerroze delen, om die alvast voor te bereiden op wat komen ging, terwijl hij nog steeds luisterde naar wat ik te vertellen had en me opzadelde met nieuwe alledaagse vragen.

Hij kon me enorm opgeilen door de kusjes die hij tussendoor drukte in m'n nek, vooral als hij achter me stond en me stevig tegen zich aan drukte, waardoor hij z'n stenen orgaan tussen m'n billen kon priemen. Ik kreeg er lichte rillingen en kippenvel van, vooral als hij tegelijkertijd met z'n nagels lichtjes over en langs m'n bh ging.

Ik had wel eens gezegd dat-ie daarmee moest kappen en dat ik gewoon rustig in bad met hem wilde liggen, of de film af wilde kijken, of het koken wilde afronden, of m'n verhaal wilde afmaken, maar dat kon hij niet, daar was hij niet toe in staat. Pas als hij verzadigd was kon hij ontspannen en had hij zijn focus terug, om die na een tijdje weer te verliezen. Het was een constante honger die gestild moest worden. Soms hadden we wel acht keer seks op een middag. Dan was ik gevloerd op de terugweg naar huis. We waren allebei chronisch geil, we konden er niets aan doen, als magneten werden we tot elkaar aangetrokken op het moment dat we elkaar zagen, voelden of roken.

Soms kwam hij te snel klaar, eerder dan ik, zoals vanmiddag. Dan baalde hij en schaamde hij zich, terwijl ik lachte en genoot van zijn vernedering. 'Ik snap het niet, met jou kan ik het gewoon niet, ik zweer het je, ik heb dit nooit met een ander meisje gehad, jij bent... Jij bent te veel, je bent te heftig, je bent té vrouwelijk, te rond, je heupen maken mij gek, je billen voeren mij weg, je borsten kapen mijn denken. Je hebt het mooiste figuur, je bent zo zacht en sensueel. Te charmant, te innemend. En dat geile gekreun, je ademhaling, je geile blik... Ik kan het niet, dit ligt buiten mijn macht en wil om,' gaf hij als verklaring.

'Ik vergeef het je, liefje, maak je geen zorgen, je doet het heel goed hoor,' zei ik, hem aaiend over zijn bol, alsof het een kindje was dat z'n veters niet kon strikken na de zoveelste les. Als we het in de standaardpositie deden, hield hij het iets langer vol, maar als ik me omdraaide, was het gegarandeerd binnen een minuut *schluss*. Dat wetende draaide ik me niet om, zodat ik voor mijn eigen orgasme opkwam, maar dan werd ik gekanteld, of ik wilde of niet, en dan incasseerde ik al snel zijn zaad in mijn gloeiende delen, dat voor een deel langs mijn dijbenen droop en voor een deel met alle ijver zich diep in mij nestelde en verder sudderde. De zoveelste vergeefse poging om een ziel te kweken. Die vent kon vrachtladingen spuiten.

Nu weet ik dat bij besneden leuters de productie en de straal veel minder spectaculair is. En nu weet ik wel meer. Dat sommigen mannen bijvoorbeeld heel luid klaarkomen en anderen muisstil. Dat sommigen trillen en zweten bij een orgasme en anderen niet. Dat sommigen onuitputtelijk zijn en steeds na een kwartier weer door kunnen en anderen die twee keer op een dag al veel gevraagd vinden. Dat sommigen een micropenis kunnen hebben, die je niet eens kunt aftrekken of pijpen als je je hand eromheen sluit, omdat hij in lengte gelijk is aan de binnenkant van je hand of zelfs kleiner. Dat sommigen net een eetlepel kunnen vullen met hun zaad en anderen een hele beker. Dat sommigen best kleine pikkies kunnen hebben, ondanks hun grote voorkomen en anderen een Congolese hebben, ondanks hun gemiddelde lengte. Dat sommigen al staalhard worden zonder enige moeite en anderen steeds hulp behoeven, waarna het hooguit een halfgekookt eitje wordt. Gelukkig was Freek een testosteronbom.

Enfin, ik had al snel door dat mijn billen m'n sterkste munitie waren, ik hoefde me maar op elk willekeurig moment om te draaien en me lichtjes tegen hem aan te wrijven en mijn prooi zat gevangen, totaal geannexeerd. Dan greep hij me automatisch om ze harder tegen z'n kruis te drukken, terwijl ik hem binnen een seconde voelde groeien. Soms deed ik dat als hij met opperste concentratie aan het gamen, bellen, koken, sporten of studeren was. Of buitenshuis, dan werd hij dol. Boos zelfs. 'Niet doen. Alsjeblieft.' Ik trok me er niets van aan, ik genoot, ik bezorgde hem óveral een stijve, waar hij vervolgens de hele dag mee rond moest lopen. Ik was verzot op dit spel van de romantiek en de erotiek. Wat gruwelijk, dacht ik vaak, dat je dit zou moeten missen. Ik had medelijden met de andere moslima's. Alleen de ervaring is in staat ons te bevrijden van de onschuld.

Als ik hem hitsig had gemaakt zonder dat het uitkwam, begon hij te chanteren. ‘Wacht maar, jij gaat heel hard gestraft worden,’ zei hij.

‘Ik wacht. Wat wil je doen?’ provoceerde ik.

Eenmaal thuis voegde hij de daad bij het woord. Hij tilde me op en gooide me hardhandig op zijn bed om mij genadeloos over te nemen en elk verzet neer te slaan met zijn enorme armen met de vele blauwe aderen, extra zichtbaar op zijn bleke huid. Ik had weliswaar ook een best blanke huid, maar die had een andere gloed over zich, een warmere. Hij was ongeduldig, gaf me geen gelegenheid om me uit te kleden, jaste mijn panty en string tegelijk naar beneden en mijn rok over m’n billen. Met z’n andere hand draaide hij me om. Hij schuurde zijn bakstenen fallus over m’n inmiddels botergeile, opgezwollen vrouwelijkheid. Ik kreunde terwijl zijn ballen tegen mijn clitoris kwamen, die dan extra gevoelig was. Ik draaide me naar hem toe, begon hem innig te zoenen, zoog af en toe zachtjes aan zijn onderste lip en keek hem veelzeggend, bijna smekend aan. Ik duwde hem op zijn rug en begon zijn eikel met mijn volumineuze lippen te verwennen. Ik likte, kuste, zoog en sabbelde op een rustig tempo. Soms liet ik een zachte kreun vrij, zodat hij de vibraties van mijn stem kon voelen terwijl ik zijn fallus met mijn lippen omsloot. Ik stak hem aanvankelijk nog niet achter in m’n keel. Ik deed hetzelfde met z’n ballen, die ik extra teder kuste en waar ik af en toe aan sabbelde, waarna ik weer m’n lippen naar z’n eikel leidde terwijl ik met een vochtige, zachte, hete tong er rondjes omheen draaide en tegelijkertijd zachtjes zoog. En rustig begon op en neer te gaan met m’n lippen. Ik begon te pijpen. Als ik mijn hand daarbij wilde gebruiken, haalde hij die weer weg. Soms bond hij ze zelfs vast. Hij wilde alleen m’n lippen en tong. Het pijpen duurde nooit lang, hij werd ongeduldig en kwam brooddronken op me klimmen om in me te komen. Maar dat mocht niet van mij, ik wilde eerst dat hij met zijn tong m'n sap proefde.

Als ik begon te kreunen ging hij automatisch sneller te werk, om daarna te pauzeren en af te bouwen, mijn orgasme uitstellend. Ik voelde zijn hete adem in m'n kut. Hij zoog al het kutsap dat vloeide tussen mijn benen op en sabbelde en likte aan m'n schaamlippen, zowel de binnenste als de buitenste, stuk voor stuk en dan alles bij elkaar. Soms spoot hij ook slagroom in mijn kut om het daarna gulzig op te likken. Als hij zachtjes begon te zuigen in mijn vagina, afgewisseld met zijn dunne, zachte tong, waar hij rondjes mee draaide op mijn klit om daarna weer mijn hele kut af te likken, voelde ik dat ik het niet lang meer hield. Vooral als hij ook nog een vinger erin stak, terwijl hij zoog aan m'n klit. Hij wist behendig te werken met zijn vingers, raakte precies de juiste plekken op de juiste momenten. Ik kwam dan trillend en kreunend klaar, terwijl ik zijn hoofd vasthield en tegen m'n kut aan drukte. Als ik was gekomen, klom hij snel op me en omsloot me. Ik hield ervan om me in zijn greep te bevinden, het was vertrouwd; zijn overheersende, viriele lichaam en de vlam in zijn ogen die zijn dierlijke begeerte verraadde wonden me op. Het werd steevast een jager-prooiverhouding, ik werd verslonden, en nog voordat ik zelf een keer iets kon ondernemen bevond ik me in een onwrikbare greep waar geen speling mogelijk was en kwam ik alweer kreunend en hijgend klaar van zijn stoten, tong- en vingerwerk. Hij kon zich nooit eens aan mij overgeven, en zelfs al deed hij dat op verzoek, dan werd hij ongeduldig en beteugelde hij me weer, om daarna met zijn vingers het kletsnatte gebied in mij te verkennen. Daar draaide hij rondjes met z'n vinger en maakte een 'kom hier'-beweging, eerst met zijn vinger en dan met zijn tong. 'Jij bent klein geschapen en ik flink, we vormen de perfecte symbiose,' zei hij, mij innig kussend. Soms was ik na een aantal vrijpartijen zo verlamd dat m'n spieren niet meer meewerkten, omdat ik me veel te hard aanspande, vooral als hij me achterlangs penetreerde. De stoten kwamen extra hard aan, het voelde alsof ik ze moest trotseren door me aan te spannen, om me in te dekken. 'Ik voel je helemaal in m'n buik,' deelde ik mee aan de ploegmaat. Ik had geen vergelijkingsmateriaal, Freek was de enige persoon met wie ik ooit de liefde had bedreven, maar naar eigen zeggen was hij groot geschapen, en mijn genot beaamde dat. Roken verhoogt de kans op impotentie, las ik op het Marlboro-pakje op zijn nachtkastje, terwijl hij me van achteren verzadigde. Ik moest denken aan de bijsluiter van de pil. Daar stond ook dat je libido er lager van werd. Ik vroeg me af wat we geweest zouden zijn zonder zijn sigaretten en mijn anticonceptie.

Als ik te veel kreunde en er anderen thuis waren, drukte hij z'n hand op mijn mond om me te dempen, terwijl hij ongehinderd doorging en alle achtduizend zenuwuiteinden van mijn clitoris wist te stimuleren, alsook mijn vulva. We deden niet aan condooms. 'Je moet mij goed voelen, en ik jou, we moeten versmelten, laten we dat niet ontsieren,' zei hij. Wat was de pil, die ik stiekem slikte en waarvan ik de verpakking in een sok bewaarde, toch een geweldige uitvinding.

Het bereiken van een orgasme was het grootst mogelijke genot dat ik kende in het leven. Nu snapte ik waarom de islam het zo vaak had over seks en maagden in het paradijs. Ik zou daar ook zo voor tekenen.

Als ik me verzette en voet bij stuk hield om eerst naar de woonkamer te gaan om zijn ouders of zusje te begroeten, tilde hij me op. Dan was ik verslagen, want fysiek kon ik niets tegen hem beginnen. Ik was maar 1,60 meter en hij 1,90. Niet dat er buiten de lengte geen andere divergenties in fysiek vermogen waren. Soms schreeuwde Bianca uit de woonkamer tegen haar zoon dat hij mij wel heel moest laten. Op dat soort momenten voelde ik een welgemeende schaamte, maar Freek kon het niets schelen. Soms begon hij me zelfs te zoenen in het bijzijn van z'n ouders, om daarna te zeggen dat we naar zijn kamer gingen om te klaverjassen. Voor m'n gevoel zaten we in een libertijns nudistenkamp, ik werd er aanvankelijk nog vuurrood van.

Na de wilde seks gingen we altijd samen in bad of onder de douche. Zodra ik dan naakt was werd ik alweer omzoomd door zijn onweerstaanbare armen en voor ik het wist voelde ik alweer zijn prangende, staal geworden geslachtsdeel tegen me aan, eerst tussen mijn benen en snel daarna in me, aangezien het zaakje bij mij verraadde dat ik allang welwillend was.

De eerste keer van ons minnespel ging wel anders, dat was allerminst zalig. We hadden al vijf vergeefse pogingen op vijf verschillende dagen gedaan om me te ontmaagden, maar het wilde niet. Het ging niet. Het zaakje was ondoordringbaar, gelijk een baksteen. Ik begon te twijfelen of ik überhaupt een vagina had. De pijn was ongekend als hij forceerde. We hadden ons er bijna bij neergelegd dat het gewoon niet kon, dat hij een veel te grote had voor mij of dat ik misschien wel vaginisme had, dat vertelde Google ons. Ik voelde me intens kut. Ik voelde me geen vrouw. Wat als ik nooit seks kon hebben? Iedereen heeft wel eens te maken met verlies, maar ik wist niet dat je iets kon verliezen wat je nooit had gehad. Ik wilde zo graag. Ik besloot resoluut mij niet neer te leggen bij dit lot. 'Je gaat mij nu onmiddellijk penetreren, als het moet perforeren zelfs, ook als ik straks zit te creperen, te krijsen of te huilen, je gaat gewoon door, je gaat me verkrachten!' Freek keek bedremmeld en verward. 'Weet je dit zeker?' vroeg hij nog drie keer. 'Ja, heel zeker, en je gaat ook niet stoppen als ik stop zeg, want dat vergeef ik je nooit,' zei ik nog. Hierna volgde een pijnlijke sessie, een bloedbad en twee dagen hinkelend lopen.

'Waarom loop je mank?' vroeg Vader die avond thuis.

'Spierpijn,' zei ik.

Ik had laatst geprobeerd mij niet aan hem te geven om te zien wat hij zou doen als ik hem tot het uiterste dreef. Ik zei met een nors gezicht dat ik die dag écht niet wilde, dat ik buikpijn en koppijn had. Ik zag hem creperen voor mijn neus als een vis op het droge, hij smeekte me om genade.

'Alsjeblieft, schatje, ik heb het echt moeilijk, ik heb zo'n zin in je, ik heb je zo gemist, *please*. Jouw lichaam, het maakt me gewoon lijp, sorry, ik kan er niets aan doen, ik sta machteloos in vuur en vlam, ik begeer je zo erg,' weende mijn hartendief, als een slaaf die zijn meester smeekt om een slok water, terwijl hij aan mijn lichaam zat en met zijn vingers in mijn string kroop. Ik bofte inderdaad met mijn verhoudingen. Ik had het geërfd van Moeder.

'Nee, nee is nee, ik zeg toch dat ik geen zin heb? Bedwing je een keertje, of help jezelf, je hebt toch een hand!?' zei ik geïrriteerd. Ik kon goed acteren.

'Ik ga toch niet rukken als mijn mooie prinses zo geil naast me ligt, ik verlang zo tyfusveel naar je, ik zie die billen van je en ik voel aan je heupen en ik word helemaal rusteloos. Je martelt me, meer dan je denkt,' jankte het sterkere geslacht. Hij begon me van achteren stevig te knuffelen terwijl hij zijn steenharde fallus tussen m'n billen drukte. Ik trok me weg. Hij pakte uiteindelijk een boek om zijn gedachtes te verzetten toen hem duidelijk werd dat ik niet van zins was. Ik genoot met volle teugen van het tafereel, ik voelde me voor het eerst in mijn gehele bestaan machtiger dan een man. Nooit eerder had ik er een zo geknecht. Macht was een grote geneugte. Moeder had tot in haar hoofddoekvaten gelijk, mannen dachten echt met hun pik, je kon ze zo inkapselen, maar waar Moeder zei dat je je daarom moest bedekken en bemantelen om je te beschermen tegen de man, deed ik het omgekeerde, ik verleidde zoveel mogelijk. Alles wat er te versieren viel, voorzag ik van een strikje. Ik ging door tot het gaatje, tot z'n ballen blauw kleurden, tot hij op knappen stond. Wat waren ze eigenlijk toch zwak, die minkukels, die totale stoethaspels. Moest je hem nou zien, lijdend, smekend, driftig, met bijtend verlangen. Een hoopje ellende. Wij vrouwen, wij die uit hun rib geschapen waren, waren in staat hen tot het uiterste te drijven, waar het andersom niet kon, wij werden nooit verblind door datzelfde verlangen, hooguit gedreven.

Nadat hij een lijdensweg van een halfuur had afgelegd lachte ik hem uit en zei dat het een grapje was, dat ik geen hoofdpijn had. Dat grapje kon hij niet waarderen. 'Ik ga jou eens duidelijk maken niet meer dit soort fratsen uit te halen met mij.' Ik werd genadeloos afgestraft voor mijn schouwspel. Er werd in mijn tepels en in de binnenkant van mijn dijen geknepen, tegen het pijnlijke aan, en op mijn billen geslagen, een rode handafdruk latend. Steeds als ik bijna een hoogtepunt had bereikt, trok hij zich terug of staakte hij het spel. Ik moest voelen wat hij zojuist voelde. Ik keek hem magnetisch aan, ik maakte duidelijk dat ik het niet trok, dat ik hem wilde, maar dan vroeg hij met een bazig stemmetje wat ik nou precies wilde, of ik dat kon uitspreken in z'n oor, dat hij anders niet doorging.

'Alsjeblieft,' zei ik.

'Wat alsjeblieft? Wat moet ik doen? Ik snap het niet,' speelde hij.

Het was hemeltergend, daarom besloot ik het heft letterlijk in eigen hand te nemen en stuurde ik mijn vingers naar de juiste plek om mezelf te verlossen. Hij sloeg mijn hand hardhandig weg, draaide mijn tepels met zijn vingertoppen, pijnlijk en opwindend tegelijk, om me vervolgens om te draaien en op mijn billen te slaan. 'Jouw wil is wet,' zei hij. Ik voelde een invasie van zijn fallus in mijn vochtige delen en bevond me kreunend in de negende hemel. We waren twee lijven, één lichaam. We hielden niet van het comfortabele, we wilden passie. Elkaar zoenen en beminnen alsof dat het enige was wat ons in leven hield.

Na het klaarkomen wilde ik wel nog een keer, maar het zwakkere geslacht was uitgeteld. God hield meer van de vrouw, dat was me duidelijk. Onder andere omdat ik het dubbele aantal zenuwuiteinden had beneden, maar ook omdat onze orgasmes vijftien seconden konden duren, in tegenstelling tot de vijf van het geprivilegieerde geslacht.

Ik beklaagde me er vaak over dat in islamitische culturen de grootste controle die je kunt hebben over een vrouw de controle over haar seksualiteit was. Nu daalde het besef in dat vrouwen de controle hadden over de seksualiteit van de man.

Toen we vandaag in zijn bed lagen, net na een onstuimige vrijpartij en kijkend naar de nieuwste *Zondag met Lubach*, keek hij me aanhoudend aan. 'Kunnen we dit moment niet vastleggen, duizendmaal kopiëren, en elke keer als we er behoefte aan hebben, het uit een doosje trekken? Blijf je altijd bij me?' Victor Hugo had gelijk toen hij zei dat het toppunt van geluk de zekerheid van het geliefd worden is. Dit waren kleine, ongrijpbare momenten waarin alles op z'n plek viel, windstille momenten van puur geluk en voldaanheid. Het schiep welbehagen in hetgeen je aan het doen was tijdens het bewandelen van je levenspad. Je wist intuïtief dat het klopte, dit gevoel klopte. De mooiste ervaringen waren niet de luidruchtigste, maar de stilste. Er is zo veel beweging, door de schaamteloze overschatting ervan, en zo veel veronachtzaming van stilstand.

Was het mogelijk de vluchtigheid van geluk in je ziel op te slaan, zodat je steeds een reserve had als iets tegenviel? Kon je levenspret koesteren en als een soort benzine of batterij aanwenden?

Elke keer dat hij dit zei, vond ik mezelf ook in een angstgreep, overvallen door de wetenschap dat als je ergens bang voor bent en de ontwikkeling daarvan wilt vertragen, het de gewoonte had om te versnellen. Plezier in combinatie met angst is vele malen onderdrukkender dan verdriet. Een deel van mij moet zijn gestorven op dat moment, ik wist dat betere tijden me niet ten deel zouden vallen, maar vergane glorie zouden worden. Ik bevond me in een slechte huid; de berg zou een muis baren. Het ontbrak me aan beschouwelijkheid. Het ontbrak me aan juiste raad en inzicht. Ik was daarom volledig overgeleverd aan m'n intuïtie. En die was héél risicoavers. Het is altijd beter er op de vlucht achter te komen dat vechten beter was geweest dan al vechtende te moeten erkennen dat men had moeten vluchten.

Als we honger hadden van al het neuken en gingen eten, maakte Freek een foto van me, net als ik een overvolle mond had van de kibbeling. Dat flikte hij altijd. Foto's van momenten waarop ik saus op mijn wangen had, een burger in m'n bek, of er als een vogelverschrikker uitzag wegens het overleven van een regendouche in de winter, waarbij mijn mascara was uitgelopen en mijn haren, door de hoofddoek heen, waren verloederd. Hij filmde me als ik vals doch bezield meezong met liedjes. Ik kon het niet waarderen dat hij me vastlegde op mijn lelijkste momenten, maar meneer vond dat amusanter en 'authentieker'.

15

Ik sta op de trein naar Amsterdam te wachten op station Den Haag Centraal. Freek is ziek, zijn ouders zijn in Spanje. Hij heeft een oorontsteking opgelopen en is niet in staat om op te staan of te bewegen zonder koppijn en evenwichtsverlies. Ik heb soep voor hem gemaakt en hem mijn liefde geschonken, maar moest hem helaas verlaten. Het was al laat geworden.

'Kon je maar bij me blijven slapen,' had hij smartelijk gezegd. Hij maakte een uiterst hulpbehoevende indruk. Ik heb hem beloofd me morgen ziek te melden op m'n werk en vroeg in de ochtend weer bij hem te zijn, dat was de enige manier om hem enigszins tegemoet te komen. Toch baal ik ervan dat ik er niet voor hem kan zijn nu. 'Zeg gewoon dat je bij een vriendin gaat slapen, liefje, please, dat vinden ze echt wel goed, ik heb je nodig,' probeerde hij nog. Dat kon niet, als ik het toch demonstratief wel ging doen, zou ik het flink aan de stok krijgen met het thuisfront en zouden ze me toch wel steeds videobellen. En als ik eenmaal thuis was, zouden ze me dit nooit vergeven en nóg sceptischer worden. Ze zouden ook eisen dat ze de betreffende vriendin wilden spreken om te controleren of ik er echt was en zelfs mijn WhatsApp-gesprekken opeisen. Moeder leefde graag volgens het motto: vertrouwen is goed, maar controle is beter. Dat logeren bij een ander vinden ze nergens voor nodig en vooral onveilig: wat als er een broer of vader of een andere man het huis in komt van die vriendin? En wie is die vriendin dan precies? Wat als ze een pilletje in je drankje doet? Niemand was te vertrouwen, vooral niet-moslims en niet-Turken niet. Ze zouden haar dan eerst moeten leren kennen voordat ik haar huis kon betreden, maar vooralsnog mocht ik bij niemand slapen, zelfs niet bij mijn eigen nicht. Dat zou fout kunnen gaan, in elk gezin heb je immers mannen. 'Mannen hebben lusten die ze niet altijd onder controle hebben,' zei Moeder.

'Je doet alsof mannen bonobo's zijn die losgezongen zijn van alle beschaving, bedachtzaamheid, verstand en verfijning en als een stuurloos schip overal tegenaan rijden zonder dat ze bewuste afwegingen kunnen maken,' zei ik geïrriteerd.

'Ja, dat zijn ze ook, ook al lijkt het niet zo, dat denk jij alleen maar, elke man denkt met zijn geslachtsorgaan.'

Nietzsche zei dat de vrouw de tweede vergissing van God was. Volgens Moeder was het kennelijk de man. Ik wil niet eens weten waarom Moeder zo'n beeld heeft van mannen. Het ligt aan die lezingen in de moskee waar Gods zegen op rust. Het ligt aan de roddels die ze van andere vrouwen hoort, verhalen die ze mij ook vertelt in de hoop dat ze me genoeg angst inboezemt en overtuigt, zodat ik ook vertrek vanuit haar mensbeeld. Dan komt ze weer vertellen dat er een meisje was dat bijles gaf aan huis en verkracht werd of een meisje dat voor haar werk in de thuiszorg naar een huishouden ging en verkracht werd door de zoon van de zieke mevrouw of zo. Of dat een meisje een jongeman leerde kennen via het internet, de boze boeman in elk verhaal van Moeder, en daarna gedrogeerd en verkracht werd, zoiets. Weet ik veel. Ik heb die verhalen al zo vaak gehoord dat ik dood neer wil vallen als ze weer haar mond opentrekt voor een dergelijke anekdote. Het maakt me ziek. Een mantel van depressie sluit zich om me heen. Bij Moeder geldt doorgaans dat het onwaarschijnlijke maar zelden waar hoeft te zijn om de voorkeur te krijgen boven het voor de hand liggende.

Freek heeft het klagen hierover gestaakt en zich neergelegd bij mijn situatie en het handelen binnen de grenspalen. Hij weet hoe de vork in de steel zit, maar ik merk aan alles dat hij er steeds vaker moeite mee heeft dat we al jaren op deze manier een verbintenis onderhouden en dat ik ook niet kan toezeggen wanneer dit een keer ophoudt en wanneer ik hem zal voorstellen aan mijn verwekkers. Dat is in geen mogelijke wereld een optie, maar dat kan Freek maar moeilijk bolwerken. Ik heb geprobeerd op mezelf te wonen om meer vrijheid te krijgen, hoewel het niet mocht, maar Moeder zei dat ze de hand aan zichzelf zou slaan als ik uit huis ging en hun deze schande bezorgde. Zo gestoord was ze wel. En dat ze bovendien de politie in zou schakelen. Ik maakte haar duidelijk dat dat niets zou helpen, aangezien ik volwassen was. Dan zou ze alle familieleden inschakelen om me tegen te houden. Als ik het dan toch deed, ondanks alles, zou ik hun gezicht nooit meer zien. Niet meer van Oma, niet van Defne, niet van Halil, niemand. En ik zou haar een acute verlamming bezorgen. Als ik dat op m'n geweten wilde hebben, moest ik het vooral doen.

Ze zouden Freek nooit accepteren en indien ik wel doordramde, mij het leven zuur maken en me op de een of andere manier bestraffen. Het zou niet uitmaken als ik zou liegen dat hij moslim is: een bekeerde moslim zien ze als een nepmoslim. 'Die kunnen elk moment weer van het geloof vallen,' zei Moeder een keer toen ik haar vroeg wat ze van bekeerlingen vond. Bij een geboren moslim gebeurde dat niet volgens haar. Statistisch bewijs heb ik haar maar niet gevraagd. Noch heeft ze ooit een bekeerling gekend in haar leven. Dat weet zij gewoon. 'Zolang iemands familie geen moslim is, zullen die hun kind toch wel naar het ongeloof trekken, en hun kleinkinderen ook,' vond ze. 'Ook kun je niet weten of een bekering oprecht is of alleen gedaan wordt om te kunnen trouwen,' meende zij. Ik moet bekennen dat ze daarin gelijk heeft, maar goed, dan loop je dus de kans een oprechte bekeerling te weigeren. Maar ik vermoed dat Moeder daar niet zo mee zit, aangezien het echte probleem vooral de afkomst was, zoals later ook duidelijk werd in de discussie. 'En zelfs al is het een perfecte moslim, een Turk is altijd beter, die kent onze taal en cultuur.'

Dat is overigens anders bij de Marokkanen, die kijken meer naar het geloof. Bij ons is je nationaliteit je tweede religie, dat begrijpen Marokkanen vaak niet, die lang niet zo patriottistisch zijn als wij. De Marokkaanse identiteit is vooral die van de islam, waar Turken naast de islam ook hun niet-Arabische eigenzinnigheden hebben en hun kenmerkende taal en cultuur hoog hebben zitten, soms zelfs hoger dan de religie.

Ik weet ook niet precies of de sanctie voor mijn buitenechtelijke relatie bij verstoten zal blijven. Ik heb geen idee waar ze toe in staat zijn. Volgens mijn familieleden zijn vrouwen belast met het dragen van de eer van de gesnikkelde familieleden en dat doen ze middels hun kuisheid, hun kut dus, die ze moeten 'bewaren en bewaken voor de rechtmatige eigenaar', die het demasqué mag voltrekken. Als ze daarin slagen, is de eer van de familie geconsolideerd. Zo niet, dan is alles geruïneerd en moet de vrouw onverbiddelijk gewroken worden voor haar onverschoonbare zonde: dan volgt er eerwraak. De islamitische teksten bieden op de keper beschouwd geen concrete aanknopingspunten voor een dergelijke behandeling, dat is vooral regionaal en cultureel van aard. Sterker: de islamitische teksten verbieden eerwraak expliciet, want alleen een shariarechter mag de beslissing nemen om een dergelijke zondaar te stenigen of met een zweep te slaan als er genoeg getuigen zijn, niet individuele personen, maar menig lokale schriftgeleerde heeft daaraan geen boodschap. Eerwraak vindt ook in niet-islamitische gemeenschappen plaats in het Midden-Oosten, als je maar diep genoeg in het tribale drijfzand zit. Maar zoals wel vaker gezegd volgen moslims überhaupt niet altijd de zuivere religie en denkt men in deze gemeenschappen dat het wel bij de leer hoort.

In Nederland zijn er jaarlijks vijfhonderd gevallen van eerwraak waar de politie zich over moet buigen, waarvan er twintig moord betreffen. In Turkije zijn dat tweeduizend gevallen die het halen tot de politie. Eerwraak kan op verschillende manieren: mishandeling, ontvoering en in het uiterste geval moord. De lichtste en de meest voorkomende variant in Nederland is een totale sociale slachting en boycot: het totaal vernederen van de zondaar, er schande over spreken, haar kleineren, psychologische druk zetten en eventueel (verbaal) geweld inzetten. Doorgaans wordt zo'n vrouw door de familie, kennissen en buren *geslutshamed* en mag niemand meer met haar omgaan. Volgens ons geloof is het voor een vrouw (en niet voor een man) een voorwaarde voor de geldigheid van een huwelijk dat je vader je partner moet goedkeuren. De moeder mag wel haar mening geven, maar veel heeft ze verder niet te zeggen. Als die autorisatie uitblijft, ben je bij God niet getrouwd, ook als je dat wel bent volgens de wet. Dat is immers secundair, dat heeft bij de Lieve-Heer geen waarde.

Hoeveel gevaar je precies loopt en hoe de eerwraak bij jou persoonlijk verwezenlijkt zal worden is per gezin anders en afhankelijk van hoeveel gekke mannelijke familieleden je toevallig in de familie herbergt, zoals ooms, neven en broers en hun bereidheid om jou te laten gaan, te vergeven of te straffen. Als ze zo rigide geloven dat ze hun geweten weten stil te zetten uit onvoorwaardelijke loyaliteit aan hun ideeënleer over eer en cultuur en toch wel in het reine zijn met het idee van een aanslag op de vrijheid en individualiteit van een ander omwille van de gemeenschap, kan het hoofd nogal gevaarlijk worden. Ik raad u sowieso aan om overal weg te blijven waar dadendrang en overtuigingskracht samenkomen. Ambitie is de moeder van zowel grote successen als diepe teleurstellingen. Het is al snel alles of niets bij ambitie.

Zelf ben ik gezegend met een orthodoxe familie waar dit soort zaken als onvergeeflijk worden beschouwd. Dat heb ik al als voorproefje kunnen zien bij een nicht van mij die twee jaar geleden van huis is weggelopen. Zij was verliefd op een man, gewoon een Turkse in haar geval, die niet werd goedgekeurd. Haar vader kon het niet vinden met de potentiële schoonfamilie. Bovendien had hij al een andere kandidaat op het oog: eentje die kwam uit een meer Koranvast en rechtschapen gezin. Hij had kennelijk al jaren geleden heimelijk met hen afgesproken dat zijn dochter de hunne was: hij had haar hand buiten haar weten om aan hen beloofd, maar er wel bij gezegd dat-ie nog wilde wachten met de bruiloft tot ze klaar was met studeren. Niet omdat hij haar scholing zo ontzettend hoog in het vaandel had, maar omdat hij haar studiefinanciering van haar afpakte om te sparen voor vastgoed in Turkije. Haar officiële adres had hij elders laten registreren, haar een uitwonende makend, waardoor ze extra veel kon vangen, al helemaal omdat Oom officieel gezien werkloos was. In onze contreien is het beloven van je dochter aan een familie net zo'n belangrijke aangelegenheid als het sluiten van het huwelijk, een echte vent voegt immers de daad bij het woord. Je terugtrekken uit zo'n transactie betekende een enorm gezichtsverlies, dat was niet mogelijk.

Oom had dus een groot probleem als zijn dochter niet luisterde en met een ander kwam aanzetten: zijn morele reputatie stond op het spel en daarmee zijn hele leven en maatschappelijk functioneren. De man die Oom op het oog had zou orthodoxer zijn in zijn religieuze praktisering, cruciaal voor een gelukkig huwelijk, en het belangrijkste van alles: het was familie, afkomstig uit hetzelfde dorp uit Turkije als waar 'wij' vandaan komen. Dat zou betekenen dat het een volkomen veilige keuze was en dat zijn dochter 'niet in onbekende handen valt' (wat zoveel betekent als: dan komt zijn dochter zijn eigen kring ten goede en niet een totale onbekende, die 'gratis profiteert van andermans dochter', want een vrouw is natuurlijk niets meer dan een kut waar je van profiteert als man). M'n verwekkers vonden dat Oom volkomen gelijk had: het was betamelijker om iemand van de eigen familie of het eigen dorp als schoonfamilie te kiezen in plaats van wildvreemden van wie je niets wist. In je familie wist je of ze te vertrouwen waren, bij vreemden kon het zomaar zijn dat je dochter na een tijdje verlaten werd, dat die klootzak vreemd zou gaan, dat hij misschien wel kinderen bij een ander zou verwekken (of misschien al had verwekt, weet jij veel) of haar slecht en ondankbaar zou behandelen.

Betül, mijn nicht, was echter halsstarrig. Op een dag pakte ze haar koffers en was ze met stille trom vertrokken. Die was bij haar vriendje ingetrokken en naar verluidt zelfs nog keurig met hem getrouwd. Maar dat maakte weinig uit, Betüls huwelijk werd als ongeldig beschouwd door de familie en de gemeenschap, ze was immers over de puthaak getrouwd, haar een hoer makend. Ze bevond zich in een toestand van zina: buitenechtelijk seksueel contact met een man. Haar partner is vervolgens bedreigd met een mes door haar broers (mijn neven) en haar neven. Het zou ook alleen bij een bedreiging blijven, gezien mijn neven niet zó dom waren dat ze voor zoiets de bak in zouden gaan en hun leven zouden vergooien (vermoed ik), maar ze hadden hem wel nog even in elkaar getimmerd. Oom eiste vervolgens geld van zijn ongewenste schoonzoon, een bedrag van 15.000 euro. Turken noemen dat *baslik parasi** of *süt parasi*†: geld dat mannen betalen aan hun aankomende schoonvader. Gewoon omdat het de vader van zijn dochter is. Dit is wederom geen islamitisch gebruik volgens de scriptuur, maar het gebeurt wel in conservatief Turkse contreien en men denkt hier dat het wel religieus vergund is om je dochter te verkopen. Ook Vader

* Letterlijke vertaald: hoofdelijke prijs.
† Moedermelkprijs (de betaling voor de borstvoeding of zo).

heeft destijds 10.000 gulden betaald voor Moeder aan Opa. Het bedrag kan verschillen per vader en per dochter. Als de dochter knap en vlezig is (grote tieten en brede heupen) en er veel mannen haar hand vragen, stijgt de prijs. Zo niet, dan daalt de prijs. Alle waar is naar zijn geld, gelijk een willekeurig product op de markt: vraag en aanbod bepalen. Tegenwoordig wordt deze traditie nauwelijks meer gebezigd, behalve onder degenen die onbuigzaam zijn en nog altijd van de oude stempel zijn, ondanks hun lange verblijf in Nederland, zoals Oom. Ook Vader is het met dat gebruik eens en heeft al laten weten dat hij geld zal vragen aan zijn toekomstige schoonzoon als iemand mijn hand komt vragen, dus ik verheug me op de dag dat ik verkocht word.

Goed, de man van mijn nicht was nog zo kierewiet dat geld af te dragen, in de hoop dat Oom en de rest van de familie hen zouden vergeven. Hij hoopte daarmee zijn vrouw weer te kunnen herenigen met haar familie, die waarschijnlijk crepeerde van de schuldgevoelens. Maar niets was minder waar. Hij was in de val gelokt. Hij kreeg stank voor dank, werd uitgescholden en vervloekt. Ze zijn nooit meer vergeven. Sindsdien had ik Betül nooit meer gezien en had niemand het meer over haar, tot zes maanden geleden. Ze had kennelijk borstkanker, dat had ze bij haar moeder gemeld. Zij ook al, het leek wel of godverdomme iedereen ineens kanker had: Tante Kadriye, Jill (het vijftienjarige nichtje van Freek), Gülsüm (een collega), Emine (de zus van Nawal, een vriendin van de middelbare school), Yusuf (mijn buurjongen) en nu ook Betül. Ik had de laatste tijd meer ziekenhuizen gezien dan me lief is. Ze had steun nodig, maar die kwam er niet. Tante wilde haar zielsgraag bezoeken, maar Oom ontnam haar dat recht. Hij wilde niets meer over haar horen, ze was zijn dochter niet meer. Zoals ze destijds schijt had aan haar familie en haar eigen individuele pad op ging zonder te luisteren, zo moest ze nu ook maar sterk genoeg zijn in haar eentje. Dit zou geenszins een reden voor hem zijn om te verzachten of haar zondes te vergeven, sterker nog: dit was de straf van God voor het ongehoorzaam zijn aan je vader. Het was voor hem de ultieme bevestiging dat God ongehoorzame sletten straft, zowel hier op deze wereld als in het hiernamaals. Moest ze maar met die vent trouwen die wél vroom was in plaats van die hond met wie ze nu was, die niet eens bad of een moeder had met een hoofddoek.

Na enkele maanden vertelde Moeder dat het een goedaardig gezwel was gebleken en dat het was weggewerkt, dat had Betül geappt naar haar broers. Ik was ergens benieuwd hoe Oom dit zou verklaren in zijn Allah-straft-sletten-analyse, maar eigenlijk wilde ik het niet weten.

Betül woont niet meer in Amsterdam en Oom heeft al haar foto's verscheurd. Waarschijnlijk heeft ze al kinderen en leeft ze gelukkig met haar man. Ik hoop het voor haar. Ik heb nog wel eens geprobeerd haar op Facebook en Instagram op te zoeken, maar ik kon niets vinden.

Wat echter het bloed onder mijn nagels vandaan haalde na dit voorval, is het volgende: twee jaar nadat deze opschudding had plaatsgevonden, overkwam Betüls broer, mijn neef Tayfun, hetzelfde. Hij wilde trouwen met een vrouw die zijn verwekkers verafschuwden. 'Over mijn lijk!' hadden ze nog maandenlang gezegd. Het was iemand uit een links-Turks gezin, echte Kemalisten in hart en nieren. Ze zagen er allerminst devoot uit, kleedden zich westers en de verwekkers van het meisje waren gescheiden. De jongedame droeg bovendien geen hoofddoek. Sterker, in de zomer droeg ze jurkjes met de benen ontbloot en had ze zelfs een uitdagend decolleté. Dat was tot dan toe ongekend binnen onze kringen. De verwekkers van Tayfun waren zo aartsconservatief dat de mannen en vrouwen gescheiden zaten als er bezoek bij ze kwam. De vrouwen droegen grote hoofddoeken en lange gewaden, de kinderen gingen allemaal naar Koraninternaten. Ze hadden zelfs geen tv, omdat ze dat duivels vonden, omdat er halfnaakte vrouwen te zien waren en allerlei zondige toestanden in series en programma's. Dat paste niet bij zo'n schoondochter, wier familie zelfs wijn en raki dronk en zich verder niet met goddelijke voorschriften bezighield.

Oom vond het al alle perken te buiten gaan dat de aankomende schoonouders gescheiden waren, laat staan alle andere aangelegenheden die hem flink tegen de islamitische borst stuitten. 'In een gezin waar scheiding als normaal gezien wordt leert een kind dat dat normaal is en zal ze het daarom gegarandeerd zelf ook doen,' vond Oom. Deze vrouw kon niet vastgeketend en geknecht worden. Ze was te vrijdenkend en zelfstandig. Zulke vrouwen schuwden geen scheiding. Zij hechtten niet zoveel aan eer, gemeenschap, traditie, schaamte, godsvrees en onwrikbare normen en waarden. Ze zou al snel rebelleren bij opgelegde beperkingen. Haar soort vond het normaal om mannelijke vrienden eropna te houden, om foto's van zichzelf op internet te plaatsen, om zich 'halfnaakt' te kleden, om zich dagelijks op te maken en parfum te dragen als ze naar buiten ging, om te lachen en informeel te kletsen met mannelijke collega's in de kantine van hun werkplek, om 'naakt' (met bikini) op het strand te liggen, om in de avond buiten te zijn zonder haar man, om te blijven werken als er kinderen zijn en die gewoon bij een opvang droppen, of zelfs om duivels te gaan zitten feesten in een of andere goddeloze club. Wat moest Oom met een schoondochter die over een paar jaar zijn zoon mogelijkerwijs zou inruilen voor een ander en zijn toekomstige kleinkinderen geen degelijk godzalige opvoeding zou meegeven?

Tayfun was echter net zo koppig als zijn zusje Betül, maar ondanks alle geschillen en onenigheden werd Tayfun niet verstoten. Zijn keuze werd, weliswaar schoorvoetend, getolereerd: hij was immers een man en had geen toestemming van de vader nodig om zijn huwelijk te laten gelden volgens God. Dat is al de eerste ongelijke behandeling van mijn nicht en neef, die precies hetzelfde deden bij dezelfde ouders. Alsof dat nog niet erg genoeg was, gebeurde er nog iets veel krankzinnigers: twee weken na Tayfuns bruiloft kwam het nieuws tot ons dat ze gescheiden waren. Dit was ongekend, nog nooit was iemand zó snel gescheiden in onze omgeving, überhaupt in elke omgeving zou een huwelijk van twee weken buitenissig zijn, maar bij ons al helemaal. Het is me nooit helemaal duidelijk geworden wat precies de reden was, maar het kwam erop neer dat de schoonfamilies elkaar niet konden dulden, heftig ruzie hadden gemaakt en dat Tayfun en zijn vrouw elk de kant van de eigen familie kozen, waardoor het uit de hand liep.

Toen ik dit hoorde, dacht ik: daar heb je weer dat idiote zwakzinnigengezeik. Het kwam wel vaker voor in onze kringen dat er een scheiding kwam door de onoverbrugbare wrijving tussen schoonfamilies, sterker nog, ik durf te beweren dat dit scheidingsoorzaak nummer één is, iets wat je beduidend minder vaak zult horen bij westerlingen, maar ik wantrouwde dit verhaal achteraf ten zeerste. Tussen die families boterde het voorheen ook niet, dus hoezo was dat nu ineens iets heftigs?

Bij conservatieve Turken moet je de verhalen die je hoort altijd wantrouwen, de verklaringen na zo'n schandaal zijn betrekkelijk kort en oppervlakkig, waarna ze vooral hopen dat het de wereld uit gaat, maar het kan een verkapping zijn van de werkelijke reden om de morele reputatie te handhaven. Koranvaste moslims leven immers voor hun eer, als ze die verliezen worden ze gestigmatiseerd en uitgesloten. Het is de slagader van hun sociale opereren, het is hun raison d'être: je moet bekendstaan als moreel integer en daarin onwankelbaar, anders volgt een blamage. Er is daarom geen ruimte voor fouten, onzekerheden of twijfel. Dat terwijl stelligheid een robuuste ijzeren ketting is om de hals van een lompe geest.

Alles draait om de buitenkant, hoe je je presenteert, je beste beentje voorzetten en geen scheve schaats lopen, dat is de kwintessens des levens. Alles wat persoonlijk, openhartig, intiem en menselijk is, is taboe en is potentieel materiaal voor een schandaal. Er zijn zo veel taboes in onze cultuur, dat ze het beter het taboeïsme konden noemen, niet te verwarren met het taoïsme.

Ik heb dat nooit begrepen. Mensen die hun eer hoog willen houden maken zich het leven onnodig zwaar. Het krampachtig vasthouden aan al die schijnheiligheid, uiterlijk vertoon, die rol naar buiten toe en dat keurslijf van het zijn van een deugmens. Het verwordt immers uiteindelijk tot een kooi die men om zichzelf bouwt. Perfectionisme is in nagenoeg alle gevallen een obstakel. En je maakt in nagenoeg alle gevallen vieze handen door ernaar te streven. Hoe wonderlijk zijn mensen die aan rusteloosheid hechten.

Afijn, mijn nichten en ik hadden de koppen bij elkaar gestoken en ons gebogen over dit scheidingsvraagstuk, waarna we het volgende concludeerden: je kunt in de moslimgemeenschap alleen maar zó snel tot een scheiding komen als de vrouw niet maagd is gebleken tijdens de huwelijksnacht. Dat meisje kennende, met haar moderne en vrije familie, was ze geen Maria. En Tayfun kennende zou hij dat waarschijnlijk moeilijk te verdragen vinden, daar was hij te geïndoctrineerd voor. Tayfun was knap en sympathiek, maar was wel afkomstig uit een uiterst bekrompen en aartsconservatief gezin dat er middeleeuwse denkbeelden op na hield. De kans was groot dat hij op z'n minst een deel van die ideeën, bijvoorbeeld de maagdelijkheidscultus, geïnternaliseerd had, en daarmee intellectueel gemutileerd was.

Maar goed, wat ik dus totaal niet rijmen kan, is dat Tayfun na dit enorme erratum vergeven werd door de ouders en de gemeenschap. Als een vrouw dit zou doen, was ze ten dode opgeschreven. Eerbewijs, godsvrucht, reputatie, deugdzaamheid, onvergeeflijke zondes, onverzettelijke plichten, schaamte, roddels... Ineens bestond het allemaal niet meer. Tayfun had een snikkel en door zijn falen stond hij geen graadje lager in de pikorde. Bij ons gold geen errare humanum est, maar errare snikkelum est.

16

Moeder belt me, omdat ik het weer veel te laat heb gemaakt bij Freek wegens zijn zieke toestand. Het is middernacht geweest, tegen één uur. De trein had een aanrijding met een persoon, zoals zo vaak, waardoor de boel vertraagde. Ik neem op om te zeggen dat ik thuis ben, dat ze zich geen zorgen hoeft te maken. Ze is witheet. Ik zou geen ruk om hun mening geven, ik zou toch wel elke keer doen waar ik zelf zin in heb, ik zou opzettelijk niet de telefoon opnemen om ze gek te maken, ik zou daar stiekem van genieten.

Het klopt weliswaar dat ik met opzet niet hun telefoontjes beantwoord, ik weiger om nog langer verantwoording af te leggen, maar dat doe ik niet om ze gek te maken, zoals zij het formuleert. Ik denk dat zij eerder zichzelf gek maakt met de gedachte dat ze geen controle en zicht meer over me heeft, dat ik steeds recalcitranter, soevereiner en mondiger word, dat die ontwikkeling van het vrijvechten zich onder haar ogen voltrekt, en dat ze geen idee heeft waar ik uithang en wat ik uitspook. Dat ze zich stukbijt over het feit dat ze steeds meer in begint te zien dat ik geen verlengstuk ben en ook niet worden zal, mijn eigen pad bewandel en zij met de staart tussen de benen en de handen in haar hoofddoek zit, omdat ze niet weet waar ze nu weer mee kan dreigen, omdat ik een niet te grijpen paling ben. Dat ze niets anders kan dan mij maar op m'n woord geloven als ik zeg dat ik van m'n werk kom. Dat maakt haar lijp. Achterdocht en wanhoop kunnen een mens in het onwaarschijnlijke of zelfs het volslagen absurde drijven. Misschien moet ik op m'n hoede zijn.

Ik zeg dat ik moe ben en ga ophangen. Ze krijst als een doorgedraaide dwaas dat ze dit gedrag niet langer pikt, dat ik langs moet komen bij ze thuis om dit eens en voor altijd te beslechten. Ik kan maar beter gaan voordat ze straks nóg furieuzer mijn kamer instormt. Ik ontdoe me in een handomdraai van mijn make-up en verander mijn kleding. Ik doe een pyjamabroek aan met een badjas eroverheen. Eigenlijk wil ik gewoon dikke schijt hebben, gewoon naar ze toe gaan zoals ik gekleed was en niet elke keer vrezen en inbinden door hun oordelen, agressieve toon of morele chantage, maar het is meer dat ik mezelf die koppijn wil besparen en ik mijn verslag voor het college morgen nog moet tikken. Ik pak m'n sleutels, ga de deur uit en na het zetten van twee stappen ga ik hun huis binnen.

Defne slaapt al, zij moet morgen vroeg naar school. Ze lijken daar geen rekening mee te houden: bij het zien van mijn verschijning verheffen ze beiden hun stem. Moeder neemt het voortouw, zoals altijd. Bij reactionaire gezinnen is meestal de vader de gezaghebber in huis, maar bij ons is Moeder een vrouwelijke en islamitische Stalin, een Khomeini met een kut, een islamofascistische despotin, spijkerhard en nietsontziend, iemand die nooit een strobreed wijkt. Morele onverschrokkenheid is immers de basiseigenschap van alle leiders, van klein tot groot, van goed tot slecht.

En tolerantie was al helemaal niet aan haar besteed, dat woord stond niet in haar woordenboek, aangezien tolerantie betekende dat je het water van onwetendheid voegt bij de wijn van de wijsheid. Ambitie is intolerantie. Verdraagzaamheid vergt geestelijke spierkracht, die heeft ze niet.

Vader weet dat hij haar maar beter kan steunen in haar regime, anders lijdt hij er zelf onder door haar gemekker dag en nacht aan te moeten horen. Hij gaat zelden tegen haar in, zegt af en toe mompelend dat ze niet moet overdrijven en dat ik moet luisteren, want Moeder zou meer wijsheid bezitten dan ik en die zou ik onvoorwaardelijk moeten respecteren en gehoorzamen. Dat zijn van die standaarduitspraken van Turken die totaal ongemotiveerd en arbitrair zijn. Hoezo zou zij meer wijsheid bezitten? Vanwege haar leeftijd? Haar moederschap? En daarom zou ze 'levenservaring' hebben en pertinent respect verdienen? Welke ervaring heeft Moeder dan? Ze heeft tot haar 25ste gewerkt op het platteland van Anatolië, waar de enige cultuur die ze snoof de lucht van verse koeienstront was, om vervolgens uitgehuwelijkt (lees: verkocht) te worden aan Vader, omdat die het meeste geld kon bieden voor haar en haar kon meenemen naar Nederland, zodat ze kon emanciperen uit haar boerengat.

Eenmaal hier kreeg ze mij en samen met mijn blijde geboorte opende er zich een heel nieuwe wereld voor haar; ze moest af en toe het huis uit en de westerse samenleving ontdekken, een wereld waar ze de economische krenten uit de pap vist, doch ook de wereld waar ze zich ideologisch tegen afzet.

Dat leert ze op de moskee, dat je je niet te veel moet aanpassen aan deze decadente en verdorven mensen. Ja, het is slechts schijn dat het lijkt alsof de Schepper aan hún kant staat bij het aanschouwen van hun welvaart, die ze gestolen hebben en verworven hebben door anderen te onderdrukken en uit te buiten. Je moest je niet laten verleiden door hun holle ideeën, dat waren influisteringen van de *shaytaan*. Je mocht je uiteraard wel een beetje aanpassen: je mocht de taal leren, je fatsoenlijk gedragen tegenover de medemens en je bijdrage leveren aan de maatschappij door te werken en belasting te betalen (als man), maar ook niet meer dan dat, je loyaliteit moest bij de islamitische wereld liggen. Je moest standvastig vasthouden aan 'het koord van

Allah': de eigen religie, gemeenschap, taal, normen en waarden, die waren eervoller en verdienstelijker dan die van de ongelovigen.

Zoiets preekte imam Wawelaar doorgaans op de vrijdagen: 'Nederland is goddeloos, heeft zijn eigen God de deur uit gedaan en wil dat nu ook bij ons, zodat wij ook cultureel teloorgaan. Het is hier een homoparadijs, ze lopen te koop met hoeren achter de ramen als hun toeristische trekpleister en bedwelmende, vervloekte middelen als alcohol en drugs zijn hier legaal en cultureel omarmd. Hun vrouwen en dochters kunnen ze niet bedwingen, die gaan als loslopend vee bij Jan en alleman in bed alsof het bed niets heiligs en bijzonders is, alsof geslachtsgemeenschap bestaat uit elke wildvreemde seksueel consumeren en tot je intiemste delen toelaten. Nederland is bovendien het schoothondje van Israël en Amerika en heeft met zijn buitenlandbeleid veel onverschoonbaars op de kerfstok. Het onrecht dat deze mensen onze broeders en zusters aan hebben gedaan en nog altijd aandoen, vergeten wij niet! Waarlijk, God ziet alles! Dit alles gaat rechtstreeks tegen de boodschap en de morele grenzen van God en zijn profeet, vrede zij met hem, in!'

Karbonkel begint weer aan haar ongezouten monoloog, haar grijze langspeelplaat. Grievende en onterende verwensingen vallen menigmaal. Zoals het haar betaamt bevraagt ze hardop wat ze verkeerd heeft gedaan in de opvoeding en waarom ik altijd zo bloedkokend eigenwijs ben. Dat ik maar moest uitkijken. Hoe ik het in godesnaam in m'n zieke hoofd haal om nu pas thuis te komen. Dat ze totaal niet kan bevatten waarom ik als jongedame zo veel uur buitenshuis doorbreng en nooit thuis ben om meer gepaste dingen te bezigen (als koekjes bakken en samen op de bank naar programma's kijken over huwelijksproblemen van op nationale tv ruziënde mensen in Turkije of naar lezingen van een imam die antwoord geeft op vragen uit het publiek zoals hoe vaak je een hoofdstuk uit de Koran moet reciteren over een fles water of een pak koek om het heilig te maken en het een genezende werking te geven voor een zieke (maar ook hier geldt weer: als het werkt is het van God, maar de mislukking niet), theedrinken met familieleden of buurvrouwen die op visite komen).

Ik snap haar wantrouwen wel, ik gebruik natuurlijk altijd het smoesje van werken, ook als ik een hele dag op het strand lig met Freek. Dat gaat een keer opvallen. Ze had daarom een oplossing bedacht. Als ik zo graag wilde werken in de avonden, dan mocht het voortaan, maar Vader zou mij voortaan, net als enkele maanden terug, ophalen van m'n werk. Het was immers raar dat ik om één uur 's nachts pas terugkeer. Dat konden ze niet geloven.

Ik kan me op dit punt niet langer beheersen, ik ben het zitten op het eeuwige zondaarsbankje en de constante stroom aan vernederingen en beschimpingen zat. Ik kan niet dat beetje vertier dat ik haalde uit m'n relatie óók nog prijsgeven. Ik wil niet terug naar de tijd waarin ik Freek in de middag al moest verlaten om terug te keren naar Amsterdam en om in de avond te werken, zodat Vader me op kon halen zonder iets door te hebben. Ik begin haar uit te maken voor zieke psychopaat, controlfreak en voor onnozele, achterlijke, bekrompen en simpelzielige vuige ezel uit het boerengat van Turkije die niets gewend is van de rechten, vrijheden en gang van zaken die hier gelden. Ik maak haar uit voor minderwaardig mens, waar ik later veel spijt van zou krijgen, ik moet me eigenlijk beheersen, want zo geef ik mijn opponent voor de zoveelste keer de gelegenheid in de martelaarsrol te kruipen straks, als ze weer eens over mij zou klagen bij de buren en familieleden, en natuurlijk alleen deze zaken zou uitlichten, omdat ze ruimschoots de gelegenheid zou krijgen haar sullige benauwdheid tentoon te spreiden achter mijn rug om. De toon kan immers vaak de boodschap verdringen of de ander onwillig maken haar te accepteren of überhaupt het serieus nemen waard te vinden, met name in onze cultuur geldt dat de toon de muziek maakt. En natuurlijk zou Moeder bij die gesprekken mijn zondes en mijn weerwoord op haar vermaningen en verontwaardiging overdrijven en uit hun verband rukken, haar eigen grensoverschrijdend gedrag verzwijgen en mijn woorden brengen als een diepe belediging en ontering van haar persoon, om haar eigen narratief van meer overtuigingskracht te voorzien. Maar als je overdrijft of sterk de behoefte voelt louter m'n zwaarste woorden uit te lichten, die geuit zijn op een moment van emotionele hoogspanning, en de rest verzwijgt, laat je je kennen, laat je zien dat je zelf je verhaal zoals het zich voordeed niet overtuigend vindt. Want zoals Moeder is, zo zijn er niet veel. Zelfs vrome familieleden, buren en kennissen van haar vinden dat zij te ver ging met de eis over het ophalen van werk. Alleen trekt zij zich daar weinig van aan. Ze zag het juist als een compliment dat zij kennelijk als een van de weinigen nog wel de voorschriften van de imam en in het verlengde daarvan God serieus neemt. Dat gaf haar juist extra punten bij de Heer, dat zij ondanks de massa die steeds meer veren losliet wel standvastig blijft.

Maar goed, deze misstap van mij valt in het niet bij de smetten op het blazoen van mijn vijand. Ik zeg met trillende stem en handen dat als ze mij nog éénmaal onteert door me slet te noemen, dat ze me nooit meer terug zal zien. En als ze het nog één keer in haar hoofd haalt met dit soort draconische maatregelen te komen die mijn vrijheid nog meer aan banden leggen, dat ik het niet meer trek in dit gezin. Ik meen het. Ik kijk haar indringend aan, zodat ze begrijpt dat ik het meen. Devote Turken zijn niet vatbaar voor louter woorden, hoe zinnig ook. Ze moet het me horen denken.

Ineens valt ze stil, haar gezicht is een en al ernst. Ze kijkt met grote ogen en trekt haar neus op, meer uit afkeuring dan uit noodzaak, dat doet ze vaker als ze een vieze lucht ruikt, en mompelt dan: 'Ik zeg het jou, Ismail, dit meisje is verloren. Ze heeft het zuigen en provoceren tot kunst verheven.'

Ze vraagt me met gedeisde stem en een wantrouwend kritische blik met half dichtgeknepen ogen waarom ik eigenlijk zo heftig reageer, of ik wat te verbergen heb. Wat is er mis met een vader of broer die me zou komen ophalen, waarom zorgt dit ervoor dat ik dreig met het verlaten van het huis? Dat is toch niets om zo over de stang gejaagd door te zijn? Dat is toch alleen maar fijn, dat ik zou worden opgehaald en niet zelf hoefde te komen? Kennelijk ga ik helemaal niet naar m'n werk, dat is evident, anders zou ik het wel accepteren. Ik neem ze kennelijk bij de neus, ik stuur ze het bos in, maar daar is zij te slim voor. Bovendien zal ze me voortaan altijd komen opzoeken in de Albert Heijn om te kijken of ik wel echt werk. Ze gelooft er geen ene snars meer van. Wantrouwen en controle zijn de meest betrouwbare krachten van iemand die het machtsevenwicht wil handhaven.

Ik loop weg en smijt de voordeur achter me dicht. Ik voel een bizar soort adrenaline in mijn lijf, in het gebied rond mijn hart. Ik herken het van de vorige keren dat ik zo boos werd. Soms duurt het een poosje voor ik het weer een beetje kan reguleren. Dan tel ik tot twintig, dat helpt op de een of andere manier. Ik keer terug naar m'n kamer bij Oma. De geur, daar is hij weer. Op mijn bureau zie ik nog de vuile doekjes en watjes met make-up die ik zojuist gebruikt had om mijn schmink eraf te halen. Ik gooi ze weg in mijn kleine prullenbak op mijn bureau. Ik doe m'n oordoppen in en zet het volume op de hardste stand. Het eerste nummer in m'n afspeellijst is mijn favoriet, 'Ik leef mijn eigen leven'.

Mijn sieraden hangen boven mijn parfums. Oorbellen van goud en zilver en legio ringen en kettingen. Helaas zie je de meeste sieraden niet onder mijn sluier. Kettingen en oorbellen verdwijnen eronder, dus die draag ik alleen als ik naar Freek ga of als ik in het restaurant werk. Karbonkel vindt het steevast nodig om een opmerking te maken als ze mij ziet genieten van mijn prullaria of als ze ziet dat ik me opmaak om er weer eens onberispelijk uit te zien die dag, zoals het mij betaamt, al zeg ik het zelf. Ik vind dat je alles wat er te versieren valt in het leven van een strikje moet voorzien, zo ook mijzelf.

'Je bent echt knots dat je daar zo veel geld aan uitgeeft, doe normaal, vrees God!' Of: 'Je mag helemaal niet bidden met parfum op, gek, daar zit alcohol in!' (Ze denkt dat ik nog steeds bid.) Of: 'Ik ga die make-up van je echt een keer allemaal van het balkon tiefen, het is haram, schaam je, je bent een moslima!' Of: 'Je kan helemaal niet bidden met make-up of nagellak op, je moet de wassing verrichten en dat is met make-up niet geldig!' Of: 'Heb je de imam niet gehoord? Als je parfum draagt en langs een man loopt, schrijven de engelen op dat je een immense zonde hebt begaan!'

Ze had al een paar keer m'n cosmetica weggegooid in de hoop dat ik ermee zou kappen, want God had opschik niet toegestaan, althans niet in het openbaar, maar ik bleef het toch elke keer weer aanschaffen, gaf niet op. Inmiddels heeft ze zich erbij neergelegd dat ik make-up bezit. Als ze me de deur uit ziet gaan met een opgemaakt hoofd of als ik haar op straat tegenkom, kan ze het niet laten om heftig nee schuddend er een onvervalst kwetsende opmerking over te maken om op haar niveau kenbaar te maken dat ze het een verschrikkelijk gezicht vindt. Vader trouwens ook, die verbiedt het me zelfs, maar gelukkig is hij altijd aan het werk. Áls hij het ziet, maar het komt vaker voor dat hij Moeder erover moet horen klagen, kan hij grammoedig worden. Die vindt schmink voor prostituees, die associeert dat automatisch met een pornoallure. Hij ziet niet in waarom ik dat moet dragen naar school of werk. De keren dat ik betrapt werd probeerde ik het van me af te glimlachen, maar zij lachten niet. Hij heeft wel eens getracht mij met liefkozende woorden te overtuigen, God erbuiten latend: 'Kijk, make-up wordt gedragen door foute vrouwen en het maakt je niet mooier. Dat denk je alleen, omdat de maatschappij, de tv en de reclames je dat wijsmaken. Naturel is iedereen mooier.' Maar al snel kwam de aanvulling: 'Zo heeft God je immers geschapen! Dat moedwillig willen veranderen is een grote zonde, het past een bescheiden vrouw niet.'

Deze redenatie klopte weer van geen kant, want als ik lelijker werd met make-up, is dat islamitisch gezien juist goed, aangezien ik de mannen niet moet verleiden, daarom draag ik ook die hoofddoek en die wijde kleding, toch? Wat was dan precies het probleem? Maar als ik dit opwierp in de discussie, maakte ik ze alleen maar furieus en werd ik uitgemaakt voor pedant kreng dat nooit eens kan luisteren. Ze wisten natuurlijk geen weerwoord. Ik maakte ze helemaal gek, ik was bijdehand. Maar dat was wederzijds.

Weliswaar was Vader niet zo stipt op de godsdienst als Moeder, maar des te meer op zedelijkheid en fatsoen. Meisjes dienden maagd en ingetogen te blijven om een goede partij te kunnen trouwen, anders kwam je niet aan de man en was je een schande.

Ik vind bescheidenheid opeisen bij vrouwen strontvervelend. Bescheidenheid brengt niets goeds, verdient alleen bewondering als ze vals is. Ik vind het bedekken van je vrouwelijk schoon ook onzinnig. Het is weliswaar een geschenk dat vrome vrouwen ervoor kiezen zich te hullen in doeken en genoegen nemen met een partner die vooral godvrezend is, in plaats van succesvol, knap, aardig of grappig. Zo hebben andere vrouwen die wel de paringsdans volop doen minder concurrentie voor de beste partnerkandidaten. Ik verkies liever het gooien van al mijn charmes in de strijd om zo de beste aan de haak te slaan. Het is toch zotternij om alles te moeten hullen in doeken en dan te moeten kiezen voor iemand die vooral belijdend is? Ik zie daar geen enkele wijsheid in. Alleen domheid. Ik ben niet dom.

Eigenlijk haat ik mijn verwekkers. In alles wat ik wil en waar ik voor sta in het leven zitten ze me alleen maar dwars, maar ik voel me bezwaard om Oma en Defne voorgoed te verlaten. Onverschilligheid werd daarmee het nochtans onbereikbare ideaal van deze wannabe-cynicus. Ik maak me geen illusies, ze zullen me nooit accepteren zoals ik ben; per slot van rekening zijn ze ongeschoold, ontheemd en worden ze voortdurend blootgesteld aan de strengste invulling van de leer bij organisaties waar elke bloedkop z'n intolerantie door kan laten echoën, mét subsidie. M'n verwekkers slikken dat als zoete koek door het totale gebrek aan een ontwikkeld kritisch vermogen. Ze hebben op de een of andere manier een grote ontvankelijkheid voor de indoctrinatie van gajes dat daar de leer aan de man brengt. Ik neem die organisaties niet veel kwalijk. Dwaling door eigenbelang is één ding, maar dwaling door domheid is erger. Ik ben vooral boos op de vele volgelingen. En de subsidieverstrekkers, waaronder de Nederlandse overheid. Ik ben niet bij machte daartegen in te gaan in mijn eentje en ze op andere gedachten te brengen. Ik heb geen bijstand, niet één andere ziel met inspraak staat aan mijn zijde. Alleen Oma, maar die heeft geen inspraak.

Dat mijn verwekkers zijn zoals ze zijn, kan ik, alle variabelen meewegend, enigszins begrijpen, met de nadruk op enigszins, al pleit ik ze vooralsnog niet vrij van het onderdrukken, chanteren en beperken van hun volwassen dochter. Maar dat er ook jongeren van mijn generatie die hier geboren en getogen zijn zo denken als zij, dat gaat mijn bevattingsvermogen te boven. Ik had gehoopt dat door het falen van de oudere generaties in het bereiken van verlichte ideeën de jeugd overtuigd zou raken om het anders en beter te doen.

Niemand ervaart mijn problemen, lijkt het wel, zij leggen zich neer bij de regels. Niemand die óók worstelt met die hoofddoek. Niemand die óók stiekem een blank vriendje heeft. Niemand die óók liever op het strand ligt in een bikini in de zomer. Niemand die óók elke dag ruzie heeft met haar verwekkers. Niemand die óók zo veel vragen heeft over de religieuze voorschriften. Ik ben een einzelgänger, maar hoe, waarom? Waar bleven mijn lotgenoten, waarom was iedereen volstrekt inwisselbaar? Waarom kwam ik zielsverwanten nergens tegen? Begrijpt u me niet verkeerd: ik waan me niet uniek, ik weet dat het absoluut unieke behoorlijk uniek is. En toch bekroop van tijd tot tijd mij het gevoel dat ik nauwelijks geestverwanten heb die in hetzelfde schuitje zitten. Om werkelijk over originaliteit te kunnen oordelen moet je al het vergelijkbare dat eraan voorafging tot je hebben genomen. Dat heb ik. Ik zie te weinig medestanders.

Muziek mag niet, daten is verboden, überhaupt alle buitenechtelijke romantiek en de daarmee gepaard gaande spanning en beroering is niet toegestaan, het op vakantie gaan zonder mannelijk familielid is uit den boze, het hebben van vrienden van het andere geslacht is onwettig, je leuk kleden en opmaken is ongepast, 's avonds buiten zijn is niet geoorloofd, foto's op sociale media zetten is niet vergund, 'vieze, immorele' films en series kijken is onaanvaardbaar (en dan bedoel ik geen porno, gewoon een film waarin wordt gezoend), op het strand liggen of zwemmen in de zee in het bijzijn van mannen is niet gepermitteerd, het afbeelden van levende wezens mag niet, het vieren van verjaardagen of andere heidense feestdagen mag niet, werken met mannen kan niet (weliswaar wel van de meeste moslimverwekkers, niet volgens de Koranschool) en ook uitgaan en feesten op festivals is verboden.

Wat is er dan nog vermakelijk in het leven? Of is het niet de bedoeling dat je je vermaakt? Moet ik leven als een kamerplant? Moet ik naar school en naar mijn werk en doen alsof ik die gevoelens en verlangens niet ervaar, terwijl ik om me heen overal jongens zie die wel de vrijheid hebben daaraan toe te geven? Moet ik dan vervolgens in een huwelijk treden waar alle seks uit is geramd nog voordat het begonnen is, omdat mijn verwekkers een volstrekt humorloze, bloedeloze en Koranvaste lul voor mij hebben uitgekozen met zo'n verbeten kop bij elke ongehoorzaamheid mijnerzijds, omdat hij opgevoed is met het idee dat hij vrouwen moet bestieren? En dan veranderen in een broedkip zoals alle vrouwen om me heen? En de rest van mijn bestaan op die manier slijten? Is dat waarvoor ik leef? Voor God, gezin en vaderland? Is God dan blij met mijn tragedie? Waarom maakt Hij dan wetten die doorlopend aanlokken tot overtreding? Over het algemeen geldt: het doel van wetten en regels is om vooraf te bepalen wiens belang belangrijker is op het moment dat er tegenstrijdige belangen zijn. Maar wat is het belang van de ander in het geval van mijn gehoorzaamheid aan deze wetten? Het idee dat het individu ondergeschikt is aan de groep, wordt beleden door hen die ieder belang van de groep opofferen aan eigen ambities. Maar wat zijn die eigen ambities van God? Angst is de motor van ambities. Wat zijn de angsten van God?

Ik was zeven toen ik leerde dat de beroepen zangeres, danseres en actrice vervloekte beroepen waren en dat die vrouwen naar de hel zouden gaan. Van het zingen en dansen van een vrouw zouden mannen opgewonden worden en dat mocht je niet stimuleren, alleen bij de eigen vent. Professionele sporters droegen strakke kleding en werden publiekelijk bekeken. De juf op de Koranschool verkondigde dat de Profeet, vrede zij met hem, in een overlevering zei dat je je als vrouw zodanig moet bedekken dat het voor een man niet duidelijk moet zijn of je jong of oud bent en dat de zwaarste beproeving voor de mannen op deze wereld de vrouwen zijn. Je diende contacten met het andere geslacht te vermijden of te beperken tot strikt noodzakelijke communicatie.

Als de les in de moskee afgelopen was, tegelijkertijd met de les van de jongens, mochten we naar huis, maar moesten we wel naar de grond kijken als we een jongen tegenkwamen op het plein voor de moskee of op de gang, waar je je schoenen uit het rek nam.

Rond mijn vijftiende kreeg ik lessen over het huwelijk. Er werd verteld dat je gehoorzaam moest zijn aan de man, omdat die een graad hoger was dan de vrouw bij God en de vrouw uit zijn rib kwam. Als je man ontevreden over je was kon je niet naar het paradijs, zijn tevredenheid was je ticket (en laat tevredenheid, met name binnen het huwelijk, nou een heel schaars goed zijn). De Profeet, vrede zij met hem, had gezegd dat als hij een tweede entiteit naast God zou moeten aanwijzen om voor te knielen, het de eerbied van de vrouw jegens haar man was. De man was door God aangesteld om de leiding te nemen en voor het geld te zorgen, de vrouw moest voor het kroost zorgen en de man ondersteunen. Liefde zou na het huwelijk komen, of uitblijven, dat wist je niet, als je maar een vrome partner koos, dan zou je gelukkig worden.

Toen ik de juf vroeg hoe je een huwelijkspartner kon kiezen zonder eerst in een relatie gezeten te hebben of te daten, zei ze dat dat toch niet werkte. Je kon iemand toch nooit leren kennen van tevoren, bij dates kon iemand zich anders voordoen dan hij of zij was, dus een risico nam je sowieso wel, je moest vertrouwen op God. Bovendien was het ook gewoon verboden. Je mocht elkaar alleen beter leren kennen als je als vrouw een mannelijk familielid erbij had zitten bij eventuele afspraken voor het huwelijk. Privé afspreken was uit den boze.

Ik vroeg maar niet hoe je van tevoren kunt weten of die vent je in bed ook behaagt. Dat doet er ook niet toe, zou ze zeggen. Bij ons trouwde je als je elkaar kon begrijpen en door één deur kon, niet op basis van liefde of aantrekkingskracht, dat was geen solide basis, aangezien het inherent tijdelijk was. Het was hooguit een toevallige bijkomstigheid, het was niets meer dan een westers concept dat foutief gecultiveerd werd. Het gaat erom of je iemand kunt vertrouwen, of die bij je blijft en of die ook bij tegenslagen als ziekte en armoede er voor je is. Veel moslims zijn daarom getrouwd middels een gearrangeerd huwelijk. Er vinden dan hooguit een paar ontmoetingen plaats tussen de huwelijkskandidaten, waar de ouders bij zijn, waarna al snel getrouwd wordt als blijkt dat ze allebei kunnen ademen, elkaar enigszins fysiek behagen (niet heel misvormd zeg maar) en een gesprek kunnen voeren. Zo zijn al mijn familieleden getrouwd.

De jongere generatie gaat tegenwoordig zelf op zoek. De vrouw heeft wel nog immer de zegen van de vader nodig, maar ze kan in ieder geval (binnen de compromisloze kaders) vaak wel zelf iemand vinden.

17

Ik heb twee colleges achter de rug en moet straks werken. Ik heb nog even tijd, dus ik blijf op de universiteit hangen met studiegenoten.

Angelique vertelt, kijkend naar foto's op haar telefoon, dat ze Australië mist. Daar had ze een jaar gewoond in haar tussenjaar. Ik vraag haar hoe ze dat betaald had, waarop zij vertelt dat haar ouders hadden gespaard tot haar achttiende en dat ze dat geld toen uitgekeerd kreeg op haar verjaardag. Dat had ze gespendeerd aan reizen en haar inboedel.

Dat hoorde ik wel vaker, dat mensen op hun achttiende een groot bedrag aan gespaard geld bekomen van hun ouders, Freek had dat ook gekregen. Dat was kennelijk iets Nederlands. Freek had ook zijn rijlessen gekregen van z'n ouders voor zijn verjaardag. Ik was op mijn achttiende blij dat mijn uurloon in de supermarkt eindelijk omhoogging. 6,74 bruto.

We hadden het in het college over *Candide ou l'optimisme*. Dat deed me reflecteren op mijn eigen situatie. Ik heb al lange tijd onuitgesproken problemen met aspecten van de leer, zoals de regels die mij opgelegd worden door de verwekkers en de frustratie over mijn afgrijselijke Koranschool, waar ik veel te veel tijd heb verspild in m'n leven. Bovendien is de liefde van mijn leven geen moslim en dat is zonder twijfel onacceptabel voor een islamitische vrouw, waar de man nog wel met andersgelovigen mag trouwen. Maar buiten die zaken had ik nu ook twijfels over de kern: God die de wereld heeft geschapen met zo veel mensen die naar de eeuwige hel gaan. De éeuwige. Ik kan dat niet eens bevatten, eeuwig. Is dat niet zo'n maf woord dat mensen altijd in figuurlijke zin gebruiken? Ik bedoel, als je tegen je geliefde zegt dat je eeuwig van hem of haar zult houden, is dat lief, maar aperte kolder natuurlijk. Alles is vergankelijk. Hoe kon men van mij verwachten dat ik als academicus van twintig jaar en in het bezit van een gezonde grijze massa kon geloven dat elke niet-moslim naar de hel zou gaan? Geloofden andere moslims en andere gelovigen dat écht? Hoe konden zij daar geloof voor opbrengen, zonder dat ze krankzinnig waren? En waarom zou je überhaupt mensen naar de hel willen sturen? Potverdorie ook nog de meest intrigerende mensen. En laat nou het zout in de pap van menig bestaan juist zijn dat je een ander aandoet wat gij niet wilt dat u geschiedt. En waren morele principes niet stiekem niets meer dan pogingen je mogelijkheden te beperken?

Waarom zou God de mens hebben geschapen om Hem te aanbidden, als Hij Almachtig is, onze aanbidding niet nodig heeft, maar wij wel leven óm te aanbidden? Waarom zou je überhaupt jezelf in leven houden of trachten geld te verdienen of gezond te zijn als de armen, zieken en kinderen ongetwijfeld in de hemel komen als ze komen te sterven? Als lijden zo zinvol en nuttig is, waarom zou je dan de moeite doen het te ontwijken?

We waren volgens juf gewoon geschapen om Allah te aanbidden, ook als Hij dat totaal niet nodig had, dat had Allah zo bepaald en als je ongehoorzaam was, ging je naar de hel, waar je eeuwig zou verblijven, je eigen pis zou drinken en steeds een nieuwe huid zou krijgen om weer te branden. Ik vind dat een strafsysteem een belangrijke maatstaf is voor het peil van beschaving van een maatschappij, dus God liet zich behoorlijk kennen.

Als je als niet-moslim geboren werd, had je de verantwoordelijkheid de ware godsleer te vinden en je te bekeren door op zoek te gaan naar de waarheid, want dat was geen excuus, vooral niet in deze tijd, de kennis was immers alom vindbaar.

Ik vond dat waarheid onomstotelijke kennis moest zijn, de waan is slechts twijfelachtig vermoeden. Dat kan geen weten zijn. Waan in onwetendheid. En als de persoon die waant in zijn waan verkeert is hij niet in staat om te weten. Maar dit konden zij toch ook wel bedenken? Hier hoefde je toch niet superslim voor te zijn? Was niet het meest karakteristieke kenmerk van de waarheid dat onze kennis erover nogal onzeker is?

Misschien wil de wereld gewoon bedrogen worden. Misschien is verstand desastreus. Misschien maakt alleen zotheid het leven leefbaar, omdat waarheid zich niet voegt naar onze belangen. Gekken en dwazen zijn wellicht gelukkiger dan wijzen. Werkelijk diepe denkers zijn meestal geesteszieken. Heeft niet de zot het beste lot? Wilden mensen zich daarom maar al te graag laten leiden door valse profeten? Zijn we misschien reddeloos verloren zonder ons geraffineerde vermogen tot zelfbedrog? Is het daarom dat de onoprechte mens zich met de grootste stoutmoedigheid veroorlooft oprechtheid openlijk te betwisten?

Misschien hadden we ons daarom als mensheid als doel gesteld steeds weer te vergeten dat het leven zinloos is. Misschien waren culturen en religies een product van ons verlangen om onze sterfelijkheid te vergeten. Daarom zouden wij cultuurloos zijn als we onsterfelijk waren. We mogen dan ook aannemen dat de onsterfelijke goden cultuurloos zijn.

Hoe groter de angst voor en het onbegrip van de dood, hoe groter de behoefte rijst onze sterfelijkheid te vergeten of te negeren, hoe sterker de cultuur en religie is. Het zijn juist de gelovigen die het wonder niet kunnen accepteren en een verklaring wensen.

Gelovige mensen zijn gewoon laffe mensen. Mensen die zo ontiegelijk veel van het leven houden dat ze niet kunnen verkroppen dat er een einde is, mensen die de waarheid uit schrik weer verstoppen als ze haar vinden. Mensen die grootschalig pogen de enige zekerheid in het bestaan op losse schroeven te zetten. Dat terwijl je alleen gelukkig kunt leven als je je sterfelijkheid werkelijk accepteert. En ook de willekeur van het leven. Wie de grillen van het lot ontkent zal nooit leren erop te anticiperen en zal nooit troost vinden in berusting.

Zoekend naar een waarheid leert men veel meer dan als je de waarheid al hebt. Het is natuurlijk fijn dat je alles wat je wilt weten zo'n beetje weet, misschien wordt men anders onrustig of verward, maar nog mooier is het om vervolgens over die angst heen te stappen, om erachter te komen dat er nog verdomd veel van waarde te ontdekken valt. Ervaringen vormgeven, dat is de levenskunst. De dorst naar een waarheid gaat ten koste van de kennis over de werkelijkheid. Suggereer eens nieuwe verten achter de grenzen van uw kennis. Bij goede filosofie neemt zowel hoop als angst af, in tegenstelling tot theologie. En dat is een bevrijding.

Net zoals zij bang waren voor de waarheid en daarom logen, ook tegen zichzelf, zo was ik bang voor de stilte hieromtrent. Zekerheid is immers het vuurpeloton van religie. En die angst bracht mij tot onthullen.

Verhalen uit religies zijn zingevende verhalen. Dat verklaart waarom ze onzinnig zijn. Men liet zich in deze tijd tegen waarschuwingen en beter weten in bedriegen. Van wie waren zij dan het slachtoffer? Waarom lieten mensen zich zo makkelijk manipuleren door iets als moraal? Moraal kan goed zijn, als hij je leert hoe om te gaan met de werkelijkheid, in plaats van voorschrijven wat deze moet zijn.

De andere optie is dat er onvoorstelbaar veel domheid zit in de hoofden van onvoorstelbaar veel mensen. Ik weet niet wat erger is.

Ik begreep ook niet wat er zo barmhartig was aan God, maar ik durfde het niet te denken. Eenmaal had ik de moed bij elkaar gespaard om tegen de juf in te gaan, toen we onderricht kregen in de verschrikkingen van de hel.

'Maar dat is toch heel erg?' vroeg ik behoedzaam, waarna zij zei dat we dat niet zo moesten bekijken, dat ons nietige menselijke verstand niet het bevattingsvermogen had om de wijsheid achter de wetgeving van God te doorgronden, dat wij slechts onze begeertes en emoties volgden, die ook nog eens zwaar besmet waren met wat de atheïsten ons in dit land leerden. We moesten niet onze eigen logica volgen ons volledig onderwerpen, wij waren onderdanen. Dat soort ideeën over dat het misschien niet eerlijk was waren influisteringen van de duivel en konden we vermijden door veelvuldig te bidden en onze harten met godsvrees te vullen.

Wat een gaaf systeem hadden religies eigenlijk toch, het censureerde zelfs je gedachtes, opdat zelfs die niet meer tolvrij waren. De gedachtepolitie van George Orwell was er niets bij.

En dan had je nog die regels waar ik zo'n moeite mee heb. Zo kon ik niet begrijpen waarom een hoofddoek en een lang gewaad nou echt nog nodig waren en waarom ik tot het huwelijk geen vriendje mocht, dat duurde immers nog lang. En dat diegene dan per se een moslim moest zijn, dan sluit je een hoop leuke mensen uit.

Ik begon me daarom met de jaren steeds vaker openlijk te profileren als progressieve en vrijdenkende moslima die het niet per se eens was met alle regels en predikte dat je het zaakje vooral moest zien in de tijdsgeest en context. Een soort oriëntalist was ik. Dat hoorde ik van linkse Turken op YouTube, dat zij onze leer op die manier bekeken. Ik was opgelucht: ik had eindelijk een groep gevonden waar ik me bij kon aansluiten, waar ik me mee kon identificeren. Op de Koranschool voelde ik me tot dan toe zonderling.

Toen ik op een dag in de moskee verkondigde dat ik het eigenlijk niet eens was met de hoofddoek en dat ik hem liever niet droeg, dat ik dat overbodig vond in deze tijd en bovendien oneerlijk, omdat de jongens wel mochten dragen wat ze willen, ook met warm weer, werd ik hardvochtig vermaand door het secreet. Als ik niet snel deze uitspraak terugnam en berouw toonde, zou ik automatisch van het geloof afvallen. Hoe durfde ik zoiets uit mijn strot te krijgen? Je mocht helemaal niet zeggen dat je het ergens niet mee eens was, wie dacht ik wel niet dat ik was, waande ik me nou medewetgever naast God?

'Wij moslims geloven in alle teksten en alle voorschriften waar Allah en zijn profeet, vrede zij met hem, mee zijn gekomen voor de gehele mensheid. Wij doen niet mee aan dat moderne geleuter van bepaalde zieke mensen die zich alleen moslim bij naam noemen, zoals dat een hoofddoek niet meer hoeft of dat we homo's maar normaal moeten vinden. Wij distantiëren ons hiervan. Stel je niet bloot aan de onzin van dit soort schorremorrie die een identiteitscrisis hebben en zich schamen voor hun geloof. Die willen het Westen nadoen en behagen, maar blijven zich ongegeneerd moslim noemen, terwijl ze zowat alles van de islam overboord gooien en alles wat westers is aannemen, hier had de Profeet, vrede zij met hem, nog zo voor gewaarschuwd, voor de hypocrieten. Die zijn nog vele malen erger dan de ongelovigen, hier zijn boeken over vol geschreven, want waar de ongelovige in z'n kaarten laat kijken, zijn dit de verraders van binnenuit, gehuld in ons uniform. Is onze profeet, vrede zij met hem, niet glashelder geweest over homofielen? Over het bedekken van je schoonheden? Over de rol van de man en de vrouw en hun rechten en plichten? Wat hebben wij te maken met feministen of homofielen?'

Het kwam uit haar tenen, mijn weerwoord viel haar zwaar.

Linkse moslims die beweren dat de leer wel degelijk prima samen kan met feministische verworvenheden, vrijheid, gelijkwaardigheid en andere moderne uitgangspunten, zijn fel gekeerd tegen mensen als m'n juf. Zij beweren dat de voorschriften allemaal een kind van hun tijd zijn en dat je als individu je religie mag kneden en vormgeven, dat je als het ware mag shoppen in de regels, ondanks het feit dat de scriptuur onderscheid maakt tussen moslim en niet-moslim, tussen man en vrouw, tussen slaaf en meester. Ondanks het feit dat die zaken in de leer besloten liggen. Anders hadden de Ottomanen destijds geen harems en krijgsgevangenen die fungeerden als seksslavinnen. Anders hadden ze geen moeite met het afschaffen van de slavernij.

Progressieve moslims lopen daarmee in de voetstappen van de cultuurchristenen, die de afgelopen eeuwen door een beschavingswasstraat zijn gegaan. Lastige vragen ontkennen ze ('dat is niet van de leer') of daar zeggen ze van dat het niet hún islam is, dat dat van de extremisten is. Maar als de religie begonnen is in Mekka, hoe in godesnaam komt het dan in niet-Arabische gebieden als Spanje, Pakistan, Somalië, Turkije, Iran, Atjeh en alle andere niet-Arabische gebieden terecht?

Doorgewinterde moslims beweren dat je deze zaken niet kunt wegzetten als niet van de leer zijnde en verketteren de groep die dat wel doet. Die discussie winnen mijns inziens de conservatieven, aangezien er geen reformatie is geweest. Ons geloof is immers gekomen als een vervolmaakte religie die niet gebonden is aan tijd en plaats, dat leerde ik als kind en dat prediken de imams nog altijd. In de door alle soennitische moslims erkende wetscholen komen deze zaken nog altijd voor, zwart-op-wit. Die wetscholen, waar dit soort teksten huizen, zijn nog altijd niet afgestoten of veranderd door theologen, alleen door individuele moslims die zeggen daar afstand van te nemen of daarover zwijgen en het zelf niet praktiseren, zoals veruit de meeste moslims in Europa en seculiere landen. Er is dus wel een stilzwijgende hervorming in de praktijk, maar op de keper beschouwd is die nog altijd niet theologisch ingekaderd of erkend door geestelijken, dat maakt dat radicalisering en fundamentalisme blijven bestaan onder mensen die daar ontvankelijk voor zijn. De moslims die het niet eens zijn met de in hun ogen tragische en achterhaalde islamitische uitgangspunten laten het volledig aan het individu over om te kunnen relativeren, selecteren en alles in context te zien, en het letterlijk opvolgen na te laten. Maar dat is geen bedachtzame of duurzame aanpak, dan moet je er immers maar op vertrouwen dat iedereen dat doet. Je hebt genoeg minder intelligente of gewoonweg fanatiekere mensen die dat moeilijker kunnen en er een aanmoediging in zien, dus het blijft op die manier een *smoking gun*.

Als er al een imam of een moskee een andere koers wil bewandelen en er bijvoorbeeld een moskee komt waar men gemixt kan bidden, zoals in Duitsland het geval was, of homo's welkom zijn, zoals in Frankrijk het geval was, of er een vrouwelijke imam preekt, wederom in Duitsland, krijgt het bestuur kogels en bombrieven in de brievenbus. Dat is nou eenmaal hun kenmerkende modus operandi. Ze worden bedreigd door de lieden die dit soort praktijken als verzwakking van de leer zien en de mensen die dat steunen als hypocrieten en ketters. De leer kent immers geen mankementen en als je die wel vindt en voor het voetlicht brengt, geloof je niet. Dit gebeurt nog in hartje Europa, en al helemaal in Midden-Oosterse landen. Ook Turkije kent zijn zwarte pagina: in 1993 is een hotel in Sivas (de geboortestad van de verwekkers) in de fik gestoken, omdat daar alevitische intellectuelen bij elkaar schoolden om het boek *De duivelsverzen* te bespreken. Op 4 september 1990 is schrijver en religiecriticus Turan Dursun op klaarlichte dag vermoord door islamisten om zijn religiekritische ideeën. Als fundamentalisten van een religie een probleem zijn, zou je wellicht kunnen stellen dat er wat mis is met de fundamenten. Het zaakje rammelt en het stinkt. Maar het gaat in feite niet zozeer om de vraag of het zaakje theoretisch te hervormen valt, want zelfs al dienen die mogelijkheden zich aan, met teksten kun je immers doen en laten wat je wilt, anders had je niet zo veel soorten moslims, vooralsnog is het punt: als elke subversieve stuiptrekking toch elke keer wordt kaltgestellt met geweld, en daar hoeven maar een paar bovenzinnelijke dwazen voor rond te lopen die zich op de een of andere manier niet konden verzadigen met wat de stoffelijke wereld te bieden had, kán het dus toch niet in de praktijk.

De onvervangbare waarde van de domheid is gelegen in haar vermogen grote groepen mensen te verbinden.

Atatürk heeft als eerst aanstalten gemaakt om de boel te reformeren, en niet zonder succes, maar dat was geen theoloog en is alleen bekend gebleven in de Turkse context. Bovendien was dat een tegen wil en dank van bovenaf opgelegde secularisatie en niet een evolutie die zich voltrok onder het volk; de intellectuele belofte van de Verlichting was niet in de harten van de mensen genesteld. Voor een geslaagd seculariseringsproces moet het echter niet alleen staatkundig gebeuren, ook mentaal.

De meest controversiële teksten in de overleveringen van de Profeet (vrede zij met hem) gaan over het geloof als politiek-maatschappelijke factor; over het verrichten van de jihad om een shariastaat te realiseren en uit te breiden waar niet de menselijke wetten, maar die van God gelden. Dat is overigens ook zowaar het enige waar Saudi-Arabië niet in slaagt: de expansie-jihad. Dat is het punt waar ze in verschillen met een IS, Taliban of Al-Qaeda.

In moslimmeerderheidslanden bakkeleien de theologen nog steeds met elkaar over onderwerpen als het politiek islamisme versus democratie, maar Ali met de pet in Nederland heeft geen benul van deze geschillen, die volgen veelal een *feelgood*-islam en blijven daarmee binnen de SGP-norm, vaak zonder dat ze het doorhebben. Ze weten dat ze hun vrouwen onderdanig moeten houden en in een hoofddoek moeten hullen, hun dochters en zusjes maagd en tweederangs moeten houden, halalvlees moeten nuttigen, homo's moeten uitsluiten, vasten tijden de ramadan en geen alcohol mogen drinken, maar houden zich niet bezig met politieke vraagstukken, omdat hun relatief zoete islam in het vruchtwater zit van de democratie, alhoewel sultan Erdoğan, waar alle Turkse imams onvoorwaardelijk ontzag voor hebben, een grensgeval begint te worden en het secularisme in Turkije in gevaar brengt. Hij staat erom bekend de Ottomaanse glorie veelvuldig te bewieroken, de moslimidentiteit nadrukkelijk uit te dragen en vrachtladingen geld te investeren in religieus onderwijs, waar de linkse Turken van schuimbekken, omdat de atatürkiaanse verworvenheden in gevaar komen, die ze overigens op hun beurt schatplichtig zijn aan de Verlichting.

Atatürk had het secularisme met de zetpil erin geramd; wie zich niet koest hield, zoals een paar imams die weigerden indulgent te zijn, hardnekkig voor fundamentalisme pleitten en het kalifaat prefereerden, werd uitgeschakeld. Zijn beleid was erop gericht een moderne republiek te stichten, het kalifaat af te schaffen en religieuze dogma's, die welig tierden onder de mensen, te ondermijnen, zodat wetenschap en economische vooruitgang konden floreren en de vrouw kon emanciperen. Er moest een organisatie opgericht worden die alles wat betreft religiezaken moest beslechten, alle lezingen in de moskeeën en alle inhoud van lesboeken over de leer zouden bepaald worden door dezelfde overkoepeling, die Diyanet zou heten. Zo had je ook geen verwarrende geluiden die het volk de fundamentele islam zouden aanleren en vormden de wereldlijke en geestelijke leiders twee handen op één buik. De Diyanet had het doorgaans alleen over het spirituele, salonfähige aspect van de islam: help de armen, vast tijdens de ramadan, bid zoveel mogelijk, poets je tanden, tel je zegeningen, geef de planten water, gooi je vuilnis in de prullenbak, doe je vuile sokken in de wasmand, dood geen insecten, kortom: bid maar normaal, dan bid je al gek genoeg was het mantra. Een huis-tuin-en-keuken-islam; Atatürk poogde daarmee de piepjonge natiestaat een cultureel-religieus gezicht te geven; niet per se islamitisch, meer oriëntaals. Tegenwoordig noemen de rechtzinnige gelovigen dit soort mensen honend 'cultuurmoslims'. En dat terwijl bewondering ergens voor, in dit geval de leer, juist samengaat met een scherp oordeel. Zij vinden dat je niet mag bewonderen, alleen blind aanbidden.

Veel Turken beweren dat Atatürk dé reden is dat het huidige Turkije verreweg het modernste, meest beschaafde en vrijzinnigste land is als het gaat om landen met een moslimmeerderheid, maar maken zich zorgen om het huidige discours, waar politiek steeds meer vervlochten raakt met religie. Politiek gaat over de vraag naar het goede, maar de goede, rechtvaardige samenleving behandelt in essentie morele vraagstukken. Als de normen en waarden van de meeste Turken door religie zijn gevormd, maakt dat dat politiek altijd inherent verstrengeld is met religie, die per definitie gebonden is aan een duidelijke ethiek over goed en kwaad. En waar trek je de grens? Mag een politieke partij zich laten 'inspireren' door religieuze waarden? Religie in de politiek is duidelijk kwaadaardig als het zich vertaalt in een theocratisch programma, maar geldt dat ook in debatten over fundamenteel morele vraagstukken? Mag bijvoorbeeld een christelijke partij niet tegen abortus zijn om religieuze redenen? Mag je voorstander zijn van polygamie? Mag je belastinggeld spenderen aan het bouwen van meer Koraninternaten en aan het uitbetalen van imams?

Zelf heb ik een inherent wantrouwen ontwikkeld tegen religie waar ik mezelf niet van af kan brengen. Religie heeft een immense kracht, veel mensen in Nederland zijn haar bewogenheid uit het oog verloren. De gedachte dat een bepaald probleem achterhaald is, kan onverwachts achterhaald blijken.

Religie esthetiseert het leven, zij omzoomt de bestaanshorizon met mythologie, doordrenkt zelfs de meest banale handelingen in het leven met betekenis en spiritualiteit, voor velen een honger die gestild moet worden. Dat maakt haar een intoxicatie, vergelijkbaar met drugs. Het is krachtig, het maakt een mens intens gelukkig, omdat het appelleert aan onze oerbehoefte een eenheid met het zijn te bereiken. Je geeft je individualiteit prijs door te participeren aan iets wat groter is dan jezelf. En dat maakt het ook zo gevaarlijk: je geeft je autonomie op, schakelt het denken uit, je onderwerpt je onvoorwaardelijk aan het transcendente. Het is een bedwelming; waar de eenling zweert bij drank, heeft de massa haar gebeden, verzen en leuzen. Het leidt daarom tot fanatisme, zelfopoffering en kuddegeest. Als je religieus bent, ben je geen persoon; je tracht welbewust een soort karikatuur te worden.

Ik heb een gezond respect voor de immense kracht ervan, maar voel tevens een diepgaande aversie en wantrouwen omdat het een irrationele kracht is die gemakkelijk kan leiden tot destructie. Als iemand gelooft en daar persoonlijk voldoening uit haalt is dat iets waar ik niet bijzonder veel om geef, mits het onder seculiere voorwaarden geschiedt: religie is persoonlijk, iets wat je behoort te beperken tot je privéleven. Mensen mogen homofoob zijn, mensen mogen patriarchaal zijn, dat is nog altijd binnen de SGP-norm. Het wordt een heel ander verhaal als er een totalitair appèl van uitgaat en het gepaard gaat met de eis van onderwerping en de behoefte het publieke leven op religieuze grondslag te ordenen. In dat geval is het verworden tot een potentieel existentiële bedreiging voor de vrije, open samenleving. Een knoet voor de geest en een gevaar voor de vrijheid van anderen. Maar goed, dit is een abstractum, de praktijk is ingewikkelder, aangezien religie versmelt met de etnische of culturele identiteit. Zij behoort tot de traditie waarin men staat. Zij heeft de horizon, de normen en waarden en het wereldbeeld van de cultuur waarin men staat diepgaand vormgegeven. Zij is iets wat, zelfs wanneer je niet bijzonder religieus bent, onlosmakelijk verstrengeld is geworden met je wezen.

Zelfs het onderscheid privaat-publiek is in de praktijk weerbarstiger, het is een eis en ordening die door het secularisme wordt aangebracht en niet immanent is aan religie zelf. Het idee van een devote gemeenschap met onderlinge sociale controle is van doorslaggevend belang voor het in stand houden van iedere cultureel relevante vorm van geloof. Maar dat correspondeert niet met de seculiere notie dat het allemaal privé moet blijven.

Dat verklaart de verontwaardiging bij veel moslims als je hun politieke opvattingen bekritiseert. Op de een of andere manier is politiek vervlochten met religie en religie weer met cultuur, identiteit, en zelfs ras en afkomst. Een aanval op Erdoğan of een onterende cartoon van een heilige is een aanval op de islam en dat is een aanval op moslims en iedereen die als moslim geboren wordt en in een dergelijke gemeenschap leeft. Het is een kettingreactie, het wordt zelden als losse componenten ervaren, terwijl je wel degelijk een liefde voor het Midden-Oosten en diens mensen en culturen kunt koesteren, alsook niet fan hoeft te zijn van de religieuze opvattingen of bepaalde politiek leiders.

Zo moeilijk lijkt mij dit niet, maar men kijkt me glazig aan als ik dit verkondig.

18

In m'n twaalfde levensjaar en in het zesde leerjaar op de Koranschool op een hete zondag, ingezwachteld in doeken, behoudens de handen en het porem, werd getikt op de deur van ons lokaal. Een blonde, spichtige vrouw van begin vijftig met gemillimeterd haar trad binnen, gehuld in rode kleding met een prominente afbeelding van een roos op haar shirt. Ze ontdeed zich keurig van haar schoenen, zich schikkend aan de regels van het huis van God. Ze had een stapel folders in haar hand en nog een hele vracht zichtbaar en uitgestulpt in haar ruime schoudertas. De juf keek niet op, de gast was niet onvoorzien. Eerstgenoemde vertelde dat deze madame folders kwam bezorgen die we aan het thuisfront moesten overreiken. We moesten vertellen dat ze deze partij moesten aanvinken bij de aankomende verkiezingen. De vrouw met het geschoren hoofd tussen alle gedoekte hoofden lachte, een beetje nukkig weliswaar, ze verstond immers geen woord. Voor hetzelfde geld maakte de juf haar uit voor ongelovig wicht en stond ze daar te lachen als een stumperd. Ik zou persoonlijk niet snel het risico nemen om te lachen in een gezelschap waar iemand mij aankondigt in een vreemde taal, maar goed, dat moest zij weten.

Ik keek op de folder die ik in mijn handen geduwd kreeg, of eigenlijk folders, want ze gaf me er vier. Vier keer dezelfde. 'Geef het maar aan al je familieleden.' O ja, ze ging er waarschijnlijk van uit dat ik zes broers en vijf zussen had die ook mochten stemmen. Ja hallo, we waren niet Marokkaans. PvdA, las ik op de folder. Ik onderscheidde veel gehoofddoekte vrouwen op de foto. STEM SOCIAAL, las ik in koeienletters.

Als ze werkelijk zo sociaal waren, hielpen ze me ontsnappen uit die onuitstaanbaar grievende lessen of zetten ze zich er in ieder geval voor in het niet langer te subsidiëren en contribueerden ze voornamelijk aan het dwarszitten ervan, in plaats van cultiveren, in plaats van conservatieve allochtone lieden herbergen in je gelederen die mijn verwekkers in de straten verzekeren dat ze ervoor gingen zorgen dat ze nog meer moskeeën kregen. Dan zouden ze me steunen in mijn vrijheid om de leer desgewenst wat minder serieus te nemen.

Religiekritiek zou een links stokpaardje moeten zijn, in dat geval waren dit salonsocialisten.

Toen de foldervrouw weg was, hervatten we de les. 'De man heeft het recht van God gekregen de vrouw een corrigerende tik te geven,' verhaalde de juf. 'Natuurlijk zijn daar veel voorwaarden voor, bijvoorbeeld dat je eerst verbaal moet vermanen en daarna je bed moet scheiden. Je behoort dit recht echt alleen in te zetten als noodmiddel, als het écht niet anders kan. De mensen van kennis zijn van mening dat ze er geen gebroken ledematen aan mag overhouden, het moet vooral belerend zijn en dienen om de hiërarchie in huis duidelijk te maken, aangezien de man de leiding heeft over zijn vrouw en kinderen, gelijk een herder over zijn kudde. De geleerden divergeren van mening over hoe ver het slaan mag gaan, maar ze zijn het er unaniem over eens dat dit recht niet te pas en te onpas misbruikt mag worden. Dat is een grote zonde, want de beste man is de man die het best omgaat met zijn vrouwen. Maar die kunnen nogal hysterisch en onredelijk zijn, waardoor soms alleen fysieke sancties nog helpen.'

Ik kreeg zojuist een cursus 'Hoe romantiseer je huiselijk geweld?'

Het huwelijk tussen links Nederland en lichtgetint-orthodox-Nederland is er een dat barst van de ongerijmdheden en dat niet te doorgronden valt. Een gemeenschap die voor het leeuwendeel een geïmporteerd Staphorst is, een soort oriëntaalse SGP, met gesluierde vrouwen, vrouwen die achter de mannen bidden in de moskee, tegen abortus, tegen homo's en transgenders, tegen genderneutraliteit, tegen vrijheid van meningsuiting in de vorm van satire, tegen godslastering, vóór besnijdenis, vóór nationalisme en een eigen-volk-en-geloof-eerst-mentaliteit, met duidelijke rollen voor de geslachten, waarbij de vrouwen de piepers schillen en de mannen brood op de plank brengen, moderniteit-sceptisch en antifeministisch, wat had die gemeenschap in godesnaam te zoeken bij het inclusieve links met de geheven regenboogvlaggen? Wie stemt er nu Erdoğan in het ene land en PvdA in het andere?

Ik ben kwaad
Maar zoek rust
in het wegkijken
Zodat ik het rusten laat

Ik wil vechten
met de juf in de moskee
waar ze nog altijd zit
in pais en vree
Ik wil vechten
met Moeder
En me niet langer
laten knechten

Ik wil liefde
Ik wil haat

Ik wil alles
Ik wil niets
Ik wil dat Moeder haar lesje leert
Ik wil dat zij die regels afzweert

Ik ben blij
Ik ben boos
Nonchalant
En betrokken

Ik maak me dik
ik zoek een middenweg
Tot ik me erbij neerleg
En weer slik

Ik zoek en ik zoek
Voor mezelf en m'n gelijken
Die nog zitten te bezwijken
En ik vloek en ik zoek
Voor de kinderen
en hun toekomst
en wat hun straks toekomt

En ik denk en ik zoek
Ik zoek als de neten
Ga ervan zweten
En het gaat aan me vreten

Ik overpeins en ik zoek
en ga zitten wikken en wegen
Eindeloos meten
Ik zoek Allah
En mijn geweten

Tijdens mijn jeugd ontwaarde ik op enig moment dat er vrienden en buurtgenoten waren die niet naar de Koranschool hoefden. Ook moslims, toch anders, die geloofden met mate. Ze hadden een moeder zonder hoofddoek, gingen naar het strand in de zomer en konden geen Arabisch lezen. Een belangrijk onderdeel van verstandig zijn is het weten op welke gebieden matiging een vereiste is.

Ze verhaalden elke maandag in de kring over de dingen die ze in het weekend deden, prettige dingen. Ik was jaloers. Elke vrije dag bestond immers uit de Koranschool voor mij, ik kon nooit wat avontuurlijks afkondigen. Mijn wangen gloeiden op een zeker moment als ik de beurt kreeg, na al die keren dat ik hetzelfde riedeltje had opgediend; ik voelde de druk iets spraakmakends op te dissen. De anderen hadden gevoetbald, waren wezen zwemmen, hadden gebarbecued, waren naar een film geweest of hadden die gekeken op de bank, waren gaan fietsen en hadden daarna friet en ijs gehaald, hadden een dierentuin beproefd, of een speelpark.

Ik besloot daarom eenmaal het zooitje bij elkaar te verzinnen. Ik zei dat ik naar de bioscoop was gegaan, dat hoorde ik wel eens van anderen, maar had er nooit een vanbinnen gezien. Wij deden nooit uitjes, dat rook naar peper volgens de voogden. Slechts een paar keer hadden we een uitje kunnen ondernemen, en dat omdat we een stadspas hadden gekregen in de brievenbus, gestuurd door de gemeente, waarmee we gratis of met korting ergens heen konden. Na veel smeken waren we met Vader naar Nemo gegaan en Moeder bracht ons een keer naar het zwembad. Dat was denderend, Halil en ik konden de nacht ervoor niet slapen uit enthousiasme en bleven onophoudelijk erover keuvelen in ons stapelbed; hij onderin, ik boven.

Als de juf dan vroeg of ik kort iets over de film wilde vertellen, kleurde m'n bakkes in alle tinten. Na een tijdje stamelen, stotteren, zuchten en puffen maakte ik me ervan af door te zeggen dat ik het vergeten was. Ze dacht waarschijnlijk dat ik zwakbegaafd was.

Op de Koranschool leerde ik vooral de huishoudelijke regels van het geloof en over het leven van de Profeet, vrede zij met hem. Dat bestond vooral uit veldslagen, viel me op. Het ging altijd over slagen, oorlog, strijden, ongerief. Alle docenten waren verwoed Erdoğan-supporter en waren buitengewoon bezield door de Turkse politiek, maar hadden het ook vaak over geopolitiek voor zover deze iets te maken had met moslims, zoals het eeuwige Israël-Palestinaconflict en de Irakoorlog. De wereld was in hun ogen immers verdeeld in twee kampen: de *ummah** en de rest. Dat is wel curieus, aangezien de moslims dan ineens gezien worden als één solide blok, terwijl de nalatenschap van Mohammed verworden is tot een oneindigheid aan clusters en schisma's die elkaar rauw lusten en letterlijk elkaars bloed wel kunnen drinken. Het islamitisch eilandenrijk was nauwelijks een archipel te noemen, als je een godzalige Turk en een Palestijn in een kamer stopt en ze laat converseren over de grondslagen van de leer, zou er geheid onenigheid komen, een Turk en een Turk evenmin. We zijn geboren schismatici.

We kregen doorgaans abominabele beelden te zien van lijdende moslims in Gaza, Irak, China en Birma die tot achter in mijn hoofd drongen en waarbij ik fysiek pijn voelde. Daarbij vertelde de juf, die overigens geen woord Nederlands kon en illegaal was, zoals meer medewerkers van de moskee, en zelfs sliep in de moskee, dat dit het bewijs was dat niet-moslims ons altijd vijandig gezind zouden zijn, totdat we van ons geloof vielen. Die beelden waren weerzinwekkend en choqueerden me, ik kon er nachtenlang niet van slapen. Ik ontwaarde mensen en kinderen die gewetenloos afgebeuld werden in Irak. Een baby in een plas water werd steeds

* Alle moslims in de wereld bij elkaar.

met een apparaat elektroshocks toegediend, omdat het een Rohingya, oftewel iemand van een moslimminderheid in Myanmar, was. Hij krijste de longen uit het lijf, elke keer als hem stroom werd toegediend door de extremistische boeddhisten. Die indrukken kreeg ik nooit meer van mijn netvlies. Een mevrouw was kijvend en krijsend aan het verhalen dat haar man gekastijd was door de Amerikaanse soldaten in de Abu Ghraib-gevangenis, dat ze zelf al tig keer onteerd, verkracht was. Mijn gemoed vulde zich met wrok tegenover de vijanden en de regeringen die niets daartegen deden, waaronder Nederland. Dat vonden 'de christenen' juist weldadig, zei de juf. Ik nam het klakkeloos aan.

Gelukkig zat ik op een openbare basisschool, waar andere invalshoeken aan de dag werden gelegd. Ik voelde veel genegenheid voor de juffen en meesters aldaar, die geen moslims waren en toch voelden als medevoogden van wie ik wist dat ze de gruwelen tegen moslims nooit zouden billijken. Dat gaven ze ook aan als ik er ondubbelzinnig naar vroeg. Ik was niet de enige die integriteitsvragen had. Ze hadden al snel door dat deze zaken de gemoederen bezighielden bij hun leerlingen. 'Bent u een christen, meester Erik?' 'Waarom bent u geen moslim?' 'Houdt u wel van moslims?' 'Israël is toch slecht?' 'Heeft u respect voor moslims?' 'Stemt u op die ene man die moslims haat en de hoofddoek beledigt?' 'Zou u ooit willen dat moslims weggaan?' 'Wat vindt u van Amerika?'

Behalve wrevel en onmacht door de weergaloze tortuurbeelden die uitgestald werden op de Koranschool, voelde ik vooral ook angst. Mijn dierbaren en ik waren immers ook moslim, zou dat betekenen dat wij vroeg of laat ook te maken zouden krijgen met martelingen en mensen die ons hekelden? Maar waarom hield God dat dan niet tegen? Kennelijk konden we niet op Hem rekenen, anders had Hij die andere moslims wel bijgestaan. Dat wij in God geloven betekent niet dat Hij in ons gelooft.

Het was niet de enige manier waarop er angst ingeboezemd werd. Zo werd er ook een foto getoond van een zwaar gehandicapt en misvormd meisje dat naar verluidt recent de Koran op de grond had geworpen en had gemeld dat ze afvallige was. Nog geen uur later zou ze verlamd zijn geraakt. De dokters wisten geen verklaring, noch genezing. De moraal was dat we daarom altijd de Koran boven ons middel moesten houden, je mocht hem nóóit op de grond of op je schoot leggen, dat was een geduchte zonde, dat was typisch zo'n logge daad voor die onbeholpen christenen die hun bijbel in de stoel onder hun reet deden in de kerk.

Eén keer liet ik de Koran vallen voor de neus van de juf en raakte ik in een buitengewone beklemdheid, waarna ze zei dat ik vergeven werd als ik het boek drie keer een kus gaf en tegen m'n voorhoofd aan drukte. Ik maakte er voor de zekerheid zes van.

De ongeboeide, nuchtere en relativerende houding van de atheïstische en sympathieke docenten op school vrat aan mijn argwaan tegenover niet-moslims, of zoals ik ze toen zag: 'christenen'. Zij waren totaal niet gepassioneerd en waren zelden stellig in hun antwoorden, in tegenstelling tot de docenten die ik kende van het weekend. Die lieten soms zelfs tranen, daar werd ik ongemakkelijk van en kreeg ik kippenvel van. De goddeloze docenten daarentegen waren vooral luchthartig en grappig, ze leken zich meer zorgen te maken over het feit dat wij ons hier zo mee bezighielden.

'God bestaat helemaal niet, jongens, dat zijn allemaal verzonnen verhalen van mensen, echt waar, maak jullie niet dik.' Ik vond dat stiekem erg fijn om te horen, prettiger dan die temperamentvolle vertogen op de moskee, prettiger dan die met een megafoon uitgeruste emoties. Het leek me te emanciperen van het gevoel dat ik me zonder keus een component moest voelen van een enorme mondiale groep met allerlei beletsels en veel leed. Juf Hatice zei dat we dag en nacht moesten bidden voor onze 'broeders en zusters' die lijden, maar ik had helemaal geen zin om elke dag na te denken over oorlog en baby's die vermoord werden vanwege hun moslimschap. Het maakte me weemoedig en vooral boos, ik wist niet waar ik met die opgekropte gramschap heen moest. Dat intense, zware gevoel van onrechtvaardigheid en slachtofferschap, behalve naar God voor het slapen, maar was dat wel genoeg? Als ik daarover tobde en dubde en vervolgens ging bidden kon ik daarna moeizaam slapen door de kommer en het onheil die ik bleef voelen als een wolk over m'n ziel en gemoed.

Daarom vind ik het ook zo spijtig dat Defne op een religieus geoormerkte school zit; haar kansen om kritisch te denken en andere visies te horen zijn bij voorbaat al afgenomen. Ze krijgt zowel doordeweeks als in het weekend niets anders dan de leer. In mijn jeugd was er geen islamitische school in de buurt, waardoor ik in aanraking ben gekomen met andere perspectieven en waardoor we ook Nederlandse feestdagen vierden. 'Maar islamitische scholen hebben excellente resultaten' is vaak het weerwoord van de moslims in de media. Ja, *so what?* Het zijn vooralsnog collectieve denkers en geen individuele. Een vwo-advies zegt niet veel, hooguit dat je goed kunt leren. Maar wie ben je als mens? Welke waarden sta je voor? Intelligentie is geen eendimensionaal begrip. Een excellente score zonder dat je de vrijheid van anderen kunt waarderen, is niets waard.

Ik had als kind bovendien een pluriforme klas met kinderen die allerlei levensbeschouwingen hadden, afkomstig uit beide halfronden. Zo wist ik dat Anjali geen rundvlees at op het kerstdiner, omdat ze hindoe was. Ik wist dat Harmanjot haar haren niet mocht knippen, omdat ze sikh was. Ook haar vader en haar broertje hadden lang haar, doorgaans gevlochten en gewikkeld in een wit kapje. Ook wist ik dat elke sikh de achternaam Singh had. Allemaal. En alle vrouwen hadden het voorvoegsel 'kaur' in hun achternaam. Dat leek me bijzonder onhandig.

Ik wist dat Himano half Nederlands en half Surinaams was en in de christelijke god geloofde, net als Jeremy, Latoya en Junior, alle drie zwart, en gek genoeg alle drie zonder vader. Verder had je Nick, half Turks en half Nederlands, die alevitisch was. Die had weer geen moeder, omdat die heroïneverslaafd was en elders, in een andere stad woonde en geen contact onderhield met haar kind. 'Dat krijg je ervan als je trouwt met een Nederlandse vrouw, die zijn zo, onberekenbaar,' vond Moeder, met betrekking tot het huwelijk van Nicks vader. Nick was mijn allerbeste compagnon op de basisschool. Altijd als het op de een of andere manier over moeders ging op school, bijvoorbeeld op Moederdag, maar ook als het woord al viel bij het voorlezen van een stuk tekst, moest hij onuitputtelijk tranen laten uit zijn unieke groen-goudblauwe ogen, gelijk de tinten van de Betta splendens bij ons thuis in het aquarium, en ging hij op eigen houtje even naar de gang of de wc om zijn emoties en open wonden te temperen. Dan ging ik met hem mee om over zijn rug te strijken, dat vond de juf goed. Dat gebeurde frequent, weet ik nog, maar nooit tot vervelens toe, we leefden iedere keer met z'n allen mee. Hij huilde steevast volkomen geruisloos; als de juf met hem wilde praten kwam er niets uit. Hij wilde gewoon huilen en op de gang staan. Niet praten. Nu is Nick trouwens zelf ook drugsverslaafd.

De andersgelovigen aten ham in de pauze en mochten Hamka's-chips als er getrakteerd werd. Van medemoslims had ik begrepen dat daar varken in zat, dus als een van ons die chips kreeg was het onbetwistbaar dat we ruilden met de heidenen. Als Himano of Jeremy ook geen zin in Hamka's had en ze gewoon hun eigen chipssmaak wilden behouden, gingen wij de rangen sluiten om hen onder druk te zetten en te overtuigen, zo niet dwingen.

'Maar wij mogen dit niet van ons geloof en het is toch niet eerlijk dat wij dan geen chips kunnen eten en jullie wel!?' Uiteindelijk konden ze niet anders en gaven ze toe, wij waren immers met meer. Hetzelfde met de snoepjes die wij niet mochten. Eerst waren dat alleen nog de spekjes, later kwamen ook de Redbandsnoepjes op de haramlijst te staan, omdat iemands moeder had verkondigd dat daar 'varken' in zit. Gedurende de lagere school kwamen we als moslimgemeenschap erachter dat in nagenoeg elk snoepje 'varken' zit en konden we alleen nog lolly's, chips en chocola eten. Later kreeg je vegetarische zure matjes in de winkels van het merk Katja, die kochten alle moslims. De heidenen in de klas werden voordien op hun wenken bediend, toen wij massaal het clandestiene snoepgoed bij ze inleverden om vervolgens te kanen op chips, maar met de komst van Katja was het afgelopen met de pret voor de andersgelovigen.

Ook mij was eenmaal Hamka's ten deel gevallen bij een traktatie, maar ik opteerde om het niet te eten noch te ruilen, zodat een ander zich niet gedwongen voelde om te ruilen, want de niet-moslims hadden zich inmiddels uitgesproken over dat ze geen fan zijn van de gedwongen transacties en de Hamka's. Juf Aliza, een struise en stevige Friese vrouw, de Gestapo van de school vanwege haar onverbiddelijkheid, vroeg waarom ik niet at. Zelfs als zij een normale vraag stelde klonk het strijdbaar, haar buitengewoon corpulente lijf en houding dwongen ontzag af, dus men was extra inschikkelijk, dat bespeurde ik zelfs bij Vader tijdens rapportgesprekken, waarna hij het niet kon laten zijn verbazing uit te spreken over de omvang van de juf, onderweg naar huis.

'Ehm... Daar zit varken in, dat mag niet van Allah,' zei ik.

'Welnee, joh, hier zit helemaal geen ham in, het is alleen de smáák van ham, dus bepaalde kruiden en smaakstoffen die dat nabootsen, maar het is natuurlijk geen échte ham, dat kan helemaal niet!' Haar verhaal klonk plausibel, het leek me al raar dat er vlees in chips kon zitten. Voorzichtig deed ik het zakje open en proefde de eerste. 'Lekker toch? Eet maar gewoon, dat mag, echt waar.' Al snel at ik verder, maar toen was daar Hajar.

'Oooooo, Büsra eet varken, kijk!' schreeuwde ze door de klas.

‘Ieuwl, gatverdamme!’

‘Tfoeee!’

‘Ben je geen moslim of zo?’

‘Je gaat naar de hel!’

‘Neee!’

Het chipje haakte in m’n keel.

‘Juf Aliza zegt dat er geen varken in zit, hoor,’ verdedigde ik, zichtbaar aarzelend.

‘Ja duh, omdat zij geen moslim is zegt ze dat, dombo,’ zei Amin.

‘Dat je dat gelooft, haha, hoe dom kan je zijn?’ zei Hajar.

‘Mijn moeder weet het echt wel beter dan zij, die is rijschooldocent en verdient tien keer meer dan de juf,’ zei Hamza.

‘Echt een sukkel ben jij,’ zei Harun.

‘Jongens!’ schreeuwde Aliza, die de discussie meekreeg. ‘Iedereen mag hier eten wat hij of zij wil, dit wil ik niet meer horen! Stilte nu! Büsra, eet maar gewoon op.’

Ja, Aliza had makkelijk lullen, zij was niet degene die voor varken uitgemaakt zou worden nog maanden na dit incident als ik door zou eten. Ik gooide de chips weg. Teleurstelling kreeg een gezicht bij Aliza.

De niet-moslims brachten voorheen nog wel eens ham mee op hun brood, maar omdat ze dan door ons uitgemaakt werden voor varken, hielden ze ermee op. Ook tijdens het kerstdiner werden ze hard uitgesloten. Als ze een gerecht met vlees hadden meegebracht, at niemand van hun voedsel, omdat het onrein was. Bij het aanbieden van hun hapjes werden ze door ons aangekeken alsof ze ons zojuist stront hadden aangeboden om te nuttigen.

De onbesneden jongens werden tijdens het douchen na gym bovendien uitgemaakt voor neppe mannen en watjes.

19

Ik was veertien toen ik een autobiografische roman las van een Somalisch-Nederlandse vrouw die schreef dat ze besneden werd. Ik was geraakt door het boek. Ik vroeg aan de moskeejuf waarom dat was en of de leer dat werkelijk voorschreef. Haar antwoord luidde dat het wel zo is, maar dat het tegenwoordig verkeerd werd toegepast. De oorspronkelijke bedoeling zou zijn om de voorhuid van de clitoris te verkleinen en niet de klit zelf weg te snijden, omdat het voor meer genot zou zorgen bij de vrouw volgens een bepaalde overlevering.

Ik zei maar niets terug en knikte. In feite was ik ronduit gechoqueerd. Ik betrapte me erop dat ik er eigenlijk op gerekend had dat ze zou zeggen dat het vooral een Afrikaans verschijnsel was, zoals ik van linkse moslims op YouTube hoorde.

Ik besloot rond mijn zeventiende imams te mailen met vragen over zaken als de eisen die mijn ouders aan mij oplegden, de overlevering die luidt dat men bij de geboorte van een jongen twee schapen moet offeren als viering en bij een meisje één, dat de getuigenis van een vrouw de helft waard is van die van de man, waarom nagenoeg de hele geestelijkheid bestaat uit mannen, de legitimering van polygamie voor mannen alleen, die tekst waarin stond dat een martelaar 72 maagden kreeg in het paradijs, over waarom neef-nichthuwelijken toegestaan werden en waarom er stond dat er een tijd zou komen waarin bomen zouden verraden dat er een jood achter ze verscholen zit. Waarom had de Profeet (v.z.m.h.) de tempels en standbeelden van de andersgelovigen destijds met de grond gelijkgemaakt? Hoe zat het met het tolereren van pluriformiteit binnen islamitische samenlevingen en de ondergeschikte rechten die andersgelovigen in die samenlevingen hadden? Hoe zat het met die tekst waarin stond dat als je een moslim vermoordt, je bloedgeld moet betalen, maar bij een andersgelovige niet? Ook zouden mannen in het paradijs met veel verschillende vrouwen seks kunnen hebben, inclusief hun vrouwen van de wereld, zonder dat er jaloezie of afgunst zou optreden. Ze zouden nooit vermoeid raken en de hele dag door kunnen neuken. Er waren geen teksten over hoeveel maagden vrouwen krijgen en of die ook niet vermoeid zouden raken van al het neuken. Waarom? Er zou toch geen jaloezie meer zijn in het paradijs? Gold dat niet voor vrouwen? En hoe zat het ook alweer met die tekst waarin de Profeet (vrede zij met hem) iemand liet executeren vanwege godslastering (terwijl in feite elke godsdienst aan godslastering doet ten opzichte van elke andere)? Waarom was de Profeet (vrede zij met hem) getrouwd met een kind van zes, en belangrijker nog: waarom wond de gemiddelde moslim zich hier niet over op, of waarom kwamen ze met onzinnige verklaringen zoals dat ze in die tijd veel eerder volwassen waren? Waarom worden er meisjes besneden in bepaalde landen met de heilige scriptuur in de hand? Waarom keurt de leer slavernij en expansiegedreven oorlog goed? Waarom mag je je vrouw een mep geven? Waarom kun je als vrouw niet scheiden volgens het islamitisch huwelijksrecht? Waarom had je toestemming nodig van je vader om te trouwen als vrouw maar niet als man? Waarom moeten uitgesproken afvalligen gedood worden? Waarom beweerden imams in Saudi-Arabië dat vrouwen geen auto mogen rijden? Waarom werd nooit op deze punten ingegaan, maar alleen gezegd dat de Profeet (vzmh) vlug van begrip, vol liefde voor waarheid en recht, ridderlijk, moedig, stipt, ordelijk, geduldig, eerlijk, grootmoedig, geestig, onderhoudend, hartelijk, gevoelig voor liefde en aanhankelijkheid, trouw aan zijn gegeven woord, nederig en welwillend, oprecht, vriendelijk, beschaafd in zijn manieren, intelligent, goedgekleed, attent, lief, empathisch, zelfstandig, cultureel ontwikkeld, open-minded, ambitieus, gedisciplineerd en onberispelijk van gedrag was? Waarom was het alleen een eindeloze lofzang?

De antwoorden die ik doorgaans kreeg van de geestelijken waren vooral ontwijkend en een hoop dansen om de hete brij heen. Ze raadden mij aan hele boekwerken te lezen. Ik vond dat ik recht had op een echt antwoord in plaats van allerlei verwijzingen naar boeken die zoveel als ik wogen, 24 delen kenden en in het Arabisch geschreven waren. Nadat ik ze duidelijk maakte dat ik dat niet ging lezen en een écht antwoord verwachtte, desnoods alleen een bevestiging of een afwijzing van de authenticiteit van de teksten, zei elk van hen dat het inderdaad niet in de overleveringen voorkwam dat vrouwen in het paradijs ook meerdere mannen zouden krijgen. Dus die kregen ze niet. Want de natuur van de vrouw en de man was anders. En dat gold ook nog in het paradijs. Aha. Ook bij de andere vragen moesten ze toegeven dat het inderdaad voor een groot deel zo was zoals het er stond en dat genoemde teksten inderdaad authentiek waren, geen verzonnen overleveringen dus.

Het enige waar ze enigszins verdediging in konden vinden waren de voorwaarden om tot zoiets over te gaan, zoals dat een vreemdgaand persoon alleen gestenigd mag worden in een shariastaat en als er vier getuigen zijn en bij een homo drie getuigen, en dat je je vrouw pas mag slaan als het écht niet anders kan.

Alsof dat de zaak in een héél ander daglicht zette.

20

Vandaag vertrekken we naar Turkije, zoals we elke zomer doen. Anders dan elk ander gezin gaan we per vliegtuig, omdat uitgezonderd Moeder het hele gezin lijdt aan een extreme vorm van wagenziekte. Sivas, de stad waar we naartoe reizen, is de kiem van m'n verwekkers.

Euroturken hebben meestal fraaie huizen in Turkije, zo ook wij, terwijl ze in een hoenderhok wonen in het eigen land. We hebben er een ruim terras waar we overdag kunnen chillen onder de zon. Een groot nadeel voor mij is dat het terras zichtbaar is voor de buren, dus ik kan er niet liggen zonnebaden, mijn hoofddoek afdoen of me schaars kleden, oftewel huid laten zien, en daarmee dus niet genieten van de zon, meteen het enige waar een vakantie in Turkije goed voor is. In de avonden zitten we op het terras met muziek en waterpijpen, waar de jongemannen uit de nabije familie, waar we elke dag mee samenkomen, gretig gebruik van maken. Halil kan inmiddels niet meer zonder dat paffen, ook in Nederland. Hij spendeert daar veel geld aan, beklaagde hij zich laatst. Daar baalde hij van, het was een verslaving geworden. Een shisha in Nederland kost twee tientjes in een Turkse lounge en een tientje (en soms zelfs minder) in een Marokkaanse, omdat die in staat zijn de prijs laag te houden door hun alternatieve inkomstenbronnen, werd me verteld. Als je dat dagelijks rookt, en dat doen de meesten, gaat het hard, en een harde knoest heeft een scherpe bijl nodig. In Turkije zijn waterpijpen en sigaretten vele malen goedkoper; je kunt er een pakje halen voor 1,50 en een waterpijp is zelfs één euro. Vandaar misschien dat iedereen daar rookt. Tenminste, zo lijkt het als ik om me heen kijk op straat. Ik heb laatst begrepen dat het zoetjesaan duurder wordt, omdat er meer accijns geheven gaat worden. Ook worden alle drugs verboden. Dat lijkt me een goede zaak. Soms liggen Erdoğan en ik op één lijn als twee junkies op een lijn coke. Sommige dingen worden met de beste bedoelingen verboden.

Ik ben nooit in een andere Turkse stad of naar een ander land op vakantie geweest, op de Romereis na. Als toeristen van het restaurant waar ik werk mij wat vertellen over Istanbul, Bodrum of Marmaris, zeg ik dat ik het alleen ken van foto's op internet. Dat begrijpen ze nooit, aangezien ik vertel dat ik elke zomer zes weken in Turkije ben. Ik heb wel eens geprobeerd m'n verwekkers ervan te overtuigen om naar Istanbul te gaan, maar daar hadden ze geen behoefte aan en geen interesse in. Bovendien zou het onnodig veel geld kosten, in Sivas hadden we al een huis, en nog belangrijker: daar woonde onze familie. Dat was de voornaamste reden voor hun 'vakantie' in Turkije: niet genieten, maar lokale familieleden bezoeken. En dat waren er veel. Ik probeerde nog te vragen of ik met een vriendin mocht gaan, maar dat was al helemaal geen optie. Twee meiden zonder mannelijke beschermer op reis, dat was ondenkbaar. Ik vroeg of Halil anders met ons mee mocht gaan. Dat was ook geen optie, ze vonden het raar dat mijn broertje dagenlang moest doorbrengen met een vriendin van mij. Dat is niet gepast, twee volwassen mensen van het tegengestelde geslacht. Zelf zouden ze het namelijk ook niet goedkeuren als ik op reis ging met mijn vriendin en haar broer. 'Het moet niet gekker worden met jullie vrijpostige omgangsvormen,' zei Moeder.

Eenmaal op Schiphol beland, moeten we de koffers inchecken. Zoals altijd hebben we te veel bij ons. Ik word bevangen door mijn tergende vliegangst. Ik vind het doodeng, al weet ik dat het statistisch gezien de veiligste manier van reizen is. Zo werken gevoelens nou eenmaal niet. Een beruchte Sovjetdictator zei het al: één dode is een tragedie, een miljoen doden is een statistiek. De mens is soms irrationeel. Zo ook ik. Ik was niet de beste als het aankwam op controle over mijn leven uitbesteden terwijl ik 12 kilometer boven de zee bungel. Bij een auto zag je de grond, je kon de weg traceren en zien hoe die reikt tot de horizon, dat maakte veel uit voor de beleving. Ik ben overigens niet bang voor de dood, de dood is immers een vast en onontkoombaar onderdeel van het leven, misschien wel het enige échte onderdeel, en ons vermogen met grote regelmaat te negeren wat we zeker weten maakt het leven draaglijk, maar het lijkt me zo buitengewoon onprettig dat ik de minuten ervoor het besef moet hebben dat ik straks neerstort of verdrink met driehonderd onbekenden in weergaloze paniek en benauwenis. Wie is die piloot? Ik ken die vent helemaal niet. Of dat mokkel. Wat als hij sinds kort een alcoholist is, of hij z'n dag niet heeft, of wat als hij nog maar net afgestudeerd is en wij een soort proefkonijnen zijn? Wat als er vogels in de motoren komen? Wat als dit een nieuw toestel is en toevallig een ontwerpfout heeft door de onoplettendheid van een of andere onderbetaalde arbeider? Wat als die arbeider vatbaar is voor het gedachtegoed van terroristen en zijn kans schoon zag om deze vlucht te saboteren?

Vader, die mijn angst aanvoelt, legt een hand op mijn schouder en tracht me te troosten met de volgende onbezonnen ingestuurde tegelspreuk, die luidt: 'Als je tijd gekomen is, is je tijd gekomen.'

'Maar wat als de tijd van de piloot gekomen is, dan gaan we er allemaal aan,' merk ik op. Hij weet geen antwoord. Aha. Tot zover de overtuigingskracht van zijn totaal arbitraire, nagemekkerde islamitische credo.

In Sivas heb je allerlei bekende winkelketens, restaurants, bioscopen, pretparken en zwembaden. Het is er goed toeven, we hebben niets te klagen. Het vervelende is wel dat je na een paar dagen echt alles al hebt gezien en dat je nog zes weken blijft. Elke zomer weer. Er is ook geen strand in de omgeving, dus zwemmen en zonnen kan ook niet. Niet dat dat überhaupt een mogelijkheid was voor mij, aangezien ik een hoofddoek draag en daarom alleen met een zogenaamde boerkini, een zwempak dat het hele lichaam bedekt, inclusief haren, kan zwemmen in het openbaar, maar ik weiger dat aan te doen. Het ziet er niet uit. Elke dag doen we daarom hetzelfde, samen met Halil en Defne: het centrum in, eten voor een prikkie, een drankje doen op een terrasje, soms met livemuziek, en dan weer naar huis slenteren met de brandende zon op hun haren en mijn doek. Wat je gelijk opvalt in deze stad is de grote hoeveelheid piepjonge verkopers en bedelaars. Velen lopen er rond met een dienblad op hun hoofd dat ze kunnen laten balanceren zonder handen, vol met *simit*, een cirkelvormig broodje met sesam. Als je ergens op een bankje zit komen er altijd kinderen naar je toe gesneld om je een zak zonnepitten, kauwgom of zakdoekjes te verkopen. Op straat komen er te magere kinderen naar je toe met een weegschaal en vragen je of je je wilt wegen voor een lira. Kinderen en jongeren met gammele karretjes vol neppe merkkleding of andere troep gaan de straten af en schreeuwen hun longen uit hun lijf in de hoop klanten aan te trekken, vooral als de Europeanen er zijn.

Ik heb een bloedhekel aan mijn vakanties in Turkije. Ik verveel me er dood en erger me aan alles. Elke dag komen er hordes mensen in ons huis, die mij heel enthousiast begroeten en zoenen, terwijl ik ze amper ken. Ik weet wel dat het allemaal ergens familie is van ofwel Vader, ofwel Moeder en dat moet reden genoeg zijn om ze warm welkom te heten, te doen alsof ik een heel leuke tijd met ze heb en razend enthousiast ben over hun aanwezigheid, maar mijn gezichtsuitdrukking en houding verraden me. Ik haat het. Ik haat het om de ideale dochter te spelen die in de keuken allerlei koekjes, gebakjes en thee voor ze moet bereiden en daarna ook nog eens urenlang blootgesteld moet worden aan hun oeverloos geouwehoer, dat mij koud laat. Ze praten toch alleen maar over andere mensen, mensen die ik niet ken en verhalen die mij niet intrigeren en niks aan mijn levenskwaliteit of kennis toevoegen, integendeel. Het gaat over andermans zoons en dochters die nog vrijgezel zijn en op zoek zijn naar een partner omdat ze al twintig zijn, en ja, dan moet je echt al beginnen met zoeken, de kinderen die een stel hebben uitgepoept, de huwelijkse frustraties van anderen of hun schoonfamilies die elkaar niet kunnen luchten om de meest pietluttige zaken. Soms praten ze over politiek en dat is nog ondraaglijker dan alle andere onderwerpen. De passie waarmee het gepaard gaat en het luidkeelse geschreeuw en gescheld als het gaat om de tegenstanders van Erdoğan, of zoals zij het noemen: de landverraders, nestbevuilers en kontenlikkers van het Westen irriteren me mateloos.

Ik moet de baklava en het Turks fruit op tafel vaak drie keer aanvullen per gezin dat langskomt. En de thee wel twintig keer. Steeds als ik zie dat iemand zijn of haar glas thee bijna leeg heeft, moet ik op tijd zijn om een nieuwe lading in te schenken, nog vóórdat de bezoeker dat aangeeft. Als je dat vergeet in de gaten te houden en het is al zover gekomen dat iemand zelf moet reiken naar de theepot of om meer thee moet vragen, heb je gefaald als bediende en kijkt Moeder mij vergramd aan.

Ik vlucht van de menigte door te doen alsof ik bezig ben in de keuken of door spelletjes te doen met Defne, dat zorgt voor enige afleiding. Ik heb het ook altijd veel te warm, omdat ik mijn hoofddoek op moet en een lange jurk met lange mouwen aan moet in huis, midden in de snikhete Turkse zomer, in een woonkamer waar veel thee gedronken wordt. Gedurende de hele vakantie gaat dit zo door. Elke dag komen er weer andere gezichten over de vloer. Weer een andere vent met een snor en weer een andere griet met een doek. Ze vragen hoe het met mij gaat en of ik nog studeer en hoelang nog. Vergis u niet, dit zijn geen vragen uit oprechte interesse, het is onderdeel van een groter plan. Ze zien dat ik een volwassen vrouw ben, rijp om te huwen met een van hun vrijgezelle testosteronbommen, die mij graag in de nabije toekomst zou willen bevruchten. Moeder wordt opgetogen van die kooplust, haar dochter genereert belangstelling. Hoe meer happigheid, hoe eervoller dat is. Dat bewijst dat ze erin geslaagd zijn een knappe, welgevallige, serviele, rijpe en gezonde vrouw te fabriceren. Moeder kan niet wachten tot ik trouw, dan is zij geslaagd in het leven. Dan heeft ze een volwaardig product afgeleverd die de eigen kring ten goede komt en de familiebanden voortzet door een nieuwe generatie te baren. Soms komt ze dolenthousiast naar me toe om te vertellen dat er die dag wel een x-aantal vrouwen vroeg of zij mijn hand mogen komen vragen of alvast mij kunnen verloven aan hun zoon, ondanks mijn studie, dat hoefde namelijk geen belemmering te zijn. Als ze erin slagen mij te verloven (lees: ketenen) hebben ze een garantie dat ik niet uit hun handen val. Dan hebben ze me aan de haak, alsof ik een strandstoel ben waar je je handdoek op legt. Wachten tot ik mijn diploma heb willen ze wel, maar meteen daarna komt de bruiloft, zo snel mogelijk.

Moeder kan het niet verkroppen dat ik blijf weigeren. Dan komt ze me vertellen dat het eigenlijk echt een gemiste kans is, want de zoon van die en die heeft het goed voor elkaar, wat betekent dat hij een baan en een dak boven zijn hoofd heeft en een toegewijde moslim is. Soms sta ik versteld over welke kandidaten de verwekkers als geschikt voor mij zien. Ik ben academicus en zij komen me vragen of ik wil trouwen met een schilder (en dan bedoel ik niet van het kaliber Rembrandt), bouwvakker, vlechtwerker, loodgieter of taxichauffeur. Ik heb soms uit verontwaardiging ruziegemaakt met ze en gevraagd hoe zij het in hun hoofd halen mij te matchen met iemand die laagopgeleid is. Ik kreeg een scheldtirade terug. Wie dacht ik wel niet dat ik was, hoe durfde ik neer te kijken op laagopgeleiden, wat maakte opleiding nou uit als hij een rechtschapen, eervol en vroom mens is? Ik had mijn prioriteiten verkeerd. Ik werd weer lekker gestropopt: 'Je hebt veel laagopgeleiden die nog vele malen beter zijn als mens dan hoogopgeleiden', 'het gaat om karakter', 'jouw hooghartige houding is idioot'. Als ik dan iets terugzei, werd er niet eens naar geluisterd en zou ik toch nergens verstand van hebben. Zelfs eisen hebben over opleidingsniveau, wat heel onschuldig en erg verklaarbaar is, naar mijn mening ook essentieel te noemen is binnen een fucking huwelijk waar je in de meeste gevallen voor een lange periode van je leven in zit, ging ze een brug te ver. Ik zou helemaal niet weten waar ik het over heb en moest maar vooral m'n mond houden met mijn meningen die nergens op sloegen en verwaand waren. Ik voelde me een zwakzinnig, handelingsonbekwaam object, zoals zo vaak in mijn leven. Zij wilden van mij dat ik me zou prostitueren aan het patriarchaat en niet dat ik op zoek ging naar mijn eigen geluk.

Moeder vroeg op zulke dagen voor de vierduizendste keer of ik het echt zeker weet dat ik niet even kennis wil maken met de man wiens verwekkers interesse in mij toonden en dat het nog heel pril en vrijblijvend is. 'Hij komt uit onze familiekring, hij bidt vijfmaal per dag en heeft werk en een eigen woning. Wat wil je nog meer? Je kunt niet iedereen blijven weigeren, straks kun je niet meer zulke goede kandidaten vinden als je ouder bent, dan hebben ze al een ander gevonden.' Als ze ziet dat ik fel en afwijzend reageer, soms kwaad, houdt ze verder haar mond. Om de volgende dag door te gaan. Ze weet donders goed dat ik nog niet wil trouwen, dat heb ik haar al eerder duidelijk gemaakt. Bovendien heb ik al een relatie met Freek en houd ik zielsveel van hem, maar dat weet zij natuurlijk niet. 'Na je studie zou je wel echt moeten trouwen hoor, dame, anders ben je over datum,' zegt ze vaak. In onze contreien is een vrouw 'over datum' als ze op haar 25ste nog niet is getrouwd, aangezien de schoonheid al snel de tand des tijds niet meer zal overleven. Bovendien denken de mensen dan dat er wel iets mis moet zijn. Moeder wil die speculaties met man en macht preventief uit de weg gaan. Straks denkt men dat ik onvruchtbaar ben, een ziekte heb, niet maagd meer ben of dat ik een te moeilijke en arrogante vrouw ben om gehoorzaam te zijn, te kunnen trouwen en voor een man te zorgen. Er is voor deze mensen namelijk geen enkele andere denkbare reden waarom een vrouw die ouder dan twintig is niet zou willen trouwen met rechtschapen mannen die alles voor elkaar hebben en om haar hand komen vragen. Redenen als een relatie prefereren over een huwelijk, een carrière opbouwen, onafhankelijkheid willen, de voorkeur geven aan een romantische spontane liefde die nog op je pad moet komen in plaats van een gearrangeerde of zaken als zelfontplooiing begrijpen ze niet. Ze geloven niet in de liefde.

'Liefde komt na het huwelijk,' zegt Moeder altijd. 'Liefde vult geen maag,' zegt ze ook wel eens. Als ik dan een pleidooi houd over waarom liefde zo mooi is in tegenstelling tot een gearrangeerd huwelijk, wuift ze het weg en noemt ze het naïeve larie-koek. Dat ik jong ben, niets van de echte wereld heb gezien en te veel series en films heb gekeken. Bovendien indoctrineren de Nederlanders ons met die gekke ideeën op school. Ze predikt dat je verliefd kunt worden op de verschrikkelijkste mensen, dat daar genoeg voorbeelden van zijn, dat je als meisje niet in staat bent dingen te zien die je verwekkers wel kunnen zien in een man en dat je daarom volkomen ongeschikt bent om je eigen partner te kiezen, net als dat een kind ongeschikt is om zelf te bepalen welk eten gezond voor hem is. Dat wordt dan elke dag ongezonde meuk. 'Jonge vrouwen zijn net kinderen, naïef en onzeker. Het is allemaal voor jouw eigen bestwil en geluk, ik doe het niet voor mezelf.' Ze zwoer bij Allah dat de meiden die zelf een partner uitkiezen, de ongelukkigste zijn en na een paar jaar weer scheiden. Dat het Westen ons allemaal indoctrineert met hun verderfelijke ideeën die een samenleving totaal verzwakken en vernietigen, omdat iedereen veel te individueel en gefixeerd op zichzelf en zijn eigen geluk is en er daarom veel scheidingen zijn. Streven naar eigen geluk is in Moeders ogen een filistijnenopvatting: 'Het gezinsleven wordt compleet vernietigd, vrijheid en individualisme maken mensen niet gelukkig, dat zijn niet de polen waar het leven omheen draait. Kijk maar naar de eenzame bejaarden van Nederlanders die wegrotten of de depressieve vrouwen met een kat of hond in plaats van kinderen, of de gefrustreerde dertigers met nesteldrang. Bij de blanken heerst er een antikindcultuur, ze zien het als tijdrovende elementen die hen in hun ontplooiing en zelfgeluk in de weg zitten, zo zien ze ook hun bejaarden, terwijl in onze cultuur kinderen en bejaarden alle zorg en aandacht van de wereld krijgen. Individualisme zet het voortbestaan van een natie en van de menselijke soort op het spel en marginaliseert de opvatting van de mens als burger, als kind van God en als gemeenschapswezen.'

Dan volgt er een reeks verhalen over familieleden, kennissen, buren en wildvreemde mensen van de Turkse tv die ze aanvoert als argument.

'Jij als jonge vrouw kijkt alleen naar een paar lieve, slijmerige woorden van de eerste de beste klootzak die op je afstapt. Zo moet je niet denken. Mooie woorden, een mooi lichaam of mooie ogen zijn allemaal tijdelijk, het gaat erom hoe loyaal hij is, of hij eer en godsvrees heeft en hoe hij zijn brood verdient om zijn gezin in alle tijden te onderhouden.'

Ik zwijg en knik. Ik slaak een diepe, inwendige zucht.

21

Halil is op het terras, videochatten met zijn chick, die in een andere stad van Turkije verblijft met haar gezin. Dat doet hij onomwonden, naast de verwekkers. Het kan hem jeuken dat die het kunnen horen, aangezien ze het toch wel goeddunken.

Toen ik ze vroeg waarom Halil wel een vriendin mag, aangezien die net zo goed ongehuwd is, antwoordde Moeder dat zij er niet verantwoordelijk voor is dat iemand anders' dochter haar benen spreidt. 'Als ze niet samen eindigen en de ouders of broers staan ziedend aan onze deur om onze zoon wat aan te rekenen, zeg ik gewoon dat hun griet de knieën tegen elkaar moest houden, zo zijn jongens nou eenmaal, die beteugel je toch niet, die zullen eten waar ze eten kunnen, de verantwoordelijkheid ligt bij de vrouw, die moet eigenwaarde hebben en nee kunnen zeggen, en anders niet huilen als ze zich achteraf afgedankt voelt. En daar moeten haar voogden voor waken en haar juist opvoeden, zodat ze niet de fout ingaat.'

Ze vertellen elkaar dat ze elkaar missen, Halil vraagt wat haar dagbesteding is geweest. 'Je mag geen bikini dragen op het strand, doe maar een badpak aan met zo'n zwierig ding,' zegt hij. 'Ja precies, een kimono, of wat het ook mag zijn.' Zijn vriendin draagt geen hoofddoek, maar Halil spreekt haar wel aan op haar kleding. Ze mag niet alles dragen, een bikini vindt hij overtrokken in zijn afwezigheid, hij moet niet hebben dat Jan en alleman fantaserend naar haar kijken. Mustafa, onze neef, maakt ook deel uit van ons gezelschap. Hij is aan het swipen op zijn telefoon en roept af en toe iets in het genre: 'Oeh, jij mag er wel wezen. Ik kom je halen als ik binnenkort weer terug ben in het land, lekkere Sophie.' Mustafa is een chronisch botergeile vrouwenmagneet, hij zit op elke datingapp die bestaat en die nog in ontwikkeling is. Badoo, Tinder en Happn had ik nog onthouden uit zijn opsomming. Het tragische is dat hij al jaren een vriendin heeft, die ik persoonlijk ken. Die weet niet dat hij ondertussen alles polonaist wat los en vast zit in Amsterdam en omstreken. Toch betrap ik me erop dat ik wel begrip heb voor hem; met z'n *wifey-to-be* kan hij immers niet naar bed, zij is een preutse moslima die eerst wil trouwen. Dat duurt nog wel even. Het hypocriete is natuurlijk wederom dat hij het nooit zijn vriendin zou vergeven als ze hetzelfde deed.

Ook neef Abdul zit erbij, die woont in Turkije en ergert zich er mateloos aan dat wij in zijn bijzijn Nederlands praten. We proberen erop te letten, maar het sijpelt er toch onbewust doorheen. Ik vind het ongemakkelijk met Abdul, hij is verliefd op mij en staart me altijd aan. M'n oma uit Turkije had al een aantal keer gevraagd of ik acht sloeg op een huwelijk met hem, terwijl ik aanhoudend zei dat deze genegenheid niet wederzijds is. Al van kinds af aan zegt Oma dat ik met Abdul moet trouwen, dat we zo goed bij elkaar zouden passen. Abdul kreeg vast elke keer een klein stijfje van het idee. En ik vlekken in m'n nek en binnensmondse spuugneigingen.

Mustafa en zijn vriendin kunnen nog niet trouwen; hij moet aan veel voorwaarden voldoen om goedgekeurd te worden door de verwekkers van zijn meisje. Hij moet een huis en een auto hebben. En de bruiloft voor meer dan de helft kunnen betalen.

Eerst moeten ze zich nog verloven. Vervolgens komt er een hennafeest, wat in principe precies hetzelfde is als een bruiloft, maar dan is het alleen voor de vrouwen en worden er op een gegeven moment zakjes met henna uitgedeeld. Er wordt melancholische muziek afgespeeld, de bruid verlaat immers haar ouderlijk huis definitief. Turken zijn nou eenmaal een gepassioneerd volk, kijk maar eens een gemiddelde soapserie, dan weet je genoeg. Ik heb wel gefantaseerd over wat het zou losmaken als je die series naar het Nederlands zou vertalen en moest toen de ballen uit m'n rok lachen, omdat het nuchtere Nederlandse daglicht die tragiek, drama en hartstocht niet kan verdragen. Op enig moment gaan de bruid en haar moeder elkaar bij het hennafeest omhelzen alsof er geen morgen meer is en samen wenen en schreien in het middelpunt van de kring, die bestaat uit de naasten, omdat het een afscheid is. Daarna wordt de henna uitgedeeld aan alle bezoekers in kleine, opgesmukte zakjes. Traditiegetrouw moeten ze die dan op hun handen smeren, maar tegenwoordig is het louter een formaliteit en gooi je het thuis weg. Er wordt niet alleen maar gehuild, dat is slechts eventjes, daarvoor en daarna wordt er uitbundig gedanst en gegeten. De bruiloft, meestal de dag na het hennafeest, is uiteraard de viering waar het om draait. De mooiste zalen van Amsterdam en Zaandam worden gehuurd, dat moet meestal al een jaar van tevoren, want je bent niet de enige die wilt trouwen. Zalen als De Koning en Rhone Party Centrum in Amsterdam zijn steevast het hele jaar door volgeboekt. Dat kost incluis catering rond de 20.000 euro. Daar komt bij dat je een limo of jeep moet huren om de bruid op te halen van haar ouderlijk huis, waarbij je met zo'n aloude Turkse band voor de deur van de bruid haar onthaalt om haar naar de bruiloftszaal te rijden en aan het eind van de dag naar haar nieuwe huis. De mannen van de muziekformatie beginnen dan dansmuziek te vervaardigen op straat op een nogal, tja, expliciete en indiscrete manier. De naasten van het paar dansen en toeteren, bij Marokkanen gillen ze ook. De buurtbewoners kijken geboeid hoe dat eraan toegaat, vooral de witte en zwarte buurtgenoten kijken gekluisterd vanaf hun balkons. Soms zijn anderen gefascineerd, soms zie ik ze grommen, brommen en snauwen. Vaak hangen er ook overdadig veel Turkse vlaggen aan het balkon van het huis van de bruid. Sommigen doen er ook een Nederlandse vlag bij tegenwoordig. De familieleden hangen ook vlaggen aan de buitenspiegels van hun auto, die aan weerszijden wapperen bij het konvooi straks, waarbij men zich voegt achter de auto van het bruidspaar, naar de zaal toe, toeterend. De hele weg.

Maar voordat de bruid uit haar ouderlijk huis stapt en het konvooi kan aanvangen wordt ze gestopt door een van haar broers, ooms of neven. Een man uit de familie in ieder geval. Die zegt tegen de bruidegom en zijn familie, die buiten staan, dat de bruid welwillend is om naar buiten te treden, maar 'dat de deur niet opengaat'. Dat hoort bij het tafereel. Die man, die deel uitmaakt van haar familie, 'laat haar niet zomaar gaan' wegens de waarde die een vrouw uit zijn familie heeft en verwacht geld van de bruidegom, voordat zij door mag lopen naar buiten. De gulle bruidegom, die natuurlijk alles overheeft voor zijn vrouw, tast diep in de buidel om het voorbereide geld te overhandigen. Het mag niet te weinig zijn, dan zal men zeggen dat je te gierig bent. Meestal moet je al een vooronderzoek hebben gedaan om te weten wat een gebruikelijk bedrag is om op dat moment te schenken. Het is vaak 500 euro, dat verschilt per familie, het kan oplopen tot duizend, afhankelijk van hoe welvarend de bruidegom is. Als degene die dat bedrag aangereikt krijgt dat te weinig vindt, kan hij een paar keer zeggen 'dat de deur nog steeds niet opengaat', waarmee hij aangeeft dat het niet afdoende is. Het is daarom verstandiger het bedrag op te bouwen en initieel laag in te zetten; de kans is groot dat hij sowieso wel een paar keer zegt dat het niet naar behoren is. Dit gebeurt overigens ook bij de verloving, waarbij degene die het rode lint tussen de ringen moet doorknippen, meestal de vader of broer van de ophanden zijnde bruid, aangeeft dat 'de schaar niet knipt'.

Uiteindelijk komt de bruid naar buiten en gaat men naar de zaal, die op dat moment vol zit, maar niet alleen met directe familieleden. Ook mensen die niet dicht bij het paar staan, maar wel ergens via via een verwant of kennis zijn van de verwekkers van het paar, zijn erbij. Bij onze feesten geldt doorgaans: hoe meer zielen, hoe meer vreugd, dus iedereen die een van je verwekkers of voorverwekkers ooit heeft gegroet, wordt uitgenodigd. Iedereen die eveneens geworteld is in het dorp waar je verwekkers vandaan komen en diens kinderen en verwanten, telt als familie. We hebben daarom meer dan achthonderd gasten bij een gemiddeld feest. Het laatste waar ik was geweest had zelfs 1100 gasten. De Marokkanen doen het met beduidend minder: zij hebben vrede met 150 tot 250 bezoekers, omdat het anders te gepeperd wordt. Aangezien Marokkanen niet het gebruik kennen van geld krijgen van alle gasten op de bruiloft, en Turken wel, moet het paar echt alles zelf betalen en dat wordt bij een groter feest te duur. Turken kunnen een groot deel, soms zelfs alle kosten, dekken met het goud dat ze krijgen, maar dit leg ik straks uit.

Als het echtpaar op een zeker moment tijdens het feest samen de taart aansnijdt, geven ze elkaar een stukje in de mond en worden er foto's genomen. Het notabele is dat er wijnglazen en luxe wijnflessen van Moët op tafel staan, waar ze uit schenken en uit drinken, maar het is gewoon appelsap. Dat hebben ze puur voor de foto, dat zou 'elegant' en 'chic' ogen. Een beetje vreemd eigenlijk, dat je wel met alcohol op de foto wilt staan, maar het tegelijk verafschuwt, dus ik heb dat nooit begrepen, net zomin als de andere discrepanties.

Tegen het einde van het feest vormt zich een kring van de naasten. De bruid draagt een rood lintje om haar middel dat symbool staat voor haar maagdelijkheid, die ze succesvol gewaarborgd heeft voor haar man. De vader of de broer van de bruid gaat dan het lintje losmaken en knuffelt haar innig. Hij toont dankbaarheid voor het waarborgen van de eer van de familie tot dan toe en stemt in om nu, vannacht, die ongedeerdheid te laten varen voor haar wettige vent.

Tijdens het feest krijgt het echtpaar van elke bezoeker geld of goud. Dat gaat op een tamelijk ridicule manier, u zult ervan opkijken, maar ik verkondig slechts de waarheid. Er wordt een persoon ingehuurd die na het eten de bezoekers aanspreekt met een microfoon vanaf het podium. Hij, het is meestal een snikkel, kondigt aan dat het tijd is voor de geschenken en verzoekt de gasten groep voor groep naar voren te komen, beginnend met de voorste tafels. Het echtpaar gaat zij aan zij staan, klaar om hun geschenken te incasseren. Ze dragen allebei een rood, satijnen lint. Men gaat in de rij staan en feliciteert hen. Ze geven een knuffel en vier zoenen; de vrouwen bij de bruid en de mannen bij de bruidegom als we spreken over een gemixte bruiloft, want bij een gescheiden bruiloft heb je twee aparte zalen waar dit gebeurt. Vervolgens priemt men het biljet of het goudstuk aan het lint. Als iedereen geweest is zitten die lintjes vol, soms heb je meerdere nodig. De bruid loopt erbij als een etalagepop van een juwelier. Of de vrouw van een oliesjeik. De harde kern van de familie moet het meest schenken. Dat mag niet onderdoen voor dikke gouden armbanden, een kolossale ketting of een bedrag van rond de 1000 euro. Alles wat men schenkt wordt met de microfoon de zaal in geroepen met naam en toenaam. Je hoort dus dit soort dingen: 'Twee gouden armbanden van de oom van de bruid, Ahmet Kaya. 1000 euro van de beste vriend van de bruidegom, Ali Aydin. 500 euro van de oma van de bruid, Ayse Kaya.' Dat moet je dan een uur lang, of nog langer, als het niet opschiet, aanhoren. Degenen die niet direct familie zijn of de mensen die het niet zo breed hebben, verschenken onnoemenswaardige bedragen. Letterlijk onnoemenswaardig; omdat dat een beetje 'schandelijk' en laag-bij-de-gronds is, geven die dat in een envelop in plaats van op het lintje en roept degene die alles omroept dat er een envelop is afgestaan, ook weer met naam en toenaam. Dit alles wordt overigens gefilmd, daar is speciaal een cameraman voor. Überhaupt wordt de hele bruiloft gefilmd, maar ook dit, ingezoomd en al, zodat het echtpaar en hun verwekkers het thuis allemaal met een rustig hoofd na kunnen trekken. Dan weten ze wat iedereen geschonken heeft en becommentariëren ze of dat bedrag door de beugel kan of niet. Daarnaast weten ze dan wat zij terug moeten geven als diegene of zijn of haar kind gaat trouwen.

De kosten van het huwelijk worden dus deels afgelost met het bedrag dat het echtpaar aan het eind van de avond vergaard heeft.

Bruiloften van meer devote, zwartekousenfamilieleden geschieden in gescheiden zalen. Dat is duurder dan gemixte bruiloften, aangezien er dan twee zalen gehuurd moeten worden per feestgelegenheid.

Jonge kinderen van beide geslachten gaan met hun moeder naar de vrouwenzaal tot ze de puberteit hebben bereikt en masculiene trekken aan de dag leggen. Soms leidt dat tot complexe vraagstukken waarover men zich moet buigen bij de ingang van het feest: wanneer moet een jongen niet meer toegelaten worden met zijn moeder in de vrouwenzaal? De ene heeft op zijn elfde al baardgroei en de andere nog steeds niet op zijn zestiende. Meestal bepaalt je gezichtshaar of je door kunt gaan.

Het komt tegenwoordig steeds vaker voor dat de bruiloften gemixt zijn, dat was in mijn kindertijd nog ondenkbaar en bespottelijk. Vader zei laatst dat hij gemixte bruiloften eigenlijk veel gezelliger vindt, omdat je dan als gezin kunt genieten van het feest. Moeder vindt het allemaal niet kunnen en sprak schande van Vaders opmerking, vond hij het normaal dat vrouwen uitbundig staan te dansen met mannen op een dansvloer? Dat vond ze een uiterst oneerbare en immorele ontwikkeling, en juist onrustbarend dat dat allemaal steeds normaler leek te worden. Je hoorde 'beschermende jaloezie' te hebben voor de vrouwen in je familie. Van haar mag ik daarom nooit dansen op een gemixte bruiloft, alleen bij gescheiden bruiloften. Zelf trekt ze zelfs haar lange zwarte mantel niet uit als het gemixt is, net als al de andere rechtzinnige vrouwen die dat gestudeerd hebben in de moskee.

22

We staan op de stoep voor ons huis in de stad te wachten op de taxi naar Kümbet, het dorp van de verwekkers. De hitte trekt de gebouwen, bergen en stoeptegels in de verte uiteen.

Halil loopt er frisjes bij: die heeft een tanktop aan met palmbomenmotief met daaronder een lichtblauwe short. Ik heb m'n best gedaan om me zo zomers mogelijk te kleden, maar dat gaat nogal lastig als je totaal geen huid mag laten zien, behalve als je van die woestijnjurken draagt, maar dat is niet helemaal mijn stijl.

Ik heb steeds meer moeite met het begrijpen van het nut van die doek die ik elke ochtend wikkel om mijn hoofd. Het zou mijn schoonheid moeten bedekken, maar dat is natuurlijk ridicuul. Zou dit mij moeten behoeden tegen de wilde testosteronbommen waar ik aan blootgesteld zou worden buitenshuis? Bij een boerka of een lang, verhullend gewaad lijkt het me nog aannemelijk dat dat je charmes bedekt, maar bij een hoofddoek betwijfel ik dat ten zeerste.

Herhaling en gewoonte kunnen het meest wonderlijke en absurde volslagen vanzelfsprekend maken. Iedereen – ook Moeder – weet donders goed dat een hoofddoek niet de bekoringen van een vrouw verhult. Het is gewoon een verkapt cultureel symbool, je draagt het omdat je moeder, je tantes, je oma's en je nichten het ook dragen. Je draagt het als een handelsmerk voor het geloof in de juiste god.

Je draagt het om je onuitgesproken enigszins te onderscheiden van de ongelovige vrouwen, die je kunt vergelijken als fruit zonder schil, of een lolly zonder papiertje, zoals de internetimams zeggen. Elke vlieg kan ervan eten en het zal binnen de kortste keren verrotten, want het heeft geen beschermlaag, maar een gesluierde is als fruit dat nog de schil bevat en daarom lang vers blijft. Als het eenmaal rijp is, wordt het geschild door één rechtmatige eigenaar die daar dan ultiem van mag genieten. Ik wilde vroeger ook fruit met schil zijn. Maar nu niet meer. Bovendien was ik allang geschild.

Het enige wat ik had gekocht tijdens ons verblijf in het centrum was een ketting met de handtekening van Atatürk eraan. Die signatuur kon je hier overal op vinden: sieraden, telefoonhoesjes, shirts, petten en schriften. Zijn ideeënleer was springlevend onder de linkse jongeren, velen hadden een tattoo van zijn gezicht of naam. Toen Vader die ketting zag, vroeg hij verontwaardigd waarom ik dat droeg.

'Gewoon, omdat ik achter de zaken sta die hij voor elkaar heeft gekregen.'

'Zoals het ophangen van imams? Het imiteren van het Westen en het verbieden van de hoofddoek en andere religieuze kleding? Het omdopen van de Aya Sophia in een museum? Welke dingen? Sta je daar ook achter soms? Schaam je! Je draagt het symbool van een vreselijke alcoholistische schoft die geen grammetje geloof bezat en de devotie bij de mensen uit hun harten rukte! Doe af! Ik wil het niet meer zien, ga je eerst verdiepen in hem en ga niet als een hersenloze allerlei symboliek dragen waar je de ballen verstand van hebt, wees niet zo kortzichtig! Je draagt nota bene zelf een hoofddoek, dat verafschuwde hij en jij draagt zijn handtekening, jezelf een belachelijke wandelende contradictie makend, idioot.'

Je zou door zijn bewoordingen bijna denken dat ik zelf had gekozen voor die hoofddoek. Ik had geen zin in discussies met mijn verwekkers en hun geharnaste identiteit, het zou toch weer aanvoelen alsof ik schreeuwde met mijn hoofd in de zee, dus ik deed de ketting af en gooide die weg. Wacht maar, dacht ik toen, als ik ooit bevrijd ben van dit juk, zou ik deze handtekening permanent op mijn onderarm laten graveren. Juist ik. Of op mijn voorhoofd, nog beter.

Ik had het al helemaal gehad met deze vakantie, ik had een ontzettende heimwee naar Nederland, niet in het minst om m'n nachtrust te herpakken.

Het eerste gebed is al om vier uur 's ochtends in Sivas, dan schrik ik wakker uit mijn slaap. Thuis in Amsterdam hadden we een digitale klok die de oproep deed, maar in Sivas nemen de minaretten die taak over op een oorverdovende manier. De imam van onze wijk heeft een kraaienstem en mijn verwekkers dachten dat het een uitstekend idee was een huis pal naast een minaret te kopen, zodat we vijfmaal per dag zijn turbulente stem in onze hoornvliezen en in elke vezel, cel en elk atoom in ons lijf voelen. Soms lijkt het alsof de ramen trillen als ik de oproep hoor, zo luid is het, dat zijn momenten dat ik besef hoe fijn het leven is in Nederland, zonder lastiggevallen te worden door de staatsgodsdienst die je vijfmaal per dag confronteert met zijn dominantie. Tien minuten lang hoor je het gezang, rond 4.00 uur, 13.00 uur, 18.00 uur, 22.00 uur en uiteindelijk om middernacht de laatste. Vijfmaal per dag bespot de ezan het ongeloof van de ongelovige Turken in Turkije. En als er iemand gestorven is, maakt niet uit wie, gewoon een inwoner van de stad, is daar een speciaal soort oproep voor, extra lang en intens. Immers:

memento mori. Net zoals dat hypochondrie het allesbeheersende verlangen naar ziekte en verval is, is religie dat naar de dood.

Als je tijdens de ezan in een liggende toestand bent, moet je uit respect rechtop gaan zitten. Dan lig ik languit op de bank te lezen en komt Moeder me uitschelden dat ik een respectloze hond ben en verplicht me om rechtovereind te zitten gedurende de annonce.

Op een zeker moment tijdens ons verblijf hier van meestal zes à zeven weken bezoeken we ook het dorp van de verwekkers. Ook vandaag is het zover en daar ben ik allerminst verblijd om. Het is er de hel op aarde, nog erger dan de stad. Ik ben er elk jaar wel een paar dagen en elk jaar daalt het besef weer in hoe erg het ook alweer is. Het is er nogal primitief, alsof je een tijdreis hebt gemaakt en je bent aanbeland in de Middeleeuwen, een *Kruistocht in spijkerbroek*-effect. Het is een oord dat zeg maar niet geheel naar de hand is gezet van je begeertes en behoeftes als moderne mens. Het heeft de economie van het genoeg in plaats van die van de vooruitgang: er zijn geen geasfalteerde wegen, de huizen zien er deplorabel en verpauperd uit en de mensen zien er nog erger uit dan de huizen. De enigen die er wel gelukkig zijn, zijn de dieren. Je hebt er immers geen gewetenloze, geldgedreven mishandeling die we kennen van de bio-industrie. De populatie bestaat uit boeren, daarom beschikt elk huis over een stal. Voor de huizen zie je hordes kippen. Het vee kan tot zonsondergang in de openlucht en de bergen verderop grazen. Nou weet ik dat er studiegenoten zijn die wel eens kakelen over hoe heerlijk ze een digitale detox vinden, maar ik heb er niets mee. Dat blijkt maar weer als ik in Kümbet ben, ik word welhaast knots van de gesloten deuren tot het wereldwijde web. Je kunt er ook niet spontaan de douche in, je moet eerst water opwarmen in een soort kachel. Als het water nadien te heet is, moet je wachten tot het afkoelt, om je vervolgens te wassen door het te scheppen met een plastic bakje. Bovendien is het hurktoilet buitenshuis, dus als je 's nachts naar de wc wilt, moet je naar buiten, vergezeld door de geluiden van de omringende krekels en ongedierte. De wc zit op zijn beurt weer vol met slakken en beestjes, soms ligt er een dooie muis voor de pot of sta je oog in oog met de kraalogen van een rat. Ik weet nog dat ik als dertienjarige 's nachts naar de wc moest en indringend werd bekeken door een vos. Ik ben nooit meer in de avonden of nachten naar de wc gegaan. Dan maar een blaasontsteking.

Als we nog geen halfuur in de taxi zitten, begint mijn wagenziekte toe te slaan. Ik vraag Allah waar dit nou voor nodig was, deze tergende kwaal. M'n gelaat voelt kleurrijk aan, in tegenstelling tot m'n gemoed. Uit mijn heuptasje pak ik het doosje geheten Primatour en neem nog een pilletje in. Voordat we de taxi ingingen had ik er reeds een genomen, samen met Vader, Halil en Defne. De disharmonieën in de gezondheid der verwekkers zetten zich voort in het kind en vormen diens lijdensgeschiedenis. Behalve de wagenziekte had ik ook de permanent jeukende oren van Vader en Oma geërfd. Ik was een aantal keer naar de dokter geweest om het te verhelpen, maar er was geen oplossing voor. Het was een rare kwaal waar ze geen verklaring voor hadden. Ze vermoedden dat het een soort allergie was.

Ik voel het voer van gisteren in m'n lijf opborrelen. Ik kijk maar uit het raam, trachtend m'n gedachten te verzetten. Ik zie kolossale, adembenemende bergen die langs mij heen gaan, krimpend en ze achter me latend, de oneindige horizon in, terwijl er in mijn blikveld nieuwelingen opduiken die groeien en groeien, en daarna weer krimpen, net als de vorige. Zo gaat dat uren door. Een helderblauwe lucht, geen wolkje waar te nemen.

Drie uur later zijn we aangekomen in het antieke dorp. Ik voel dat mijn geestvermogen inmiddels niets meer is dan een poel. Ik ben misselijk en zodra we de auto uit stappen, zie ik Vader een paar meter verderop overgeven. Elk halfuur heeft er iemand gekotst, wat zal die taxichauffeur wel niet denken? Moeder klaagt dat ze de hele rit de zure kotslucht van ons moest ruiken en onze groen-paarse koppen moest aanzien. Ik heb er potverdorie niet om gevraagd, dus klaag bij de Lieve-Heer zou ik zeggen.

Een piepjong zwerfkatje holt naar mijn voeten, het heeft een hoogst vertederende blik. Kümbet en Turkije in het algemeen zijn overstelpt met zwerfkatjes, ook in de stad zijn de aantallen onoverzichtelijk. Hetzelfde gold voor honden, of eigenlijk één type hond: de kangal, de Anatolische herdershond genoemd. Ik ben er doodsbang voor. Omdat het landschap van Sivas een bergachtig gebied is, kan de kangal er goed verblijven. Hij wordt van oudsher gebruikt om de schaapskudde te beschermen tegen aanvallen van de beer en de wolf. Er heerst een zekere taakverdeling, vertelden de verwekkers; enkele honden blijven bij de kudde en andere achtervolgen de wolf over grote afstanden. In Nederland komt hij voor als waakhond.

Defne pakt het zwerfkatje aan mijn voeten op en aait haar. 'Mama, kijk dan hoe schattig! Mag ik haar alsjeblieft mee naar huis nemen?'

'Nee, dieren hebben niks te zoeken in een huis, die horen buiten in de natuur,' zegt ze resoluut. Moeder is principieel tegen het houden van huisdieren, dat vindt ze egoïstisch van de mens en dus zondig. Bovendien zijn ze onrein; in een huis wordt er gebeden en eten klaargemaakt, dat kan niet als er een schepsel rondloopt dat overal piest, kakt en haren loslaat. En de wassing voor je gebed telt niet meer als een dier aan je komt snuffelen of aan je likt.

Moeder leerde me vroeger dat je geen insecten mag doden en geen bloemen mag plukken, dat je die moest laten voortbestaan. Als ik niet beter wist, zou ik denken dat ze een gedreven veganistische hippie was. 'In de Koran staat dat je zelfs een mier niet mag doden,' zei ze dan. Tja, dat is waar, maar in de Koran staat wel meer. De islam is in principe naastenliefde, maar wel met een komma. Bovendien zou je bijna vergeten dat ze een dag voor het Offerfeest de hele dag een schaap of stier in stukken zit te hakken op de keukentafel. Die hebben toch echt meer bewustzijn dan insecten of bloemen. Moeder is een vat vol tegenstrijdigheden, gelijk haar ideeënleer, die er vooral bekend om staat niets aan onduidelijkheid te wensen over te laten.

Normaliter zou ik zeggen dat tegenstrijd het keurmerk is van ieder waarlijk levend mens, maar dat is een ander soort tegenstrijd. Eentje die voortkomt uit twijfel, spijt en herziening, de moeders van de wijsheid, in plaats van stellig zijn. Moeder twijfelt nooit. En afwezigheid van twijfel is afwezigheid van geestelijke groei. Dit was daarom de achterlijke vorm van tegenstrijdigheid. Rigide gelovigen zijn uiterst daadkrachtig, net als psychopaten overigens, omdat ze zich niet laten hinderen door de behoefte om andermans belang mee te laten wegen of twijfel toe te laten. Moeder is een uitroepteken, Vader soms een vraagteken. Een vraagteken is een uitroepteken dat onzeker naar beneden kijkt of hij op de goede plek staat. Of hij zich niet op glad ijs bevindt. Als hij zich van die onzekerheid bevrijdt, wordt het ook een uitroepteken.

Ik hoor een luidruchtig geloei. De zonsondergang is ingeluid en de koeien weerkeren van het grazen naar hun stal. Ik zie in de verte een herder pogen het vee in het gareel te houden door de koeien te meppen als ze de verkeerde kant op lopen. Eentje komt impertinent een enorme drol voor mij neerleggen, de geur die hij voortbrengt is stuitend. Overal hier zie je op elke mogelijke plaats drollen liggen, die worden niet opgeruimd, waardoor het overal meurt naar stront. Dat droogt op, waarna de mensen het opsparen in hun kelders, voor de winter alvast.

De koeien kennen hun weg. Als ze recentelijk verkocht zijn aan een ander, komen ze toch telkens naar hun oude stal en verzetten zich agressief tegen de voormalige eigenaar om niet weg te hoeven. Dat is een tragische vertoning, dat heb ik al een aantal keer moeten aanschouwen. Meestal wordt dan de nieuwe eigenaar gecontacteerd, maar de koe weigert resoluut door luidruchtig te loeien, een soort krijsen is het, er zijn ook tranen in het spel, hoeveel de eigenaar ook slaat, trekt en duwt. Ook de ex-bezitter heeft er moeite mee het dier telkens hardhandig weg te moeten sturen uit zijn stal door het te moeten stompen met een stok, anders leert het niet. Als ze een paar keer flinke klappen hebben geïncasseerd komen ze na een tijdje niet meer terug: ze begrijpen dat ze niet welkom meer zijn, ze zijn verstoten, ze accepteren hun lot als verschoppeling. Ik kon leren van die koeien.

Ik loop naar het huis waar we zullen verblijven. Het springt in het oog; het is luxer, groter, netter, schoner ogend en vooral steviger dan de rest. Het steekt boven alles uit en vormt daarmee een pontificaal gebouw, maar nog net niet zo onverholen als de nieuwe moskee. M'n grootverwekkers hebben in tegenstelling tot de andere bejaarden die hier nog verblijven de boon van de koek gekregen: zij hebben hun zes kinderen destijds naar Nederland gestuurd, die hebben dit huis voor hen laten bouwen. Er waren ook andere ouders uit dit dorp die kinderen in het buitenland hadden, maar die woonden niet meer hier, die waren meegegaan naar Frankrijk, Duitsland, België, Italië of Nederland. En zo niet, dan woonden ze in de stad. Mijn grootverwekkers waren de enigen die er bewust voor hadden gekozen in hun dorp te blijven wonen, ondanks hun vermogensgroei; zij zagen niet in waarom ze moesten vertrekken, alleen maar omdat ze nu meer geld hadden. Ze hadden naar eigen zeggen de wereld in een doosje; ze leefden hier volkomen zorgeloos met hun verschonken euro's en bevonden zich in een toestand van materieel *très bien être*. Eigenlijk vraag ik me af wat ze dan in godsnaam doen de hele dag, het moet bijzonder ontregelend zijn als je je hele leven hard hebt moeten ploegen om te kunnen overleven en dan ineens je kinderen je een buidel met goud overhandigen. Het is een soort jackpot, maar wat doe je in godsnaam met een jackpot als Koranvaste bejaarde moslims in fucking Kümbet? Nu begrijp ik waarom Moeder de godganse dag videobelt met haar ouders.

Naar Nederland waren Oma en Opa nog nooit gekomen, dat was haram. De imam uit het dorp had ze uitgedragen dat je als ware gelovige niet mag emigreren uit een islamitisch land naar een onislamitisch land, dat zou je devotie negatief beïnvloeden door de verdorvenheden die je er zou tegenkomen, want die zouden je, of je wilt of niet, met de tijd inlijven, je ziel bederven, je waardekompas verdelgen, je hart verwarren. Nou moet ik hem nageven dat Amsterdam het mekka is van alles wat God verboden heeft, maar goed, in Amsterdam kennen we ook boerkadragers en moskeeën met luide gebedsoproepen. Het is maar net waar je komt, het Allebéplein of de Spuistraat. Waar andere dorpelingen dit advies van de zedenprediker links lieten liggen, het kwam hun niet uit, de preken van de imam vullen immers geen maag, en wel naar Europa uitweken als ze de kans schoon zagen, bleven mijn grootverwekkers standvastig; hun loyaliteit aan Allah en de dorpsimam was onwrikbaar. Zelfs op vakantie wilden ze nooit komen in het duivelse oord van de heidenen. Sterker, ze probeerden elke zomer weer tevergeefs hun kinderen ervan te overtuigen permanent terug te keren. Ze hadden nu toch wel genoeg geld verdiend, wat hadden ze daar nog te zoeken? Ze hadden meer dan genoeg vermogen om zich te kleden en hun magen te vullen tot aan hun graf, wat wilden ze nou nog meer? Een kruimeltje was immers ook brood. Hun zoons hadden allemaal al grote huizen in Sivas met alles erop en eraan, en zelfs een passief inkomen door hun andere woningen te verhuren. M'n ooms van mijn moederskant hadden hun zaakjes inderdaad goed voor elkaar en waren nu onder de pannen; ze waren allemaal succesvolle aannemers geworden, en dat zonder veel scholing en gebrekkig Nederlands.

Moeder was als meisje opgegroeid met vijf broers, die allemaal naar de basisschool waren geweest. Zij niet, men geloofde dat het zondig was om meisjes te laten scholen, dan zouden ze de jongens afleiden in de klas. Bovendien waren zij daar niet voor; gestudeerde vrouwen zouden hun inborst uit het oog verliezen en gelijk worden aan de man, dat kon niet de bedoeling zijn. Moeder kreeg daarom de taak de lunchbox van haar broers te bereiden, hun kleren te wassen, te zorgen voor verlichting als ze in de avonden moesten lezen of schrijven door er met een lamp boven te staan en ze af en toe van een voetenmassage te voorzien als ze moe waren van het vele lopen van en naar school, kilometerslang.

Ondanks het feit dat vooral Oma het onderwerp van remigratie elke zomer weer voor de voeten wierp van haar kroost en zowaar smeekte, vooral omdat ze zo eenzaam was op haar oude dag, een ongeluk bij een geluk, hadden de kinderen van Oma hun ziel aan de geldduivel verkocht en vonden ze het goed toeven in Nederland. Behalve Moeder. Die probeerde eveneens om de haverklap dit onderwerp aan te snijden en Vader voor zich te winnen. Ze vond dat we in ons eigen vaderland moesten verblijven en dat we daar meer onszelf konden zijn, meer te maken zouden krijgen met onze eigen taal, zeden, beschaving, religie, mores en mensen die hetzelfde zijn als wij. Nu ging het alleen maar bergafwaarts: migrantenkinderen in Nederland spraken alleen nog maar Nederlands en hun moedertaal steeds slechter, vooral de latere generaties, ze waren geen praktiserende moslims en kregen die verderfelijke westerse ideeën mee op scholen, waarbij ze leerden dat vrijheid en individualisme het grootste goed is en dat je alles in je leven maar zelf moest kunnen bepalen en bekritiseren, zonder dat je autoriteit en gemeenschapsregels respecteert, zonder dat je je conformeert aan het geheel. Integendeel: je leert almaar zagen aan de poten van elke mogelijke autoriteit, almaar aan alles te twijfelen, niets aan kennis aan te nemen. Een mens kon alleen in geborgenheid gelukkig zijn, iets wat er niet was in Nederland. Het was datgene waar elk organisme naar verlangt, een onoorbaar gevoel en alleen verkrijgbaar door het lidmaatschap van een substantiële gemeenschap, en die bestonden altijd bij de gratie van een gevoel van saamhorigheid door zaken te delen die een emotionele band scheppen: dezelfde etniciteit, taal, religie, zeden en gewoonten. Daaruit ontstaan gevoelens van solidariteit, loyaliteit, lotsverbondenheid en verplichting tot hulp en bijstand. Wie dacht zonder dit te kunnen leven, zou een kil bestaan overhouden dat alleen maar gestoeld is op economische transacties. 'Een volk is niets anders dan een grote familie, wij zullen nooit horen bij de Nederlanders en onze kinderen en kleinkinderen ook niet, wij voldoen niet aan de regels van hun gemeenschap, we zien er anders uit, we hebben andere ideeën. En doen we dat wel, geven we onszelf prijs, dan leveren we onze eigen identiteit en gemeenschap in.'

Zag Vader dan niet in dat ook hun kinderen steeds minder indulgent en plooibaar werden en steeds meer afdwaalden van wie ze in essentie waren? In Nederland groeiden kinderen op met het idee dat ze alleen rekening moesten houden met de grote Ik, dat individualiteit het kostbaarste is. 'Daarmee krijg je geen geborgenheid, geen gemeenschap, geen onderlinge genegenheid en vertrouwen, maar bittere ongelukkigheid, geestelijke eenzaamheid, innerlijke twijfel, weerloosheid, broosheid, een totaal gebrek aan essentiële drijfveren en vervoering. Je leert geen autoriteit aan te nemen, maar dat je je eigen pad moet zien uit te vogelen door middel van zoveel mogelijk experimenteren. Hierdoor maakt eenieder veel overbodige fouten en wordt men egoïstisch. Je aanpassen aan anderen, je van tijd tot tijd opofferen voor een ander of een groter doel, rekening houden met de ander, dat is uit den boze. Je blijft alleen trouw aan jezelf, niemand anders. Hoeveel Nederlanders zouden sterven voor hun vaderland, voor hun geloof? Héél weinig. Dat is een fundamenteel verschil met onze mentaliteit!'

Moeder wilde niet nog een kind aan die decadente cultuur kwijtraken: Defne was nog jong, nog maar acht, met haar wilde ze het helemaal anders doen, genoeg was genoeg. Ze zou in Turkije naar school kunnen en moeiteloos kunnen opgaan in het onderwijs en de cultuur hier. 'Als een boom nog nat is, kun je 'm alle kanten op buigen.' Bovendien had haar het nieuws bereikt dat er hier speciale Koraninternaten waren voor kinderen, waarbij ze elke dag de hele dag les kregen over alle facetten van de islam en waarbij je klaargestoomd werd om onderwijzer in de leer te worden. Dat zou toch geweldig zijn? Kon Vader zich voorstellen hoe geliefd deze daad bij God zou zijn, om je kind helemaal in dienst te stellen van Zijn aanbidding, weg van al het wereldse? Weg van Nederland, waar ze de opvoeding van de duvel kregen? Vader zou vast wel aan een baan komen met Gods wil, als je maar de zuivere intentie had om een stap te nemen richting het goede, want Allah was Almachtig en de Helper in nood.

'Daar komt niks van in, ik ga nergens heen en Defne ook niet, al sleur je ons over de grond,' had ik nog gezegd, de laatste keer toen ze hier weer over ratelde. 'Niemand vraagt jou je mening,' had ze gezegd. Ik kreeg elke keer als het hierover ging een lichte paniekaanval, niet omdat ik me zorgen maakte om mezelf, want ik ging sowieso niet, maar Defne was helaas uit hun zaad en eicel geconstrueerd, niet de mijne, en was minderjarig.

Ik bedacht een plan om Defne te ontvoeren als het ooit zover kwam. Ik zou misschien kunnen liegen tegen de Jeugdzorg dat de verwekkers haar mishandelden om te zorgen voor een uithuisplaatsing of zoiets. Dat zou ik niet eens liegen willen noemen, weliswaar mishandelden ze haar niet fysiek, maar dit plan van Moeder leek me erger dan dat. Maar wat als Defne zou verraden dat ik loog? Ze had ook een eigen mond. Bovendien was de

Jeugdzorg verschrikkelijk, dat wist ik door de verhalen van Freek, die niet uit zo'n aangeharkt gezin komt als dat van mij. Shit. Ik wist het niet. Ik kon maar beter Moeder afbrengen van het idee en zo veel mogelijk mensen inschakelen die het afraadden.

Maar nog voordat dit nodig was, gaf godzijdank Vader al aan dat het financieel gezien te riskant zou zijn om te emigreren en dat hij zich niet op glad ijs wilde begeven. Hij had een goed inkomen in Nederland en in Turkije waren de werkloosheid en de inflatie hoog en de lonen laag. Hij zou eerst moeten sparen om zo'n grote stap te maken. Ik wilde de God van de ongelijke inkomensverdeling op mijn blote knieën bedanken.

Totdat Moeder te horen had gekregen dat die Koraninternaten ook navelstrengen in Nederland hadden. Ik hield mijn hart vast. Natuurlijk, dat was me ontgaan, die lange arm van Turkije. Of nou ja, de vrijwillige prothese. Moeder begon al een heel plan te beramen, bovendien zou het gunstig zijn voor hen als Defne in een internaat sliep, dan hadden we meer ruimte thuis en had Halil zijn eigen kamer. Ik deed er alles aan om Halil te overtuigen dit plan tegen te houden, en waar hij eerst nog onverschillig was, zag hij ook in dat dit inderdaad veel zou kunnen betekenen voor de toekomst van ons zusje en dat het niet te vergelijken was met onze weekendscholen, dat het wezenlijk ingrijpender zou zijn en haar levensloop voor altijd kon bezegelen. We gingen beiden tegen onze verwekkers in en praatten het idee van hen af, maar het was vooral Halil die hen kon overtuigen, naar mij luisterden ze toch niet. Ik heb immers een gleuf en tieten.

23

Vader bedankt en betaalt de taxichauffeur. Defne zet de zwerfkitten terug op de grond. 'Ik hoop dat we elkaar nog zien, lieve poes, je mag helaas niet mee naar huis, pas goed op jezelf!' Het was maar te hopen dat deze Kümbetaanse kitten Nederlands verstond. Halil loopt al naar het huis van Oma en Opa en gaat de trap op. Moeder fluit hem terug.

'Hallo!? Waar ga jij naartoe? Wie gaat de koffers tillen, de kruier?'

Halil loopt terug naar het taxibusje, opent de bagageruimte en neemt een zware koffer op zijn rug.

'Oef! Heb je hier een lijk in gestopt of zo?'

'Niet zo zeiken, je bent toch geen wijf, kom op, ik heb je niet voor niets borstvoeding gegeven al die jaren.'

Moeder heeft een theorie die stelt dat mannen die fysiek slap of 'verwijfd' zijn, zo zijn geworden omdat ze geen borstvoeding hebben gekregen vroeger, maar kunstmatige pap. Ook zou het komen doordat de vrouwen veel te laat aan kinderen beginnen, waardoor ze geen tijgers meer baren, maar halfzachte mannen die nog geen deuk in een pakje boter kunnen slaan. 'Excellente olijfolie maak je niet van oude olijven,' aldus de ongeschoolde doch alom wijze huisfilosoof.

Halil draagt puffend en kuchend de enorme koffer de trap op, met gevaar voor eigen leven, want de traptreden in dit dorp hebben geen leuning en worden niet omringd door een muur, het is een compleet opzichzelfstaande trap, bestaand uit louter een rij treden, gewoon in de openlucht. Eén verkeerde beweging en je flikkert ervan af. Het is acht meter hoog. Onder het huis hebben ze een stal, waar overigens geen vee meer is. Opa heeft alle vee jaren terug van de hand gedaan, ze kregen toch wel genoeg geld toegestuurd van de kinderen.

Als peuter ben ik meerdere keren van deze trap gevallen. Vlak onder de trap heb je een stenen vierkante kuip gevuld met water, ongeveer drie meter diep. Dat was voorheen bedoeld voor het vee. Ik kan het voorval zelf me niet meer voor de geest halen, maar Moeder vertelde dat ik uitgleed op de trap, in dat water zonk en m'n hoofd stootte, wat een bloeding en een tijdelijke ontsteltenis tot gevolg had. Ik kon uiteraard niet zwemmen, dus verdronk ik bijna, heb ik begrepen. Ze was net op tijd om me er weer uit te vissen.

Dat is trouwens niet de enige keer dat ik een bijna-doodervaring had in dit dorp. Ook ben ik een keer van het balkon naar beneden gepleurd als baby. Een zwakzinnige achternicht van Moeder hield me vast en op de een of andere manier liet die domme doos mij toen vallen. Ik ben kennelijk een zondagskind, of in ons geval een vrijdagskind, want onder het balkon bevond zich een hoge stapel hooi waardoor mijn val ruimschoots gebroken werd. Volgens Moeder was het Allah die mij beschermde. Gelukkig ben ik een zeer open-minded persoon en sluit ik niets uit, zelfs het bestaan en de speciale bescherming van Allah niet, wél vraag ik me dan af waarom andere mensen niet beschermd worden, bijvoorbeeld een onschuldig meisje in Somalië dat besneden gaat worden met een bot scheermesje, waardoor ze haar hele leven pijn zal ervaren bij penetratie. De zon en de maan kijken toe, evenals de Vader, geprezen zij de Heer. Dat zijn dan van die vragen waar Moeder géén antwoord op heeft, vermoed ik zo. Gewoonlijk weet ze zoveel. Misschien was het moeilijker om je ogen te sluiten voor je overtuigingen dan voor de werkelijkheid. Het is de comfortabele conservatief die geen enkele dam meer bouwt tegen het wassende water, in de veilige overtuiging dat hijzelf toch wel op het droge zit. En toch is er ook de behoefte zich te bekommeren dat anderen dat ook doen.

Net zoals het geloof der rigide gelovigen ongeschokt blijft ondanks alle tegenslagen, kinderen die overlijden aan kanker en alle onrecht en ellende die niet aan God konden liggen, zo bleef mijn ongeloof ongeschokt ondanks alle zegeningen.

Vader neemt ook een koffer en gaat eveneens de trap op. Moeder en ik hoeven niets te dragen, wij zijn vrouwen. We lopen met lichte tassen naar boven en kloppen aan. Oma opent en glundert van enthousiasme, zelfs haar pupillen lachen. Ze veegt haar tranen van vreugde weg met haar hoofddoek. Ze knuffelt mij zo stevig dat ik even naar lucht moet happen, ze is een sterke vrouw. 'Ik heb jullie zo gemist, mijn kinderen,' zegt ze met een bejaardenstem. Ze geeft me vier kletsnatte zoenen op weerszijden van m'n gelaat en gaat dan door met het doodknuffelen van Defne. 'Au, oma, niet zo strak,' zegt Defne. Defne vergeet regelmatig dat ze Turks moet praten. Moeder zegt haar dat ze vanaf vandaag geen Nederlands meer wil horen tot we terug zijn. Defne herhaalt de zin in het Turks.

'Sorry, mijn kind, mijn oogappel, ik heb je zo gemist dat ik mezelf laat gaan, sorry als ik je pijn heb gedaan,' zegt Oma overtrokken. Ik zie Defne met haar vingers haar neus dichtknijpen. Ik wenk haar dat ze dat niet moet doen, maar moet er stiekem ook een beetje om lachen. Ik kijk haar oppervlakkig boos aan en zeg met mijn blik dat het onbeleefd is. Ze laat haar hand weer vallen en vervolgens knijpt ze toch weer in haar neus. Oma stinkt naar de welbekende vieze koeienmestgeur die altijd om de mensen hier heen hangt. Oma heeft zelf weliswaar geen koeien meer, maar ze helpt wel de buurvrouwen met hun vee zodat ze toch een dagtaak heeft.

Karbonkel slaat de hand van Defne die als wasknijper om de neus dient naar beneden en gebiedt dat ze naar binnen moet lopen. Ze knuffelt haar moeder innig en laat daarbij een traantje. 'Wat zijn ze weer groot geworden, mashallah!' zegt Oma. 'Kom, kom, laten we snel naar binnen gaan, jij ook welkom, mijn schoonzoon, welkom!' zegt ze tegen Vader en maakt de weg voor ons vrij. Ik loop vermoeid naar de woonkamer. Je hebt er geen banken, meer een soort langwerpige poefjes op de grond met allerlei handgeweven motiefjes in veel kleuren. Zowel de grond als de muren zijn bekleed met handgeweven tapijten, allemaal verschillend van elkaar. De poefjes hebben dezelfde patronen als de tapijten, allerlei willekeurige figuurtjes en felle kleurtjes met rafeltjes aan de zijkanten.

Het eerste wat me opvalt is de enorme hoeveelheid muggen in de kamer. O ja, ik was vergeten hoe verschrikkelijk ik die kutmuggen vind. Ik weet niet waarom en hoe het zo komt, maar in de stad heb ik nooit last van ze, en in Nederland af en toe 's nachts van eentje of twee, maar in Kümbet heb je ó-ve-ral fuck-ing veel muggen. Je hoort de hele tijd het zoemgeluid: overdag, 's nachts, binnen, buiten, het is om krankzinnig van te worden. Als je een bord eten voor je hebt, komen er minimaal twintig muggen op zitten. Aan het plafond hangen muggenvangerstrips die volledig zwart gekleurd zijn van de morsdode kleine duivels die erop zijn gekleefd. Ik moet er bijna van overgeven, zo weerzinwekkend oogt het. Ik zie zeven lange strips hangen die helemaal vol zitten, ze zijn zo te zien lange tijd niet verwisseld. Opa en Oma storen zich niet aan de muggen, dus wie weet zijn dit nog de strips die wij vorige zomer hadden opgehangen. Ik verheug me allerminst op de nacht. Daarom haat ik Kümbet dus.

We kletsen met Oma over hoe de reis is verlopen. Ze vraagt waarom Oma uit Nederland niet meegekomen is, zoals elk jaar. 'Ze zegt dat ze meer van Nederland houdt,' vertelt Moeder. Dat is waar, Oma haat Kümbet net zoveel als ik, als het niet meer is, terwijl ze hier is geboren en opgegroeid. Me dunkt dat het in haar geval te veel ellendige herinneringen naar boven brengt. Bovendien is Oma gesteld op haar luxe, ze hoeft geen hurktoilet, een poef op de grond in plaats van een bank, regelmatig uitvallende stroom, overal muggen en een kraan zonder warm water.

Dit nieuws stelt Oma teleur, ze had graag tijd doorgebracht met haar vriendin. Opa was nog buiten, hij was gaan bidden in de moskee, dus die komt net binnen. Ik zie dat Moeder mij boos aan het wenken is, omdat ik languit aan het liggen ben vanwege de misselijkheid. In het bijzijn van een man, zowel bij je opa als een andere man uit de familie, mag je immers niet zo'n schaamteloze houding aannemen. Dat is normaal gesproken ook in het bijzijn van je vader in Turkse gezinnen, maar gelukkig is Vader daar niet streng in en mag ik op de bank liggen of mijn voeten op tafel leggen in zijn bijzijn. Ik weet nog goed dat de verwekkers daar vroeger vaak ruzie over hadden; Moeder verweet Vader zijn onbekommerdheid, dat hij zich niet inzette voor het onderwijzen van de traditionele gedragsregels die een meisje zouden leren om ingetogen te zijn in het bijzijn van mannen of de heer des huizes, en later bij haar eigen man. Ze sprak Vader geregeld geërgerd toe dat hij mij veel te vrij liet, dat hij me zelfs mijn benen over elkaar liet doen, dat was toch ongekend schandalig? Vrouwen hoorden de knieën tegen elkaar te houden, zonder veel naar achteren te leunen op de bank of je benen languit gestrekt te houden, en al helemaal niet de meest onbeleefde positie waarbij je zit met je knieën naar buiten toe gericht, tegenwoordig ook wel *manspreading* genoemd. Zo mochten alleen mannen zitten. Mannen mochten sowieso zitten hoe ze wensten, die hoefden helemaal geen speciale posities aan te nemen in het bijzijn van een vrouw.

Na Moeders priemende blik sta ik abrupt op om Opa te begroeten. Ze wenkt mij weer en wijst op haar hand, wat betekent dat ik Opa's hand moet kussen. Ik haat het om handen te kussen, ook op het Suikerfeest. Halil gaat mij voor. Ik groet Opa, zeg dat ik blij ben hem weer te zien, pak z'n hand en buig m'n hoofd om een lichte kus erop te drukken. Ik vind het meer slaafs en dienstbodiaans dan dat ik het zie als een uiting van respect. Ik ben totaal geen fan van die hiërarchische familierelaties.

Nadat we uitvoerig bijgekletst hebben met de grootverwekkers, begint de ellende pas echt: een week zien door te komen hier. Een week met slapeloze nachten, omdat de gebedsoproep 's nachts afgaat, omdat het hier 's nachts veel te stil en veel te donker is, niet zoals in Amsterdam, waar ik in slaap viel met geluiden van voorbijrijdende treinen, auto's en metro's, de tv, Netflix, een podcast, en waarbij het nooit pikdonker was door de straatverlichting.

24

De dagen gingen maar niet voorbij. Ik kon niet naar buiten en spontaan een wandeling ondernemen, terwijl de natuur toch echt het meest imponerende was hier, zo niet het enige. Vrouwen hadden buiten niets te zoeken, je werd dan geheid lastiggevallen door de jonge prutsers, omdat ze nooit eens een chick zien in hun leven, en al helemaal geen mooi geklede. Vrouwen worden hier thuis gehouden en alleen van kop tot staart gesluierd naar buiten gelaten als het strikt noodzakelijk is, dus mooie vrouwen zijn hier alleen maar op de tv en onbereikbaar, waardoor mannen hun seksuele frustratie kwijtraken door porno te kijken. Ik heb ze daar niet zelf op betrapt of zitten begluren terwijl ze zaten te onaneren onder het genot van een audiovisueel erotisch oeuvre, maar Halil vertelde dat hij van lokale jongens had gehoord dat ze de hele dag zaten te rukken. Begrijpelijk, in Kümbet heb je helemaal niets, je zou er toveren leren. Er gebeurt nooit wat, je hebt niets om naar uit te kijken. Activiteiten en voorzieningen zijn afwezig en elke dag is een kopie van de vorige. En de volgende. Je hebt er geen winkels, cafés, buurthuizen, bioscopen of zwembaden. Je hebt er huizen, koeien en stront. Daarom hebben de jongeren als ultieme droom om zo snel mogelijk een auto te kunnen kopen, zodat ze af en toe naar de stad kunnen, of nog beter: kunnen verhuizen, maar dat gaat niet zomaar, dan heb je kapitaal nodig, en laat daar nou groot gebrek aan zijn. Het meest contemporaine gebouw hier is een kersverse, boven alles uittorende moskee die gelijk in je blikveld opdoemt als je je in dit dorp bevindt. Die stond er niet toen ik hier voor het laatst was. Oma vertelde dat sultan Erdoğan, zoals ze hem hier noemen, hem hun heeft geschonken. Het bouwwerk valt op door zijn omvangrijke afmetingen en impressieve kleuren. En doordat het een ultramodern gebouw is tussen alle godverlaten huizen. De minaretten zijn onverholen en ontzagwekkend. Ik besloot er vandaag met Halil naartoe te gaan. Omdat ik met hem was, werd ik niet lastiggevallen door mannen op straat, maar wel uitvoerig bekeken. Ik negeerde de blikken die overal op m'n lijf brandden. Ik zag dat een onooglijke man van rond de dertig naar me knipoogde als een debiel met sambal in z'n ogen.

Het was nog geen tijd voor het gebed, de moskee was leeg. Wij waren de enigen. Dat kwam goed uit, dat betekende dat ik ook de mannenruimte kon bekijken en Halil de vrouwenruimte. Het was adembenemend, vooral de immense kroonluchter schreeuwde om alle belangstelling. De tapijten waren zacht, kleurrijk, kwalitatief en gaaf gedecoreerd. De ramen waren opgeschikt met afbeeldingen van rode tulpen, het plafond had Ottomaanse motieven. De kleuren van de wondermooie versieringen aan de muur overvielen je als het ware. De moskee was zo groot dat je onze echo's hoorde. Je kunt veel zeggen over moskeeën, maar niet dat ze de geest en het lichaam niet weten te prikkelen. Defne had de echo ook door, dus zij ging – zoals het elk kind betaamt – willekeurige woorden en banale leuzen als 'Amsterdam-West *is the best*' roepen. Daarna zong ze 'Hoofd, schouders, knie en teen'. Vervolgens rende ze in het rond en bedacht ze een spel waarbij ze bepaalde figuren in het tapijt moest zien te vermijden.

In de buitentuin van de moskee, waar overigens alleen de mannen kwamen en de vrouwen alleen als er geen enkele man aanwezig was, bevonden zich een fontein, gezellige zitbanken, wijnbladeren over de hekken en muren, bloemen, citroen- en pruimenbomen met fraai gekleurde vogels her en der. Het lag er prachtig pittoresk bij, zo'n andere sfeer dan in Nederland, zo stil, zo niet-gejaagd, zo voldaan en zorgeloos, ver weg van alle denkbare punctualiteit. Maar niets voor mij, geef mij maar het drukke Amsterdam, hier werd ik gek van de stilte, ook 's nachts.

Het gras oogde zo zacht dat ik spontaan zin kreeg om er met m'n blote kont op te liggen, klimatologisch was daar niets op tegen. Ik had het kunnen doen, maar als ik ontdekt zou worden, zouden de Turkse kranten morgen koppen met: 'Vrouw naakt in moskeetuin'.

Nadat we alles uitvoerig bekeken hadden, wilde ik ook de vrouwenruimte bezichtigen. Ik moest sowieso weg voordat het tijd werd voor het gebed en er iemand zou zien dat ik me illegaal in de mannenruimte bevond. En ook nog met mijn onreine* ongestelde kut, maar dat was gelukkig niet zichtbaar voor mensen zonder röntgenogen. Halil wilde niet mee, zo meteen zou er een vrouw binnenkomen en zou hij voor paal staan. Ik vond dat hij zich niet moest aanstellen en gewoon mee moest komen, maar hij weigerde resoluut, dus ik ging met Defne.

Ik duwde de deur open en vrijwel meteen stond ik perplex. Niet vanwege de schoonheid, maar meer het gebrek daaraan. De vrouwenruimte was vele malen kleiner en kende geen decoraties. Het was niets meer dan een grauw kippenhok. Er was ook geen microfoon, noch een verhoogde *mimbar*†. Vrouwen kunnen

* Als vrouwen menstrueren mogen ze de moskee/gebedsruimte niet in vanwege hun onreinheid.

† Preekgestoelte.

natuurlijk niet hun eigen voordrachten houden of een eigen imam hebben, die consumeren alleen wat de mannelijke imam in de ruimte hiernaast zegt. Verder zag ik geen boekenkasten vol kleurrijke boekwerken. Ach, wat moeten vrouwen ook met boeken? Die snappen dat allemaal niet, veel te ingewikkeld voor ze, met hun ongestelde vagina's en hun andere zorgen en interesses zoals kinderen verzorgen en broodjes bakken. Een Turks gezegde luidt: vrouwen hebben lange haren, een kort verstand. Daarom moeten ze niet met het deeg gekleefd aan hun handen ergens een mening over hebben wat ze niet aangaat.

We liepen naar buiten. Halil stond met een meneer van een jaar of 45 te converseren. De man had vermoedelijk gevraagd wie hij was en waar hij vandaan kwam, zoals elke voorbijganger. Het inheemse volk hier vraagt te allen tijde hoe onze verwekkers heten – dat zegt ze vaak niets – en dan wie onze grootverwekkers zijn. Vervolgens krijgen we een uitgelaten uitnodiging om thee met ze te drinken bij hen thuis, waar ik nooit op inga, want de laatste keer dat ik dat wel deed, toen was ik zonder Halil, vroeg het koppel waar ik op visite was of ik met hun zoon wilde trouwen en hielden ze niet op bij een weigering. Deze mensen zijn tot alles in staat om het lot van hun kinderen te kunnen redden door ze naar Nederland te sturen, dus als het niet goedschiks ging, zou het misschien wel kwaadschiks gaan en zou het kunnen zijn dat ik in de val word gelokt; in het uiterste geval dat ik word verkracht of ontvoerd en dat er straks over mij gezegd wordt dat ik welwillend toestemde en dat mijn gezin de verantwoordelijkheid moest nemen en mijn zonde hoorde te wissen door mij te huwen met de beste man, waardoor hij uiteraard mee kan naar Nederland. Daar had Moeder me al voor gewaarschuwd, dat was eerder voorgekomen bij een meisje uit Frankrijk. Dus ik had geluk gehad die keer, het kwam niet tot een verkrachting. Misschien omdat de zoon er niet was.

De eerstvolgende vraag van de inheemse mensen is meestal: 'Waar vind je het beter, *Hollanda* of Turkije?' Ze zijn tenslotte benieuwd naar hoe dat bekoorlijke Europa nou echt is, dat oord dat ze nooit met de eigen kijkers hebben kunnen aanschouwen en ervaren, maar waar ze al hun hele leven verhalen over horen. Dit zijn de mensen die destijds niet mee konden of wilden. Net als Opa en Oma hebben sommigen het gastarbeiderschap geweigerd, ondanks de armoede, omdat het geen islamitisch land is. Of hun verzoeken zijn niet ingewilligd omdat er al genoeg mankracht was. In ieder geval is die route linksom of rechtsom hermetisch afgesloten. Ook deze vent had kennelijk die vraag gesteld, want ik hoorde Halil antwoorden: 'Allebei heeft z'n voordelen.'

'Jaja, je vindt het daar natuurlijk beter, hier is niets, alleen koeienstront,' zegt de man lachend, zijn verkleurde en verwrongen tanden blootgevend. 'Vergeet niet, jongeman, je vaderland is niet waar je geboren bent of waar je ouders geboren zijn, je vaderland is waar je je maag vult. Nederland vult jullie maag excellent, ik hoor er veel verhalen over. Je krijgt daar uitkeringen als je niet kunt werken en een financiële armslag als je een laag inkomen hebt. De overheid betaalt de huur voor je, geeft je voorrang op een mooi huis en je hebt er kinderbijslag. De kinderen genieten gratis onderwijs tot ze werken, de zorg en de medicijnen zijn betaalbaar, de inflatie is laag, de boodschappen zijn goedkoop. Wees Allah dankbaar dat je daar mag wonen en niet hier, wij komen amper rond, wij poepen niet opdat we geen honger krijgen.'

Het is per persoon afhankelijk welk antwoord goed wordt gerekend. Als je zou zeggen dat Nederland beter was, zou een ander misschien zeggen dat je je identiteit verloochent en dat dat niet goed is, dat je primair zou moeten houden van je vaderland, ondanks de nadelen en de geringe faciliteiten, maar als je zegt dat Turkije beter is, kan een ander weer vinden dat dat niet zo is en jou erop wijzen dat er geen groeikansen en sociale voorzieningen zijn.

De man gaat verder: 'Nederland is ongetwijfeld economisch beter dan hier, maar dat betekent niet dat je je eigen taal en geloof moet veronachtzamen. Je moet weten waar je vandaan komt, wat je oorsprong is. Je moet het goed weten te balanceren.'

Dus toch.

'Inshallah kunnen jij en je kinderen ook naar Europa komen op een dag,' zei Halil.

'Men moet geen amen zeggen op een gebed dat onmogelijk is,' zei de man, naar de grond kijkend.

Als we teruglopen naar huis hoor ik Defne zich smartelijk uiten over de steentjes in haar sandalen. Er is hier geen fatsoenlijke weg aangelegd: de koeien, auto's en mensen gebruiken hetzelfde pad, dat ene met zand en steentjes. Elke keer dat er een auto of tractor voorbijrijdt, laait er een flinke stofwolk op en wordt je gehele klederdracht vuil. En je bek zit vol zand. De uitgediende auto's hier hebben illegale uitlaten laten monteren zodat ze harder kunnen, opdat je de rook uit die uitlaten duidelijk ziet en ruikt; het is zwart en stinkt enorm.

We pauzeren even zodat Defne haar sandalen kan ontdoen van de steentjes en zichzelf van de last. Ik was vergeten dat ik haar beter sneakers kon aanreiken bij het vertrekken. Er passeert een zwerm koters van allerlei leeftijden met verscheidene lengtes, doch identieke breedtes en ze kijken vol vervoering. Ze hebben vuile, vodderige, verouderde kleding aan, velen hebben gescheurde schoenen waar een teen uitpuilt. Enkele shirts zijn te klein en andere veel te groot. Een knul heeft slippers aan waar zijn voeten tweemaal in kunnen. Ongemakkelijkheid overvalt me bij het aanschouwen van het deerniswekkende tafereel. Deze kinderen creperen van de armoede, en moet je ons zusje zien, gelijk in leeftijd, gekleed in de nieuwste collectie van de H&M, waar ik persoonlijk zorg voor had gedragen. Moeder had nog wel letterlijk een mouw aan het shirt van Defne aangepast, zodat ze er alvast aan went om geen blote armen meer te hebben.

Het contrast met de andere kinderen was te groot, en daardoor vervelend.

Ik hoor de meisjes bezield praten over hoe gaaf Defne eruitziet. En over haar haarspeldjes, die hadden zij nooit gehad. 'Het lijkt zo'n meisje van tv,' hoor ik er eentje zeggen met een groot gat in haar vuile hemd dat onder de vlekken zit. Ik krijg een brok in m'n keel. Het besef dat Halil, Defne en ik ook net zo goed een van deze kinderen geweest konden zijn, grijpt me aan. Het is een samenloop van omstandigheden en domweg geluk dat wij in Amsterdam-West zijn geboren en niet in Kümbet. Als de vader van Vader niet was geselecteerd als een jonge, gezonde man die mee mocht naar Nederland, hadden we er ook zo uitgezien. Ik gun deze kinderen ook wat wij hebben, ik zie mijzelf in ze. Ze lijken op ons.

Een van de meisjes tuurt onafgebroken naar Defnes sandalen. 'Ze zijn écht móói,' weet ze uiteindelijk verstard uit te brengen tegen Defne, wijzend naar haar voeten. Ik kan het steeds moeilijker aanzien. De kleine prins had gelijk: wat was dit voor een wereld? Overal waar je kwam zag je harde kantjes, scherpe randjes, hoekigheid en droogte. Maar voor hoevelen kon je de *gutmensch* zijn? Al neem ik dit hele dorp mee naar Nederland, en dan? En al die andere dorpen dan? En al die andere landen waar men het nog akeliger had? Nederland kan niet alles binnenhalen, noch kan Europa dat.

Bovendien weet ik niet zo zeker of het een goede zaak is dat iedereen onze manier van leven kan bereiken, onze planeet kan het dan toch niet aan, als elke ziel een koelkast en een auto wil, dan ligt het toch op z'n gat? We zijn met te veel schepsels en economische migranten hebben pech, ze kunnen geen oorlog als reden gebruiken en economische uitzichtloosheid in een erbarmelijk boerengat geldt niet als geldige reden voor asielaanvraag. Wij, de Euroturken, waren de producten van een deal.

De vraagstukken vermoeiden m'n hoofd en geweten. Niet de

dood, maar het moeten doden om te overleven en zich te ontwikkelen is Gods wreedste grap met ons. Je kon jager worden of prooi blijven, en vaak heb je daar geen keuze in en is je lot al bepaald. Overal scheen dezelfde zon, maar bepaald niet met hetzelfde licht. Als het waar is dat iedereen zijn verdiende loon krijgt, hoe kan het dan dat de goeden en onschuldigen verkommeren?

De kleding van Defne had ik vorige week in Nederland gekocht met Moeder samen. De Dam zat die dag vol met activisten met maskers op en een laptop in de hand waar ze filmpjes op afspeelden, de beelden legden de hardvochtigheid van de vleesindustrie pijnlijk bloot. De activisten pleitten voor veganisme, omdat het ethisch niet verantwoord zou zijn om een levend wezen met een bewustzijn, gevoelens en het vermogen om pijn te lijden op die manier te kwellen voor menselijke consumptie. Moeder snapte er niets van toen een jongedame naar ons toe kwam gesneld en een vlot en enerverend praatje hield over hun standpunten. Ze gaf ons een flyer met een foto van opgeblazen varkens, opeengestapelde plofkippen en koeien die, zo vertelde de jongedame, keer op keer verkracht werden zodat ze melk bleven produceren. De kalfjes die ze baarden werden terstond van ze gescheiden, waardoor zowel moeder als kalfje gefrustreerd raakte. Dieren werden geobjectiveerd en dat moest stoppen. Nu meteen. Ze vroeg wat wij daarvan vonden en of we misschien overwogen om over te stappen op vleesvervangers. En of we voortaan het zuivel wilden laten liggen in de supermarkt.

Ik vertaalde het betoog. Moeder antwoordde dat ze het een erg nobele zaak vond dat deze jongedame opkwam voor de rechten van dieren, dat zij het net zo verschrikkelijk vond om te zien hoe dieren behandeld werden, dat dat streng verboden is door God. Ik vertaalde het en voegde eraan toe dat ik eveneens eerbied had voor deze actie. Ze bedankte ons en vroeg nogmaals of wij het overwogen om veganist te worden, want dat zou veel zonzijdes kennen. Het zou dierenlevens besparen, goed zijn voor het milieu en onze gezondheid, want vlees zou vol zitten met antibiotica en hormonen.

Moeder vond dat onzin. 'Zeg maar tegen deze juffrouw dat ze zich daar niet druk om hoeft te maken, dat God de dieren heeft geschapen om ons te dienen en dat ze zonder schuldgevoel van een stuk vlees mag genieten. Als je biologisch halal vlees koopt, heb je bovendien geen last van die toevoegingen en zijn de dieren goed behandeld.' Ik vroeg me af of ik dit wel naar waarheid moest vertalen. Ik deed het toch. De jongedame wist niet zo snel de juiste woorden te vinden om uit te drukken dat ze dit een misselijkmakende gedachte vond, maar haar gelaatsuitdrukking verraadde haar. En de blik is in elke taal te verstaan. Als ze hierop zou antwoorden dat dit fout was, zou ze zeggen dat de levensbeschouwing van Moeder niet deugt. 'Nee mevrouw, dieren zijn niet in dienst van de mens, ze hebben hun eigen levens en hun eigen genot, net als wij. Dit is een volstrekt foutieve gedachte en ik vind het erg jammer om te horen dat u hiervan overtuigd bent en niet openstaat voor een andere kijk. Een ander levend wezen pijn aandoen en vermoorden om zelf ervan te genieten, terwijl er genoeg andere opties zijn om te eten en die net zo voedzaam en lekker zijn, is op geen enkele manier ethisch verantwoord. Er zijn bovendien ook moslimveganisten!'

Ik vertaalde het en Moeder zei vervolgens: 'Laten we verder winkelen, Büsra, dit gezeik houdt maar niet op.' Dus dat deden we.

In de H&M hing soepele zomerkleding in fraaie kleuren wijd en zijd. Ik koos wat dingetjes uit voor Defne, korte broeken en een paar mouwloze topjes. Moeder zei dat ik dat terug mocht hangen, daar kwam niets van in. Defne was inmiddels acht en moest alvast wennen aan ingetogen kleding, ze was geen peuter meer. 'We hoeven niet veel zomerkleding in te slaan, na de zomervakantie gaat ze naar groep zes, dan moet ze verplicht een hoofddoek om en een lange jurk aan op school, dus dan hebben we toch niets meer aan deze kleding. Ze mogen dan ook geen kleren met dieren of andere wezens dragen, daar kun je niet mee bidden.'

Verdomme. Ik was even vergeten dat je op een islamitische school geen huid mocht laten zien als meisje. Zelfs niet in de zomer en ook niet bij het gymmen, ook al gebeurde dat apart van de jongens, net als het zwemmen. Ook douchten ze niet na het gymmen; het was niet gepast dat klasgenoten je geslachtsdeel konden aanschouwen, al waren ze van hetzelfde geslacht. Volgens de leer moet je namelijk je *awrah** bedekken: de lichaamsdelen die je te allen tijde moet bedekken, uitgezonderd voor je echtgenoot, dus ook voor andere vrouwen. Zo is het ook niet toegestaan om je schaamspleet te laten laseren of harsen door een vrouw. In levensbedreigende situaties mag een man je lichaam zien, maar alleen als je je best hebt gedaan een vrouwelijke arts te regelen, zo leerde ik dat.

Ik vraag me af hoe een vrouw ooit een spiraaltje moet laten zetten volgens dit edict. Ik vind dat de geestelijken zich over dit vraagstuk moeten buigen. Misschien krijgen we dan nog meer stromingen. Hoe meer stromingen, hoe meer vreugd.

Wat me opvalt aan de inwoners in Kümbet zijn de talrijke zwangere vrouwen en de hoeveelheid gehandicapten. Ook zijn er mensen die lijden aan allerlei psychische ziektes, het is net een openlucht-ggz, een genetisch afvoerputje. Zo kwam er laatst een jongedame van mijn leeftijd aan de deur kloppen. Ik deed open, groette en vroeg wie ze was. Ze keek me vijf minuten lang verstard

* Voor de mannen: het gebied vanaf de navel tot de knie, voor de vrouwen: het gebied van de hals tot de knie (hier kunnen meningsverschillen over zijn, maar dit is hoe ik het heb geleerd).

en indringend aan, kwijlend, om daarna ineens dionysisch te proclameren dat ik haar verloren zus ben, en gaf me plots een beklemmende knuffel, terwijl ze verder kwijlde over mijn blouse. Ik wist niet wat me overkwam.

'Jij mijn zus! Ik hou van jij! Ik jou gemist! Jij in mijn droom!' Oma kwam aangehold, gaf haar een pak koekjes en zei dat ze maar terug naar huis moest, dat er veel mannen aanwezig waren in het huis, dat ze daarom nu niet naar binnen kon. In Kümbet zitten de vrouwen met elkaar en de mannen met elkaar, dus als er mannen aanwezig zijn is het normaal dat je als vrouwelijke bezoeker aan de deur afgewezen wordt en kun je later terugkomen. Het meisje glunderde van blijdschap door de koekjes en ging trede voor trede de trap af, steeds herhalend dat ik haar zus ben, steeds weer omkijkend, eerst met een ernstige, daarna een opgetogen blik. Ze had vuile en gescheurde kleren aan met gescheurde slippers die haar onverzorgde voeten en teennagels blootgaven.

'Wat was dát?' vroeg ik Oma gechoqueerd.

'Dat is Nuray. Het is een ziek meisje, ze komt steeds hier bij mij langs, omdat ik de enige ben die haar aandacht geeft. Ik vind het heel zielig voor haar, moge Allah haar genezen.'

'Wat heeft ze precies?'

'Het is niet duidelijk wat ze heeft, een ziekte van de geest, maar naar de dokter gaan is duur en haar verwekkers hebben niet eens genoeg te eten. Soms wordt ze heel wild. Als ze een komkommer ziet, gaat ze trillen en beven en als een kip zonder kop in het wild rondrennen, schreeuwen en trillen, soms valt ze zelfs flauw, daarom let ik er altijd op dat ze geen komkommers ziet in dit huis, want dan is ze niet meer rustig te krijgen.'

'Komkommers?' Ik vraag me af of dit niet een grap is en of ik niet beland ben in een tragische comedy. Maar Nuray was niet de enige. Er waren wel meer hier met heel rare aandoeningen, soms fysieke handicaps en soms andere. Ik wist eerst niet waardoor dat precies kwam, maar Halil kwam met de verklaring dat dat is omdat velen met familie zijn getrouwd. Neef-nichthuwelijken waren hier meer regel dan uitzondering. Natuurlijk, dat was ik helemaal vergeten. Dat komt mede door de leer en de imams, die neef-nichthuwelijken goedkeuren.

Ik moet ineens denken aan een vriendin die ik had op de middelbare school. Esra was een pienter meisje, ze zat op het vwo, net als ik, maar had welgeteld drie zwaar gehandicapte zussen. Die konden niets zonder begeleiding: niet naar de wc, niet eten en niet lopen. Toen ik een keertje bij haar langsging thuis, keek ik beduusd toe. Het was een gigantisch huis met brede en lange gangen en enorme kamers. Het leek een beetje op een ziekenhuis. Die woning hadden ze speciaal van de overheid gekregen, vanwege de drie zieke kinderen. Overal hingen hulpmiddelen en allerlei apparaten. Ik kreeg een akelig gevoel bij het zien van de zwaar gehandicapte zussen, die geenszins kloppende lichaamsverhoudingen hadden en je permanent indringend en boos aankeken, of duidelijk in pijn waren op een willekeurig moment en dat uitschreeuwden.

Elke volgende keer dat Esra me weer uitnodigde, loog ik dat ik al plannen had. Zij was het al gewend en keek er niet meer van op, maar ik kon me niet onttrekken aan de indruk dat ik het stiekem naar vond om te zien, waarna ik in gewetensnood verkeerde wegens diezelfde gevoelens.

Op een dag hadden we het met een paar klasgenoten over de achternamen van onze verwekkers, het was typisch gelul zoals we dat altijd hadden in de tussenuren. Sommigen baalden ervan dat ze de achternaam van hun vader hadden, hun moeder had een leukere. Toen vertelde Esra dat het bij haar niet uit zou maken, omdat haar ouders dezelfde achternaam hadden. Ze waren neef en nicht. Ik begreep ineens dat dat natuurlijk de reden moest zijn dat haar zussen zo waren. Een tijdje later durfde ik het met haar erover te hebben.

‘Zeg Esra, eerlijk hè, denk je niet dat je zussen gehandicapt zijn omdat je ouders familie zijn van elkaar?’

‘Nee, joh,’ zei ze. ‘Ik ben toch ook gewoon normaal? Bovendien heeft de Profeet, vrede zij met hem, gezegd dat het toegestaan is om met je neef te trouwen. Als dat echt slecht was, zou de Profeet, vrede zij met hem, dat nooit gezegd hebben. Je hebt zo veel mensen die met familie trouwen en die gewoon gezonde kinderen krijgen.’

Ik zweeg en knikte, maar ik was stiekem niet overtuigd.

Een paar kilometer later besloten we te pauzeren. We hadden de groene vlakte tussen de bergen waar we wilden liggen nog niet bereikt. Terwijl ik gulzig het water dronk dat lauw was geworden en daarna de fles gaf aan Halil, zag ik dat Defne met haar stok ergens in zat te porren verderop. Die stok was een stevige tak, daar liep ze al de hele weg mee, omdat ze zag dat de herders ook allemaal een stok hadden om de rinkelende schapen in het gareel te houden. De schapen hier hadden belletjes om, dus je kon zo'n kudde al vanuit de verte horen aankomen.

‘Wat is dat, Defne?’ vroeg ik. Ik zag iets wits ter grootte van een voetbal voor haar schoenen. Ik liep ernaartoe om van dichtbij te kijken. Het leek een soort kleiwerk. Ik voelde eraan en draaide het om, waarna ik oog in oog stond met een schedel. Een menselijke. Ik was in lange tijd niet zo erg geschrokken. Halil snelde in volle paniek naar me toe.

‘Het zal toch niet?’

25

We zijn weer in Nederland en het nieuwe schooljaar had reeds z'n intrede gedaan. Mijn laptop doet het niet meer, hij laadt niet meer op. Om mijn opdrachten te kunnen maken voor het college van morgen moet ik werken op een computer op de VU. Terwijl ik me klaarmaak, komt Defne naar me toe om te berichten dat ze zich 'doodverveelt'. Haar school heeft een studiedag, zoals wel vaker, wegens het schrijnende tekort aan docenten.

'Kan ik niet met jou mee?' vraagt ze.

'Nee, je gaat je daar vervelen. Ik ga urenlang achter een computer zitten werken. Wat ga jij dan doen?'

'Dan doe ik toch gewoon hetzelfde? Heb je daar geen computer voor mij?'

'Jawel, maar dan wil ik je niet horen klagen dat je je verveelt, dan word ik boos.'

'Afgesproken!'

'Wat heb jij een leuke jurk aan, waar heb je die vandaan?' vraag ik, alsof ik het antwoord niet weet.

'Mama heeft die gemaakt,' zegt ze trots. 'Kijk, hij vliegt als ik draai!' Ze draait wat in het rond.

Moeder was inderdaad talentvol in het maken van mooi kleergoed. Vroeger maakte ze ook dat van mij, dat bespaarde een hoop geld. Vrouwen uit de buurt kwamen geregeld Moeder een gunst vragen: of ze iets van hun jurk in kon korten, een jurk op maat wilde maken of iets aan hun kleding wilde repareren. Dat deed ze. Ze kon nooit nee zeggen, ook als ze geen zin had. Het werden er steeds meer die wat van haar verlangden, ook de kennissen en familieleden van de buren kwamen ineens van alles verzoeken. Ze vertelden aan elkaar dat er in de Kolenkitbuurt een mevrouw woonde die heel goed was in het kleermaken, dus het liep een beetje uit de hand. Moeder raakte het uiteindelijk beu. Dan klaagde ze bij Vader dat die vrouwen de hele hand nemen als je ze een vinger geeft.

'Een beetje inkorten of repareren wil ik wel doen, maar nu komen ze zonder blikken of blozen vragen of ik niet een paar jurken voor ze kan maken als zij mij de stof ervoor geven. Dan ken je geen schaamte, ik heb ook een leven, en zoiets kost me uren, daar zou je in een winkel honderden euro's voor betalen, vooral voor zo'n feestelijke jurk.' Vader drong er regelmatig op aan dat ze haar eigen atelier moest openen om er geld uit te slaan.

'Ik ga toch geen geld vragen van mijn buren, vrienden en familie, Ismail?' zei ze dan geïrriteerd.

'Dat kan gewoon, daar is toch niets mis mee?' Vader was altijd zakelijker, ondernemender en nuchterder dan Moeder. Zij weigerde altijd van de in haar ogen rotsvaste sociale normen af te wijken.

'Nee, dat is niet normaal, dat doe je gewoon niet. Niet alles draait om geld.'

Nou, zeik dan niet, dacht ik.

'Oké, dan moet je niet telkens erover komen mekkeren bij mij,' zei Vader. We dachten hetzelfde.

Karbonkel doet dat wel vaker: de godganse dag klagen over een toestand, en als je dan potentiële uitwegen aanreikt weigert ze resoluut, maar gaat toch verder met kutkammen. Ze verwacht van je dat je dat aanhoort en haar op magische wijze oplossingen ter hand stelt waar zij het óók eens mee is, terwijl die niet bestaan. Dat is een eigenschap van Moeder Contraire die het bloed onder mijn nagels vandaan haalt. En niet alleen bij mij.

Wanneer ik in de badkamerspiegel mijn hoofddoek aan het fixen ben met wat naalden, zie ik Defne met een zonnebril op en een ijsje in de hand naar mij toe komen.

'Het is echt warm hè, waarom draag jij geen korte mouwen zoals ik?'

'Ja, wat denk je zelf, je weet toch dat het niet mag van Moeder.'

'Ja, neem dan gewoon andere kleren mee naar school en kleed je daar gewoon om in de wc. En wanneer je naar huis komt, doe je weer je lange kleren aan, dombo.'

Ze likt onbekommerd verder aan haar ijsje en huppelt weg. Ik sta versteld voor de spiegel. Hoorde ik dat nou goed? Ik moet ineens lachen als een boer die een hoefijzer vindt. Er zat muziek in dit meisje; ze maakt zich nu al klaar voor haar dubbelleven straks. Enerzijds ben ik blij dat zij een mederebel is, anderzijds heb ik nu al medelijden met haar. Maak je borst maar nat, zus, er zullen tijden aanbreken waarin je je een schizofreen voelt.

26

Ik sta in de keuken linzensoep te componeren. Moeder zit in de woonkamer te kijken naar een programma waar vrijgezellen melden wat ze zoeken in een levensgezel en ernaar hunkeren dat er iemand voor ze langskomt, opdat ze eindelijk ook kunnen trouwen. Ze maken ook kenbaar wat ze zelf te bieden hebben, dan kunnen geïnteresseerde kijkers reageren door het programma te bellen. Je komt als potentiële huwelijkskandidaat vervolgens achter een afscherming te zitten. De persoon die al in het programma zat en voor wie jij komt zit aan de andere kant. Je kunt elkaar niet zien, wel horen. Het publiek, heel het land en de diaspora in Europa kijken mee.

Je voert een gesprek van vijf à tien minuten, meestal over wat je verwachtingen zijn van een huwelijk en je levensdoelen. Dat is in zo'n programma bij iedereen verdacht identiek en vooral sympathiek, je zou welhaast niet begrijpen waarom ze nog vrijgezel zijn of al meerdere teloorgegane huwelijken hebben gehad. Het is ook altijd de schuld van de ander waardoor het niet gewerkt heeft.

Dan komt er een moment dat de afscherming verdwijnt en mag de persoon die al in het programma zat kiezen of hij of zij een etentje wil met de gast. En zo gaat het urenlang door. Elke dag. Alle huisvrouwen kijken dit. Wat me altijd heeft verbaasd aan Turkse programma's is hoe westers ze zijn. Je ziet nauwelijks hoofddoeken. In series en films zie je zelfs nóóit hoofddoeken. De vrouwen in series kleden zich sexy en doen aan seks voor het huwelijk. Men drinkt alcohol, gaat uit en viert zelfs Kerstmis. Maar als ik in Turkije ben of om me heen kijk, zie ik vaak een andere werkelijkheid.

Ook het cabaret van Turken is heel anders dan dat van Nederland, het gaat nóóit over politiek of religie en er komt zelden maatschappijkritiek in voor. Het zijn meer grapjes met typetjes. Types die heel dom zijn en domme dingen doen en andere types die daar sarcastisch over zijn. Een beetje Spongebob met Octo. Geavanceerde comedy kennen ze nog niet, blijkbaar.

Als het programma afgelopen is, gaat Moeder urenlang facetimen met familie uit Turkije. Die vragen ook altijd naar mij, dan neem ik vluchtig de benen naar m'n kamer bij Oma thuis en zeg dat ik moet studeren. Ik haat het om te facetimen met familie. Ik voel totaal geen band met ze, ze zijn uitsluitend bezig met deugen en mij veroordelen. De laatste paar keer dat ik wel met m'n oma aldaar ging videobellen, vroeg ze of ik het topje dat ik aanhad ook buiten droeg. Ze vond het veel te strak, je zag 'alles open en bloot'. Ze vroeg ook waarom ik mascara ophad. Dat dit leven tijdelijk is en dat ik te veel zondig, dat ze daar erg verdrietig om is, dat ze dat hoort van Moeder. Aha, natuurlijk, waarschijnlijk hadden ze dag in dag uit urenlang over me geroddeld met de snikkels en mutsen die zich dankzij mijn zondigen weer een slag in de rondte konden deugen. Net zoals dat stilte zinloos is als er geen geluid aan voorafgaat en erop volgt, zo was deugen zinloos als je niet zondaars als ik kon beschimpen.

Ik háát het om op mijn zondes gewezen te worden, constant te moeten leven met het vooruitzicht van het eeuwig vuur. Voortaan vlucht ik, ik hoef het niet te horen, ik wil het niet horen. Ik ben benieuwd wat ze ervan gaan zeggen als ik mijn hoofddoek af ga doen.

Ze gaan nog een zware pijp roken waarvan de rook riekt naar alles wat rijmt op onheil.

Het is vandaag ook de dag van *Asure*. Dat is elk jaar op de tiende dag van de islamitische maand *muharram*. In de soennitische islam wordt herdacht dat Mozes zijn volk van Egypte naar Kanaän leidde en daarmee hen bevrijdde van de onderdrukking van de farao. In de sjiitische islam is het een rouwdag en doen ze aan zelfkastijding in hun tempels, maar daar weet ik het fijne ook niet van, ik ben een soenniet. Moeder vast vandaag vanwege de heiligheid van de dag, daarmee hoopt ze in het gevlij te komen bij God. Bovendien gaat ze een toetje maken dat ook de naam Asure draagt. Marokkanen en andere niet-Turkse moslims kennen dat gebruik niet. Na het doen van gedegen onderzoek weet ik dat dit gebruik niet in de bronnen te vinden is, net zomin als de viering van de verjaardag van de Profeet (vrede zij met hem), Hemelvaartsdag en andere typisch Turks-islamitische feestdagen uitgezonderd van het algemeen bekende Suikerfeest en Offerfeest, maar goed, mij hoor je niet klagen, want deze lekkernij is verrukkelijk. Moeder vertelde me als kind dat de Profeet, vrede zij met hem, deze spijs had geïmproviseerd nadat er oorlog was geweest en het voedsel schaars was. Hij gebood zijn volgelingen alles aan eetwaren wat ze in huis hadden naar hem te brengen en maakte vervolgens met alle ingrediënten bij elkaar dit toetje, dat bestaat uit amandelen, hazelnoten, gedroogde perziken, granaatappelpitten, rozijnen, witte bonen, melk, rijst, kikkererwten, kokosrasp, water en suiker. Het ziet eruit als een soep, het wordt ook warm gegeten, maar het is zoet. Ik kijk er elk jaar naar uit. Het is de bedoeling dat je een royale hoeveelheid maakt, meestal vier diepe pannen vol, en het uitdeelt aan je buren, zij doen hetzelfde. Aan het eind van de dag hebben we dus van elke buurvrouw een bord Asure gekregen en zij van ons, een soort ruil maar dan van nagenoeg hetzelfde product, op kleine persoonlijke variaties na.

De oorspronkelijke bedoeling is dat je het aan de armen uitdeelt, maar aangezien we in onze straat allemaal even rijk (of even arm) zijn, delen we het aan elkaar uit. We kennen immers geen armere mensen dan onszelf. Dat geldt ook bij het Offerfeest; dan is ook weer de bedoeling dat je het vlees uitdeelt aan de armen, maar we verruilen het met de buren, omdat je geen straatarmen hebt in Nederland.

Ik kijk op mijn scherm. Dat geeft 16.30 uur aan. Ik doe mijn make-up op, mijn Heineken-polo en jeans aan en vertrek. De straat is belegerd met in het oranje gehulde mannen, uitgerust met apparaten om de bladeren te blazen. Bladblazer móet haast wel de meest overbodige functie aller tijden zijn. Die bladeren liggen er nou eenmaal in de herfst, wat maakt dat uit? Het is haast autistisch om dat weg te willen werken. Alsof er ook maar één ziel in deze buurt woont die wakker ligt van de bladeren op de stoep. Het geld daarvoor kon de gemeente beter aan de mensen uitkeren, als ze er toch vanaf moeten.

Als ik langs een van die mannen fiets, draait hij zijn apparaat welbewust richting mij, opdat er bladeren en zand over mij heen komen. Ik knijp mijn ogen dicht en voel korrels in m'n mond en neus, ik spuug. Als ik verblind op de rem trap en naar de man kijk met een niet-begrijpende en verklaring-verwachtende blik, hoor ik hem zeggen 'Sorry hè! Per ongeluk! Gelukkig had je wel dat doekie van je om, anders zat het in je haar, is dat ding toch nog ergens goed voor!' Ik zeg niets en stap weer op de fiets.

In de middaguren raak ik verwikkeld in een verhitte woordenwisseling op mijn werk. Een groep Israëliërs vroeg me of het vlees bij ons koosjer was.

'Yes,' zei ik. Ik dacht: halal zal ook wel koosjer zijn, want koosjer was wel halal, dat leerde ik op de Koranschool. Ik verkeerde in de foutieve veronderstelling dat die tolerantie wederzijds was. Tijdens het eten hadden ze het voor de zekerheid opnieuw aan een collega gevraagd en die had ze verteld dat het louter halal was, niet koosjer.

Ze waren witheet. Door mij. Ze hadden ook allemaal van die mutsjes die devote moslims ook dragen, alleen dan in een kleinere versie en op hun kruin, waar moslims het over hun gehele hoofd spannen. Mij werd bedrog verweten, ze wilden onmiddellijk de baas spreken en niet betalen.

'It is slaughtered in the name of Allah, the One and Only God, you call him Jahwee, we call him Allah, but it's the same entity, you see? Just another name,' probeerde ik nog, maar dat werkte averechts, ze werden alleen maar nijdiger. De baas kwam erbij. Na twintig minuten heibel moesten ze alsnog dokken, anders kwam de politie. Bovendien moest ik mijn excuses aanbieden. Excuses betekent niet altijd dat de ander gelijk heeft. Het betekent dat je relatie met die andere persoon belangrijker is dan je ego.

Ze lieten allemaal een slechte review achter. Ik verwachtte dat de baas me hard zou toespreken. M'n neus, voorhoofd en oksels schitterden als een goudmijn, maar hij gaf me tot m'n verbazing een compliment.

'Goed gedaan, bij joden mag je jodenstreken uithalen, dat is de taal die zij spreken.'

Na dit voorval besloot ik mijn pauze te nemen. Nadat ik mijn eten had besteld bij de kok, ik ging dit keer voor zalm, kwam ik Karima tegen in de wc. Zij werkte hier pas sinds drie weken, maar het voelde alsof ik haar al veel langer kende. Het klikte gelijk. Ze was permanent opgetogen, maakte grapjes en maakte het prettiger de lange werkdagen door te komen.

'Hé, meid, hoe gaat-ie, tijger?' vroeg ik. Ze zweeg en bleef staren op haar mobiel. Toen ze haar hoofd ophees, zag ik vuurrode ogen en donkere wallen. Ze zag er moe en overrompeld uit en had geen make-up op, wat merkwaardig was in haar geval. Ze gaf me plots een stevige knuffel en begon te huilen, terwijl ik haar lichtjes voelde trillen en haar bijzonder lekkere parfum rook. Als ze niet zo emotioneel was, had ik gevraagd welke het is.

'Ik heb echt een groot probleem, Büsra,' zei ze snikkend.

'Yo, doe eens rustig! Vertel!' zei ik, terwijl ik me van haar losmaakte en met mijn rechterarm over haar rug streek, zoals juffen op de basisschool doen als je huilt.

'Het is uit met Nick,' zei ze.

'O... Is dat het? Waarom dan?' vroeg ik. Ze begon harder te snotteren.

'M'n ouders accepteren hem niet, ze willen dat ik met Hamza trouw, omdat Nick geen moslim is.'

'Is dat nieuw voor je?' hoorde ik mezelf zeggen.

'Nee, ik wist dat ze hem niet zouden accepteren, maar ik weet niet... Ik had ergens altijd wel een beetje hoop, maar ze hebben me helemaal uitgescholden, ze waren veel bozer dan ik had durven denken. Bovendien ben ik dóód als ze weten wat ik heb gedaan,' snikte ze.

Ik voelde het al aankomen.

'Ik ben ontmaagd, ze gaan me afmaken als ze dat weten. Ik dacht dat ik een maagdenvliesoperatie kon doen, maar die shit is blijkbaar sinds kort verboden in Nederland! Kankerzooi! Net wanneer ik het nodig heb!' zei ze, terwijl ze op de wastafel sloeg.

'Je kan ook gewoon schijt hebben aan je ouders,' zei ik, iets te snel en te makkelijk, beseffend dat ik in hetzelfde schuitje zat.

'Nee, want dat betekent voor de rest van m'n leven geen familie meer, ik ga dat niet doen, dat gaat te ver. Dan maar met Hamza trouwen. Het probleem is alleen dat ze erachter gaan komen dat ik geen maagd meer ben.'

'Komt goed, meid, we gaan samen zoeken naar oplossingen, niet huilen, kom op, je bent niet de enige, desnoods lieg je dat je jezelf ontmaagd hebt met een tampon of zo,' zei ik.

'Denk je dat hij dat gelooft?' vroeg ze nog.

Ik merkte dat ik moeite had met het advies dat ik gaf. Zolang alle vrouwen dat bleven doen, zou er nooit verandering komen, dan wordt deze onzin nooit doorbroken. Ik nam het haar zelfs kwalijk, merkte ik. Kwalijk dat ze niet voor haar eigen geluk opkwam. Maar dan bedacht ik dat ik hetzelfde deed. Waarom voelde het zoveel makkelijker om een ander dit advies te geven? Waarom nam ik het haar wel zo snel kwalijk dat ze niet voor zichzelf opkwam, en mezelf niet? Waarom kon ik haar niet excuseren, zoals ik bij mezelf constant deed?

Het is altijd makkelijker anderen van raad te voorzien.

Na mijn lange dag werken moest ik lopend naar huis, omdat mijn fiets voor de vijfde keer dit jaar was gestolen, een onprettige bijkomstigheid van het wonen in Amsterdam-West. Ik voelde me lopend een stuk onveiliger dan met de fiets, daarom hield ik mijn bos sleutels in de hand en een minideo in mijn jaszak, die als het moet kan fungeren als pepperspray. Op de weg naar huis waren er Marokkaanse straatjongens die je ieder moment konden aanspreken met een strontvervelende en intimiderende bontkraagjestoon. Soms achtervolgden ze je tot je voordeur, maar bij hoofddoek dragende vrouwen viel het lastigvallen reuze mee in vergelijking tot de andere, omdat die werden gezien als lichtzinniger en welwillender. In mijn posthoofddoekfase zou ook ik dit aan den lijve ondervinden.

Ik zou willen dat ik in alle rust 's nachts op straat kon lopen en nachtwandelingen kon maken, maar dat privilege hadden vrouwen niet. Was Freek maar bij me.

27

Vandaag zijn we wezen bowlen met Mustafa, Halil en Defne. Defne zei al een tijdje dat ze een keer wilde bowlen, vandaag kwam ons allen goed uit. Bovendien is ze jarig. Moeder had nog nadrukkelijk gezegd: 'Jullie gaan níet omdat ze jarig is, jullie zouden dit ook op een willekeurige andere dag doen. Toch?'

'Jaahaa,' verzuchtte Halil.

Moeder wilde koste wat het kost niet dat we de gewoonte van de ongelovigen overnamen. Dus we moesten geen verjaardagen vieren, dat was absoluut verboden, net als alle andere heidense vieringen als Moederdag, Nieuwjaar, Valentijnsdag, Kerstmis en Pasen. Op de Koranschool leerde ik indertijd dat de Profeet (vrede zij met hem) had gezegd dat wie een volk nadoet, een van hen wordt, dus je liep het risico een ongelovige te worden als je hun feestdagen meevierde. Toen Halil vorig jaar met een taart aankwam op zijn verjaring, wilde Moeder er pas de volgende dag van eten, anders had God misschien het vermoeden dat we wat vierden. Dat doet ze ook altijd op oudejaarsdag, als de buurvrouw of een familielid ons uitnodigt om het nieuwe jaar samen in te gaan.

'We komen gewóón voor de gezelligheid, zoals we dat ook op

een andere dag zouden doen, niet voor de viering,' meldde ze keer op keer. Toen ze zag dat de buurvrouw uitgebreid had uitgepakt en de boel had opgeschikt in huis, voelde Moeder zich toch schuldig. Hiermee voelde het toch als een speciale dag, terwijl ze dat juist uit de weg wou gaan.

Goed, bowlen dus. Daarna zijn we gaan eten in een dik restaurant, Mustafa trakteerde. Hij had ook een cadeau gekocht voor Defne. Een bordspel van Monopoly. Toen we er zaten, kreeg ik het idee een foto te schieten. 'Kijk even naar de camera, heren.'

Halil zei dat hij moest bouten en wachtte niet op de foto.

'Dan maak ik een kiekje van ons drieën,' besloot ik in alle argeloosheid.

Later op de dag stelde ik hem in als mijn WhatsApp-profielfoto. Je zag Mustafa en mij lachend naast elkaar, hij met een arm om me heen en Defne op onze schoot.

Even later kreeg ik een berichtje van een tante.

'Is dat je neef op je foto?'

'Ja,' typte ik.

Zij: 'Ik moet zeggen dat jullie wel erg bij elkaar passen, hoor. Misschien moeten jullie trouwen. Vind je hem een leuke jongen?'

Ik keek confuus naar m'n scherm. Las ik dit nou goed?

Ik typte: 'Ehh... Tante, ben je gek geworden of zo? Het is mijn bloedeigen neef.' Een wedervraag is doorgaans het enige juiste antwoord op een impertinente vraag.

Zij: 'Ja, dus? Het is normaal om met je neef te trouwen, het was maar een compliment, hoor. Jij bent een knap meisje en hij is een bevallige jongen, allebei rijp. En jullie kunnen zo goed met elkaar omgaan! Dat kan toch prima, zo heb je er toch heel veel in onze omgeving?'

Ik blokkeerde haar. Daar zou ze vast verontwaardigd over doen, maar dat kon me niets schelen.

Een halfuur later werd ik gebeld door Moeder, net toen ik collegeaantekeningen aan het doornemen was.

'Waarom heb jij een foto met Mustafa!? Ben je helemaal van de ratten besnuffeld!? Dat is toch niet jouw man of verloofde, dat je even zomaar samen lachend, zij aan zij, nog net niet op elkaars schoot een foto zet? En waarom staat Halil niet op de foto? Waren jullie soms zonder hem? Had je stiekem afgesproken met Mustafa? Schaam je! Wat zullen de mensen wel niet zeggen, nu ze deze foto hebben gezien?! Niemand gaat meer jouw hand vragen, iedereen gaat denken dat je al een vent hebt! Haal het als de sodemieter weg en kom nu naar huis!'

Nog voordat ik mijn mond open kon trekken had ze al opgehangen. Ik nam een kauwgompje en begon agressief te kauwen, maar beet hard in mijn tong. Verdomme, waarom was ik zo debiel geweest om haar WhatsApp te leren gebruiken? Vorig jaar liep ze nog met een oude Nokia rond en raakte ze in paniek als ze een sms kreeg. Nu had ik mezelf in de voet geschoten. Ik verwijderde de foto en ging naar het huis van m'n verwekkers. Eigenlijk wilde ik hem niet verwijderen en er maling aan hebben, ik deed niets verkeerds en ik wilde geen concessies meer doen. En toch bevond ik me elke keer weer in hun wurggreep. Toch liet ik me bang maken door hun dreigementen.

Ik warmde me voor het pleidooi dat komen ging.

Toen ik de woonkamer binnenkwam, kreeg ik een hard voorwerp naar mijn hoofd geslingerd, dat deed pijn. 'Au!' Mijn linkeroog begon te tranen. Het was de huisslipper van Moeder. Dat zijn geen sloffen, maar van die typisch Turkse, met een sleehak. Ik hield mijn hand op mijn linkeroog en vroeg haar of ze helemaal van de pot gerukt was, wat een retorische vraag is.

'Ík gek geworden? Nee, jíj bent knots! Je weet niet meer waar je grenzen liggen hè, meisje, ik begin jou en je gedrag helemaal zat te raken! Waarom plaats jij als volwassen vrijgezelle vrouw een foto met een man terwijl jullie niet verloofd of getrouwd zijn? Wil je dat mensen over je gaan roddelen soms? Wil je dat mensen gaan speculeren over een mogelijke verhouding? Of vind je Mustafa stiekem leuk en wil je met hem trouwen? In dat geval moet je het gewoon bekennen, dan regelen we dat, in plaats van dat je onwettig in de achterkamers met hem flikflooit!'

Ik keek haar onthutst aan. Moeder overtrof zichzelf elke keer weer.

'Jij wordt met de dag doller, je bent totaal uit de scharnieren! Wat is er mis met een foto met m'n neef, gek wijf dat je er bent! Waarom moet je altijd alles opblazen en seksualiseren? Wat heb ik misdaan om deze reactie te verdienen? Juist ík ben jou meer dan zat! Ik ben al fucking twintig jaar oud en ik krijg een slipper in mijn oog geslingerd! Krijg toch de vinkentering!'

Moeder stond baldadig op: 'Tegen wie denk jij zo'n brutale bek te hebben? Denk je dat je nu je twintig bent geen respect meer hoeft te hebben? Waar zijn jouw manieren? Waar is jouw eerbied tegenover degene die jou heeft gebaard, gevoed en opgevoed!? Toen men met de bijl de boom probeerde om te hakken, zei de boom dat het handvat van hem is gemaakt. Ík heb jou gebaard, niet omgekeerd, ken je plek!'

Ja tuurlijk, zo kende ik haar weer, dit was gebruikelijk voor Moeder. Nooit ging ze inhoudelijk in debat, nooit kon ze de kritiek naar behoren pareren. Bij haar gold tegengeluid als zelfverzekerdheid en vermaning, maar als ik het bezigde was het brutaliteit. Ik had verwekkers met driehonderd domme niet-verklaarde cruisecontrolrestricties die ik met de jaren had leren slikken. Als je vragen stelde waren ze er behendig in heel lange zinnen te maken die geen enkele relevantie hadden met de vraag die was gesteld. Wat betreft trots, dat woord had Moeder uitgevonden. Dit was de reden dat ik het niet volhield om mijn zin te blijven doordrijven. Ik was na al die keren moegestreden. Mijn energie had zich de afgelopen jaren al buitengewoon goed geleend voor verspilling in dit soort woordenwisselingen. Ik verkoos mijn blijmoedigheid, of een enigszins stabiele geestelijke gesteldheid, over het gelijk krijgen. Of eigenlijk hebben, want krijgen zou ik het sowieso niet. Feit is namelijk dat men niet kan winnen van een obsessie, omdat de ander erom geeft en jij niet. Over het algemeen geldt dat ambitieuze mensen gevaarlijker en kwetsbaarder zijn dan gewone mensen. Iemand die a priori irrationeel heeft besloten daarin vast te blijven zitten, krijg je er vervolgens niet rationeel uit, en een irrationeel persoon wijzen op zijn irrationaliteiten is, zo blijkt, nogal een inefficiënte tijdsbesteding. Onzin weerleggen is veel minder effectief dan hem terzijde leggen. Het is natuurlijk vragen om gezeik als je mensen tegen hun capaciteiten in dwingt in een keurslijf van zuiver en redelijk redeneren. Redelijkheid mag niet te veel zichzelf zijn in de aanwezigheid van onredelijkheid.

Maar is domheid, behalve een oorzaak, ook een excuus?

Als men geen gehoor heeft, bestaat geluid niet voor diegene. Maar dat zou verder voor het bestaan van geluid niets uitmaken. Voor wie kleurenblind is, bestaan kleuren niet, maar hij weet door anderen dat er iets bestaat wat hij niet kent. Dat er miljarden gelovigen zijn, verandert ook niet de afwezigheid van een god in ons leven. En zo is dat ook met dode en domme mensen: zelf hebben ze er geen last van, het is vooral de omgeving die moet lijden.

Meestal wordt het argument van de getallen als bewijs gebruikt voor de stelling dat God wel zou moeten bestaan. Volgens mij geldt juist het tegendeel. Ik had er inmiddels een levensstijl van gemaakt om juist – bij het selecteren van wat dan ook – vooral de smaak van het collectief te negeren. Dat is vaak een feilloos kompas, omdat alles wat gretig aftrek vindt, van inferieure kwaliteit is. Wees nooit berust op de beslissing van de meerderheid.

De verwekkers mogen alles: schelden, knijpen, slaan, voorwerpen gooien, denigreren, onteren, psychologische oorlogvoering, agressief worden en schreeuwen om nonsens. Abjecte, onterende, grievende en infame uitlatingen doen, maar o wee als ik dat spiegel, dan zijn zij het slachtoffer en verontwaardigd. Ze zijn buitengewoon behendig in het steken van lonten in kruitvaatjes en dan de handen in onschuld wassen als de boel ontbrandt. Dan doen ze alsof ík degene ben die doordraait en geen respect heeft. De wereld op z'n kop. En zo ging dat altijd. Ze willen dat ik ja en amen zeg, vooral als vrouw, en met hangende pootjes kom. Eigenlijk alleen als vrouw, bij een leuter zouden ze in de eerste plaats niet zo reageren en vrijwel nergens een probleem van maken. Ik moet geen weerwoord hebben, ik moet niet kritisch willen zijn maar serviel, ik moet ze helemaal niet van repliek dienen zelfs, ik moet me laten knechten. Ik moet knielen voor Hare Hooghartigheid. Ze had een arrogantie waar de honden geen brood van lustten, maar ik had als vlerk de gore moed altijd een weerwoord te hebben, ik doorbrak de code, vooral die van mijn geslacht, ik was een ongrijpbare paling. Moeder wil van mij iemand maken die haar hoofd uit schaamte en hemelsbrede inschikkelijkheid naar beneden buigt en haar tong inslikt, net als haar emotionele uitingen en frustraties. Iemand die vooral de druk van de ketel haalt en zichzelf wegcijfert, uit angst dat het anders in haar gezicht ontploft, om uiteindelijk te zeggen: 'Ja, moeder, het spijt me, u hebt gelijk, ik hoop dat u me ooit nog kunt vergeven.'

Maar dat zou nooit gebeuren. Tegelijkertijd werd ik overvallen door de gewaarwording dat ze in feite allang met vlag en wimpel gewonnen had. Ik heb mijn foto zojuist weggehaald, ik hou er nog altijd stiekem een relatie op na, ik draag de kleding die zij goedkeuren in hun bijzijn, werk stiekem in een restaurant, ga niet uit, ben in de avonden meestal vroeg thuis, ga niet op vakantie met vrienden, ga stiekem naar het strand, denk er steeds vaker aan een relatie te nemen met iemand die zij goed zouden keuren en blijf niet ergens slapen. Ik leef dus niet het leven zoals ik zou willen. Ik rebelleer hier en daar, maar al met al is zij onomstotelijk de winnaar. Was ik wel echt een rebel? Of was ik iemand die dacht dat ze rebelleerde, maar nog altijd binnen hún grenspalen bleef? Was ik niet juist de belichaming van het defaitisme, aangezien zij mijn speelveld nog altijd definieerde?

Toen ik voet bij stuk hield en bleef volhouden dat er niets mis was met die foto en zij een getikte achterlijke gek was die me middeleeuwse regels oplegde, raakte ik een open zenuw, en dat is niet zo moeilijk want Moeder heeft nogal wat open zenuwen, 't is net een wandelende clitoris, en beende ze op me af als een ongeleid projectiel en kneep in mijn onderarm. Ik duwde haar weg, ze viel bijna. Ze keek zo rancuneus dat ik dacht dat ze me in mijn eigen vet wilde frituren. Ik zag de zweetparels op haar voorhoofd en de blauwe ader aan de linkerkant van haar hoofd die opdook als ze weer eens mijn bloed kon drinken en onvervalste verbale pareltjes in de rondte strooide terwijl haar hartritme het dak uit schoot.

Vader greep in. Niet door een acute aanval van medemenselijkheid, maar uit pure berekening.

'Niet doen, Fatma, dat is nergens voor nodig, je kan toch ook praten?' Hij voelde dat het ging escaleren, voor de zoveelste keer de laatste tijd, en dat ik het niet meer zou pikken. Een bijkomstigheid van het ouder worden was namelijk dat je steeds minder bereid bent dingen te doen die je vervelend vindt. De lukrake fysieke aanvallen waren het teken dat Moeder zwak stond, dat ze ten einde raad was, dat ze het verbaal niet eens meer probeerde. Ze liet zich met dit onbestemde, radeloze gedrag behoorlijk in haar kaarten kijken. Misschien was ze toch geen winnaar?

'Wie niet horen wil, moet voelen! Je hebt het getroffen met zo'n gedeisde vader, een ander had jou je tanden eruit geslagen, wat jij ook verdient, dus ik betreur dat je oom niet jouw vader is, dan zou je zien,' verkondigde Moeder.

Ik wendde me richting Vader en vroeg: 'Waarom zeg jij niets? Kijk waar ze me allemaal van beticht! En dat om een foto met Mustafa! Vind je dit nog normaal? Waarom kom je nooit eens voor me op, sta je hier voor Piet Snot? Jij weet donders goed dat ze niet spoort! Veel psychiaters kunnen promoveren op haar psyche!'

Ik zag Vader aarzelen, dat deed me deugd. Vader was sowieso meer een aarzelaar dan Moeder, die een ultieme gezagsgetrouwe was, en wie twijfelt, beschikt over een ethisch bewustzijn, een interne set van normen en waarden die handelen en ideeën rechtvaardigt of afkeurt. Men moet immers nooit zijn zekerheden het recht ontnemen zich te vergissen. Moeder was zo iemand die twijfel zag als de ultieme vijand waar je niet aan moest toegeven als die je bekroop op een zwak moment. Ze dacht dat twijfel voortkwam uit een gebrek aan kennis, terwijl twijfel eerder toeneemt als je meer kennis vergaart. Overal was het mist, behalve waar zij stond.

Maar het duurde niet lang: 'Büsra, hou op! Nu! Je moet respect hebben voor je moeder, wat ze ook doet of zegt. Zij heeft jou opgevoed! Leer manieren! En je moeder heeft een punt, al overdrijft ze wel. Je tanden eruit slaan is geen oplossing, maar ze heeft ergens gelijk, je kent onze mensen, die gaan direct roddelen en speculeren. Je kan een foto maken met Mustafa, maar je hoeft hem niet gelijk overal openbaar te zetten. Waarom voel je de behoefte dat te delen? De vorige keer had je ook een foto van je harses gezet op WhatsApp en Facebook, dat kan niet! Kies gewoon een mooie tekst of zo, of een mooie bloem, wat jij doet is aandachttrekkerij en slettengedrag. Wat is daar zo moeilijk aan? Waarom vind je dat zoveel gevraagd? Ben je ongelukkiger als je geen foto's plaatst of zo?'

Ik nam het Vader niet eens meer kwalijk. Ik weet inmiddels wel beter dan teleurgesteld zijn in anderen.

Moeder begint weer en loopt ondertussen als een muis in een meelton.

'Je bent een goddeloze vrouw! Lachend op de foto met een jongeman, hoe durf je? Vrees God! Je speelt met vuur! Mannen op die leeftijd hebben veel hormonen. Jíj hebt misschien geen verkeerde intenties, maar zij wel! Als je een man op die manier aandacht geeft, kan hij gevoelens ontwikkelen, want jij bent een vrouw en hij een man, punt! Familie of niet, dat is de aard van het beestje, als een vrouw en een man alleen zijn, dan is de duivel de derde persoon, dat zei de Profeet, vrede zij met hem. Moet ik jou dat nog vertellen? Waarom hebben we je jaren naar die lessen gestuurd als je er toch niets van opsteekt!? Les nummer één: een vrouw en een man, dat is alsof je hout en vuur naast elkaar zet, dat kan nooit goed komen!'

'Fatma, overdrijven is ook een vak, jij draait een beetje door. We kennen Mustafa, je maakt je zo veel zorgen om niets. Als ze gewoon die foto weghaalt, is er geen probleem meer,' zei Vader.

'Wat zeg je nou allemaal? Mustafa heeft een vriendin! En hij is mijn neef! Ik heb toch ook gewoon mannen om me heen op school en op mijn werk met wie ik omga, zonder gevoelens te hebben? Waar slaat dit op?' probeerde ik nog.

'Ik weet niet wat jij doet met je studiegenoten en je collega's, daar heb ik helaas geen zicht op, maar ik hoop voor je dat je je niet zo gedraagt als op die foto! Je kunt inderdaad normaal omgaan met mannen als je héél afstandelijk en zakelijk bent. Je hoeft niet met ze te lachen, te gieren en te brullen, je hoeft ze niet aan te raken, als plakband op ze geplakt te zijn, informeel met ze te zijn of samen lachend op de foto. Ken je grenzen! Er zijn niet voor niets sekseverschillen, Allah zegt niet voor niets dat je als vrouw je schoonheden moet bedekken en de Profeet, vrede zij met hem, zei niet voor niets dat je je stem moet verlagen als je met een man praat, allemaal zodat je niet zijn lusten aanwakkert. Wanneer ga je dit doorgronden en toepassen? Op jouw leeftijd hebben de meeste meiden in Turkije al hun tweede kind en jij gedraagt je nog immer zo losbandig en kinderlijk naïef, je fladdert frivool in de rondte alsof je het allemaal niet weet. Of je doet alsof, en dat weet ik vrijwel zeker. Je gaat je eigen eer en die van ons nu al laten schaden door roddels! Voor een vrouw is haar eer belangrijker dan haar leven, snap je dat?! Knoop dat goed in je oren in plaats van altijd zo stront- en stronteigenwijs te zijn! Bovendien ben ik helemaal geen voorstander van dat mengen tussen mannen en vrouwen, maar goed, dat moet nou eenmaal, dat is onvermijdelijk, je moet als vrouw over je grenzen waken, de bal ligt bij jou!'

Voor de zoveelste keer liet ik de bakken bagger over me heen komen. Ik keek Moeder aan. Wanstaltigheid had een gezicht. Opstandig deed ik mijn oordoppen in die ik had meegenomen in m'n hand, terwijl ze nog veel kwijt wilde. Ik had mezelf gevrijwaard van dit eeuwige gezever, ik hoorde luide muziek. Ik zag Moeder doorratelen, het klonk als het gezoem van een vervelende vlieg op een ondraaglijk warme zomernacht. Ik sloot mijn ogen, tot ik een gewetenloze klap voelde op mijn rechterwang. Mijn oor ronkte nog na. Ik was niet van zins om Jezus uit te hangen, dus ik liep naar mijn kamer. Ik proefde de welbekende zoute smaak. Ik richtte mijn ogen ten hemel en sprak tot Allah.

'Waarom heeft U haar, die ik met grote innigheid veracht, geen dochter geschonken die bij haar past? Ik word dagelijks gestraft voor het zijn van mezelf! Waarom?'

Er kwam geen antwoord.

28

Als zevenjarige kwam ik bij gelegenheid bij Eva thuis, een buurmeisje dat indertijd bij ons in de straat woonde maar al snel verhuisde naar Purmerend. Haar moeder kocht regelmatig boeken en tijdschriften en las er elke avond uit voor. Soms mocht ik blijven om mee te luisteren. Dan was ik jaloers, Moeder deed dat nooit. Terwijl Eva's moeder haar hielp met het huiswerk en haar elke dag voorlas, leerde ik de mijne het alfabet en betalen. De rollen waren bij ons thuis omgedraaid. Eva had boekjes met woordenzoekers en puzzels die ik wilde ontrafelen, maar dat mocht niet van haar, die wilde ze zelf invullen. Moeder wilde dat soort tijdschriften niet voor me kopen, dat was te duur. Ik zag ze in de supermarkt liggen als we in de rij voor de kassa stonden. Een tijdschrift was meestal tussen de vier en vijf euro. 'Voor dat geld kun je acht pakken brood halen,' zei Moeder dan.

'Wat leuk dat sommige kinderen een moeder hebben die voor ze voorleest, hè? Jammer dat jij dat niet kan, maar het is niet erg, hoor,' had ik op een dag uitgesproken bij Moeder. Ze had de volgende dag ineens een boek op tafel en vroeg me of ik wilde dat ze eruit voorlas. Ze had de juf op school om een leesboek voor thuis gevraagd. Meteen ging ik naast haar zitten en spande mijn oren.

Aan de hand van de plaatjes verzon ze een verhaal bij elkaar en zo begon het voorleesfiasco. Soms moest ze zelf ook even nadenken hoe ze de volgende illustratie moest verbinden aan de vorige, maar dat gaf niet, ik kon de moeite zien en waarderen. Ik gaf haar daarom een kus op haar wang en een aai over haar hoofddoek.

De sterkste haat is de haat die ooit liefde was. De sterkste haat is ontgoochelde liefde.

Ik fiets langs de supermarkt. Herinneringen flitsten als een panorama aan m'n ogen voorbij. Moeder kon vroeger geen prijzen lezen, bij het doen van de boodschappen moest ik mee om haar te assisteren met betalen. Ik moest tweemaal de bon lezen voor de zekerheid, en dan nog vertrouwde ze mijn rekenkunsten niet. Ze vond altijd dat we te veel betaalden voor te weinig spullen, ook als het klopte.

Ik fiets langs de bibliotheek in Bos en Lommer. Wat hield ik van de bieb als kind, het was mijn tweede thuishaven. Ik had alle schappen op een gegeven moment uitgespeeld. De eerste keer dat ik er kwam was met een uitje van de basisschool, daarvoor wist ik niet waar zij lag of dat zij er überhaupt was. Het was liefde op het eerste gezicht. Er ging een wereld voor me open, een schat aan spannende verhalen, de *Donald Duck*, computers met internetverbinding, dvd's, een chocomelkapparaat, en dat geheel en al gratis. Behalve de chocomelk, die was 50 cent. Na die rondleiding was ik er niet meer weg te slaan. Omdat ik er niet zelf naartoe mocht, mij afhankelijk makend van Moeders welwillendheid, moest ik haar iedere keer smeken, want Vader was altijd aan het werk. Dan zei ze wel eens ja, ook al kon ze zelf niet lezen of had ze duidelijk geen zin. Ik leende het maximaal toegestane, acht boeken, anders had ik ze al uit voordat Moeder bereid was alweer naar de bieb te gaan, wat vaak voorkwam. Ze wilde maar eenmaal in de vijf à zes weken gaan, anders vond ze het te veel van het goede. Ik las de tijdschriften in de bieb, zodat ik de boeken met meer vlees aan het bot mee naar huis kon nemen en extra lang leesplezier had. Films wilde ik ook lenen, we hadden toen sinds kort een computer, weliswaar zonder internet, maar mét dvd-speler, die had een buurman aan ons geschonken toen hij een nieuwe had. Ik bedacht dat ik ook een biebpas voor Halil aan kon maken en daarmee ook acht exemplaren kon lenen, zelf had hij er toch geen omkijken naar. Dat maakte dat ik per keer zestien boeken mee kon nemen, maar Moeder weigerde zo veel bagage te dragen, daarom nam ik tijdschriften of films met zijn ledenpas, die waren beduidend lichter.

Vanaf groep acht mocht ik eindelijk alleen naar de bieb, ik ging er urenlang solo chillen. Ik kocht chocomelk, dat geld kreeg ik af en toe van papa voor het helpen bezorgen van zijn post en reclamefolders. Ik moest wel op mijn hoede zijn voor medewerkers van PostNL die mij eventueel zouden betrappen, dan zou Vader zijn werk verliezen door mij, dat was af en toe stressen. Soms deed ik al het werk, dan kon Vader af en toe een middagje uitrusten en kreeg ik vijf of zelfs tien euro. Met terugwerkende kracht kan ik nu beoordelen dat dat niets was vergeleken met hoeveel ik voor hem verdiende, maar goed, toen was ik er enorm blij mee.

Zo nu en dan leende ik ook boeken voor Halil, hij kwam niet in de bieb, die ging liever voetballen, maar waardeerde het dat ik aan hem dacht en las ze ook daadwerkelijk, als ik maar het lenen en terugbrengen op me nam. De boeken van Carry Slee waren het meeslependst, zo kon ik in werelden duiken die ik nog niet verkend had en las ik over zoenen, vriendjes, dronken worden, uitgaan, roken en drugs gebruiken. Als het over zoenen of seks ging, kreeg ik er kriebels en vlinders van, een soort tintelingen in mijn onderbuik en in mijn geslachtsdeel, niet wetend waarom mijn lijf zo raar deed. Ik was zo gekluisterd aan die verhalen dat ik het hele weekend nadat ik thuiskwam van de Koranschool of de hele kerstvakantie niet uit mijn kamer was te slaan om aan één stuk door te lezen. Een echt goed boek, daar kon ik makkelijk een week van nagenieten, of van streek van zijn, of boos of verdrietig, of erdoor worden beziggehouden, me afvragend wat ik nu eigenlijk gelezen had. Woorden die ik niet kende schreef ik op in een schriftje, om ze later aan de meester op school te vragen en de betekenissen te noteren.

We hadden geen wifi, waardoor het lezen de enige leuke bezigheid was, vooral omdat het alternatief Koranteksten leren was. Moeder kwam geregeld m'n kamer gepikeerd binnenstormen om te klagen dat ik nooit eens bezig was met het huiswerk van de Koranschool. Wanneer zou ik de nieuwe *soera** uit mijn hoofd kennen? Ik deed er inmiddels al twee weken over en de juf op de moskee begon haar geduld te verliezen. Als ik geen gehoor gaf aan haar berispingen en ongemoeid verderging met lezen, pakte ze m'n boeken af en deed ze in een gesloten la. Daar bewaarde ze ook haar goudstukken, die ze nog had van haar bruiloft. Die heeft ze overigens nog steeds. Turkse vrouwen bewaren die dingen tot aan de dood, dat is een soort alimentatie voor als hun vent ze verlaat, er een oorlog uitbreekt of een genocide aanvangt en we moeten vluchten. Dat zei ze toen ik het haar vroeg.

Ik haatte het wanneer ze m'n boeken afpakte. Ik wilde geen Koranverzen leren, dat was taai, saai, ingewikkeld en ik begreep er geen ruk van. Waarom moest ik stukken tekst in mijn hoofd stampen in een taal die ik niet eens verstond? Ik vond het nogal nutteloos, maar als Moeder dan vertelde dat God daardoor meer van mij zou houden en mij meer voorspoed zou geven in het leven, was ik tot in mijn haarvaten overtuigd en had ik het lijden er wel voor over. Ik pakte mijn kleine roze koran en begon. Ik had een trucje voor het memoriseren: als je het in een bepaald ritme ging lezen, onthield je het makkelijker, gelijk een lied in een vreemde taal.

De juf overhoorde me elke zondag, ik wilde niet de schande meemaken dat ik het dan nog steeds niet kende. Ze had hoge ver-

* Hoofdstuk uit de Koran.

wachtingen van mij, ik kon volgens haar sneller en meer leren dan de anderen. Als ik het een keer had nagelaten, was ze daarom extra teleurgesteld. En gepikeerd.

'Het is belangrijk dat je ploetert om kennis op te doen over wat God behaagt, Büsra, of wil je soms dat Hij teleurgesteld is in jou? Je wilt toch geen nare dingen meemaken, zoals dat je verwekkers ziek worden, dat je onsuccesvol wordt of ongelukkig, of dat je naar de hel gaat? Wil je naar het bekoorlijke en schitterende paradijs? Wil je beschermd worden tegen alle kwaad en tegenspoed? Dan moet je betonen dat je alles overhebt voor God, ook je vrije tijd, júíst je vrije tijd, en je best doen om Zijn Boek te kennen. Dat verwacht God van jou, je bent pienter, dit vermogen heeft Hij jou gegeven met een doel; je dient het aan te wenden in Zijn aanbidding.'

Meestal geldt dat wie liegt, de waarheid kent. Ik betwijfel of dat zo is bij vromen.

Dat had ik ook al door, dat ik meer kon leren dan de anderen. Bij de aanvang van het Koranschooljaar kenden we allen evenveel verzen, maar ik had na een semester al wezenlijk meer gememoriseerd. Ik vroeg me af waarom dat was. Ook op de basisschool was ik als eerste klaar met mijn rekenen, taal en spelling, terwijl de anderen treuzelden, snel afgeleid werden of het werk niet begrepen. Omdat ze niet wilden nablijven, vroegen ze de antwoorden aan mij. Op een gegeven moment wilde ik m'n schriftje niet meer delen, maar toen ik dat had gemeld, dreigden ze mij uit te sluiten bij de spelletjes in de pauze en bij gym. Anderen boden me snoep aan, soms zelfs 50 cent of een euro. Dan gaf ik meteen mijn schriftje door, daarmee kon ik chocomelk halen in de bieb. Ik ging ervan uit dat zij trager leerden door hun luiheid, maar ik kreeg later door dat ze het oprecht lastig vonden, vooral taal was een gemeenschappelijk gehekeld vak, terwijl ik er geen moeite mee had. Waarschijnlijk omdat ik meer leeskilometers maakte, want ik sprak geen Nederlands thuis en keek nauwelijks Nederlandse tv.

In groep drie had juf Eline nog geopperd mij naar het speciale onderwijs te sturen, omdat ik nog steeds geen woord Nederlands sprak en daarom niets kon zeggen. Vader had dat destijds niet geaccepteerd, waardoor ik op het regulier onderwijs bleef. Ik had de achterstand in de jaren daarna maar snel ingehaald door te lezen.

De bieb deed me ook denken aan alle uren die ik daar sleet met Moeder om haar te trainen voor haar examens. Ik oefende met haar voor de inburgeringscursus. Dat kon alleen in de bieb, die computers hadden internet. Dat kon echter maar een halfuur per dag, meer mocht je per persoon niet gebruikmaken van de computer. Eerst gebruikten we het halfuurtje waar ik recht op had, dan dat van Halil. Zelf had ze geen ledenpas, voor volwassenen was dat niet gratis, dus vond ze het overbodig. Moeder had in één keer haar inburgeringsexamen gehaald, terwijl de meeste anderen uit haar klas moesten herkansen. En dat terwijl zij eerst nog had moeten leren lezen en de rest al naar de basisschool geweest was in het herkomstland. Ze was daarom onbedwingbaar trots, en terecht, dus die avond aten we taart, maar omdat alle taarten uit de supermarkt varkensgelatine bevatten, moest ze die zelf maken.

Ze had al meermaals een loftuiting van de docent gehad. Die raadde haar aan om vooral door te pakken, dat kon zij probleemloos. Een korte tijd later, na zes maanden scholing, slaagde ze voor niveau één. Haar docent had al wat plekjes geregeld waar ze eventueel terechtkon.

‘Ik kan voor jou een plekje regelen in een apotheek of in een kinderdagverblijf. Ook kun je kantinejuf worden in een bejaardenhuis. Zou je dat willen?’ Moeder had eerst ja gezegd, maar krabbelde daarna terug. Ze kwam erachter dat ze onverwachts zwanger was van Defne, terwijl ze keurig aan de pil was en die nooit was vergeten, dat hoorde ik haar tegen tante zeggen aan de telefoon. Ze baalde ervan, ze had geen zin in nog een kind, bovendien was onze woning te klein, maar abortus was geen optie volgens het geloof (de pil mocht wel volgens de stroming waar Moeder in gelooft).

Ik zat toen in groep 8 en wist niet over welke pil ze het had, maar na een beetje googelen had ik al snel de situatie doorgrond. Bovendien had ze van de imam begrepen dat het niet kies was om te werken als de man des huizes al genoeg verdiende om van te leven. Ze kon zich beter richten op het opvoeden van haar kinderen, het huishouden en de aanbidding van God. Zodoende.

Als ik verder fiets zie ik dat het reclamebord bij de bushalte beklad is en er wat teksten bij zijn geschreven. Er is een knappe dame met een hoofddoek te zien op de foto die een shampoo van Andrélon aanprijst. Haar wenkbrauwen zijn aan elkaar verbonden met een zwarte stift. Een paar van haar tanden zijn zwart ingekleurd. Er is een mannelijk geslachtsdeel naast haar hoofd getekend. KAMELENNEUKER stond erbij geschreven. En: MINDER, MINDER, MINDER!

29

Terwijl ik de radio aan heb staan en me opschik voor de spiegel, hoor ik de voordeur opengaan. Shit, dat is een van mijn verwekkers, die hebben ook de sleutel van de voordeur van Oma. Ik leg mijn cosmetica nerveus weg en ontdoe me van de rode lippenstift. Vader komt m'n kamer binnen en gooit een envelop op mijn bureau.

'Vandaag zijn er verkiezingen, dit is jouw stempas, je moet straks even naar een stemloket en T. Kuzu aankruisen.'

'Ik heb vandaag geen tijd om te stemmen. En waarom zou ik op Kuzu moeten stemmen? Bepaal je dat nu ook al voor me?' vraag ik.

'Wat nou geen tijd? Het kost je vijf minuten, je moet alleen je ID-kaart meenemen, even wat aanvinken en daarna kun je werken of naar school. Dat is toch niet zoveel gevraagd? Stemmen is belangrijk, het bepaalt wie er zeggenschap krijgt in het parlement, ben je dan niet begaan met onze gemeenschap, die aan alle kanten bestormd wordt?'

'Hoe dat zo?' vraag ik.

'Kuzu is de enige in de Tweede Kamer die aan onze belangen denkt, stukje bij beetje proberen de andere partijen ons hier het leven zuur te maken, zodat we oplazeren. We moeten steeds inbinden, mogen niet meer onze eigen identiteit en geloof uitdragen, als je Ali of Mohammed heet word je nergens aangenomen, krijg je geen stage. Wij nemen het niet langer dat Wilders en de zijnen zo over ons moslims daveren en donderen met buitengewoon denigrerende taal. Wij hebben ook eer en eigenwaarde, wij zijn geen dieren of parasieten, maar niemand spreekt hem tegen met de felheid die het behoeft, alleen de mensen van DENK. Moet je zien wat er in Nieuw-Zeeland is gebeurd, een aanslag in de moskee! Ook hier zullen islamofoben en neonazi's bloed oogsten, het is een kwestie van tijd. Ben je vergeten dat er laatst hier in de buurt een islamitische school is beklad met uitdagende en suggestieve teksten, dat er extremisten met bivakmutsen en spandoeken een school hadden bezet hier in Amsterdam, dat er een pop met een ontploft hoofd in de brievenbus bij een Haagse moskee is geleverd, en een speelgoedvrachtauto met een begeleidende brief? Ben je vergeten dat er molotovcocktails zijn gegooid in de moskee in Enschede? En er een varkenskop in een moskee is geworpen? Je eigen zusje zit ook op zo'n school, dat kan haar ook overkomen! Laatst is er een aanslag op een moskee verijdeld! Dat krijg je ervan als politici racisten en haatzaaiende lieden zo ongestoord hun gang laten gaan en sentimenten laten creëren over een groep. Binnenkort waait het geweld tegen moslims ook hiernaartoe, de haat zwelt exponentieel aan, dat is zo klaar als een klontje. We bemerken er momenteel wellicht niet veel van, het gaat economisch nog te goed, maar wacht maar, bij de eerstvolgende crisis zijn wij moslims de zondebok. Vooral nu met al die asielzoekers die binnenkomen en voorrang krijgen op huizen in Amsterdam is de spanning tussen de groepen om te snijden, maar wij Turken hebben ze niks aangedaan, sterker nog, wij lijden er ook onder dat Afrikanen en Syriërs goedkoper werken dan wij en dat ze huizen krijgen, het wordt voor ons kroost ook onmogelijk een woning hier te krijgen, dit land is overvol! De Nederlanders die klagen over moslims moeten begrijpen dat hun eigen overheid verantwoordelijk is voor de toelating van nog meer lichtingen immigranten, daar hebben wij niks mee te maken, wij Turken gedragen ons hier voorbeeldig en werken ons uit de naad, wij denken alleen aan ons geld, maar zelfs dan zien ze ons nog als last vanwege onze onwrikbare loyaliteit aan ons vaderland en onze religieuze achtergrond, terwijl dat menseigen is, de aard van het beestje is, dat ruk en trek je er niet uit. Het is hún eigen overheid die hun anus laat tochten voor al het problematische geteisem en die zegt: neuk ons maar! Niet wij, wij neuken ze niet, dat zijn de Arabieren. Rutte zegt dat Turken moeten oprotten als ze zich niet gedragen, moet je je voorstellen, en dat moet onze premier zijn! Iedereen wordt alleen maar racistischer, wat ze vroeger als extreem zagen is nu de normale gang van zaken en daar is een sterk tegengeluid voor nodig. Kuzu is op dit moment de enige die dat durft te bieden!'

'Ik heb niet zoveel op met Kuzu, dus ik zou niet op hem stemmen omdat jij dat wilt van mij, sorry. Ik vorm wel mijn eigen politieke mening,' zei ik nors. Zelfs mijn stemgedrag wordt godverdomme opgelegd.

'Jij moet ook altijd stronteigenwijs doen, je denkt altijd dat je het maar beter weet, maar je weet geen moer, nooit kun je het een keer met ons eens zijn, nooit kun je eens luisteren naar mensen die wijzer zijn. Waarom ben jij zo? Je denkt echt dat je het allemaal beter weet, hè? Word je beïnvloed door verkeerde vrienden of zo? Waarom zou je niet op hem willen stemmen in godesnaam, leg eens uit, dat is toch een prima vent die voor onze belangen opkomt?'

'Hij staat voor een paar dubbelwandige identitaire-bubbelbelangen, ik vind meer zaken in het bestuur van een land belangrijk en wil daarom een weloverwogen keuze maken die meer dan dat behelst. Bovendien denk ik niet dat hij de polarisatie oplost door zelf de boel op de spits te drijven. Hij roept dat er een acceptatieprobleem is en geen integratieprobleem, terwijl we zijn vergeven van de problemen. Hij steekt nooit de hand in eigen boezem, hij is een wegkijker en een wijzer, kraamt onzin uit, doet alsof iedereen door en door racistisch is in dit land en praat mensen slachtofferschap aan om er politieke munt uit te slaan. Onder elke tegel vindt hij onrechtvaardigheid, racisme, onderdrukking, kansenarmoede en uitsluiting. Ze hebben er hun eigen paranoia en complottheorie van gemaakt, ze hebben een drijvende kracht genaamd apartheid in hun onderbewustzijn gecreëerd. Het verhaal is opgeblazen en een eigen leven gaan leiden. Ze zijn werkelijk gaan geloven dat ze in een land vol apartheid en onrecht wonen. Dat is toch ziek? Dan gaan de waarlijk kansloze mensen daarmee aan de haal en verklaren daarmee al hun falen, dat ze vaak sowieso een beetje aan hun kont hebben hangen wegens pech qua hoeveelheid hersencellen toen eitje en zaadje zich samensmolten in moeders lichaam, maar dat terzijde. Had hij wel die balk in het eigen oog gezien, dan bestond die hele PVV niet en zou electoraal gewin buiten de eigen etnische groep je deel zijn. DENK is de allochtone onderbuik, met een allesvernietigend maagzuur. Hij is laf, brandt zich niet aan lastige, heetgebakerde materie, maar speelt handig in op het gebrek aan autonoom denkvermogen bij z'n electoraat, roept irritatie op bij mensen die die problemen wel zien en ervaren. Als je hardnekkig weigert om te zien dat het glas halfleeg is, ben je ook niet bereid bij te schenken. Je kunt niet iedereen wegzetten als xenofoob en islamofoob, mensen hebben ook terechte kritiek. Onze gemeenschap is in een dozijn opzichten niet de makkelijkste. Als we kijken naar de koude cijfers en de buurten die we bewonen, is het in feite een klamme modderpoel met een ontzagwekkend groot, dampend, lichtroze varken. Zijn antiracismemantra is een bodemloze put. Verrechtsing aankaarten mag, maar ik zal nooit stemmen op iemand met zo'n gebrek aan zelfkritisch vermogen, almaar die defensieve houding, en als hem een kritische vraag gesteld wordt komt hij met meer omwegen dan Google

Maps omhelzen kan. Het is iemand die een ongekend taaie, onophoudelijke en veerkrachtige kwetsbaarheid aan z'n stemmers voorschotelt als enige politieke agendapunt. Ik ben alleen voorstander van zaken waarvan ik voordeel verwacht, geen nadeel, ik heb geen behoefte aan slachtofferschap.'

Vader keek me met grote ogen aan en schudde zijn hoofd heftig naar links en rechts. Alsof hij dacht: waar heb ik gefaald? Wat heb ik verkeerd gedaan in de opvoeding dat ik zo'n pedant kreng heb gecreëerd?

'Ik heb me altijd afgevraagd hoe wanstaltige nestbevuilers die zich lenen als mascotte aan racistisch Nederland, precies met zulke standpunten als jij, voortkomen uit onze gemeenschap. Nu heb ik er zelf een in huis! Schaam je je niet om af te geven op je eigen mensen, je eigen cultuur, je eigen ouders, de boom waar je van gegeten hebt?' vroeg hij. Er zijn weinig mensen zo gul als ik met ondankbaarheid.

'Het is racistisch om mij te reduceren tot een mascotte, op het moment dat ik andere standpunten heb dan jij, wie ben jij om vanwege mijn afkomst mij aan te zien voor laatdunkende bijnaam van het "racistische" politieke spectrum?' vroeg ik.

'Jij bent het spoor totaal bijster en het komt niet meer goed met je,' zei hij uiteindelijk, mijn stempas in mijn gezicht gooiend, om vijf minuten later terug te komen.

Hij had mijn boodschappen gezien op het aanrecht in de keuken. Ik had vijf stukken zalm gekocht voor het gezin, maar op de verpakking was de prijs nog te zien, die vergat ik te verwijderen. Vader werd woedend, hoe kon ik zo veel geld uitgeven voor zo weinig eten? Was ik mijn verstand soms verloren? Hadden ze mij niet geleerd om bedachtzaam om te gaan met geld?

'Maar het is mijn eigen geld,' zei ik.

'Jouw geld!? Gaan we nu onderscheid maken tussen jouw en mijn geld? Je woont anders wel in mijn huis, toch? We zijn toch familie van elkaar en we moeten het toch uiteindelijk met z'n allen doen? Hoezo jóuw geld!? Maakt het dan ineens niet meer uit dat je je geld verkwist? Weet je wel hoeveel normaal eten je daarvan kon kopen? Als je dan toch zo veel geld hebt om het rond te strooien, geef het aan mij, ik houd m'n hoofd moeilijk boven water.'

Tja, ik zou zeggen geef je vrouw een schop onder haar hol.

30

Het is zaterdagmiddag en ik draai vandaag een volle dienst in het restaurant. Om 15.00 uur neem ik mijn eerste pauze. Ik had mijn eten al besteld bij de kok, dat is nu klaar. Ik neem mijn bord en kijk waar ik het best kan zitten. Mohammed, de afwasser, zit ook te eten. Ik twijfel of ik bij hem moet aanschuiven of dat ik beter apart kan zitten. Je weet het nooit met lichtgepigmenteerde mannen met ongetrimde baarden. Als het geen Arabier maar een blanke was zou ik niet hoeven nadenken, dan was het eerder asociaal als je apart gaat zitten en geen woord met elkaar wisselt terwijl je collega's bent, maar devote moslims kunnen dat niet waarderen. Ik heb hem wel eens zien bidden in het schoonmaakhok, hij laat zijn baard staan, wil geen alcohol aanraken en ik hoorde hem vragen aan de baas of het vlees halal was. En of hij op vrijdagen naar de moskee mag. Hij is dus praktiserend moslim, hij voldoet aan alle kenmerken. Hij schudt vast ook geen handen. Hij spreekt Engels als hij iets werkgerelateerds moet zeggen en verder had ik hem nog niet gesproken. Dat hij Engels spreekt betekent dat hij recent is gearriveerd in het land, net als de meeste Jemenitische of Palestijnse collega's. Ik ben benieuwd wie hij is, waarom hij hierheen is gekomen en waarom hij geen Nederlands spreekt. Ik ga wel gewoon bij hem zitten, en als hij dat bezwaarlijk vindt, moet hij dat maar aangeven, dat kan ik immers niet ruiken. Ik handel volgens Nederlandse omgangsvormen, daar mag Mohammed wel aan wennen. Het zal hem toch wel vaker overkomen dat een vrouw hem aanspreekt.

Ik vraag of ik tegenover hem mag zitten. 'Yes of course, sister! Sit please.' Altijd die Arabieren ook met hun 'sister' en 'brother' na elke zin tegen elke moslim die ze spreken. Ergens wel aandoenlijk. Maar ik mag dus zitten, fijn. 'How are you, Mohammed?' vraag ik.

'Fine, fine, *alhamdulillaah*, and you? What was your name again?'

'Büsra,' zeg ik.

'Aaah, Boechra, sorry, I forget.'

Arabieren en Marokkanen maken altijd Boechra van mijn naam. Het is potverdorie Büsra, geen Boechra, maar goed, ik ga geen moeite doen dat uit te leggen, dan ben ik maar Boechra.

'No problem, I forgive you,' zeg ik. 'Do you like the food here?'

'Yes, yes, I do, really good food, *alhamdulillaah*, sister.'

Ja, natuurlijk houdt hij van Turks eten, wie niet? De Turks-Griekse keuken is toch echt het meest voornaam. De Nederlandse keuken, voor zover die bestaat, is daarentegen totaal niet verfijnd. Ik weet nog de eerste keer dat ik voor het avondeten bleef bij Freek. We kregen gekookte aardappelen met sperziebonen en een stuk vlees met een plas jus. Er zaten geen kruiden op, alleen zout. Aan tafel begon iedereen de aardappelen te prakken met de sperziebonen tot een homogeen goedje. Het zag er weinig appetijtelijk uit. Ik snapte niet waarom ze dat deden. Toen Freek ermee begon, dacht ik dat hij dat deed omdat hij die dag naar de kaakchirurg was geweest, maar toen zag ik dat zijn zusje het ook begon te doen. Ik dacht: die maakt misschien wat eten voor de kat, bij sommigen was het immers gangbaar om je kat te voeren van je eigen eten. Al snel kwam ik erachter dat dat prakken erbij hoorde. Ik deed het daarom ook maar. Ook de manier van rijst koken is niet geavanceerd en zou verboden moeten worden. Men kookt het en giet het af, dat mag je geen rijst noemen.

Ik vraag Mohammed waar hij vandaan komt en waarom hij geen Nederlands spreekt. Uit Jemen, hij zit al op een taalcursus, maar vindt het een ontzettend lastige taal. Na werktijden – hij werkt elke dag de hele dag – zit hij zijn woordjes te leren 's nachts, maar het gaat niet van een leien dakje. Ik vraag hem waarom hij hier is. Er is oorlog in zijn land, zijn familie zit daar helaas nog en het is vrijwel onmogelijk dat die ook kan overkomen, hij had geluk gehad. Ik vraag hem wat details van de oorlog, maar heb al snel door dat hij dit geen gezellig onderwerp vindt en het een open wond is, dus hou ik erover op. Ik vraag hem wat hij van Nederland vindt. Hij heeft er nog niet veel van gezien, eigenlijk niets, sinds zijn aankomst werkt hij hele dagen, maar hij is wel onder de indruk van de infrastructuur.

'But the language is very very difficult,' zegt hij erachteraan, nee schuddend en opzichtig zuchtend. Hij vraagt me wat ik studeer. Als ik Nederlands zeg, is hij aangenaam verrast en vraagt hij of ik hem alsjeblieft kan helpen met het leren van de taal. Of ik hem bijles kan geven en kan helpen met de dingen die hij niet begrijpt. Hij heeft binnenkort een examen.

Was ik maar niet aan deze tafel gaan zitten.

Toen ik die avond vermoeid thuiskwam bij Oma, hoorde ik de bel gaan. Het was Ensar, de beste vriend van Halil.

'Hé, Büsra, waar zijn je ouders, weet je dat?' zei hij hijgend. Hij had een bezweet voorhoofd.

'Zijn ze niet thuis? Ik weet het niet, ik ben net van mijn werk gekomen,' zei ik, de pijn nog voelend in mijn voeten van de drukke werkdag. Ik kon amper blijven staan.

'Ik heb echt heel snel een auto nodig. Ik heb bij je ouders aangebeld, maar ze zijn er niet. Jij hebt toch de sleutels van jullie huis? Kan je je vaders autosleutels aan me uitlenen? Ik breng hem vannacht weer terug!'

'Ehh... Waarom vraag je Halil niet?'

'Hij neemt niet op.'

'Waarvoor heb je de auto nodig?'

'Het is een lang verhaal, ik vertel het je later, ik heb nu echt geen tijd,' zei hij, welhaast stuiterend en in lichte beklemdheid.

'Oké, moment, ik haal de sleutels, maar breng hem alsjeblieft snel weer terug, Vader wordt anders echt boos op mij.' Ik gaf hem de autosleutels uit Vaders jaszak, er was inderdaad niemand thuis. Hij ging er vluchtig vandoor. 'Thanks hè! Ik breng hem snel terug!' schreeuwde hij nog, terwijl hij verhit de trap afging.

Een halfuur later kwam Vader bij Oma binnen en vroeg me waar zijn autosleutels waren. Hij was met Moeder en Defne op visite naar de buren gegaan en had nu de auto nodig.

'Ensar kwam de sleutels vragen, hij zei dat het een noodgeval was, dus ik heb ze hem gegeven, ik wist niet dat jij ook de auto nog nodig had,' zei ik bang.

'Pardon? Je hebt mijn auto aan die snotneus gegeven zonder het mij te vragen!? Hoor je wel wat je zegt? Ben je wel goed snik!?' Hij was ziedend.

Shit. Ik wist dat Vader dit niet zou waarderen, hij is zo iemand die z'n spullen koestert zoals een kip haar ei, maar dan beduidend ziekelijker, vooral als het aankwam op zijn auto. Zelfs die keer dat zijn broer hem nodig had, die van hem was bij de garage, had Vader hem niet uitgeleend en gelogen dat hij hem zelf nodig had. Vader vindt dat mensen niet moeten verwachten dat hij opgezadeld wil worden met hún probleem, men moest zijn bed maken zoals hij slapen wil. Hij vraagt andersom ook nóóit iets aan een ander, al zou hij op sterven liggen. Ik weet niet waar het vandaan komt, wellicht zijn jeugdtrauma. Hij heeft alles in zijn leven zelf moeten doen, zonder ook maar iets van liefde of steun van wie dan ook. Hij was al op zijn vijftiende uit huis gegaan om te werken in de textielfabrieken van Nederland. Ze konden fixen dat zijn officiële leeftijd werd verhoogd, zoals ze ook doen als ze minderjarige meisjes willen uithuwelijken. Ook toen ik kind was drukte hij Halil en mij regelmatig op het hart dat we maar niet moesten denken dat er ook maar één ziel voor ons klaarstaat, dat je altijd alleen jezelf hebt, dat zelfs je eigen schaduw je verlaat als het donker is, dat alles in het leven draait om geld en macht, dat je alleen voor je eigen deur moet vegen. Vader had het heel vaak over zijn jeugd. Hoe hard hij heeft moeten werken, dat hij niemand had, dat hij zo graag had willen studeren, dat zijn basisschoolleraar tegen zijn vader had gezegd dat Vader erg intelligent was, dat ze hem moesten laten studeren, maar dat niemand naar hem omkeek. Dat het altijd slechts een hunkering bleef om naar school te gaan. Zoals Carl Jung zegt is de grootste tragedie van een gezin de ongeleefde levens van de ouders. Vader leerde ons dat het dom was om je te bekommeren om anderen, dat deden zij immers ook niet. Hij was typisch iemand die slim zijn zag als gewetenloos zijn. Tot de dag van vandaag leeft hij in het verleden, net als Oma.

'Ja, sorry, ik had het misschien aan je moeten vragen, maar hij had echt haast en hij brengt hem straks weer terug, zei hij,' probeerde ik nog.

'Wie zegt tegen jou dat je godverdomme *míjn* spullen mag uitlenen!? Ik heb tot nu toe mijn auto aan niemand gegeven, en jij geeft hem aan die randdebiel? Ongelofelijke, onverbeterlijke idioot dat je er bent!'

En daar kwam een klap. Die deed wel even pijn. Ach, Ensar had tenminste zijn klusje kunnen klaren.

31

Het is ramadan, ik vast stiekem niet mee. Ik kan niet de hele dag dorst hebben met dit weer. Ik vraag me af of Allah dat erg vindt, aangezien Hij met zijn vermeende almacht mijn lijden niet nodig heeft. Ik vind dat ik al genoeg lijd voor Hem door me bedekt te kleden en door een dozijn andere essentiële vrijheden en genot op te geven. Het is geven en nemen.

Moeder zit te kijken naar ramadanprogramma's waarbij imams de hele dag vragen van bellende kijkers beantwoorden. Gisteren vroeg iemand of je vasten nog wel meetelde als je tijdens het wassen van je billen een druppel water in je anus had opgenomen. Het telde nog mee. Een ander wilde weten of je je vasten mocht verbreken bij de *iftar** van familieleden die hun inkomen verdienen met drugsgeld of andere illegale zaken. Dat mocht niet. Maar wat als ze zowel een haram (illegaal) inkomen als halal (legaal) inkomen hadden? De imam antwoordde dat het alsnog niet mocht, dat je vasten dan ongeldig wordt. Weer een ander wilde weten of je vasten was toegestaan als je als man een naakt lichaam had gezien van een vrouw. De imam antwoordde dat als het niets met je had

* Avondmaaltijd in de ramadan waarbij je je vasten verbreekt.

gedaan, het nog meetelde, anders niet en moest je die dag na de ramadan inhalen. Weer een ander wilde weten of het zondig is als je illegale films downloadt. De imam antwoordde dat de meeste films überhaupt verboden waren wegens de immoraliteiten die erin voorkomen. Maar als het een islamitische film was zonder zondige zaken, mocht je die alleen legaal downloaden.

Op mijn werk in de AH ben ik getuige van een geëscaleerde woordenwisseling tussen de filiaalmanager en een paar vakkenvullers van Marokkaanse origine. '*Wollah mèh** ik ga werken op Suikerfeest, ben je gek, gaat sowieso niet, man,' zegt Hoessein ongedurig tegen Peter.

'Ja, sorry man, Peter, gaat écht niet, ik moet sowieso vrij krijgen,' zegt Ali.

'Ik ook,' zegt Hamza.

'Dat is prima, jongens, maar jullie kunnen mij nog niet eens vertellen op welke dag het feest is, jullie weten dat ik de roosters drie weken van tevoren maak, dus jullie moeten nu doorgeven op welke dag jullie dan verlof willen,' zegt Peter.

'Dat weten we toch nog niet? Wat kunnen wij daaraan doen? Dat weten we pas de nacht ervoor, als er naar de maan gekeken wordt, dan weten we of het de volgende dag feest of de laatste vastendag is,' zegt Ayoub koortsachtig.

'Tja, jongens, dat kan wel zo zijn, leuk en aardig, maar ik ga niet accepteren dat jullie allemaal op dezelfde ochtend straks afbellen omdat het feest dan is, dan zit ik zonder personeel. Feest of niet, wij draaien gewoon door.'

'Ik kan het wel alvast doorgeven, onze feestdag staat vast,' zegt Hakan, die Turks is.

'Hoezo weet jij het al wel dan?' zegt Peter verward.

'Ja, dat zijn Turken, die kijken niet naar de maan, die hebben hun eigen islam,' zegt Hamza laatdunkend.

* Geenszins.

‘Echt hè,’ stemmen de andere Marokkanen in.

‘Ey, donder op, jullie maken die man gek, met je maan dit en dat, wat nou maan, gewoon dertig dagen vasten en dan feest, klaar, echt hoofdpijnmensen zijn jullie altijd. Peter, luister maar niet naar hen, joh, Arabieren krijgen nog ruzie met hun eigen schaduw.’

Ik begreep nooit hoe aversie tegen Arabieren en liefde voor de islam samenkwamen bij Turken.

Het was elk jaar weer een discussie. Alle moslims ter wereld bepaalden de dag van het Suikerfeest door naar de maan te kijken in de laatste dagen van de ramadan, behalve de Turken. Die deden elk jaar gewoon dertig dagen vasten en dan, maan of geen maan, was het feest. Daardoor had je soms dat het Suikerfeest van de Turken op een andere dag viel dan dat van de Arabieren.

32

Tijdens college zag ik dat ik acht gemiste oproepen had. En een boel berichten. Nou heb ik dat wel vaker, zoals u heeft gelezen als u de vorige hoofdstukken niet overgeslagen hebt, overigens is de grootste ondeugd voor een lezer ongeduldigheid, maar het was nog middag en ik was nog niet te laat thuis, dus dit was ongewoon. Ik las dat Karbonkel vond dat ik onmiddellijk moest komen naar het huis van tante Kadriye, haar nichtje met wie ze een duurzame zusterband heeft. Deze alarmerende berichten konden maar één ding betekenen: Tante leed al twee jaar aan kanker, de laatste tijd ging het bergafwaarts, Moeder was regelmatig van huis. De artsen hadden het al opgegeven, hoorde ik laatst. Of nou ja, ze zeiden dat we ons moesten voorbereiden. Dat is hetzelfde, maar dan in politiek correcte artsentaal, die moesten natuurlijk de pil vergulden. Nu was het zover, we zouden afscheid nemen.

Ik pakte mijn spullen en bereidde me voor om het lokaal te verlaten. Omdat er op mijn opleiding in totaal maar zes studenten zitten, inclusief ik (we studeren Nederlands, dat is niet zo populair en daarom wordt de opleiding dit jaar ook afgeschaft op de VU, een hoogst betreurenswaardige toestand), zitten we meestentijds in een klaslokaal en niet in enorme collegezalen, zoals gewone studenten. Behalve als we vakken volgen met de lieden van geschiedenis of filosofie, dan zitten we in een zaal. Gegeven dit feit kon ik niet onopgemerkt midden in het college ertussenuit knijpen. Ik stak mijn hand op.

'Sorry, meneer Koppenol, het spijt me dat ik u moet onderbreken, maar ik krijg net een bericht van Moeder en moet nu echt dringend weg. Ik zal het u later uitleggen.'

'Dringend? Er is toch niets ernstigs, hoop ik?'

Wat moest ik nu zeggen? Dat het niet dringend was, omdat het gaat om een tante die op sterven ligt, maar dat we ons al maanden hierop voorbereiden en dat het daarom niet echt een donderslag bij heldere hemel is, of dat het wel ernstig is, aangezien mijn tante op sterven ligt? Weet ik veel of dit te classificeren is als ernstig of niet. Als ik hem zeg dat het niet ernstig is, is het toch raar dat ik het college verlaat? Dan moet ik zeggen dat het ernstig is, maar straks vraagt hij door, dat wil ik niet.

'Het is niet heel ernstig, maar ik moet wel nu echt weggaan, want het is wel iets belangrijks,' zei ik maar.

'Oké, nou eh... Dat is goed, doe maar dan, succes!'

Ik kwam eraan, het huis van Tante zat stampvol. Ik moest me ellebogen door de zwerm om mijn weg te banen naar het sterfbed. Ik zag haar liggen. Liggen en lijden. Slechts een stuk van haar gezicht, er stonden overal snikkende en hardop jankende familieleden, kennissen en buren omheen, en ik ben slechts 160 centimeter. Wat ik vernam was afdoende om te weten dat het leven ongenadig is, ik herkende haar niet terug. Ze was enorm vermagerd, haar volle wangen met de permanente roze blosjes waren hartstikke spoorloos en waren vervangen door verlepte, bleke vellen huid die naar binnen waren gekeerd als kapotgestoken ballonnen. Een lijkbleek gezicht. Geen haar, wenkbrauwen en wimpers. Een zieke etalagepop met anorexia. Op sterven na dood. Ze was omzwachteld met eindeloos veel kabeltjes en snoertjes. Ze was zichtbaar aan het vechten met haar ziel, zoals Turken dat noemen. Ziekte is extreem onbescheiden.

Ik zag dat Karbonkel vuurrode ogen had. Ik ging naar haar toe. ‘We wachten tot Allah haar bij zich neemt, ze is niet meer te redden,’ zei ze snikkend. Ik wist niet wat ik aan moest met een emotionele Karbonkel die ik louter kende als tiran, niet als slachtoffer. Ik trok mijn jas uit en ging maar op de bank zitten, naast mevrouw de huisarts. Menig bezoeker keek me verwonderd aan, ik was niet bedrukt genoeg; iedereen was luid aan het huilen en lijden en ik kwam op de bank zitten alsof het me niets deed, ik was niet aangegrepen, niet overdonderd door het beeld dat ik zojuist aanschouwd had, ik moest meedoen, maar ik was niet in staat tranen te produceren. Ik deed m’n best er droevig bij te kijken, deed m’n gezicht af en toe in mijn handen en op die manier wachtte ik tot tante doodging, maar het duurde uren. Ik zag dat de nichten en het neefje, Tantes kinderen, ook weenden. Een miserabel tafereel, Ibrahim was pas zes. Tante leefde de laatste twee weken dankzij de apparaten.

De arts had vermeld dat kanker een vurige pijn zaait in het lichaam, al leek het voor ons alsof ze er vredig bij lag, omdat ze amper nog bewoog vanwege de verzwakking van de hersenen en hun signalen, maar dat was slechts schijn, ze was enorm aan het lijden. Ze vond daarom dat de familieleden beter konden overwegen haar kunstmatig in coma te laten brengen en daarna te laten sterven aan de hand van een morfinepompje, anders kon de kwelling nog dagen aanhouden en was het onberekenbaar wanneer ze daadwerkelijk zou sterven. Dat kon absoluut niet volgens de familie, die was verontwaardigd vanwege dat advies. Wij geloven dat dat een onverschoonbare zonde is, dat gaat door voor zelfdoding, je moet lijden tot het bittere eind, je moet de natuurlijke uitputting volbrengen, wachten op Gods beslissing, Hij kon nog altijd wonderen volbrengen, dus we moesten maar wachten. We wisten dus niet of de apparaten vandaag nog gingen piepen; wat als we straks weer allemaal naar huis moesten omdat de machine er geen zin in had vandaag?

Net toen ik dat dacht, gebeurde het. Een haast onhoorbaar piepje en het was klaar. Ze was weg. Waarnaartoe is een goede vraag. Haar moeder begon loeihard te schreeuwen, te wenen en te krijsen, terwijl ze met haar gebalde vuisten op haar borstkas sloeg. De anderen verzamelden zich om haar heen om haar onvermoeibaar te zeggen dat ze haar emoties moest temperen, maar ze was niet bedaringsvatbaar. De imam met de onbewimpelde baard eiste de aandacht met zijn zware en ontzagwekkende stem, waarna het gekrijs van de vrouwen abrupt ophield. Die imam had ik nog niet gespot, hij zat natuurlijk in een van de andere kamers met de mannen.

'Broeders, zusters, wij zijn hier allen bijeengekomen om de onomkeerbare afvaart van onze gewaardeerde zuster Kadriye bij te wonen. Zij was een buitengewoon devote vrouw, ze heeft onnoemelijk en opzienbarend veel betekend in onze moskeeën, moge Allah haar daden accepteren, *amin*. Geloofsgenoten van het rechte pad, zij is zojuist heengegaan, haar boek met daden is voorgoed afgesloten, maakt u zich vooral geen zorgen meer om haar, zij is nu terug bij haar Schepper, terwijl wij nog onszelf moeten bewijzen, hier op deze wereld, vol infernale verleidingen, elke dag weer. Wallah, dit leven heeft slechts een onnoemenswaardige, onbeduidende duur. Allah de Barmhartige en Genadevolle neemt om de zoveel tijd een dierbare van ons weg, omdat Hij de Almachtige ons wil herinneren aan de vergankelijkheid van dit onbeduidende leven. Wij nietige stervelingen dreigen dat regelmatig te vergeten, we zijn zo gefixeerd op ons vluchtige, wereldse, materiële bestaan hier, dat we nauwelijks beseffen dat we moeten wroeten voor het eeuwige. Kadriye heeft dat gedaan, zij gaat hoogstwaarschijnlijk, met Gods wil, naar het onvolprezen paradijs vanwege haar verdiensten, dit alles op basis van wat wij van haar weten, namelijk dat ze een rechtschapen vrouw was met veel nobele daden en geen openlijke zondes. En wat zij verzweeg of verborg, is tussen haar en haar Schepper. Zij heeft haar taak op deze wereld met verve vervuld, we moeten daarom blij zijn voor onze zuster! Maar wíj daarentegen, o broeders en zusters, moeten nog steeds elke dag strijden tegen de duivel. Treurt niet! Allah neemt Zijn meest geliefde dienaars vroeg bij zich! Dit is de eindbestemming van ons allemaal! Dit wisten we al, dat ieder van ons op een dag zijn ziel teruggeeft aan de Heer, dit weten we al wanneer iemand geboren wordt. De dood kent geen lieve kinderen, ook de dierbaren van de Profeet, vrede zij met hem, vergingen allemaal achter elkaar, in een tijd waarin hij hen het meest nodig had in zijn strijd tegen de polytheïsten en de onderdrukkers. Maar deze smart weerhield hem er geen moment van om Allah de Verhevene veelvuldig te gedenken en te aanbidden. Hij liet zich niet leiden door dwaze emoties, neen, integendeel! Natuurlijk rouwde hij, dat is menseigen, maar wel met mate. Hij wist als geen ander dat dit leven niets voorstelde en verloor zichzelf nooit in tergende emoties en leed. O broeders en zusters, geef niet toe aan twijfel die ons van tijd tot tijd bekruipt. Bid veel, bezoek veelvuldig onze moskeeën, let op het geloof van uw kinderen, want elk vroom kind dat u hebt opgevoed zal na uw dood voor u getuigen bij Allah. Doneer zoveel mogelijk, want elke stuiver zal voor u getuigen, en help uw medemoslims, want waarlijk, de *kefen** heeft geen zak! Zondig niet langer, verwerp het slechte, het zondige, en spoor elkaar aan tot het goede! Trek elkaar naar het goede, het deugdelijke, daar zult u elkaar dankbaar voor zijn! Verander datgene wat zondig is met uw hand, als u daar niet toe in staat bent, dan met uw tong, en als u dat óók niet kunt, verafschuw het dan met uw hart! En dat is het zwakste geloof. En laat er uit jullie een groep voortkomen die oproept tot deugdelijkheid en die het verwerpelijke (het zondige) verbiedt, zij zijn degenen die succesvol zijn!† Dit is ook óns

* Het witte doek waar moslims in gewikkeld worden na hun dood.

† Een vers uit de Koran (3:104).

eindstation over hooguit een paar jaar of misschien wel morgen!'

De mensen in de woonkamer hadden een gezamenlijke deugextase. Ik applaudisseerde met gebalde vuisten. Het verraderlijke van pretenties is hun overtuigingskracht.

33

'*Abla*[*], kom je mee boodschappen doen?' vraagt Defne.

'Ik ben bezig,' reageer ik, met de nieuwste McEwan in mijn handen.

'Kom nou, please, zonder jou is het saai en mama koopt nooit wat ik wil, alleen jij doet dat.'

Dat is waar. Moeder is zuinig, ze moet het immers doen met het geld dat ze van Vader krijgt en denkt bovendien dat je kanker krijgt van snoepgoed, dat heeft ze van de programma's die ze kijkt. Tante had ook ineens kanker, zonder een duidelijke oorzaak. Ja, een te snelle celdeling, maar waarom dan? Dat wist niemand. Aan God kon het niet liggen. Moeder is er daarom heilig van overtuigd dat het komt door de inferieure zooi die we consumeren en dat we deformaties krijgen in onze cellen door wifistraling en zo. Als ik meer dan vijf minuten bel, roept ze dat dat mijn hersenen te veel straling bezorgt. Ze had laatst ruzie met Vader omdat ze de modem van het internet niet meer pal naast Halils bed wilde hebben, maar op een afstand, anders zou hij een tumor krijgen. Halil nam haar niet serieus, noch deed Vader dat.

* Zus.

Ook als Defne op school een traktatie kreeg (niet vanwege een jarige, op de islamitische school is dat verboden, traktaties kregen ze op de wettige feestdagen) zeikt Moeder net iets te lang door.

Eenmaal aanbeland in de supermarkt mag Defne een versnapering kiezen. Zonder peinzen loopt ze naar de chocoladeletters, waarna we in de rij voor de kassa aansluiten.

'O shit, wacht, ik ben zo terug!' zegt ze plots en rent terug naar de schappen om daarna hijgend terug te komen met de letter R.

'Waarom zou je de R kopen?' vraag ik.

'Ik ben toch niet suf, de R is groter dan de D, daar zit meer chocolade in. De E leek me eigenlijk ook groot, ik twijfelde even, maar de R is iets groter. Wie de L, I of de J neemt, is wel echt héél dom.'

Op dat moment spot ze de gekleurde pieten die strooigoed aan de kinderen geven voor de ingang van de Albert Heijn.

'Die horen toch zwart te zijn?' vraagt ze.

'Dat is vanaf nu niet meer zo,' zeg ik. Ze wil weten waarom.

'Omdat sommige mensen vonden dat je daarmee mensen met een zwarte huid beledigt,' zeg ik. Ik vind dat ik alle kanten van het debat moet uitleggen, deze verklaring was niet allesomvattend. 'En weer anderen vinden het stom dat ze nu gekleurde pieten zijn, omdat je de verklede mensen dan herkent, en omdat het nou eenmaal traditie is,' zeg ik.

'Hmmm,' zegt ze even, terwijl ze diep nadenkt en naar haar schoenen kijkt.

'Ik heb het!' zegt ze. 'Als je ze donkerpaars of grijs maakt, zijn ze onherkenbaar en kan je niemand beledigen.'

Defne had zojuist het vraagstuk der vraagstukken opgelost.

Terug thuis slaakte ik een diepe zucht bij het zien van de eerste lichting bezoekers in de woonkamer. Een zware dag wachtte op me. Vandaag is het Offerfeest. Dat betekent: de klok rond bedienen, afwassen en legio mensen over de vloer met wie ik moet ouwehoeren over het leven van andere mensen en waarbij ik moet simuleren dat ik begeesterd ben door de verhalen, veelal roddels, en me als een lachband van Amerikaanse series moet opstellen. Die gezelligheid waar men het over heeft bij dit soort gelegenheden kan me toch echt gestolen worden.

Ik zit aan tafel voor me uit te staren, dagdromend, terwijl mijn blik rust op de borden en schalen met overdadig veel eten dat ik de vergane dagen in elkaar geflanst heb ter voorbereiding. Het voedsel vindt gretig aftrek bij de reeds corpulente bezoekers. Het glazuur springt van hun tanden door de toetjes.

Ik kijk, maar ik zie niet. Ik ben omgeven met mensen die geluiden genereren, maar ik luister niet. Net bij de vorige lichting kreeg ik al wat verhalen mee over een koppel dat gescheiden is na pas zes maanden gehuwd te zijn.

'Ze zal wel nooit meer aan de man komen, ze is nu tweedehands, ze kon beter bij hem blijven. De vrouwen van nu zijn van gemalen poppenstront, ze kunnen niets meer hebben, scheiden bij het eerste akkefietje en vermorzelen hun nest alsof het niets is.'

'Ja, maar goed, ze werd wel geslagen hè, dan is het wel begrijpelijk, dat gaat in deze tijd te ver.'

'Ach kom, niemand gaat dood aan een paar tikken, wie weet stelde het niets voor en schreeuwde ze moord en brand om dat als excuus te gebruiken, kijk wat onze moeders hebben moeten verduren van hun mannen, bovendien zijn ze niet altijd onschuldig hoor, die vrouwen, wie weet wat ze gedaan of gezegd heeft om hem op dat kookpunt te krijgen, Mehmet is niet iemand die er zomaar op los mept, het ligt vaker aan de vrouw dan aan de man, geloof mij maar.'

Ik sta op en loop naar de keuken, ik trek het niet meer. Bij binnenkomst kreeg ik ook al het commentaar dat mijn jurk te strak was, dat ik maar een andere aan moest doen. Altijd leuk hoe mensen hun gêne en aangeleerde preutsheid op anderen willen projecteren. Immer weer de spagaat tussen het imago van de hoer en de maagd. Toch heb ik een andere jurk aangedaan. Ik baal van mezelf. Waarom blijf ik zwichten? Waarom kan ik niet gewoon woedend, onbeschaamd, onbescheiden, gevaarlijk en slecht zijn? Waarom neem ik niet mijn ruimte in, waarom blijf ik lief en schattig, waarom ben ik mezelf niet in al mijn glorie, een voorbeeldfunctie waar we behoefte aan hebben? Kan ik de kracht soms niet opbrengen, is dat het?

Ik kijk uit het raam en zie in de woning tegenover ons de buren zoenen. Dat zijn de studenten die kortgeleden hier zijn ingetrokken, ze hebben geen gordijnen voor de ramen. Als enige. Moeder vindt het onvoorstelbaar dat er mensen zijn die dermate schaamteloos zijn en zo weinig hechten aan privacy. 'Dat is nou echt iets voor Nederlanders,' vond ze. Toen wij kortgeleden nieuwe gordijnen besteld hadden en de oude al weg hadden gedaan, kon Moeder het nog geen paar uur uithouden.

'Ik voel me open en bloot, iedereen kan bij ons naar binnen kijken,' zei ze telkens rusteloos, waarna ze reclamefolders en kranten had geplakt op de te blote ramen.

Vanaf het balkon zie ik voorbijgangers lopen op de stoep, sommigen met een telefoon in de hand, anderen met oordoppen in, weer een ander die een krijsend kind probeert te kalmeren. Ik zie een vrouw op een bakfiets en jongeren op scooters. Ik zie een andere vrouw die handsfree telefoneert, met haar mobiel in haar hoofddoek geschoven.

Ooit zullen al deze mensen dood zijn, denk ik ineens, net als alle mensen die voor ons hier liepen, overstaken en een krijsend kind probeerden te bedaren. De toekomstige generaties zullen deze mensen hooguit een uurtje in hun leven bekijken aan de hand van foto's en video's. Werken en boeken van een handjevol burgers zullen dan nog relevant zijn, maar niet deze mensen, want het overgrote deel van de wereldbevolking is gedoemd om voorgoed vergeten te worden en zal nooit genoemd of herdacht worden, hun bestaan hier op aarde zal niets hebben uitgemaakt. Elke generatie neemt haar tijd zó serieus, terwijl elke periode verpulverd zal worden om door de zandloperhals van de geschiedenis getrokken te worden door de meedogenloze zwaartekracht van de evolutie. Wordt men daar niet melancholisch en nihilistisch van? Ik wel. Ik sta er wellicht te vaak bij stil dat het menselijk bestaan ontzettend absurd is. Alles wat ik zie is de wil om te overleven, maar wat ik ook zie is het gedoemd zijn tot de afwezigheid van de wetenschap waarvoor je moet willen overleven, waardoor men houvast zoekt in goden. Deze mensen zullen allemaal weggekust worden van de aarde, ons aller lot. We spelen de rol die ons toebedeeld is in de wereldgeschiedenis. En als het klimaatprobleem hetgeen zal zijn wat ons mensenras zal verdelgen, mag God gewoon opnieuw beginnen met een nieuwe Adam en Eva, maar deze keer moet Hij geen ontwerpfout maken en blijft ze godverdomme met haar poten van die appel af. Alhoewel, die appel was meer Gods probleem, Hij maakte er een drama van, niet Eva. Bovendien zijn er zo veel ontwerpfouten dat ik mens 2.0 liever aan een bètatechneut overlaat. Misschien moeten we een ander merk God de kans geven, deze heeft meer dan genoeg tijd gekregen zichzelf te bewijzen. Bovendien heb ik liever Adriana en Eva. Bespaart een hoop ellende.

'Büsra, vul de thee van Canan aan,' hoor ik Moeder roepen. De thee van Canan wil ik wel graag aanvullen, haar mag ik wel. Zij is een buurvrouw die onlangs is gescheiden van haar agressieve man en daardoor, zonder dat ze Nederlands spreekt, in de avonden wc's op het Centraal Station moet schoonmaken en overdag en 's nachts gevulde broodjes, loempia's en pizza's maakt om in te vriezen en te verkopen aan bakkers en restaurants in de buurt om financieel op eigen benen te kunnen staan. Voor zulke vrouwen had ik diep respect. Die gingen zich niet prostitueren aan een vent. Daar mocht menig Turkse huisvrouw die dag en nacht klaagt over haar onderdrukkende man, maar toch niet scheidt om niet te hoeven werken, een voorbeeld aan nemen. Uit onderzoek van het CBS bleek dat Turkse vrouwen de kroon spannen in het depressief zijn: in 2011 ging 28 procent van hen in de leeftijdscategorie 45-55 aan de antidepressiva. Dat komt meestal doordat ze trouwen met geestelijk gehandicapte mannen en scheiden door de sociale controle niet als optie zien. Of geen zin hebben om ongeschoold werk te doen. Dus als iemand dat wel durfde te doen, wilde ik daar graag een lans voor breken.

Ik pak de veel te zware theepot van het fornuis en loop ermee naar de woonkamer, terwijl ik ze hoor praten over dat de schoondochter van een van de tantes van Moeder geen kinderen meer wil baren, terwijl ze er pas twee heeft en al 42 is. Zij, Moeders tante, vindt echter dat er toch echt een derde moet komen, dat twee te karig is.

Ik hoor tante aan me vragen of ik geïnteresseerd ben in een huwelijkskandidaat die zij goed kent. Hij is schilder, heeft het goed voor elkaar, heeft al een eigen huis en zijn familie komt uit dezelfde plaats waar mijn verwekkers vandaan komen. Dat ik nog studeer is bovendien geen enkel probleem voor hem, dat mocht ik wel afmaken, dat had ze al voor me nagevraagd. Zo lief en geduldig wilde hij wel zijn, voor mij wilde hij wel over zijn hart strijken, de schat. Ze had mijn foto's laten zien, ik was goedgekeurd, wel had hij nog de onverzettelijke voorwaarde dat ik, eenmaal verloofd, alleen nog maar lange kleding aan zou moeten doen die mijn benen en rondingen adequaat verhult, geen jeans of leggings, dan was je immers een lokdoos en hij was héél jaloers. En ik moest parttime werken als we getrouwd waren, moederschap was belangrijker. Ik moest deze kandidaat niet missen, tante kende de man en zijn familie al jaren, het waren voorbeeldige mensen.

'Nee, tante, dankjewel, ik sla over, ik denk nog lang niet aan trouwen,' zei ik voor de zoveelste keer die dag en de afgelopen tijd.

'Maar waarom dan? Je studie is geen probleem voor hem.

Waarom zou je langer wachten? Het is een feilloze kandidaat, mis hem niet!'

Ik deed mijn best m'n irritatie in te slikken. Ik had geen zin in alwéér een verhitte discussie hierover, maar *fuck it*, ik ging het gewoon doen. Ik wist precies wat ik moest zeggen om ze door het lint te krijgen.

'Ik heb liever een hoogopgeleid persoon, dat vind ik het allerbelangrijkst in een man.'

En ja hoor: wie dacht ik wel niet dat ik was dat ik discrimineerde in opleiding, mijn bloedeigen verwekkers hadden immers ook geen opleiding, betekende dat dat een mens minderwaardig of minder geschikt was om een integere partner of vader te worden? Wat had opleiding in godesnaam met een huwelijk te maken, mijn absurde wens had geen zinnige verklaring. Het ging erom dat iemand een goed en vroom mens is blablabla, met het hart op de juiste plek blablabla, zijn verantwoordelijkheid neemt en zijn rol als echte man kent blablablabla.

'En waar gaan we een hoogopgeleide man vinden voor mevrouw de koningin die op een wolk zit en er niet van af wil komen?' zei tante Durdane, waarmee ze kenbaar maakte dat ik een misplaatste hautaine houding had vanwege mijn 'onredelijk hoge eisen'. Tot slot verfde ze nog even graag met een brede kwast: 'Ik ken meer goede laagopgeleide mensen dan hoogopgeleide, echt waar, hoogopgeleide mensen zijn sluw en listig, laagopgeleide mensen zijn ongeveinsd.'

Ik was die droevige retorische armoede en drogredenen kotsbeu.

'Dit is mijn criterium en daar blijf ik bij, sorry, het is mijn keuze, ik ga met diegene trouwen, niet jullie,' zei ik maar. Ik zou überhaupt nooit trouwen in een gearrangeerd huwelijk, maar dat kon ik niet zeggen, dan zouden ze doorhebben dat ik hun gebruiken en het geloof niet respecteer, dus zei ik altijd maar dat ik een academicus eiste. Ik wist dat het vinden van zo iemand nagenoeg onmogelijk zou zijn. Een academicus zou zich zelden op z'n verwekkers beroepen om een vrouw voor hem te regelen. De enige mannen die dat wel doen is het treurige uitschot dat zelf niet het talent bezit een leuke vrouw te krijgen, of zo vroom zijn dat ze niet willen afwijken van de leer en daarom niet aan daten en flirten doen.

'Wees niet zo hardhoofdig en geef hem gewoon een kans, niemand zegt dat je gelijk gaat trouwen of moet instemmen, maar geef mensen in ieder geval de gelegenheid langs te komen, dat zou je sieren als nette dame,' zegt Moeder.

'Weet je wat, ik geef gewoon jouw nummer aan hem, ga gewoon een keer praten en kijk wat eruit voortkomt,' zegt tante obligaat.

Ik voel dat de drift in mij toeneemt.

'Nee, tante, nee is nee, niet aandringen, ik hou daar echt niet van.'

'Maar wáárom!?' vraagt Moeder met de handen in haar haar. Of eigenlijk hoofddoek.

'Je kan het toch gewoon proberen? Hij is écht een éxcellente jongeman, ik ken hem uit onze buurt, ik zie hem elke vrijdag keurig naar de moskee gaan, als ik zware boodschappen heb, komt hij ze voor me dragen, hij groet iedereen, hij heeft geen slechte gewoontes, helpt zijn verwekkers financieel, dat vertelde zijn moeder,' zegt tante.

'Zo'n man in deze tijd is zeldzaam, het zijn allemaal junkies, wat is hij goed opgevoed, moge Allah de voogden veelvuldig belonen,' bidt Moeder.

'Ik geloof best dat het een volmaakte jongen is, maar ik heb liever een hoogopgeleide, ik ben duidelijk geweest.'

'Daar gáát ze weer met haar verdomde opleiding!' zegt Moeder, die doet alsof ze elk moment kan knappen uit frustratie, en kijkt veelzeggend Vader aan. Wat ik nu nog niet wist was dat deze discussie steeds vaker zou opduiken, maar dan dwingender.

Ik besluit om het over een andere boeg te gooien.

'Ik wil het liefst werken, sparen en een eigen huis kopen, voordat ik trouw.'

Moeder: 'Huh, waarom zou je daarvoor werken als je ook een man kan vinden die dat voor je doet?'

Ik: 'Omdat ik geen man nodig heb.'

Moeder: 'Jij bent echt oliedom. Ja, doe dat lekker, neem een huis, zodat de man met wie je huwt gebruik kan maken van jou en geen moeite hoeft te doen of te ploeteren om een huis te kopen, want jij hebt het toch al. Meneer kan gratis en voor niets bij je komen. Als je zo makkelijk bent, zal hij je ook zo weer verlaten voor een ander, want je was toch al gratis. Hij had toch niets geïnvesteerd in je, waarom zou hij dan bij je blijven? Iets wat weinig kost heeft geen waarde!'

Ik verroerde geen vin meer en ging weg, pakte papier en een pen, want zoals de kleine prins zo mooi zei kan men behalve in de woestijn ook onder de mensen eenzaam zijn.

Vissentijdperk

Ik verdrink
in de vissen om me heen
de vissen, die zich als sympathisanten
en verwanten presenteren

Zo misleidend
niet uit het hart
onauthentiek
Ik mis het contact
ik begeer er verdomme naar
ik lijd aan contacthonger
maar de aorta lijkt wel dichtgegroeid

Hun harten
nog wel aanwezig
en toch dood
Geen hersendood
Maar hartendood
Ogen die lachen, maar zonder glans
zonder glinstering
de pupillen... zeldzaam star

Hoeveel ik ook vlucht,
ik word ondergesneeuwd
en ingepakt

Go with the flow
is het motto van de vissen

Zij nemen elke mogelijke hand
en noemen het vriendschap,
liefde
Terwijl ik
alles wat niet mogelijk is in de liefde
de rug omdraai

Ik laat hen
over aan de tijd
en mijzelf verstop ik in mijzelf
Ze noemen het asociaal, onaangepast
Ik noem het menselijkheid
Ik noem het eenzaamheid

En ik hou van eenzaamheid
Omdat dat het enige is,
wat mij beschermt,

wat mij weerhoudt
om onderdeel te worden
van dit terrarium

Ik zie mensen, maar geen menselijkheid
Ik zie vissen
Ogen zonder glans, zonder glinstering
de pupillen... zeldzaam star

34

Mijn telefoon roert zich. Freek.

'Hoi liefje,' zeg ik.

'Raad eens waar ik ben,' hoor ik.

'Op stage toch?'

'Ik sta achter je.'

Ik draai me om en zie zijn bewering bevestigd worden. Ik krijg een knuffel en een zoen.

'Verrassing! Hoi!'

We staan voor de VU. Vandaag had hij zijn eerste stagedag in een Amsterdams bedrijf, de stage sloot naadloos aan op zijn studie Bouwkunde. Dat had hij opzettelijk in Amsterdam uitgezocht en niet in Den Haag, hij wilde me vaker opzoeken. Hij was nog altijd de mening toegedaan dat we elkaar veel te weinig zien. We hadden er steeds vaker stampei over gehad de laatste dagen.

'Je moet je familie gewoon confronteren, je hoeft niet te doen wat zij willen, volg je eigen wensen, dit verdien je niet, dit verdienen wij niet,' had hij gezegd. Hij snapte er niet zoveel van.

Natuurlijk had hij onomstotelijk gelijk, natuurlijk was het normaal gesproken zo dat je in een relatie bij elkaar sliep, bij elkaar thuis kwam en vrijuit kon bewegen, maar ik kon niet mijn familie de rug toekeren en het huis verlaten. Nee, ik was er niet klaar voor. Ja, ik haatte de verwekkers, maar tegelijkertijd waren Oma en Defne de zielen van wie ik het meest hield in dit leven, die zou ik niet kunnen missen. Ik vreesde bovendien eenzaamheid, die voor m'n gevoel permanent op de loer zou liggen na zo'n rigoureuze beslissing. Het was een te definitieve keuze. Ik hield van Freek, maar ik wist niet of hij zo'n opoffering waard was. Zou ik het mezelf niet erg moeilijk maken in het leven, en dat alles voor een knaap? Kon ik niet beter met iemand thuiskomen die mijn verwekkers enigszins zouden kunnen valideren en die tegelijkertijd ook bij mij paste, een Turkse moslim als ik? Die moesten toch ook in mannelijke vorm bestaan? Maar is het niet buitengewoon onedel dat ik fantaseerde over relaties met anderen, terwijl ik al een vriend heb? Is dit geen enorm onrecht tegenover deze charmante jongeman?

Ik wist het niet, ik wist het allemaal niet meer, mijn gedachtes deden constant aan touwtje trekken, ik voelde me uitgemergeld. Ik was mezelf kotsbeu. En wat ik al helemaal zat was, was dat stemmetje. Op de achtergrond dreunde dat stemmetje en het besef dat alles anders zou worden binnenkort. Welke van de twee weinig vrolijk stemmende alternatieven het ook worden zou, dat ik een keuze móest maken stond buiten kijf. Onzekerheid had zich in m'n hoofd genesteld en keek zelfvoldaan neer op mij: hoe zou ik dit oplossen? Dat ze bij mij thuis mijn keuze voor Freek zouden respecteren was volkomen uitgesloten, dus dat kon ik wegstrepen. Ik had al eerder geprobeerd dit te berde te brengen bij Moeder, Vader en Halil, het werd me al snel met onovertroffen klaarheid duidelijk dat ik dan geen lid meer zou zijn van de familie, ook als hij bekeerd zou zijn. Het was alleen mogelijk als de paus een geus wordt. Of een moslim. Ik had niet anders verwacht: vooroordelen waren de modus operandi van onbekwamen. Ik had me vergist in de enigszins hoopgevende gedachte dat volharding het meestal aflegt tegen liefde. Helaas. Om de wereld te begrijpen, moeten ze het overzichtelijk houden voor zichzelf door dingen in hokjes te plaatsen, te voorzien van stickers en langs regels te leven. Ik verlangde iets wat onmogelijk was. Alleen Oma stond ervoor open, maar die had verder geen zeggenschap.

Ik moest dus kiezen. En snel, want hoe langer de relatie duurde, hoe moeilijker het zou zijn om er uiteindelijk een punt achter te zetten en hoe groter het onrecht was dat ik hem aandeed. Ik kon het beter nu doen. Dat was ook beter voor mijn eigen welzijn, ik wist dat vroeg of laat alles uitkomt, al moesten de kraaien het uitbrengen, dus eeuwig deze poppenkast ophouden was een waardeloos plan, zo waardeloos als Turks geld.

'Wat leuk dat je er bent, ik heb je gemist.'

Ik gaf hem een innige kus, terwijl ik met mijn handen over zijn rug streelde, alsof ik hem klaarmaakte voor de dolk die binnenkort komen zou.

'Laten we de tram pakken hier om de hoek en naar de bios gaan. Dan gaan we later een hapje eten en dan laat ik je weer vrij, wat ik nooit zou willen, maar helaas, het moet, schoonheid.'

Hij kuste me alweer, en dit zou de hele dag zo doorgaan, om en om, we konden nooit van elkaar afblijven. Met Freek in Amsterdam ronddolen was een slecht plan, dat was regelrecht het lot tarten, de goden verzoeken. Ik zou elk moment gespot kunnen worden. Iemand uit mijn buurt, mijn familie, vrienden van Halil, je wist het nooit, ze waren overal. Maar ik wist ook dat als ik dit nu zou zeggen, hij teleurgesteld zou zijn. Maar... Dit zouden we dan dus vaker doen, gezien hij vaker stage gaat lopen. Vandaag kan ik misschien nog wel overleven, en de tweede of derde keer misschien ook, maar wat te doen met alle andere keren?

Ik wuifde mijn gepieker weg en gaf me over aan het moment. Ik pakte zijn hand vast en we gingen voort.

Na de film en het eten liepen we naar buiten. Het was stervenskoud, m'n handen hadden een blauwe gloed over zich. Ik gaf hem een laatste knuffel en werd overmand door een gevoel van geborgenheid.

Ik had hem gemist, besefte ik. Ik miste hem elke dag. Freek is speciaal, ik was net zo verliefd op hem als drie jaar geleden, zo niet meer. Het is zo iemand met wie je vast wilt zitten bij *Expeditie Robinson*, samen zoekend naar scholfilet. Wat me met name aan hem aantrok was zijn talent voor het opbeuren van mensen, ook zonder dat hij die intentie had, zo was hij gewoon, altijd blijmoedig, hij straalde trouw en vertrouwdheid uit, dat was zijn aura als het ware. Hij is grappig, geanimeerd en weet je te vleien met zijn complimenten, de hele dag door. Hij is een heer zoals ik die graag heb; staat voor me klaar, is zorgzaam, betrokken, altijd voorhanden, totaal beschikbaar, belt me elke dag en overrompelt me met onvoorziene geschenken. Dat konden veel vriendinnen met relaties mij niet nazeggen. Bloemen, chocolade, een boek, een geurtje, een fotoalbum van mijn meest gênante foto's, ik kreeg het allemaal. Of hij had gereserveerd bij een privésauna of een massagesalon. Of we gingen ineens zwemmen, of anders had hij kaarten voor het theater, een cabaretier, of bracht hij me naar de Veluwe of de Beekse Bergen. Het was nooit saai met Freek, hij had altijd wel een plan, ik moest me enkel overgeven aan zijn golven. Hij gaf me het gevoel dat ik een ongeëvenaarde verschijning ben.

Alsof dat nog niet genoeg is, is hij ook esthetisch buitengewoon notabel. Hij heeft lang donkerblond haar tot de schouders, extra onweerstaanbaar als het in een knotje zit, blauwgroene ogen, donkerbruine volle wenkbrauwen die de kleur van zijn ogen benadrukken, hij is lang en meedogenloos gespierd, maar niet te veel, precies goed, heeft de meest sexy armen die je je kunt wensen. Als hij naakt is, lijkt hij op een Griekse god, daar kun je een standbeeld van maken, oppoetsen en in de etalage van een museum zetten. Hij zag er in elke hoedanigheid uit als om door een ringetje te halen, zijn schoonheid valt met geen pen te beschrijven. Aan de veren kent men de vogel, hij was godvergeten lekker, een uiterst smakelijk schepsel, zowel in zijn stoffelijke verschijning als in elke andere. Het meest sexy was zijn zalvende, diep mannelijke stem en zijn prominent aanwezige adamsappel, die mij tot waanzin dreef. Toen ik hem voor het eerst aan de telefoon sprak was ik op slag verliefd, omdat zijn stem klopte. Hij kon de lekkerste chicks krijgen, die had hij ook veelvuldig gehad in het verleden, daar getuigden de foto's van zijn exen van. Maar hij was van mij en dat voelde als mijn grootste trofee in m'n leven.

Hij had wel eens gegrapt jaloers te zijn op mij, omdat ik verwekkers zou hebben die zoveel om mij geven. Dat zou blijken uit het feit dat ze mij zo vaak bellen, continu in de gaten houden en regels hebben voor mijn eigen bestwil. Freek zag regels opleggen als liefde, zorgzaamheid, ontferming en bezorgdheid, terwijl ik het zag als verstikking, onderdrukking, wantrouwen en inperking van mijn individuele vrijheid en ontplooiing, zodat ik niets anders dan een verlengstuk werd. Als men het gevoel heeft nuttig te zijn en de drang voelt de anderen tot datzelfde nut aan te sporen, kun je immers anderen schade berokkenen. Ik was geen individu, ik was een voortzetting van Moeder en alle andere vrouwen, ik was een eerdrager van de familie door middel van m'n vagina, daarom zouden m'n verwekkers alles op alles zetten om me te krijgen waar ze me willen: een keurige, kuise vrouw die voldoet aan de regels van de gemeenschap. Iemand die op de achtergrond blijft, een dienstmeisje, een zachtmoedige hulpverlener en voetstuk van een man, van mannen, van de mannenwereld. Niet iemand met haar eigen meningen, eigen doelen, eigen problematiek en eigen engagement, ik was een baarmoeder, een warmgedraaide voeder, hoeder en moeder, ik had een faciliterende rol, al het andere was secundair. Ik moest met Moeder arm in arm naar de markt lopen om excellente bloemkool na te jagen en me samen met haar buigen over het vraagstuk wat we voor vanavond gingen bereiden voor de zwoegende mannen des huizes, zodat ik het alvast leer voor m'n eigen huishouden straks. Ik moest het amusant vinden om te ontbijten met vrouwelijke familieleden bij de HEMA, IKEA of in Turkse cafés nabij de markt. Ik moest koffiedrinken en onderhoudend keuvelen met de buurvrouwen, tantes, nichten en andere mutsen terwijl ik me daaraan voorafgaand moest enthousiasmeren om koekjes voor ze te bakken en broodjes te bereiden, waarna zij hun lofzang zouden houden en het recept zouden vragen, waarna ik moest grappen dat het strikt geheim is en met een granieten zelfvertrouwen moest opmerken dat goede wijn geen krans behoeft en moest bekennen dat de eerstelingen te wensen overlieten maar ik al snel het zaakje onder de knie had, waarna zij zouden opmerken dat de man die mij aan de haak slaat een buitengewone mazzelaar is. Een van de vele tantes die ik rijk ben zou daarna eenieders toekomst voorspellen aan de hand van de figuren in ieders koffiemok nadat ze hun Turkse koffie opgedronken en hun kopje een tijdje ondersteboven gehouden hadden (wat overigens onder afgoderij valt volgens de zuivere islam, maar ook hier lieten we de leer ineens links liggen). Obligaat kletsen over dat de roomboter in de aanbieding is, al zonnebloempitten consumerend, of over de problemen van mensen die nog dommer waren dan de reet van een muilezel, de lichting die zeg maar behoorlijk achteraan stond toen God een pottenbakker was, en daarom zich in allerlei benarde toestanden wrong, terwijl ik niet de behoefte had om me daarmee op te zadelen, voor ze klaar te staan of überhaupt iets wilde weten van hun levens en hun beroerdheden. Dat was Moeders natte droom, dit waren de polen waaromheen het leven draait voor een vrouw.

Freek meende regelmatig dat ik verkeerd zat en overdreef, dat hij zeker wist dat ze dat allemaal deden zodat ik goed terechtkwam en als ze hem ooit zouden leren kennen, dat ze hem echt wel zouden accepteren. Ik slaakte een diepe zucht. Hij had er kennelijk nog geen moer van begrepen, ook na al die jaren niet.

Het was zo verdraaid lastig om het zaakje goed uit te leggen aan iemand die vooral de nadelen zag van te veel vrijheid en collectieve culturen niet kende, iemand die ontzag en fascinatie had voor conservatisme en religie en haar immense kracht om structuur aan te brengen. We hadden daar veel onenigheid over, hij maakte altijd kanttekeningen bij mijn kritiek. Ik vond dat het leven draaide om jezelf zoeken, jezelf vinden, jezelf zijn en jezelf ontplooien in alle vrijheid. Ik was een fundamentalistische individualist, ik wilde naar binnen keren en naar m'n eigen gevoel luisteren, niets anders.

'Lieverd, ik snap heel goed waar je vandaan komt, maar vrijheid is ook niet alles, geloof me, soms verdwaal je erin, het kent veel doodlopende wegen, en als je op een zwak moment daartoe verleid wordt en niet in staat bent forse weerstand te bieden, kun je het heel moeilijk krijgen in het leven. Vrijheid is elitair, je moet het maar aankunnen, anders val je in een leegte, terwijl onvrijheid soms die wegen bij voorbaat onzichtbaar voor je maakt. Bovendien gaat het goede leven om gemeenschap, geborgenheid, goedheid, wijsheid en rust. Dat kennen wij niet meer, jullie wel, dat heb ik gezien bij de moslims die ik kende in mijn jeugd. Wij hebben dat verloren en het ergste is dat de meesten van ons niet eens beseffen dat we dat niet hebben. Vrijheid maakt eenzaam. Kijk, wij zijn nauw verwant aan mensapen. Driekwart daarvan leeft in groepen. Hoewel ze intelligent zijn, ontstijgen ze niet het concept van een roedel. Zij kennen geen individualisme, wij eigenlijk ook niet, dat maakt ons ongelukkig, de mens is het enige dier dat niet accepteert wat het in wezen is. We zijn kuddedieren, apen, alleen iets kaler en iets intelligenter, maar we willen bemind worden en bevestiging krijgen; een knuffel, gesprekken, we willen anderen in de ogen kijken. Het wegvallen van religieuze gemeenschappen zorgt ervoor dat mensen zich storten in andere subculturen, waar ze denken door groepsvorming een warm bad te vinden en zich een levensdoel te kunnen verschaffen dat slechter kan uitpakken dan de religieuze. Het is onze blauwdruk, we ontkomen er niet aan. Jij beklaagt je over je cultuur en de dingen die je opgelegd krijgt, dat snap ik, maar weet dat atheïsme ook kan schuren. Mensen die tientallen jaren dood in een woning wegrotten, een deel van de jeugd dat de weg kwijt is en verwatering van gezinnen en hechte gemeenschappen, geen aangeharkte gezinnen, veel scheidingen en alle nadelen van dien, daar kunnen de psychiaters en de psychologen over meepraten. Wij hebben de laatste zestig jaar onze waarden overboord gegooid, ongeboren levens gerelativeerd, ouderen laten verloederen en het gezin laten ondermijnen. We zijn ontsproten aan een postmodern landschap zonder klederdracht, folklore en kerk. De cohesie is teloorgegaan. De islam is de laatste collectivistische ideologie die zit te spartelen tegen het postmoderne gedoe en dat is prijzenswaardig. Je volledig kunnen ontplooien als vrouw, waar feministen een voorstander van zijn, correspondeert niet met de nood van er voor je kinderen zijn. Dat moet je dan uit handen geven, en daar gaat het mis. Het gaat al mis bij het krijgen van de kinderen, dat gebeurt bij de hoogopgeleide vrouwen net voor of zelfs na hun veertigste, wanneer het fysiek nog op het nippertje mogelijk is. Men balanceert daarmee op een dun touwtje, dat heeft wetenschappelijk bewezen nadelen. Vergis je niet, onze manier van doen en laten lijkt voor jou, die vanuit de verte kijkt, als een schitterende volle maan in het duister, mooi rond, egaal en verlicht, maar kom je dichterbij, dan zie je de kraters. De mens ervaart rust en geborgenheid als hij behoort tot een grotere groep die cohesie nastreeft. En natuurlijk moet je de scherpe kantjes ervan vermijden, natuurlijk is individualisme belangrijk voor de ontwikkeling van zaken als wetenschap, en natuurlijk is overtrokken gemeenschapsgevoel ondermijnend voor diversiteit. Maar je moet er niet in doorschieten, zoals wij, die zelfs pedofielen zijn gaan relativeren, want ach, moet je wel iemand ergens op vastpinnen waar ze niets aan kunnen doen? Gewoon midden in een woonwijk plaatsen, die handel. Ongelofelijk, moordneigingen krijg ik ervan. Pure degeneratie en nihilisme.

Rationaliteit als radicale verwerping van gevoel, traditie, geloof, intuïtie en de menselijke wil, is irrationeel. Vroeger waren de bindingen rijker en dieper, nu is er een afkalving, we zijn een zielloos volk geworden, niet harmonieus, we leven vanuit winstoogmerk en begeerte. We zijn cultureel uitgehold, we hebben een enorme vergrijzing en lage geboortecijfers. Wie gaat de verzorgingsstaat dragen? En weet je, schat, elk mens heeft gelijkgestemden nodig, we vinden onszelf in elkaar, we kunnen niet aan onze sociale dierlijke aspecten ontkomen, dat is de reden dat half Nederland aan de depressiepillen zit. De verhoudingen die we nu aangaan zijn transactioneel en calculatief van aard, dat maakt een samenleving op den duur failliet. Een gezond volk heeft het allebei. Wij relativeren alles aan snot, we weten niet eens meer waarom we zouden trouwen of kinderen moeten maken. Jullie hebben nog een duidelijke cultuur, eer, respect; waardeer dat, koester dat. Geld is onze god, meer niet.'

Hij klonk als Moeder, als ik niet beter wist zou ik denken dat hij met Moeders veren pronkte. Zet hem achter een gordijn en geef hem een stemvervormer en ik zou toch zweren dat Moeder zat te kakelen, het is alleen academischer verwoord en het enige verschil is dat hij het meer zei vanuit een soort cultuurchristenconservatisme en Moeder vanuit haar islamitische uitgangspunten. En dat hij geen moeite had met een multi-etnische buitenechtelijke relatie, in tegenstelling tot Moeder. Met zulke vrienden heb je geen vijanden nodig. Afijn, dat Moeder en Freek in dezelfde leugen geloofden, maakte het nog geen waarheid. Het maakte me boos dat hij als Moeder klonk. Boos en verward. Ik voelde me gebeten. Hij bedoelde het vast goed maar hij flikte het elke keer weer om consistent zich niet aan mijn zijde te bevinden in mijn strijd. Op dit soort momenten waren de speeches van Freek net een zuurstofrijke windvlaag voor de natuurbrand in mij.

Misschien bestonden er wel geen feiten, alleen ervaringen, constateringen en interpretaties die die van een ander tegenspreken. De werkelijkheid is misschien niet onafhankelijk in dit soort discussies, maar gebonden aan hoe eenieder haar ziet. Freek en zijn visie op vrijheid en individualisme deed me in onze gesprekken vaak denken aan de vis in de grap van David Wallace, waarin een vis zwemt en een oudere vis tegenkomt die de jongere vis vraagt wat hij vandaag van het water vindt. De jongere vis wist niet wat water is.

35

Het was een doordeweekse dag in november, Freek was een pakketje gaan halen bij het postkantoor, ik bleef alleen met Koos achter in zijn huis. Hij achter zijn laptop aan zijn werktafel, ik op de bank met een boek op m'n schoot en de tv aan. Ik at nootjes als lunch. Ik was weer eens bezig met gezond doen. Ik was ziekjes en werd al enkele dagen gekweld door een onophoudelijke hoestneiging die steeds erger leek te worden, m'n lijf zat tot aan m'n oren vol met slijm. Het hoesten deed pijn.

Ik weet niet hoe het ineens gebeurde, maar tijdens het eten en praten tegelijk kwam er een nootje in mijn luchtpijp terecht. Ik kreeg geen adem meer. Ik probeerde van alles om mijn hoest te stimuleren, begon in beklemdheid te wapperen met mijn armen als een duif die niet meer opstijgen kon, maar dat bleek een vruchteloze inspanning. Ik bracht geen geluid meer uit, kon niet ademen en niet hoesten. Ik zat vast, muurvast, ik was er geweest. Ik voelde dat ik lichter werd in mijn hoofd en mijn gelaat zich in alle tinten kleurde. Ik zou flauwvallen of sterven. Of allebei. Totdat ik de stevige armen van Koos om me heen voelde en keiharde, opwaartse stompen en stoten in m'n maag voelde. Nadat hij met zijn armen twee keer een onverbiddelijke buikstoot uitvoerde, vloog de ellendeling eruit. De reden dat ik vandaag de dag rondloop, is Koos. (Koos, als je dit leest wil ik je uit de grond van mijn hart nogmaals bedanken voor het redden van mijn leven. Ik zal je nooit vergeten en nooit kunnen terugbetalen.)

Om Koos enigszins te bedanken voor het redden van mijn leven, zorgde ik ervoor dat ik buitengewoon aardig was. Elke keer als ik naar Freek toe ging, zorgde ik steevast voor eten en drinken dat Koos lekker vond. Als hij iets van me vroeg, voerde ik het meteen uit, en als hij het niet vroeg, deed ik het ook. Als zijn vrouw hem had gevraagd boodschappen te doen of wilde dat hij een huishoudelijke taak op zich nam, deed ik het voor hem, ook als hij zei dat het niet hoefde. Ik zorgde ervoor dat ik altijd een praatje met hem maakte, vroeg hoe het ging en of alles naar wens was en of ik nog wat kon doen. Tijdens de laatste kerst had hij mij een Bijenkorf-bon gegeven.

'Ik heb er bij jou 50 euro meer op gedaan dan bij Valentino, dus ssht,' had hij van tevoren gewaarschuwd. Ik moest liegen dat ik ook 150 euro had gekregen, net als de vriend van Tessa, zijn schoonzoon. Ik had hem maar een DNA-testpakket gegeven, die vent had immers alles al, en hij was er enthousiast over toen ik er een had gedaan een tijdje geleden, en de resultaten met Freek deelde in zijn bijzijn. Ik had zelf merkwaardige resultaten gehad: 40 procent Grieks, 33 procent Mizrachi-joods, 15,8 procent West-Aziatisch, 9,2 procent Scandinavisch en 2 procent Eskimo. Ik was vooral verbaasd over het joodse gedeelte. Ik had tevens geen idee hoe dat Scandinavische precies lag, tot Koos het voor me ophelderde.

'Wij waren Vikingen, wij plunderden en verkrachtten alles, waarschijnlijk heb je dus een verkrachte voorouder.' Aha. Niet dat ik wist wat ik verder met deze informatie moest.

Toen ik thuis vertelde over mijn resultaten, werden de verwekkers boos en verontwaardigd. 'We zijn gewoon Turks, dat is kolder, die bedrijven liegen gewoon zodat je je geen Turk voelt,' zei Vader.

'Joods? Astagfirullah, ben je gek geworden? Wij zijn moslim!' zei Moeder, die kennelijk niet wist dat joods ook een etniciteit is.

Tijdens het kerstdiner vertelde Freeks katholieke oma over dat ze had gedoneerd aan een goed doel. Dat deden m'n verwekkers ook op de heilige feestdagen. Ze reikte haar kleinkinderen en diens geliefden, onder wie ik, geld aan. Dat deed mijn oma ook tijdens onze feestdagen. Het verschil was alleen dat Freek er niet bij kon zijn.

Zes weken na het kerstdiner had Koos de resultaten binnen. Zijn resultaten waren net zo divers als de top van het bankenwezen of elk ander machtsveld of posities die wat in de melk te brokkelen hebben. 100 procent Scandinavisch, las ik. Later die avond stelden we persoonlijke lijstjes samen met onze goede voornemens voor het komende jaar, maar zoals altijd zouden ook deze niets anders bewijzen dan ons vermogen tot zelfbedrog.

36

Twee maanden na Kerstmis begon Freek aan zijn stage in Amsterdam, dus twee keer per week was ik in mijn stad op stap met hem, ononderbroken op mijn hoede en met een kloppend hart als ik iemand zag die leek op een bekende in de verte. Thuis gingen de ruzies nog altijd door als ik in de avond thuiskwam, alleen nu nog vuriger. Onlangs had Moeder ontdekt dat ik de pil slikte, die ze gelijk herkende aan dezelfde verpakking die ze zelf ook in haar kamer had. Ik loog dat ik hem slikte voor een regelmatige menstruatie, maar ze was niet overtuigd. Ze zei dat ze aan de huisarts zou vragen waarom ik het aangevraagd had. We hadden namelijk dezelfde: mevrouw Kaya, een Turkse vrouw met een hoofddoek en zelfs een soort kennis van Moeder, omdat hun vaders elkaar hadden gekend vroeger. Ze kwam ook in dezelfde moskee en was goed bevriend met Karbonkel. Ik wist dat de huisarts geen informatie mocht verstrekken over waarom ik de pil nam, dus daar maakte ik me geen zorgen over, alhoewel je het maar nooit wist met Turken onder elkaar. Ik zou in ieder geval nooit een soatest aanvragen bij deze huisarts als ik die ooit nodig zou hebben.

Moeders wantrouwen werd alleen maar groter. Ze had ook gelijk aan Vader verteld over de pil en dat ik die verstopte in mijn sokken. Vader sloeg ervan achterover en geloofde er al helemaal geen snars meer van dat dat voor mijn menstruatie was. Ik hoorde van Halil dat hij ze 's nachts hoorde praten over dat Vader me een keer stiekem gaat volgen als ik weer eens vroeg de deur uit ga.

'Ze vertrouwen je echt niet meer,' zei Halil, die mij nog wel vertrouwde en mijn verklaringen geloofde. Het was duidelijk dat mijn ballon binnenkort doorgeprikt zou worden. Ik bevond me aan de rand van het ravijn.

Ik moest kiezen tussen twee vuren, ik kon niet met twee voeten in één sok, ik had lang genoeg een wankel schip in banen geleid, in alle wanhoop brandjes geblust. Ik kon niet eeuwig tussen de vaarwateren in dobberen, het hoge woord moest eruit. Mijn zwaarmoedigheid van de vergane weken werd veroorzaakt door het verlangen naar bevrijding, immers lijdt de mens het meest door het lijden dat hij vreest, dus elimineerde ik de eindeloze weifeling die mijn hart en hoofd teisterde. Ik kon me maar beter verstandig voorbereiden op het onvermijdelijke. Ik kon maar beter nu al onthechten.

Ik vertrok. Ik zou Freek vanmiddag de bons geven.

Soms geef je wel eens iemand gelijk, als hij met opgeblazen valse bescheidenheid naar een compliment heeft gehengeld. Zo gaf ik Moeder de overwinning, nadat ze met opgeblazen slachtofferschap en het chanteren met zelfmoord naar deze overwinning had gevist. Ze had genoeg instrumenten achter de hand om mij haar wil op te leggen. Maar vergis u niet. Soms wordt een keuze de straat op gestuurd als een conclusie, maar dit was geenszins mijn conclusie. Moeder is nou eenmaal geestesziek, en ziekte ontneemt je elke mogelijkheid om je aan jezelf te onttrekken. En wij gezonde mensen hebben de plicht iemand in nood te helpen, ook als de oorzaak van die nood ligt in dom, ziek, roekeloos of boosaardig gedrag.

Ik liep naar de tram in de wetenschap dat dit de laatste keer was dat ik in deze straat liep, op deze tegels, dat ik niet meer door die ene voordeur zou gaan en dat ik Freek wellicht nooit meer zou zien. Sommige oplossingen zijn een uitnodiging tot het leren leven met het probleem. Wie niet op tijd afscheid neemt blijft in eenzaamheid achter.

Het is inmiddels de volgende ochtend. Ik sta in mijn kamer en heb me de hele nacht gekweld door de lange mails die mijn vingers bleven typen om niet te verzenden. Freek is geen onderdeel meer van mijn leven, ik had verstandigheid gekozen boven onbevangenheid, dus had ik ook geen goedemorgenbericht toen ik wakker werd. Niet dat het een goede morgen is, vannacht had ik elk uur van de klok gezien.

Ik heb binnen een uur college, ik moet maar eens vertrekken. Ik doe ontzield mijn kleding aan. Rechterbeen in m'n broekspijp, linkerbeen. Hijsen, knopen. De eerste blouse die ik zie hangen is goed. Een blauwe. Knoopjes. Fucking knoopjes die steeds weer loslaten. Sokken. Dan nog de hoofddoek. Tuurlijk, altijd de hoofddoek. Welke kleur zou er vandaag passen bij mijn outfit? Die van gisteren, die ik aanhad toen ik afscheid nam van mijn geliefde, die in de trein kletsnat was geworden door mijn tranen? Of die ene rode, die ik om had op zijn verjaardag? Of die crèmekleurige, die ik afdeed op het strand om met hem te zwemmen? Misschien de zwarte, die ik ook om had naar de begrafenis van zijn opa. Of geen een. Gewoon geen hoofddoek. Ik wil niet meer, ik kan het niet meer.

Ik zet de zwarte doek op mijn hoofd, de uiteindes vallen langs mijn hoofd. Nu nog een speld pakken en vastzetten. Zo moeilijk is het niet, ik doe dit al jaren, maar vandaag valt het me zwaar. Waarom draag ik deze doek eigenlijk nog? Omdat zij het van me willen? Dezelfde reden als waarvoor ik mijn liefde heb opgeofferd? Hoever reikt mijn bereidheid om mezelf te kwellen voor de wensen van mijn onderdrukkers? Hoelang zou het nog duren voor ik me ging ontketenen?

Ik laat de doek zakken. Ik ben die persoon niet. Ik ben dit, degene die ik nu in de spiegel aankijk, zonder hoofddoek, met opgezwollen rode ogen en een nog rodere loopneus. Onder iedere hoofddoek gaat een veronachtzaamde vrouw schuil.

Ik besluit zo de deur uit te gaan. Jas, laarzen. Oma vraagt waar ik heen ga in deze toestand.

'School.'

Voordeur dichttrekken. Trap af. Ik sta buiten. Ik voel de wind langs m'n haren. Onbeschut. Ontzegeld. Ik zie de buurman naar me staren. Halil staat op het balkon.

'Ehh? Waar is je hoofddoek?' hoor ik.

Ik kijk niet naar boven, vergt te veel energie. Ik loop naar het metrostation. 'Büsra! Waar ga je naartoe? Je haar!' Ik loop ongestoord verder, doe mijn oordoppen in.

Aangekomen op het eindstation zie ik Maartje. Ze herkent me niet, ik laat het zo. We lopen dezelfde richting op, ik vlak achter haar. Eenmaal voor het lokaal merkt ze het op. De anderen ook. De docent eveneens. Ze weten niet echt wat ze zeggen moeten. Ik ook niet. Het liefst heb ik dat ze niets zeggen.

Weer thuis aangekomen zie ik Moeder voor de voordeur wachten. Ze had me al twintig keer gebeld vandaag. Ze schreeuwt, roept en bestookt me met vragen. Ze maakt een radeloze indruk, maar het gaat geheel langs me heen. 'Ik heb besloten geen hoofddoek meer te dragen. Het is mijn keuze. Dat is het enige wat ik erover kwijt wil,' zeg ik. Ik wil niets hoeven verklaren, ik had geen verklaring, ik wilde het niet, klaar, dat was de enige reden en dat was afdoende, ik hoefde niet het evangelie van het niks te verkondigen, ik was niet zo iemand die tegen dogma's was en dat niet voor zichzelf kon houden, als zij mij maar spaarden van de hunne, dan was het koek en ei. Maar natuurlijk gebeurde dat niet. Ik noem Moeder niet voor niets de duvel zelve. Onverschilligheid is de wens van iedereen met kwaad in de zin, het is iets waartoe zij niet in staat is.

Mijn argument stuit op felle tegenstand. Vader komt erbij. Halil komt erbij. Defne. Oma.

Halil bedaart de boel en pakt het intellectueler aan: 'Büsra, leg nou even uit.'

'Er valt niets uit te leggen, zoals jullie zien ga ik voortaan gewoon met mijn haren naar buiten, niets om je over op te winden, het is mijn keuze, punt.'

Ik loop naar m'n kamer en doe hem op slot. Ik hoor Moeder razen en de rest wisselend zwijgen of iets opmerken waar ik geen oor naar heb, Vader vraagt zich af waar en wanneer het precies is misgegaan met mij. Ze kloppen steeds op m'n deur en zeggen van alles, maar ik doe niet open en doe oordoppen in met luide muziek.

Een uur later komt Oom langs en klopt op m'n deur, die heeft Moeder vast ingeschakeld, aangezien dat haar evenknie is in dit soort zaken. Ik doe geen doek op in de aanwezigheid van Oom vandaag, die heb ik voorgoed afgedankt. Oom is boos. Furieus. Hij vraagt me met penetrante ogen of ik geen schaamte ken, of ik geen angst voor God ken, of ik al die jaren voor niets naar de Koranschool ben gestuurd, of ik geen respect heb voor de gevoelens en wensen van mijn verwekkers, van mijn bloedeigen moeder, waarom ik ondankbaar ben, waarom ik mijn nest bevuil, en waarom ik erop uit ben Moeders leven kapot te maken en haar een verlamming te geven. Hij wijst naar haar.

'Kijk!' oppert hij directief.

'Kijk wat je van haar hebt gemaakt! Ben je trots?' vraagt hij met vlammende ogen. Dit was de zoveelste keer dat ik iemand in de ogen kijk waarbij ik moest gewaarworden dat er te veel bezuinigd is bij de ggz.

Ik vind het merkwaardig hoe passioneel mensen kunnen doen over een fucking doek.

‘En waarom heb je haram kip van de supermarkt in de koelkast staan? Eet je nu ook nog eens zoals de ongelovigen, behalve dat je je zo kleedt, spreekt en gedraagt?’ De vragen werden nijpender en luider, ik merkte dat ik knikkende knieën kreeg en het kippenvel over m’n lichaam trok, terwijl ik dat niet wilde, ik was namelijk helemaal niet bang, ze konden me niets maken, dus mijn lijf reageerde niet overeenkomstig met mijn gevoelens. Ik weiger te kijken naar Moeder en weiger hem te voorzien van weerklank, ik zwijg gewoon, een beetje langs hem heen kijkend. Ik kijk eerst naar de grond, de omgeving en dan naar hem, star en onverschillig, de kat uit de boom kijkend, want ik had werkelijk geen idee wat er hierna ging gebeuren en was ergens zelf ook wel benieuwd. Je leeft immers pas echt als je de kracht van de storm voelt en vervolgens koppig weigert te schuilen.

Hij grijpt mijn kin en draait mijn hoofd richting Moeder, ik schrik er een beetje van.

‘Kijk wat je van je moeder hebt gemaakt, je maakt haar leven kapot! Is dit hoe je haar bedankt!?’ Ik zie dat Moeder weent en een totaal verschaalde indruk maakt. Defaitisme had een gezicht. Haar droom dat er van mij nog iets kon worden waar ze mee door één deur kon was vanaf vandaag als een nachtkaars uitgegaan. Hoe genadeloos kunnen de kwetsbaren zijn, hoe kwetsbaar de genadelozen.

‘Ik leef mijn eigen leven, dat zijn jullie zaken niet, ik heb niets verkeerds gedaan, zij moet gewoon leren mijn keuzes te respecteren,’ weet ik uit te brengen. Ik krijg spuug in mijn gezicht en wat scheldwoorden. Deus vult. Grondbeginselen laten zich niet buigen zonder gevolgen. Morele principes zijn immers pas wat waard als ze worden gehandhaafd in extreme situaties.

‘Wacht maar, ik ga je haren knippen in je slaap, dan moet je wel,’ zegt Moeder. De omissie van de doek kan ze maar niet verkroppen, het was een gigantische aderlating, ze zou zich nog weken en maanden hierop stukbijten. Ik heb hier te maken met een goedkope rancune waar ternauwernood mee te werken valt. De drang tot machtsbehoud is de ondergang van menig tiran. Of van tirannieke ideeën. Het is onze afkeuring die de creativiteit van het kwaad steeds weer nieuwe impulsen geeft.

Vandaar dat ik heb besloten mijn familie af te branden in dit werk. Maar wraak moet men niet verwarren met verzet.

Moeder mag niet klagen. Ze heeft ervoor gekozen een kind te nemen en dat kan zich ontpoppen als een genadeloze afspiegeling van het eigen gedrag. Genetica is het afschuiven van je verantwoordelijkheden op een wetenschappelijk verantwoorde wijze, dus ik maak er graag gebruik van. Net zoals dat mijn overtuiging dat ik haar kon veranderen door de jaren heen tamelijk ongeschokt is gebleven, zo ook die van haar nu.

Het tijdperk van ouwe-jongens-krentenbrood ligt voorgoed achter ons. Ik heb een fles cola opengedraaid en er een Mentos in gegooid. Het is oorlog, omdat ik, die het licht gezien had, niet meer naar het donker te dwingen ben. Is er nog verzoening mogelijk? En zo ja, wens ik die wel? Is een verzoening niet niets anders dan over en weer erkennen dat je te zwak bent voor de overwinning? Is de paradox niet het principe van een compromis?

Moeder had ook later op de dag andere familieleden hierover gebeld. Een tante zei dat haar imam zei dat ik misschien wel bezeten was, dat ik het misschien allemaal niet zelf deed maar gestuurd werd door een kwade geest, en dat het opgelost kon worden als ik een aantal sessies ging bijwonen om te helen. Daarbij zou ik voor onbepaalde tijd een aantal keer per week urenlang Koranrecitaties moeten aanhoren en heilige oliën moeten smeren en sacraal water moeten drinken, zodat de kwade geest vanzelf uit mijn lichaam zou gaan, omdat-ie dat niet trok.

Diezelfde nacht was ik pas laat in slaap gevallen door angstbeelden in een nachtmerrie waarin Moeder daadwerkelijk mijn haren ging knippen. Zo gek was ze echt wel, alhoewel ik de kans klein achtte dat ze het echt zou doen, omdat ze nu waarschijnlijk geloofde dat ik bezeten was, buiten mijn eigen wil om.

Ik zat in een slechte huid, voelde me volkomen radeloos en zoekende, maar in mij bevond zich een vonkje hoop voor de toekomst, dat ik zelfs voor mijzelf verborg. Hoop en verwachting zijn immers de onmisbare ingrediënten des smaakvolle levens en het DNA van de vooruitgang.

Na die nachtmerrie volgde nog een droom. God sprak tot mij. Dat is overigens een beproefde wijze waarop de Lieve-Heer Zijn bestaan bewijst aan z'n stervelingen.

'Waarom zoekt gij mij niet, mijn kind?' vroeg Hij.

'Ik ken jou niet meer, ik heb je verlaten. Ik ken hooguit de grenzen van mijn ongeloof, die ik al had op het moment dat ik een bliksemafleider zag op het dak van de moskee. En die zijn niet meer te overschrijden.'

'Maar je hebt toch niets te verliezen als je in mij blijft geloven?'

'Ik vind het leven besteed als gelovige een verspild leven,' antwoordde ik.

'Van mij mag je leven zoals je wenst, als je maar blijft geloven,' zei Hij.

'Je volgelingen op aarde zeggen van niet.'

'Maar ik ben de baas. Laat hen maar kletsen. De duivel is trotser op hen die zich vroom achten dan op de ongelovigen. Mijn religie is als Frankrijk, waarvan men zegt dat het zo jammer is dat er Fransen wonen. Jij bent gelovig, ook nu je jezelf wijsmaakt van niet. Anders hadden we dit gesprek niet. En wie niet leeft naar de kleur van z'n ziel en diens verlangen, zal z'n ziel geleidelijk aan zwart kleuren. Blijf geloven. En wees gelukkig. Je eigen morele regels stellen, daarnaar leven en als een gerespecteerd burger sterven, dat is deugdelijk, dat is levenskunst,' zei Hij.

'Maar de voorschriften dan?' vroeg ik verbaasd.

'De kracht van ware moraal zit in de ruimte die zij biedt aan eigen verantwoordelijkheid, mijn kind,' antwoordde Hij.

'Ik ga leven,' zei ik.

Ontgoocheling doet wonderen. De gapende afgrond tussen mij en mijn dierbaren is mij vanaf nu zeer dierbaar. Ik had de zegen van God gekregen. Niets kon mij meer wat maken.

Afscheid

Ik heb getracht
Een gedicht neer te pennen
Maar ik kon de juiste woorden
Niet vinden
Om mijn gevoel te vangen
En te vatten in taal
En toen besefte ik
Hoe klein mijn pijn zou zijn
Als ik die wel gevonden had

Iets wat kort uitgedrukt is
Kan de vrucht zijn van veel
En langdurig denken
Die onuitsprekelijke bundel aan gevoelens
Is de bron van dit werk

Het is raar
Dat je het daadwerkelijk kunt voelen
In je hart
En in je maag

Een gloeiende stomp
Een onmogelijke knoop

Ze zeggen dat de tijd geneest
Maar ik weet nu
Dat dat gelogen is
Het nadeel van een goed geheugen is
Dat men meer dan eens kan lijden
Aan dezelfde dingen
Mijn leven ging verder
Dag in dag uit
Maand, nog een maand
Jaar na jaar
De pijn werd ouder
Niet minder

We zijn nu
Vreemdelingen
Wij praatten zoveel
En toen ineens niet
Want ik hield van de regen
Maar wilde de storm niet achterna
Want een verstandig mens
Probeert smart te ontlopen

Maar ook nu alles voorgoed
Veranderd is
Zijn sommige dingen
Hetzelfde gebleven
Ondanks deze malle wereld
En eenieder erin
Hou ik van je

Ik hoop voor jou
Dat de eerstvolgende ziel
Die je zal beminnen
Meer zal doen dan alleen
Je hoop vermeerderen
En die ziel zal er komen
Of is er al
Want uiteindelijk hebben wij mensen
De begeerte lief
En niet het begeerde

Soms
Is uit elkaar gaan
De enige manier
Om iemand lief te hebben

Het idee
Van wat er van ons kon worden
Heeft me genadeloos achtervolgd
Terwijl ik vluchtte
Maar er was geen toevlucht
Voor een vlam zo groot
Zo alomtegenwoordig
Zo innemend
En allesverwoestend

Derhalve
Heb ik mijn gevoelens
Levend begraven
En nooit meer bezocht
Of water gegeven
Immers
Hoe meer je voelt

Hoe meer je lijdt
Liefde schept verplichtingen
Een brandend begeerte
Is niet iets
Om hevig naar te verlangen
En een verstandig mens
Probeert smart te ontlopen

Ik heb meer van je gehouden
Dan dat ik liefde op voorraad had
Ik schrijf over je
Omdat dit nog de enige manier is
Waarmee ik je vastzet
En tastbaar maak

Ik zal je zien
Wanneer ik je zie
Of het nou het leven hierna is
Of dat daarna

Jij bent een grote concessie
Die ik deed
En die mij tot
Op de dag van vandaag
Vervult van weemoed
En weltschmerz

Mijn liefdesverdriet
Heeft me genezen
Van vurige liefde
Net zoals dat vromen
Me genezen hebben
Van vroomheid

En vrienden en familie
Hebben me genezen
Van vriendschap
En verwantschap
En Oma's dood aan kanker
En de lijdensweg die ze daardoor
Afleggen moest
Heeft me genezen
Van het te serieus nemen
Van het leven
En het dagelijks waarderen
Van de dingen
Die niet vanzelfsprekend zijn
En het uitzoeken van haar bezit
Na haar begrafenis
Heeft me genezen
Van de drang naar bezit
Aangezien het niets anders is
Dan een verzet tegen verval
Tegen het tijdelijke
Tegen de dood
Niets brengt ons dichter bij onszelf
Dan het diepste verdriet

Ik heb geleerd
Mijn driften te verdringen
Het banale lief te hebben
En ben verworden tot
Een fijnproever
Des levens
Want wijsheid krijgt
Vreugde en verdriet klein
De zorgen van de mensen

Zijn rijker gevarieerd
Dan die van de rest
Van het hele dierenrijk

De zwaarmoedige buien
Van levenslustige mensen komen
Net als hun levenslust
Voort uit hun onvermogen
Tot evenwichtigheid

Berusting
Is al wat men kan kopen
Voor vervlogen hoop

Weg met hen
Die alleen maar willen zien
Dat het glas nog halfvol is
Zodat ze zich voor kunnen houden
Dat ze niet hoeven
Bij te schenken

Ik weiger
Mij aan te sluiten
Bij het leger der radicalen
Der kritieklozen
Der rigide gelovigen

De beste manier
Om hen te wreken
Is datgene doen
Wat ze niet verkroppen kunnen
Je onderscheiden
Ik neem hierbij

Wraak
Omdat potentaten
De neiging hebben
Hun medemensen
Te onderschatten

Alhoewel mijn daad niet verstandig is
Want wie comfort en rust wil
Moet weinig verzetsdaden verrichten
En een verstandig mens
Probeert smart te ontlopen

Een goede slaap
Behoeft immers vrede
De zegen van God
En die van je buren
En een verstandig mens
Probeert smart te ontlopen

Maar ik heb besloten
Voor een kostbare deugd
Genaamd oprechtheid
Terwijl onoprechtheid
Een beproefd middel is
Om vertrouwen te winnen

Waarna ik zal eindigen
Zonder familie
Wegens het weigeren
Van hypocrisie
Van middelmatigheid
Een beproefd middel
Tegen eenzaamheid

Toen ik achteromkeek
Zag ik waar ik had gelopen
Maar eigenlijk
Had ik meestal gekropen
En wie kruipt
Ontwikkelt een innige band
Met waar hij heen gaat

Zoals Victor Hugo zei
Kent elk dorp een docent
Die de boel verlicht
En een paus
Die dat licht weer dooft
Maar wat als er meer docenten waren
Dan pausen?

Lafheid is vaak
Een levensverlengende
Karakterzwakte

En wordt de waarde
Van een leven
Niet bepaald
Door de mate
Waarin het in staat is
Leed te ondergaan?

Misschien ligt de grandeur
Van mijn bestaan
In de erkenning
Van de tragiek
Dat ik heb gestreefd
Naar het onmogelijke

Misschien is de optimist
Een aanstormend
Defaitist
Misschien ook niet

Men moet trouw blijven aan het vermogen om alles wat vals is genadeloos te verraden.

Wordt (waarschijnlijk) vervolgd.

Woord van dank

Hierbij wil ik mijn redacteur Sophie Verhappen bedanken voor de steun die ze bood en mijn uitgever Mai Spijkers voor het vertrouwen.

Mijn speciale dank aan mijn goede vriend Dennis Honing, omdat sommige grappen uit dit boek afkomstig zijn van hem en omdat hij me altijd wist te inspireren met onze gesprekken.

Daarnaast wil ik Herman Langgraf hartelijk bedanken voor zijn inspirerende online mijmeringen, waarvan ik een aantal zinnen heb opgenomen in dit werk.